THAMIOR NAILO

THAMIOR NAILO

E A ORIGEM DE RURIK LODERR

DIOGO BACELLAR

PandorgA

Direção Editorial
Silvia Naves
Produção Editorial
Equipe Editora Pandorga
Preparação
Andréia Cantarino
Diagramação
Fernanda Salles (AS Edições)
Capa
Marcus Pallas
Revisão
Editorando Birô

Texto de acordo com as normas do Novo Acordo Ortográfico da Língua Portuguesa
(Decreto Legislativo nº 54, de 1995)

Dados Internacionais de Catalogação na Publicação (CIP)
Ficha elaborada por: Tereza Cristina Barros - CRB-8/7410

Bacellar, Diogo
Thamior Nailo : e a origem de Rurik Loderr /
Diogo Bacellar. — 1.ed. — São Paulo : PandorgA,
2017.
336 p. ; 16 x 23 cm.

ISBN 978-85-8442-203-6

1. Ficção 2. Literatura infantojuvenil.
I. Titulo.

07.04/011-2017 CDD- 028.5

2017
IMPRESSO NO BRASIL
PRINTED IN BRAZIL
DIREITOS CEDIDOS PARA ESTA EDIÇÃO À
EDITORA PANDORGA
AVENIDA SÃO CAMILO, 899
CEP 06709-150 - GRANJA VIANA - COTIA - SP
TEL. (11) 4612-6404

WWW.EDITORAPANDORGA.COM.BR

Dedicatória

Dedico este livro aos meus pais, por me apresentarem o verdadeiro mundo; ao meu irmão, a cada sorriso de minha esposa, a força e esperança de Urânia Bacelar e aos meus amigos que me aguentaram por vários anos narrando histórias nas noites de Dungeons & Dragons.

Sumário

I — A PROMESSA....9
II — CHOROS E ORAÇÕES....17
III — O INÍCIO....23
IV — PRATOS SABOROSOS....33
V — O GRANDE DIA....43
VI — COMO TUDO COMEÇOU....81
VII — O PRONUNCIAMENTO DE DRAGOUN....85
VIII — A VIAGEM A GRUNN....99
XIX — DOR E ÓDIO....155
X — MANHÃ SANGRENTA....185
XI — DOZE ANOS DEPOIS....193
XII — ALÉM DE RARAKINA....201
XIII — A ILHA NEGRA....215
XIV — A RETOMADA DOS ANÕES....233
XV — RETORNO À RARAKINA....253
XVI — SUOR E LÁGRIMAS....275
XVII — TERRA DESCONHECIDA....291
XVIII — ESPADAS, MACHADOS E SANGUE....299
XIX — MISTÉRIOS ALÉM MAR....323

LIVRO II

THAMIOR NAILO E O SEGREDO DE BRUMBAR

I — LENDAS E MISTÉRIOS....329

Capítulo I

A promessa

— Rei, eles estão chegando! — o guarda gritou da torre de observação, localizada nas muralhas de Rarakina. Em frente das muralhas existiam árvores altas e majestosas, nunca maltratadas por qualquer criatura; mas, naquele momento, a beleza das árvores estava ofuscada por uma sombra invisível que assolava a beleza e a delicadeza da natureza. Mulheres, crianças e alguns homens sentiam calafrios correrem por seus corpos. O medo e a ansiedade penetravam em suas mentes por pensarem que talvez não sentiriam o leve vento vindo da floresta tocar em seus rostos no amanhecer do dia seguinte. Sentimentos normais em conflitos iminentes.

O rei de Rarakina, Heian Hiriff, subiu em uma pequena carroça virada, velha e suja, anunciando à população:

— Mulheres e crianças, sigam para o Forte Secreto! Fiquem lá até o término do combate! — ordenou, acenando com uma de suas espadas curtas.

A armadura de batalha do rei reluzia os raios do sol. Os metais do seu colete eram entrelaçados uns aos outros como tranças de cabelos, o que o protegia de ataques perfurantes. Sua capa esverdeada balançava ao toque do vento e as habilidades em conflitos corriam em suas veias, como verdadeiro sangue de um guerreiro. Desceu da velha carroça, caminhou rumo aos outros guerreiros e com seriedade anunciou:

— Os homens escolhidos para lutar estejam preparados e lutem por suas famílias, por sua liberdade! — levantou sua espada e bateu com uma das mãos nas armaduras dos outros guerreiros. Esses gestos eram encorajadores e davam confiança e esperança em dias de batalha. Espadas reluziam ao sol após a fala de Heian. Os guerreiros de Rarakina sentiam-se motivados a batalharem ao lado de um rei com aquele perfil. Sentiam-se livres e confiantes para mais um conflito em suas vidas. O coração batia forte. O formigamento no corpo fazia a boca tremer. A sede de vitória pela morte do inimigo era a marca daquele combate: um futuro duelo avermelhado, sem qualquer misericórdia ou redenção. Estavam dispostos a não caírem nas garras, tampouco na maldição de Rurik Loderr, o anão guerreiro da antiga Kroldenn.

Cerca de dez passos além do portão principal aproximavam-se goblins com seus cânticos de batalha, alimentados pelos sons dos seus pequenos tambores. Essas criaturas não estavam sozinhas, vinham acompanhadas pelos carniçais — enormes cães selvagens famintos —, salivando à espera de uma carne macia para apreciar.

Os Goblins do Pântano eram conhecidos e destemidos por serem inteligentes para negócios envolvendo boas quantias de ouro e habilidosos em batalhas, com suas armas curtas e afiadas. Não se importavam com a higiene, beleza ou qualquer cuidado com suas palavras. Vestiam roupas maltrapilhas, malcheirosas e não eram nada educados. Pequenos mantos vermelhos e cotas de malha simples cobriam seus corpos escuros e esguios. Suas pequenas espadas eram afiadas a ponto de decepar uma mão inimiga com apenas um movimento. Traziam o frio da morte consigo. Gritos de criaturas famintas por comida e tesouro estremeciam o solo. Ao redor daquele grupo de rebeldes com objetivo de destruir Rarakina, pequenas criaturas, como roedores e algumas aves, escondiam-se nas árvores ao sentirem a presença dos inimigos.

Enquanto isso, mulheres agarravam seus filhos e corriam imediatamente para o Forte Secreto de Rarakina. Lágrimas de medo e agonia, aliadas à ansiedade, desciam pelo rosto pálido e triste dos mais indefesos. Intimamente, mães sentiam que, talvez, aquela fosse a última vez que veriam seus maridos. O espírito da solidão começava a surgir, causando arrepios por todo o corpo.

No meio daquela inquietação e agonia, Theylor Lianon, um nobre guerreiro de Rarakina, beijava sua esposa, Sarah, sua pequena filha, Larah, e dirigia a palavra ao seu filho, Thamior:

— Meu filho, cuide da sua mãe e principalmente da sua irmã! Vamos ao encontro da nossa liberdade ao lutar contra o impiedoso Rurik!

Thamior sentiu um calafrio correr em seu corpo, respirou fundo e pediu ao pai:

— Pai, deixe-me lutar ao seu lado! Sou capaz, sou um guerreiro! Tenho seus ensinamentos! — segurava firme sua espada curta.

— Não! — gritou Theylor. — Isso é uma ordem, Thamior! Deve ser acatada! Agora vá e não me decepcione! — Theylor ansiosamente olhava para Heian.

Thamior sentiu-se triste por não poder lutar ao lado do pai, porém, entendia a ordem que lhe fora lançada: cuidar da família. Rapidamente, pegou Larah em seus braços e disse:

— Não se decepcionará, pai! Vamos! — disse Thamior, olhando nos olhos negros de seu pai.

— Logo nos veremos novamente! — falou Sarah, abraçando seu homem.

— Sim, em breve! Aguardem no Forte! — respondeu Theylor, beijando a testa da esposa, fazendo-lhe escorrer uma lágrima em seu rosto.

— Vão! Philleiron guiará vocês! — disse Theylor, sacando sua espada longa, girando-a no ar. A sensação do calor de sua esposa e de seus filhos era forte em seus pensamentos, os quais no momento, estavam preenchidos por inquietações de guerra.

Thamior, Sarah e Larah seguiram correndo para o Forte Secreto enquanto Theylor virou em direção a Heian e colocou seu elmo de batalha, aproximando-se dos outros guerreiros.

Theylor sempre se destacou no combate com espadas e, para aperfeiçoar suas habilidades, treinava com os guardas em suas horas livres. Trabalhava no estábulo de Rarakina havia vários anos. O salário não era um dos melhores da cidade, mas conseguia sustentar a família. Era um homem de caráter forte, trabalhador e, acima de tudo, guerreiro, disposto a defender os princípios dos ensinamentos de Heian e da proteção dos seus entes queridos por Philleiron, a divindade dos humanos. Sempre explanou ao seu filho como se trabalha no estábulo e, principalmente, como manusear e se defender com espadas curtas ou longas, pois sabia que um dia chegaria seu aposento.

Quando a última criança entrou no Forte, fechando-se a grande entrada com uma madeira repleta de folhagem, uma flecha veio de cima do portão principal, caindo ao chão, perto de Heian. Era uma flecha goblin.

Essas pequenas criaturas utilizam em seu arcabouço de guerra espadas curtas, adagas e arcos curtos, de alcance de até dezoito metros. Aos olhos de inexperientes, pode-se julgar um goblin como uma criatura frágil e fácil de matar, porém, possuem habilidades inesperadas, são rápidos, valentes, impetuosos e não possuem qualquer senso de bondade em seu coração, preenchido apenas com pedras de ouro e bebidas quentes.

Após a flecha ter cortado o ar, todos olharam para cima assustados, com certo receio de que alguma flecha penetrasse em suas cabeças. Desviaram o olhar em direção a Heian, e um dos guardas perguntou:

— E agora, meu senhor?

Heian, sempre com seu tom educado e bem estruturado, respondeu:

— Agora, meu jovem guerreiro... — E foi interrompido ao ver outra flecha cortar o céu e cair no teto de uma casa.

Todos olharam, mas logo a atenção se voltou ao rei; até mesmo o vigia da torre, que avistava as criaturas chegando cada vez mais perto, desviou a atenção de sua função.

— Agora, meu jovem guerreiro, cada um deve mostrar o que sabe e não ter piedade dessas criaturas sem sentimentos! — continuou Heian.

— Morte a todos! Pelo rei! — gritaram os guerreiros.

— Abram os portões, guardas! Vamos à conquista da salvação de Rarakina! — gritou Heian, com sua voz grossa e alta.

— Pelo rei! — gritavam, levantando suas espadas e seus machados com lâminas afiadas, correndo em direção aos portões.

Os goblins, ao verem os portões rangendo, abriram sorrisos de satisfação por sede de guerra e soltaram seus cães carniçais, mesmo sabendo que poderiam ser alvos das flechas dos arqueiros de Rarakina.

O grande portão de madeira, repleto de flechas goblins, foi aberto lentamente. A batalha entre goblins e humanos estava prestes a eclodir. No interior de Rarakina, havia sentimentos de liberdade, medo e proteção, diferentemente do exterior, recheado apenas por sentimentos malignos e ambiciosos.

Neste instante de espera, as últimas amarras eram reforçadas, arqueiros preparavam suas flechas e espadas reluziam aos últimos reflexos do sol.

A maioria dos cães foram mortos pelos arqueiros de Rarakina, porém alguns passaram entre a pequena abertura do portão e despertaram os primeiros conflitos. Atacavam saltando no pescoço dos guerreiros, assustando-os. Após algumas mordidas, foram rapidamente decapitados. Não havia muitos cães, mas o suficiente para alertar que os goblins não estavam ali para perderem.

Pisoteando carcaças de cães, Heian atravessou o portão com seus homens e correram em direção aos goblins. Começava a batalha.

Nesse conflito, o rei e seus fiéis guerreiros tentaram mostrar a essas criaturas que tomar a pequena cidade de Rarakina não seria tão fácil assim, e, consequentemente, atingiria a ira de Rurik Loderr.

O rei anão guerreiro, Rurik Loderr, foi possuído pela ambição e ódio após a morte de seu pai, outro grande e majestoso rei, chamado Dragoun Loderr. Sr. Loderr, como as criaturas chamavam Rurik, estava destruindo tudo à sua frente para conquistar cada ponto habitável: todas as cidades, reinos ou vilarejos à procura de Quarion, outro grande rei, pertencente à raça Élfica. Rumores e pergaminhos afirmam que matando-o se cumpriria seu objetivo. Mensageiros de Rurik afirmaram que Quarion esteve em Rarakina para uma reunião com seus guardiões. Após saber que seu maior inimigo passou em Rarakina, Rurik ordenou que centenas de goblins e seus cães caminhassem para a destruição da cidade. Mas, na verdade, Rurik não sabia que Quarion não passava por Rarakina há anos.

— Ahhhhh! — gritavam homens agonizando de dor, sofrendo uma morte rápida e dolorosa.

— Não tenham piedade! — Heian gritou para todos, decepando um dos goblins à sua frente.

As criaturas rugiam e gritavam no interior de Rarakina. Mulheres e crianças escutavam gritos de sofrimento, espadas se cruzando e animais berrando. Para completar, sentiam o tombo de corpos estremecendo o solo. Era o som de uma guerra.

Crianças choravam. Havia o medo de alguma criatura abrir o alçapão e matar todos ali presentes. Thamior, filho de Theylor, confiava nas artes de batalha de seu pai. Seus pensamentos estavam orando a Philleiron, Deus do Sol, pedindo força e proteção. Abraçou a mãe e a irmã. Sentia-se confiante.

Cada minuto em uma batalha parecia horas de um dia comum. Aquele estava sendo um dia triste, manchado por sangue e fúria. O solo estava repleto de corpos, cujos espíritos encontravam-se singelamente com seus ancestrais. Familiares já tinham perdido seus entes, guerreiros destinados a morrerem por um rei, por proteção à sua cidade e família.

Aves carniceiras sobrevoavam aquela cena fúnebre, à procura de carne fresca, com habilidosos rasantes objetivando beliscar um pedaço de comida. Havia um vento sensível que se chocava com os corpos dormentes dos guerreiros, e o sol estava despedindo-se daquela barbaridade.

Tinha-se passado duas horas desde o início do conflito. Todos dentro do Forte estavam ansiosos e, ao mesmo tempo, mergulhados no medo da submissão às ordens de um outro rei. Passaram-se mais alguns minutos e o último som de espada fora ouvido. *Acabou o conflito?* Era a pergunta que rondava na mente dos espectadores às cegas.

— Vitória! — gritou Heian.

Ajoelhou-se pelo cansaço. Estava repleto de ferimentos, com cortes e perfurações não tão profundas. Seu corpo ainda tremia pela ansiedade e sua espada em punhos parecia um órgão de seu corpo, inseparável.

Todos os guerreiros que sobraram da guerra liberaram um grito aliviado de missão cumprida. As pessoas que estavam no Forte puderam então sair daquele lugar sujo e abafado e ir correndo em busca de seus parentes ou conhecidos. Um encontro com felicidade para a maioria, por estarem vivos, mesmo com gritos de dor pelos ferimentos. Outras observaram seus maridos mortos ao chão, com uma espada, flecha ou machado encravado ao peito.

Thamior não encontrou o pai de imediato. Um frio de dor e preocupação correu por sua espinha. Com um pressentimento, dirigiu seu olhar para o canto de uma casa e viu o que seus olhos jamais quiseram ver: Theylor estava com um machado penetrado em seu peito, sangrando. Correu imediatamente ao encontro do pai, abaixou-se desesperado e implorou:

— Pai, pai, levante-se! Por Philleiron! — falou, fazendo força para tirar o machado do peito de seu pai. Ao retirar, Theylor acordou de um breve desmaio.

— Tham... mi... or — gaguejou Theylor, agonizando de dor. — Estou indo, vou morrer! Cuide da sua mãe e da sua irmã, pois você agora é o único homem da casa... — Theylor tossiu, expelindo uma porção de sangue. — Philleiron cuidará do seu pai... — disse Theylor, emocionando-se.

— Não diga isso, pai! Você ficará conosco e um dia lutarei ao seu lado, realizando meu sonho! Seja forte, meu querido pai, e resista a esta dor infernal! — pediu Thamior com olhos repletos de lágrimas, prestes a desabar.

— Thamior, chegou a minha hora, vou morrer, mas leve minha espada com você e procure seu tio Lianon para te treinar... — Outra tosse, expeliu sangue e manchou as mãos de Thamior. — Diga à Sarah e Larah que eu as amo... — disse Theylor com dificuldade.

— Conseguimos, meu filho! Conseg... — Theylor deu seu último suspiro, com toda a dignidade de um bom guerreiro, nos braços do filho.

— Não! Pai! — gritou Thamior. O som de desespero que saiu da sua boca não foi suficiente para que seu pai voltasse. Theylor estava morto.

O garoto chorava por ter visto o pai morrer em seus finos e brancos braços. Lágrimas desciam por seu rosto sujo e suado. Falou para si mesmo:

— Irei me vingar! — Limpou o rosto de seu pai, manchado pelo sangue. — Vou matar todos, sem dó nem piedade! — disse Thamior fechando seus punhos. — Matarei Rurik Loderr e todas as suas criaturas malditas! — Encostou a cabeça no rosto de seu pai. Sangue e lágrimas misturam-se naquela cena fúnebre. — Isso é uma promessa, em decreto de Theylor! — disse o jovem apoiando-se no corpo do pai.

Ele fechou os olhos do pai e beijou-lhe a mão, colocando-a sobre o ferimento que agora já não mais sangrava. Delicadamente, beijou-lhe a testa e repetiu:

— Isso é uma promessa!

Capítulo II

Choros e orações

Sarah encontrou o marido deitado ao chão barrento e com manchas de sangue ao redor do corpo. Thamior estava aos prantos. Por um instante, seu corpo ficou mole, seus joelhos estremeceram, sentiu um enorme frio na barriga, mas logo foi ao encontro deles:

— Theylor, Theylor, acorde! Resista! — Sarah chorava com a filha Larah em seus braços. Não parecia acreditar naquela cena. Olhava, fechava os olhos e apertava o corpo de sua filha Larah na esperança de acordar de algum sonho ruim.

— Mãe... — Thamior levantou-se, limpando seu rosto com lágrimas frias e dolorosas, e disse: — Meu pai morreu pelas criaturas de Rurik...

— Não, não... Isso é impossível! Theylor sempre foi um bom guerreiro, como isso pôde acontecer com a nossa família? — Sarah questionou inconformada, deixando Larah em pé.

— Não nos deixe, Theylor! Volte! Por favor, Philleiron, faça Theylor voltar! Volte para mim! — Sarah implorou à sua divindade. Estava ajoelhada ao lado de Theylor, passando a mão no rosto ensanguentado do outrora guerreiro.

— Acalme-se, mãe! — pediu Thamior, abraçando-a. Gesticulou para alguns dos guerreiros levarem o corpo do pai até sua humilde casa. Houve um silêncio naquele momento fúnebre.

— Ele disse que ama vocês! — disse Thamior, estendendo os braços para Larah.

— Sempre amarei você, meu amor! — disse Sarah, olhando para o rosto de seu marido. A mão esquerda apoiava a cabeça de Theylor pela nuca enquanto a mão direita acariciava a barba tingida de vermelho. O carinho que Sarah fazia no rosto de Theylor era lento e trêmulo.

— Siga seu destino com Philleiron, Theylor! Proteja-nos! — disse Sarah, recolocando a cabeça de seu marido em contato com o chão, lentamente. Em seguida, levantou e abraçou Thamior e Larah.

— O papai só está dormindo, não é Thamior? — perguntou Larah naquele abraço.

Sarah e Thamior sentiram um arrepio quando escutaram a voz meiga e suave da pequena criança, que ainda não entendia o significado da morte.

— Sim, Larah! — respondeu Thamior.

— O papai irá dormir por muito tempo com o Deus do Sol — complementou Sarah.

Após alguns minutos de depressão, observação e dor, Thamior, repleto de lágrimas e suor, ajudou a mãe em choque a se locomover até em casa enquanto o corpo de Theylor estava sendo recolhido. Com a outra mão, pegou na mão pequena de Larah, que mesmo não sabendo a realidade de todos os fatos, sentia uma estranha tristeza em seu pequeno coração, seu corpo chorava, lágrimas da inocência alimentavam aquela cena. Chegando à casa, assentou a mãe no estofado e foi agradecer ao homem que levara o corpo do pai até ali:

— Obrigado, senhor — disse Thamior.

— Sinto muito, garoto. Seu pai era um excelente guerreiro — respondeu o guarda. Seus olhos já estavam ressecados de tanto chorar pela morte de companheiros de Rarakina.

— Eu sei! — disse Thamior, olhando para o chão. — Muito obrigado por sua ajuda! — complementou, fechando a porta. O guarda cumprimentou Thamior gesticulando com a cabeça e seguiu por Rarakina a procura de oferecer mais ajuda.

— Venha, Larah! — disse Thamior, levando Larah para o quarto. Ajudou sua irmã a se deitar e a cobriu com tecidos.

— Durma que logo estará tudo bem e mamãe parará de chorar. — Passou a mão no rosto de sua irmã. — Não chore, querida. Ficará tudo bem. — Thamior levantou e foi rumo a porta do quarto, quando seus passos foram interrompidos pela pergunta de Larah:

— Mamãe ficará bem, Tha? Temos que parar de chorar, pois papai está com o Deus do Sol! — Ela liberou um sorriso curto e, para aquele momento, esperançoso.

Thamior ficou paralisado. Fechou os olhos por alguns segundos. Respirou fundo e retornou, com passos pesados, para sua irmã:

— Papai e mamãe estão muito bem agora, Larah! — disse Thamior, ajoelhando-se na frente da cama e passando a mão nos cabelos de sua irmã.

— E Philleiron irá gostar do papai? — perguntou Larah. Thamior não resistiu e mais uma lágrima lhe desceu dos olhos.

— Sim, minha pequena, com certeza! Philleiron gosta de todos nós. Nosso pai está ao lado dele agora, nos protegendo de qualquer mal — respondeu Thamior, beijando-lhe a testa.

— Que bom! Se está tudo bem, pare de chorar, Tha. Eu já parei. Não gosto quando você chora! Estamos protegidos. — Larah beijou a ponta do nariz do irmão, como sempre fez. Thamior apenas acariciava a cabeça dela.

— Não vou chorar mais, prometo! Agora durma! Feche os olhos... — pediu Thamior com o coração cortado.

Larah tinha apenas quatro anos e não entendia o que realmente aconteceu e, de tão cansada, rapidamente caiu no sono. Thamior certificou-se de que estava coberta e foi em direção à sala de sua casa.

Sarah levantou-se e dirigiu-se ao corpo do marido, estendido por sobre a mesa. Fez ali uma breve oração e depois, junto com Thamior, pegou alguns potes com água, lençóis e fios para lavar e fechar os ferimentos do corpo, que já estava frio e pálido. Quando deram os últimos pontos no ferimento mortal, mãe e filho fizeram uma oração a Philleiron, em homenagem aos mortos. Foram desviados do culto pelo som de mulheres e crianças chorando. Um choro de raiva, de solidão, de inquietude penetrando nos corações das pessoas que acabavam de perder seus entes. O restante das horas daquela madrugada permaneceu fria, repleta de lágrimas e orações.

Ao amanhecer foi feita a cerimônia de Queima dos Corpos. As pessoas, agora mais calmas, choravam comedidamente, respeitando o que o grande ancião de Rarakina falava:

— Estes homens não estarão mais conosco em nossas atividades diárias, mas em nossos pensamentos sempre estarão, firmes e fortes. Que Philleiron os ilumine; e não só a eles, como também as famílias, que agora necessitam de ajuda dobrada... — Muratreff fechou o grande livro sagrado dos anciões. O fogo foi aceso, tomando os corpos em sua chama.

Anciões eram grandes sabedores da magia e bastante habilidosos com as palavras. Conheciam tudo o que reinava por cada região, todas as raças e culturas. O ancião de Rarakina, Muratreff, vivia na cidade havia cerca de cento e cinco anos. Poucos conheciam a vida do ancião, sempre bastante isolado em meio a seus pergaminhos em sua pequena e humilde casa, próxima ao palácio de Heian. Com sua barba longa e branca, apresentava um aspecto de tamanha seriedade e poucas pessoas ousavam conversar com o ancião.

Rumores afirmavam que o único humano que teve contato com toda história de Muratreff foi Herion, pai de Heian. Herion, o antigo rei de Rarakina, recebia o grande ancião em seu palácio — agora ocupado por

Heian — cerca de quatro vezes por semana para o aprendizado de orações e possíveis magias ou técnicas de cura. Após a morte de Herion, Muratreff ficara obcecado por suas orações e estudos, permanecendo isolado ao longo desses anos, aparecendo apenas para momentos fúnebres ou de grandes conflitos. Tinha grandes segredos e pergaminhos secretos que nem mesmo Heian era conhecedor de tamanhos artefatos.

A oração de Mortáculus abre o portal para as almas de grandes guerreiros encontrarem Philleiron. A Queima dos Corpos significa o retorno das almas para o sol, o abrigo de Philleiron. A chama alimenta a salvação, assim como o calor do sol alimenta os seres vivos de todos os reinos existentes.

Sarah não gostava de ver corpos deitados em troncos de árvores tomados pelas chamas do fogo, ainda mais o do seu marido. Após a oração, resolveu ir para casa cuidar de Larah, que ainda estava dormindo. Thamior ficou ali parado durante alguns minutos olhando para aqueles homens mortos, que lutaram por sua sobrevivência, por Heian e por suas famílias.

O brilho do fogo iluminava os rostos, alguns até mais fúnebres que as faces dos próprios mortos. Olhares fundos e baixos provocados pela tristeza e sofrimento. O calor emitido da queima não aquecia os espectadores, apenas alimentava o ódio da guerra e de Rurik Loderr. Thamior sentia um frio percorrer seu corpo, olhava firme para o fogo, que irradiava apenas o frio da vingança e da ansiedade. À medida que via o corpo de seu pai desaparecer, fechava seus olhos e controlava sua respiração com o estremecer de seu corpo. Sentia o cheiro da queima da carne entrar em suas narinas, mesclando com uma fumaça negra que deixava aquele início de manhã sem nenhum prestígio dos primeiros raios do sol.

Após alguns minutos, abriu seus olhos e de repente observou um homem parado olhando para ele, e, sem dar-lhe a mínima, suspirou e foi para casa. Sentia-se cansado e com um grande fardo em suas costas. O centro da cidade estava ficando vazio, com muitas mulheres e alguns homens indo para suas casas. No momento em que abriu a porta, uma voz baixa e rouca soou no ar:

— Thamior?

Thamior se assustou quando se virou em direção à voz e viu aquele mesmo velho homem que estava o observando. Não apresentava uma aparência agradável.

— Não o conheço! Como sabe meu nome? — disse Thamior com um olhar sério.

O velho se aproximou com seu andar lento.

— Venha, vamos nos sentar ali… — disse o velho, virando as costas, indo em direção aos troncos cortados, mas Thamior não se moveu.

Não confiou no velho. Acreditava ser um feiticeiro ou querendo roubá-lo. Hesitou.

— Conheço seu pai, Theylor, mais do que você! — disse o velho, aumentando o tom de voz enquanto andava. — Por isso venha agora que o tempo está passando e tenho algo de tamanha importância pra lhe dizer. — exclamou com impaciência a voz rouca e misteriosa.

Thamior sentiu-se inseguro pelo fato de nunca ter visto aquele homem, mas o fato de ele conhecer seu pai foi lhe dando certa segurança. Foi andando um pouco lento, pensativo. Após ajeitarem os troncos para sentarem-se, ficaram frente a frente. Thamior observou um rosto com algumas cicatrizes, histórico de batalhas, o que o tornara ainda mais misterioso.

— Sim, me desculpe, senhor…? — falou Thamior curioso, tentando arrancar qualquer informação.

— Meu nome não importa agora, mas preste atenção no que vou te dizer e não se espante, pois não gosto de ser simpático — disse o velho.

Thamior ficou preocupado, pois não confiava o bastante naquele homem para lhe obedecer. Olhou para os lados e não viu nenhum guarda, apenas pessoas comuns andando por Rarakina. Olhou para sua casa e, pela iluminação, sabia que Sarah ainda estava acordada. Sempre muito esperto, observava tudo. Sentia medo de estar perto daquele velho e achava que logo precisaria de socorro, mas seu corpo estava preso naqueles troncos pelo fato do velho ter dito que conhecia seu pai muito bem. Depois desse pensamento, o velho ascendeu um chumaço de folhas enroladas dentro de seu cachimbo e começou a falar.

Capítulo III

O início

A fumaça liberada pela queima das folhas do cachimbo velho transmitia um odor nada agradável e já estava deixando Thamior irritado. Quando o velho homem de vestes estranhas sacou um pequeno mapa do cinto de utilidades, Thamior não notou mais a fumaça, pois a curiosidade parecia vencer qualquer mal-estar naquele momento. Estava interessado na história do misterioso homem.

— Sim… Por onde posso começar? — o velho se perguntou, tateando o mapa.

Thamior observou o mapa e viu quatro grandes ilhas delimitadas, com ranhuras e rabiscos. Era um pergaminho sujo e manchado, com alguns cortes e marcas de queimado nas bordas. O velho posicionou o mapa próximo a Thamior e tateando com os dedos apresentou o pergaminho:

— Há muito tempo, as quatro ilhas, nomeadas de Ilhas do Fogo, eram habitadas por diversas raças que trabalhavam para seus reis. Eram eles: Grunnlada, um grande rei anão feiticeiro; Thokk, um enorme meio-orc bárbaro que não tinha piedade de seus inimigos; e Quarion, um elfo mago muito respeitado por todos — disse o velho com um sorriso no canto da boca.

— Mas e a quarta ilha? — perguntou Thamior, franzindo a testa pela curiosidade. — Não havia um rei por lá? — continuou com as inquietações, aproximando-se mais do velho.

— O outro, meu jovem, era o anão guerreiro Dragoun Loderr, pai de Rurik Loderr. — Pausou sua fala para mais um trago.

Ao ouvi-lo falar o nome do seu inimigo, Thamior cerrou os dentes pela raiva. O seu semblante sério podia ser interpretado por qualquer criatura.

— Dragoun foi um excelente rei… — continuou o velho. — Depois de conhecer os valores da ambição e da vingança, e aprender com o mal, ficou tão perverso quanto seus pensamentos. — Liberou a fumaça da sua erva.

Aquele momento de aprendizado estava sendo único. Nunca havia escutado sobre as Ilhas do Fogo e muito menos sobre o antepassado do anão guerreiro.

— Mas não era mau com seu povo, amava-os. Era malvado com outros fora do seu comando, tratando como seus escravos e fazendo com que suas mentes ficassem dominadas pela ambição do poder.

O velho apontou para o mapa.

— As três ilhas, com seus respectivos reis, Grunnlada, Thokk e Quarion, aliaram-se e formaram um colar como meio simbólico para representar a facilidade de todo tipo de comércio, principalmente a aliança entre o ouro e as raras pedras de cada continente. Os impostos das transações eram reduzidos e vantajosos para os três reis. Oakrost é o nome do simbólico colar. Mas a quarta ilha ficou fora dessa alienação e a partir de então começou a inveja e confronto por ela não ter sido integrada. Dragoun procurou diálogo, mas foi infrutífero. Com isso proclamou uma guerra contra todos os três reis.

— Mas senhor, a quarta ilha contra as outras três ficou em tamanha desvantagem. Como o rei promoveu esta guerra? — perguntou Thamior curioso.

— A partir disso, Dragoun começou a montar seu exército, convocar seus próprios guerreiros, que não eram humanos comuns, eram eles: Anões de Pele Negra das montanhas, determinadas criaturas do pântano de Hobbes, chamadas a defendê-lo por uma boa quantidade de comida, e qualquer outro ser que raciocinava e aceitasse uma alta quantia de dinheiro oferecida pelo rei.

— Mas, pelo que sei, senhor, as criaturas do pântano de Hobbes não são tão fáceis de se conversar ou de se ter certa amizade!

— Concordo garoto, mas goblins não são tão difíceis. Podem ser convencidos por uma boa quantidade de comida. A fome pode enganar qualquer um — disse o velho suspirando. — As criaturas também aceitaram pelo fato de o rei prometer a elas, após cumprir seu objetivo, o poder, o respeito e uma boa alimentação em seu reino. — Pausou, liberando mais fumaça de sua erva. — Assim, ele tornava as criaturas ambiciosas por pensarem em construir seus próprios exércitos e transmitirem um tom de medo e moral perante as outras raças.

O velho cessou o discurso com o fim da erva, e disse ao garoto:

— Agora vá para sua casa e cuide da sua família. Sua mãe já deve estar preocupada...

— Mas, senhor, conte-me o resto da história! Por que a quarta ilha não foi convocada para a aliança? E Rurik, como ele entrou nessa guerra? Não tem nada para falar de meu pai? — perguntou, levantando-se junto com o velho.

— Encontre-me daqui duas semanas no centro da floresta de Rarakina, ao pôr do sol — disse o velho, guardando seus apetrechos. Logo estava indo em direção à floresta que cerca a cidade, desconsiderando qualquer reação de Thamior.

— O centro da floresta é muito longe e existem animais perigosos no caminho, saqueadores, bandidos... — disse Thamior, parado e pensativo, olhando para as altas copas de árvores.

Thamior não era conhecedor do interior da floresta que cercava Rarakina. Mal tinha conhecimento de plantas, animais ou de alguma espécie de escambo com saqueadores, se é que isso era possível. Sentia receio de adentrar na floresta pelo fato de Theylor não ter passado muitos ensinamentos sobre ela. Conhecia algumas ervas de cura simples, porém, não dominava seu coração para perder o medo de percorrer a trilha pela mata.

— Ao pôr do sol! Essa história está apenas no início. Deve saber a verdade... — O velho adentrou na floresta, com andar cauteloso.

Após alguns segundos, o garoto perdeu o velho de vista. Não teve argumentos para segurá-lo por mais alguns minutos de conversa. A quantidade de novas informações deixou-o pensativo, e Thamior mal sabia o que fazer.

— Quem é esse homem? Qual verdade? — Ficou se perguntando. Sua cabeça estava acelerada e doendo.

Depois de escutar as palavras do velho homem, lembrou-se imediatamente do pai. As chamas ainda queimavam os corpos. Dirigiu-se ao corpo de Theylor e fez uma última oração de morte e salvação a Philleiron.

Olhou por toda a cidade, que emitia um tom de desolação pelos ventos batendo nas árvores, fazendo sons que perturbavam a mente dos fracos. Observou os guardas da torre e alguns guerreiros saindo da taverna. Bêbados, comemorando uma vitória que, para ele, não existira. Foi em direção à sua casa, olhando para o chão, chutando algumas pedras e nunca parando de pensar em como seria sua vida a partir dali, depois do velho e da morte de seu pai.

Chegando em casa, fechou cuidadosamente a porta com uma tranca de madeira. Encontrou a mãe e a pequena irmã dormindo, deu um beijo em cada testa e foi para seu quarto. Thamior estava tão cansado que, ao deitar-se em sua cama, logo adormeceu. Foi um dia pesado e doloroso. Sonhos obscuros, sem significados concretos perturbavam sua mente. Imagens corriam em seus pensamentos, mas de qualquer forma, estava descansando.

Uma semana se passara depois da vitória de Rarakina contra os goblins de Rurik e quase todas as famílias já estavam se recuperando do abalo da perda dos seus familiares. Retornaram aos trabalhos e atividades rotineiras.

Depois da morte de Theylor, Thamior trabalhava turno dobrado no estábulo com o que seu pai havia lhe ensinado. Como ajudante, conseguia algumas moedas de prata e bronze. Após um dia árduo de trabalho, entrou em sua casa arrastando seus pés devido ao cansado, e viu Sarah com um sorriso no rosto. Perguntou:

— Mãe? O que aconteceu? O que trouxe esse sorriso? — Sentou-se em uma poltrona de madeira com tecidos macios, contando algumas moedas que tinha ganhado de gorjeta de alguns cavaleiros.

— Meu filho, você não vai acreditar! Fui à praça para ver se havia algum cartaz procurando cozinheira, e então li em um pergaminho que daqui dois dias terá uma competição na cidade para ver quem irá trabalhar na cozinha do castelo para servir o rei, e eles oferecem cinquenta moedas de ouro mais cem de prata! É o que precisamos para pagar um dos anciões para a educação de Larah... — disse Sarah de forma empolgante. — E comer melhor, claro! — completou, esperando uma reação de Thamior.

— É a competição Pratos Saborosos... — disse Thamior. — Acho que não foi muito divulgada como em anos anteriores devido ao conflito — disse, abaixando a cabeça, pensando no pai.

Sarah sentiu um calafrio correr em seu corpo, mas desviou os pensamentos continuando a conversa.

— E então, o que acha? — perguntou Sarah, olhando para os olhos fundos e cansados de Thamior.

— Isso é ótimo, mãe! Você cozinha muito bem! Por que não faz a comida que fazia para o papai: carne com ovos de uykis e vegetais? — Fechou os olhos, lembrando-se do sabor.

Uykis é uma pequena ave que cisca o dia inteiro à procura de insetos. Vivem em regiões de gramíneas e são relativamente dóceis. Seus ovos escuros apresentam um gosto forte e um sabor apimentado, muito utilizado naquela região.

— Fica uma maravilha! — Tirou suas botas. Estava triste por pensar em Theylor, mas logo se animou quando a mãe começou a falar novamente.

— Sim, você tem razão! Farei isso em homenagem a seu pai em um dos diversos pratos que devem ser produzidos... — Um silêncio correu no ar. — Agora, tome um banho e vá dormir, está muito cansado, dá pra ver em seus olhos.

— Sim... — concordou Thamior, saindo em direção ao fundo da casa. Sarah se sentou no sofá e ficou observando Larah brincando. Com um curto sorriso, enquanto observava a inocência de Larah, pensava no futuro da família. Olhou para frente, pensando em Theylor, quando vinha da cozinha trazendo alguma bebida quente esta hora da noite. Emocionou-se, mas logo reagiu e continuou a ler o pergaminho sobre o torneio.

Depois de um banho gelado na bica dos fundos da casa, Thamior foi se deitar pensando que faltava apenas uma semana para ir ao encontro do velho. A noite foi bastante calma em Rarakina, pouco vento e poucos animais da floresta perturbando os caixotes de lixo. Noite para um bom sono.

Rarakina não recebia grandes massas de ventos gelados do Sul nessa época do ano. Estava um tempo bastante propício para sentir o frescor daquela hora. Não havia vândalos ou arruaceiros em Rarakina, devido à sua constante proteção e por ser uma cidade pequena. Um céu estrelado e repleto de sentimentos observava aquela pequena cidade ainda se recuperando do último conflito. Seus arredores estavam com proteção dobrada por guerreiros armados com arcos e espadas.

Thamior acordou quando a luz do sol, invadindo o quarto pela janela, bateu em seu rosto. Abriu os olhos, ergueu a cabeça e, olhando para fora, viu a mesma Rarakina de sempre: crianças correndo, algumas mulheres fazendo compras no pequeno mercadinho da família Hucrale, homens indo ao palácio do rei Heian e várias outras coisas. Levantou-se e, virando seu corpo, ficou de frente para outro garoto, e, assustado, perguntou:

— Ei, quem é você? — Colocou a mão debaixo de suas vestes à procura de sua adaga. O estranho garoto estava com um sorriso no rosto, nada ameaçador. Após aproximar o olhar e reconhecer o rapaz, Thamior perguntou:

— Aramil?

— Sim, Thamior, estou de volta! — disse o garoto.

— Nossa, há quanto tempo, meu primo... — exclamou Thamior. Os dois se abraçaram alegremente.

— Calma, sem chorar, por favor, você já tem dezesseis anos, rapaz! — brincou Aramil.

— Sim, mas quem disse que estou chorando? — abriu um grande sorriso.

— Venha, sente-se aqui — falou, convidando-o para se sentar em seus tecidos.

Thamior e Aramil não se viam há mais de cinco anos. Muitos assuntos estavam pendentes, portanto, conversaram por um grande tempo. Aramil contou várias novidades do caminho da sua casa até a casa de Thamior, alegrando seu primo quando perguntou:

— Posso ficar aqui por um tempo, meu primo? Meu pai se tornou um guerreiro de Aeremos, ao sul. Ele não fica muito na cidade, então resolvi vir para cá. Será que posso?

— Claro, meu primo, será um prazer te receber em nossa humilde casa. Venha, vamos falar com minha mãe! — Foram para a sala. — Você não a viu? Mãe? — perguntou Thamior, andando pelos cômodos.

— Não, não vi ninguém quando entrei e então resolvi fazer uma surpresa pra você — respondeu Aramil rindo.

— É, que surpresa boa! — Thamior compartilhou o sorriso, abrindo a porta para amenizar o calor.

— Minha mãe sempre deixa esta porta aberta quando sai, sempre se esquece de trancá-la... Mas como você ainda lembra exatamente da localização da casa? E se você errasse? Poderia ser preso ou interrogado por alguns dos guardas — riu, sentando-se no banquinho de madeira em frente à sua casa.

— Ah! No meio da estrada me perdi, admito; mas logo depois perguntei a um senhor andarilho que estava vindo com seu gato selvagem na estrada e ele disse que a cidade de Rarakina ficava adiante, virando a primeira esquerda depois da casa abandonada — disse Aramil, olhando para cima, tentando lembrar se realmente foi aquela a informação.

— E sua casa eu lembrava por estar ao lado da casa de Ielenia, a mulher que sempre amei.

— Sim, Ielenia... Às vezes a vejo, mas pode ficar tranquilo que nunca ousaria tocá-la — garantiu Thamior, dando dois tapas leves no ombro de seu primo.

— É bom mesmo! — Aramil riu com um tom de brincadeira.

Os dois, muito animados por se encontrarem novamente, sorriam como garotos de dez anos, mas no meio daquele momento de vários assuntos, Aramil deixou Thamior arrasado ao perguntar:

— E Theylor, meu tio, trabalhando? — Olhou para a população de Rarakina.

Thamior abaixou a cabeça e respondeu:

— Meu pai não está mais entre nós, Aramil. — Ambos sentiram um frio na barriga.

— Mas como? Só pode ser brincadeira, não é, meu primo? — Aramil levantou-se dos bancos com a respiração aumentando.

— Queria que fosse brincadeira também... — Thamior suspirou. — Mas ele está com Philleiron agora — disse e deixou correr uma lágrima.

— Mas Theylor sempre foi um bom guerreiro, como pôde acontecer... — Abaixou o corpo, aproximando-se de Thamior. — Fiquei sabendo do conflito de goblins em Rarakina quando estava na estrada. Alguns andarilhos informaram-me sobre o conflito, mas jamais poderia imaginar que Theylor... — Aramil fechou os olhos por tamanha tristeza.

— E eu nem tentei lutar, nem insisti, Aramil. Em parte, a culpa é minha! Tinha o dever de protegê-lo! — disse Thamior, fechando a mão pela raiva da perda.

— Nunca mais diga isso, Thamior, pois sei que seu pai não iria deixar, mesmo se você insistisse! Ele pensou em tudo, em você cuidar de sua família se acontecesse algo a ele. — Colocou as mãos nos ombros do primo.

— E aconteceu... — Thamior ficou pensativo. — E realmente não podemos voltar ao passado de forma triste, temos que construir a felicidade em tempos insólitos e mal vindos — disse Thamior, levantando-se e limpando a lágrima de seu rosto.

— Concordo! Por isso, vamos esquecer esse assunto hoje, afinal, é dia de alegria! — disse Aramil, ajudando seu primo.

Depois do abraço no primo, Thamior olhou em direção ao mercado e viu sua mãe e Larah voltando com alguns fardos de tecidos recheados de alimento. Entraram e foram para o quarto de Thamior para fazer uma surpresa para Sarah.

Sarah e Larah entraram em casa, cheias de compras e ervas de cura simples. Em Rarakina custava barato. Ao entrarem, fecharam a porta e colocaram as compras no chão da cozinha, quando Thamior saiu do quarto dizendo:

— Mãe, olha quem está aqui! — falou, assustando Sarah.

Aramil, sorridente, saiu do quarto. Larah viu uma pessoa totalmente desconhecida. Ainda não era nascida na última visita de Aramil e seu pai.

— Aramil! Que bom ver você! — disse Sarah, indo em sua direção para dar-lhe um forte abraço.

— Venha Larah, ele é seu primo! — sugeriu Thamior.

Por não conhecê-lo, Larah deu um curto abraço em Aramil. Estava receosa e logo foi para a barra da saia da mãe.

— Sim, é bom ver todos novamente. E como Larah está bonita. Está linda como Elonna, a Deusa da Floresta. — Abaixou-se, olhando para a garota.

Larah sentiu-se envergonhada pelo elogio. Um curto sorriso não escondia sua timidez.

— Agora esperem pelo almoço, irei fazer um prato muito saboroso, Aramil. Vai ficar para o almoço, não é? — Colocou a mão dentro dos fardos recheados de diversos alimentos, como quem já inicia o preparado de alguma refeição.

— Irei ficar aqui uns meses, tia! Posso?

— Nossa, que bom! Pode sim, até anos se precisar! — concordou, segurando ovos de uykis com delicadeza, por serem frágeis e grandes, pedindo ajuda para Larah.

— Obrigado! — deu um beijo na testa de Sarah, que gostou da ideia de saber que Thamior teria a companhia de seu primo.

— Quer ajuda, minha tia?

— Não precisa! Deixa comigo! — Sarah não deixava ninguém ajudá-la, a não ser Larah, em seus afazeres na cozinha. — Arrume um canto para suas vestes no aposento de Thamior, depois temos muito o que conversar! Quero saber da sua viagem… — disse Sarah ainda futucando nos fardos.

— Sim, claro! Temos muito o que conversar… — respondeu Aramil, observando-a.

Aquele foi um dia muito animado, com um almoço muito saboroso, recheado de diversas conversas sobre como fora a viagem de Aramil e de algumas lembranças alegres de Theylor. Quando a conversa estendia para caminhos tristes, logo Aramil lembrava de histórias de quando era criança com Thamior. As horas passaram rapidamente, como uma corrida de Centauros. Thamior estaria de folga nos próximos dias, o que tornaria ainda mais feliz seus dias com seu primo.

Finalmente aproximou-se a velha noite, sacudindo as altas copas de árvores da floresta de Rarakina. Thamior e Aramil, depois de comer algumas fatias de bolo, foram dar uma volta na cidade, enquanto Sarah e Larah foram arrumar em casa tecidos para uma boa noite de sono.

Aramil e Thamior resolveram ficar na praça de Rarakina conversando com Ielenia e sua prima, Liana, que encontraram por acidente sob aquele céu ainda estrelado.

— Agora temos que ir! — disse Ielenia, levantando-se dos bancos de madeira e puxando Liana. Aquela reação cortou o coração de Aramil.

— Oh, que pena! Fiquem mais um pouco! Sua casa é ao lado da minha e não conversamos quase nada — disse Thamior, esperançoso.

— Sim, eu sei. É que já está tarde… Mas vocês poderiam nos acompanhar — sugeriu Liana, envergonhada.

— Claro! — disse Aramil, indo pra o lado de Ielenia, um pouco triste por aquele momento acabar.

— Sim… — disse Thamior, pegando na mão de Liana. — Posso?

— Claro! — Liana deixou Thamior tocar sua fina mão. Um arrepio correu pelo corpo dele. Aramil tentou fazer o mesmo com Ielenia, mas não conseguiu o mesmo resultado que Thamior.

Ao chegarem a casa de Ielenia, todos se despediram com um beijo no rosto e depois foram para casa, onde Liana, com seus olhos azuis como o céu, flertava com os olhos de Thamior, que permaneceu imóvel olhando para a bela Liana, mas fora interrompido por Aramil, que o chamava descendo alguns degraus da casa de Ielenia. O caminho para casa de Thamior era a apenas alguns passos dali. Neste curto caminho, os dois garotos estavam perdidos em pensamentos amorosos após tal encontro inesperado.

Ao chegar em casa, Thamior pediu para Aramil fazer menos barulho, pois sua felicidade em ver Ielenia estava transbordando pela boca. Sarah e Larah já estavam dormindo. Quando fecharam a porta do quarto, começaram a conversar:

— Nossa, ela está linda, Thamior!

— Sim, Liana é realmente linda com aqueles olhos! — disse Thamior, deixando seu corpo cair nos tecidos macios de sua cama.

— Não estou falando de Liana, mas sim de Ielenia! — retrucou Aramil.

— Ah, sim! Ela também está muito bonita! — Thamior complementou sorrindo.

— Agora vamos dormir porque amanhã haverá um concurso de comida que minha mãe vai participar e temos de acordar cedo — sugeriu Thamior.

— Fascinante! Boa noite, primo! — disse Aramil arrumando-se para deitar.

Após alguns curtos minutos de silêncio, Aramil perguntou:

— Thamior? Será que elas prestigiarão o torneio amanhã? — estava esperançoso.

— Veremos amanhã! Seria muito bom se Liana estivesse lá... — disse Thamior, fechando os olhos. Seus pensamentos estavam mergulhados na esperança de um dia tê-la.

— Sim... seria muito bom! — complementou Aramil.

— Boa noite, Aramil apaixonado! — Os dois deram uma risada e logo adormeceram.

Capítulo IV

Pratos saborosos

Logo ao amanhecer daquele dia, a cidade de Rarakina anunciava os últimos preparativos para o início da competição de Pratos Saborosos. Grandes faixas coloridas enfeitavam a praça principal e central da cidade, composta por bancos, árvores com frutos e grandes rochas delimitando espaços abstratos. A praça tinha quatro ligações para diversos pontos de Rarakina. Ao centro da praça permaneciam as competidoras, os jurados. O público ficava curioso ao redor. Na frente do ponto central estava a equipe de guardas para proteção da cadeira de Heian. O público vinha de cidades próximas, como também de terras distantes. Crianças corriam, bandoleiros cantaloravam e saltitavam com suas violas, animando a todos. Heian e seus servidores já haviam aberto oficialmente a competição, com sons de trombetas e tambores. As competidoras estavam apenas esperando a autorização para apresentarem suas habilidades. Estavam preparadas havia algumas horas.

— Chegou o grande dia do torneio de Pratos Saborosos! Veremos quem irá me servir em meu castelo! Cozinhar para mim! — disse Heian para o público ansioso e alegre. O sol reluzia suas vestes metálicas. — Todas vocês já estão com seus respectivos ingredientes? — perguntou Heian, observando cada competidora.

— Sim! — responderam todas as concorrentes simultaneamente, em forma de coral.

— Iniciem o banquete! — Estendeu as duas mãos em forma de cumprimento. O público, empolgado e barulhento, observava cada ação do torneio. A felicidade estava brotando novamente em Rarakina.

Todas as concorrentes começaram a preparar suas delícias. Várias mulheres queriam servir Heian, tanto pelo fato do emprego pagar um valor justo, quanto ao prestígio de cozinhar diariamente para um rei de tamanha personalidade.

A preparação dos pratos se iniciou. Cada mulher teria que preparar três tipos de comidas, o que foi uma surpresa, pois no pergaminho não dizia a quantidade de pratos, apenas a sugestão da quantidade de ingredientes que deveriam ser trazidos. O primeiro tipo era a comida com maior beleza e forma, que seria julgada pela plateia. Seriam desclassificadas onze das vinte e cinco mulheres. O segundo tipo seria algo doce, julgado por sete homens. Cada um comeria dois tipos e desclassificaria um prato; assim, sobrariam sete mulheres. O terceiro tipo seria algo salgado, que seria provado por Heian; por seus dois filhos de vinte e três anos, que chegaram à cidade uma semana antes; e o velho Hucrale, dono do mercado principal de Rarakina, que não perderia por nada essa esperada e boa degustação. Enfim, eles escolheriam apenas três mulheres campeãs para, no dia seguinte, começarem o trabalho no palácio do rei.

Desde o início daquela manhã, o comércio em Rarakina estava a todo vapor. Vendas de alimentos, equipamentos de viagem, armaduras, vestimentas etc. A taverna estava abarrotada de turistas, bêbados, e abastecida com saborosos vinhos e vários tipos de carnes.

Os primeiros pratos estavam prontos para a primeira etapa de classificação. As concorrentes limparam as mãos com alguns tecidos e arrumaram os últimos detalhes. Os pratos ficaram posicionados em pequenas mesas redondas e as concorrentes, atrás delas, à espera de uma boa recepção do público. Como de costume em qualquer torneio, a ansiedade era o sentimento mais significativo. O cheiro da comida recém-preparada despertava o estômago das pessoas, e as roupas das concorrentes já apresentavam marcas da competição.

— O que vocês acham desses pratos? — perguntou o velho Hucrale à plateia, enfatizando a beleza das formas. Além da classificação final, Hucrale foi convocado pelo rei para participar como um dos organizadores.

Todos aplaudiram os pratos com muita vontade de degustá-los. Cada prato foi erguido para o público julgar por meio de palmas, o qual não deixou a desejar, fez seu trabalho de forma significativa. O mais bonito, aplaudido pela plateia com tamanha empolgação, foi o da senhora Nhuil, uma mulher bastante gorda e com uma grande pinta de nascença no queixo. Nhuil veio de muito longe para o campeonato, chegando em Rarakina minutos antes do início do torneio, com seus fardos e pergaminhos. Seu prato era uma espécie de bolo e tinha o formato da espada de Heian. O de Sarah era o escudo de Rarakina, com muitos detalhes escritos em açúcar. Era um tipo de bolo encontrado apenas na cidade de Wereskall, há três dias de Rarakina, local onde Sarah cresceu. Muitos outros pratos também eram bolos. Enfim, começava a fase de classificação, com todos gritando, animados para ver qual dama seria classificada na primeira fase.

Com o barulho, Thamior acordou e imediatamente olhou pela janela, observando Rarakina repleta de pessoas de várias nacionalidades perambulando com alguma coisa na mão.

— Nossa, dormi demais e o torneio já deve ter começado. — Passou a mão no rosto e se levantou da cama.

— Aramil, acorde! Acorde, rapaz! — disse Thamior, arrumando seu cabelo longo de um tom castanho claro.

Aramil acordou assustado, dando um grande pulo.

— Voltem aqui! Malditos Jajajum! — disse Aramil, girando os braços no ar como se estivesse se defendendo de um grande predador. Jajajum eram criaturas do pântano muito conhecidas por invadirem as cidades em suas migrações, empesteando as plantações; pragas que comem qualquer tipo de vegetal ou fruto.

— Ei, Aramil... Dorme pensando em Ielenia e acorda com isso? Nossa, que sonho bom! — brincou Thamior, liberando uma risada. — Levante-se, rapaz! Vamos para o torneio que minha mãe está participando, já deve ter começado e não quero perder mais nada.

— Ah, sim, vamos logo... Esses pequenos malditos! Queria ver um nesse momento para dar uma lição neles... — disse Aramil com sorriso no rosto.

Depois de passarem água no rosto, colocaram uma vestimenta mais apresentável e saíram em direção à praça central. Por correrem, devido ao atraso, acabaram esbarrando em algumas pessoas que estavam em seu caminho, mas as ignoraram.

No caminho, os dois viam muitas pessoas na praça. Diferentes raças e culturas preenchiam a pequena Rarakina. Em épocas de eventos, comerciantes e até mesmo mercenários apareciam na cidade para escambo de mercadorias ou animais. Grandes charretes repletas de material ocupavam todos os espaços disponíveis próximos ao aglomerado de pessoas. Comerciantes de cidades próximas a Rarakina vendiam seus artefatos alimentares, doces e frutos típicos daquela região. Pedras de cobre, prata e ouro alimentavam o comércio interno. Era fascinante o grande público na cidade pequena. Heian pediu reforços de arqueiros de vilarejos próximos para maior proteção, tanto no interior como nos arredores de sua cidade.

Thamior e Aramil, com os olhos brilhando, chegaram a tempo da classificação.

— Sim! Agora vamos dar início à classificação dos primeiros pratos — disse o velho Hucrale, alegrando o público.

Todas as concorrentes estavam muito ansiosas. Passar pela primeira etapa seria um avanço inspirador, já que havia tantas mulheres na competição. Sarah estava com bastante medo, mas, ao mesmo tempo, confiante pelas palmas recebidas. Tinha consciência de que esse era o trabalho que iria reerguer sua família e colocar Larah para estudar com grandes sábios. Sentia um peso sobre as costas sem seu marido.

E, então, Heian levantou-se da enorme cadeira e declarou:

— Permitam que eu fale os nomes de minhas classificadas! — Foi em direção ao velho Hucrale, pegando com reverência o pergaminho com os nomes.

— Muito obrigado, senhor. Agora vamos aos nomes — disse Heian, olhando de forma imponente.

Todos que estavam assistindo gritaram animados; bem como Thamior e Aramil, tentando encontrar um melhor lugar entre a multidão. Em um primeiro momento, ficaram preocupados por não estarem vendo Larah, mas logo depois a encontraram, brincando com alguns garotos.

E então, o rei começou a falar os nomes, gaguejando um pouco por não entender muito a letra de Hucrale:

— Nhuil, Karen, Lerenks, Sarah, Kate, Shana, Antinua, Drusilia, Silaque, Valanthe, Anastrianna, Lia, Meliane; e por último, Beth! — Ao terminar, puxou ar devido a velocidade da fala. — Parabéns, damas! Estão convocadas para o próximo prato, a próxima etapa do torneio! — disse Heian, levantando um grande copo com vinho, aumentando mais ainda a empolgação do público presente.

A gritaria animada retomou os bons pensamentos de todos, até mesmo dos bêbados e moribundos. Sem nem saber o que estava realmente acontecendo, erguiam seus braços para cima, pronunciando palavras irreconhecivéis. Thamior e Aramil tentavam invadir aos poucos os espaços minúsclos entre as pessoas, objetivando chegar o mais perto possível de Sarah. Depois de um bom empurra-empurra, os dois, enfim, conseguiram chegar próximo de Sarah.

— Tia, tia, parabéns! — gritou Aramil.

Sarah se assustou com a empolgação do garoto, mas logo se aproximou dos dois.

— Oi, meninos! Ei, Thamior, não vai me dar os parabéns? Fui classificada à segunda etapa do torneio, e farei o prato doce que você adora... — Ela segurou nas mãos dos dois.

— Claro que vou te dar parabéns, mãe! Já sei que é uma vencedora! — Thamior pensou por uns segundos sobre o próximo prato. — Não acredito que vai fazer aquele doce de cogumelos com calda de ovos, açúcar, caramelo... — disse Thamior, fechando os olhos, salivando com seus pensamentos.

— Sim, este mesmo! Doce de cogumelos com calda de ovos e bastante açúcar com caramelo — disse Sarah, tocando nos lábios de Thamior como quem limpa a saliva... Sorriu.

Depois de um intervalo de quinze minutos e uma boa conversa entre os três, Larah ainda brincava com os garotos, muito animada. Adorava brincar com espadas de madeira, imitando Thamior em seus treinamentos com Theylor. A multidão aumentava mais ainda pelo fato do torneio estar ficando mais apertado, e uma brisa que vinha da floresta refrescava todos ali presentes.

Alguns guerreiros de Rarakina, por estarem de folga, estavam bebendo por dois. O ferreiro Frevius seguia preocupado com sua humilde loja, que fora saqueada há uns meses, durante sua ausência, por bárbaros das montanhas. Diversos tipos de carnes sendo vendidas ao ar livre, a pequena feira funcionando com bastante movimento e muita gente diferente complementava aquele majestoso evento.

De repente, a corneta do Sr. Hucrale soou.

— Aproximem-se concorrentes, pois a segunda etapa do torneio já vai se iniciar! Preparem seus ingredientes, pois a ansiedade já está destruindo minha barriga! — Passou a mão em cima de sua barriga.

Gargalhadas foram ouvidas em todos os cantos. Todas as mulheres apressaram-se para uma boa organização, pois tudo valia pontos. Ao escutar a ordem de que deveriam arrumar seus materiais, um frio correu pela barriga de Sarah. Segurou fortemente a mão dos dois garotos, respirou fundo e seguiu em direção a seus ingredientes. Todas as concorrentes, rapidamente, arrumaram seus produtos com maestria e habilidade. Após pouco tempo de arrumação, com o soar da corneta de Hucrale, a segunda etapa foi iniciada.

— Vai lá, mãe! Boa sorte! — gritou Thamior, erguendo seus braços.

— É isso aí, tia! — gritou Aramil, completando Thamior. Os dois garotos observaram Sarah com orgulho enquanto os braços delicados de verdadeira cozinheira manipulavam os materiais de sabores infinitos. Enquanto isso, Aramil anunciou:

— Ei, Thamior, vou pegar uma bebida, você quer? — perguntou descendo da cerca de madeira que subira para gritar.

— Não, primo! Não estou com sede agora! Quem sabe mais tarde... — respondeu Thamior.

— Pode deixar, Thamior! Eu pago essa... — sugeriu Aramil, mostrando apenas algumas moedas em seu bolso.

— Não é questão disso, é porque não estou a fim mesmo. Quero concentrar meus pensamentos apenas no prato que minha mãe está fazendo... — disse Thamior com um sorriso no rosto.

— Tudo bem, se não quer, tem quem queira! Até mais! Vou à velha taverna! — disse Aramil saindo, empurrando algumas pessoas.

Quando subiu na cerca em que Aramil estava, Thamior lembrou-se do pai ensinando-lhe como subir em árvores caso ocorresse um ataque de lobos em Rarakina. Após esse pensamento, veio-lhe à cabeça o velho e o encontro dali a menos de uma semana. Não estava muito confiante naquele velho homem, mesmo sabendo muita coisa. Apostava que Muratreff deveria saber mais fatos históricos, porém, não ousaria puxar conversa. Nunca tinha marcado encontros com pessoas estranhas. A preocupação tirava sua atenção. Estava mergulhado em pensamentos sobre sua vida: vendo sua mãe tentando garantir o futuro de sua família; observando Larah, que cresceria sem o pai etc. Suspirou de alívio por estar vivo e poder cuidar de sua família. De repente, uma voz rouca e grossa o assustou ao perguntar:

— Thamior, filho de Theylor, é você? — soou a voz de um desconhecido. O homem colocou de volta no bolso um pergaminho sujo e velho com o nome do garoto.

Thamior olhou para trás, levantou as sobrancelhas e ficou em dúvida se respondia ou não a tal pergunta do sujeito estranho que topou em seu caminho. Acreditou que nestes últimos dias não tinha visto nenhum homem de barbas negras com bandana na cabeça, mas enfim respondeu:

— Sim, sou eu! Mas quem é você? — respondendo, Thamior desceu da cerca.

— Venha comigo até a taverna do meu amigo Braukios para termos uma conversa. — Ele puxou o braço de Thamior, que rapidamente retrucou. — Venha logo, garoto! É sobre... — o homem de bandana interrompeu a frase, mas logo recomeçou, ainda segurando o braço do garoto. — É sobre o velho com quem você irá se encontrar daqui a uns dias.

Depois desta informação, Thamior se soltou da cerca com o olhar destinado à sua mãe, ainda concentrada em seu prato. Preocupado e curioso, foi com o homem até a taverna. Questionava-se como esse homem sabia do encontro se ele não havia comentado com ninguém da cidade, apenas com sua mãe. Ao chegar à taverna, viu Aramil acabando de pegar um copo de vinho próximo a um dos balcões e, para sua maior segurança, chamou o primo com um gesto de cabeça. Meio desconfiado por nunca ter visto aquele homem em sua vida, Aramil se aproximou. Rapidamente, o homem de barbas negras se pronunciou:

— Quem é esse? — questionou o homem, parando na escada e olhando para Aramil de forma desafiadora. Pelo susto, Aramil deu um passo para trás.

— Este é meu primo e deve vir comigo se quiser me dizer algo. Ele é de confiança, senhor... — disse Thamior, querendo saber o nome do recém-conhecido.

— Arkion Plow — respondeu ele, fixando o olhar mais uma vez em Aramil. — Tudo bem, jovens! Agora sigam-me! — disse Arkion, indo a passos largos. Olhou para trás e complementou: — Rápido!

Os dois garotos apressaram o passo. Aramil derramou um pouco do grande copo de vinho.

Depois de cerca de vinte minutos, Hucrale, com sua corneta, interrompeu o trabalho das concorrentes, mas Sarah não se preocupou com o tempo, pois era este o prato que fazia mais rápido e possivelmente o mais saboroso dos doces ali presentes. Hucrale chamou os sete homens que experimentariam os pratos. Os sete convidados eram conhecidos de Heian de outras cidades e reinos, todos humanos guerreiros. Estavam bastante animados com o tal evento, pois nunca participaram antes de algo semelhante. Cada um foi designado a saborear dois pratos e desclassificar um. Os pratos foram levados pela próprias concorrentes até a mesa onde se encontravam os homens, próximo ao local de preparação das especialidades. Depois de uns segundos eles já estavam saboreando as delícias preparadas.

Sarah olhou para o lugar onde estava seu filho, mas não encontrou nem ele e nem Aramil. Havia outras pessoas. Logo foi chamada por dois organizadores para ficar ao canto com as outras mulheres da competição.

O tempo foi se modificando aos poucos. Nuvens escuras já vinham preenchendo praticamente todo o céu. Um relâmpago fora escutado, porém, insuficiente para tirar a atenção da multidão ali presente para o próximo resultado do concurso.

Heian olhou para o céu bastante preocupado com a queda da chuva, já que naquelas terras essas precipitações eram fortes e traiçoeiras. Mas logo impôs sua voz alta após receber outro pergaminho de Hucrale e disse:

— Enfim, o resultado já está aqui — levantou-se e aproximou-se da multidão.

Os homens selecionados que saborearam os pratos doces ainda limpavam os cantos da boca. Algumas barbas estavam repletas de açúcar e mel. Uma boa diversão para as crianças, que riam sem parar.

— Vamos dar continuidade ao torneio e aos resultados da segunda etapa de Pratos Saborosos! — A multidão gritou empolgada.

— Mas primeiro... — Heian estendeu seu braço, esperando o silêncio da multidão.

— Gostaria de agradecer a todos os viajantes de outras cidades, próximas ou distantes a Rarakina. Que continuem nos visitando com paz e respeito às nossas leis! —

Aplausos foram oferecidos ao rei.

— Sobre o conflito que tivemos há alguns dias com as criaturas de Rurik, não devemos falar disso agora, porque, de acordo com nossos mensageiros e guardas, nenhum outro ataque a Rarakina será realizado; e porque hoje é dia de festa! — disse Heian, erguendo os braços arrancando mais grito do público. — Os sete homens que comeram os pratos estão muito satisfeitos com todo esse banquete! Agora, peço que se retirem senhores, e obrigado por participarem do nosso 21º torneio... — A plateia bateu palmas.

Os participantes jurados saíram com a barriga cheia e satisfeitos, ainda saboreando o gosto na boca. Agradeceram Heian por meio de referências. O rei retribuiu.

— Sim, sim... Agora vamos dar continuidade ao torneio divulgando os resultados... — disse Heian, com dificuldade de ler o pergaminho com as letras do Sr. Hucrale. — São elas: Nhuil, Shana, Lia, Meliane, Sarah, Karen e a senhora Drusilia! Parabéns, vocês estão classificadas para a próxima etapa. — A voz de Heian foi seguida de um grande relâmpago.

Logo depois, uma gota d'água caiu do céu em cima do pergaminho que Heian tinha nas mãos. Heian foi para sua tenda, instalada para proteção do sol, mas que agora o protegeria da impiedosa chuva que estava se iniciando. Passado cinco minutos de alegria e empolgação, Sarah e outras concorrentes se abraçaram, parabenizando umas as outras. Iniciou a chuva, aparentemente inofensiva. Hucrale, depois de ser chamado por Heian, foi até o centro onde o torneio estava sendo realizado, e disse:

— Sinto informar-lhes, mas a etapa final do torneio foi adiada para amanhã! Heian acredita que a chuva não vai acabar e pode piorar! Por isso, compreendam senhores... — Foi interrompido por outro relâmpago. A chuva havia aumentado.

Depois desse aviso, a maioria das pessoas correram em direção a qualquer lugar onde havia um teto para proteção contra a chuva, que ficava cada vez mais forte. Muitos nem se importaram com o aviso, acharam bom o fato de o dia festivo se estender por mais um dia. Além da correria, havia homens, meio-orcs, gnomos e várias outras raças caminhando lentamente, carregando suas jarras de vinho ou rum, sem sequer se importar com a chuva. Estavam se deliciando naquele dia de folga e festa.

A chuva animou a todos! Uma superlotação na pequena Rarakina, fazendo com que os olhos de Braukios brilhassem pelo excesso de pessoas na sua taverna. O taverneiro era um homem de estatura baixa, gordo e com um avental sempre sujo, na maioria das vezes de sangue de carne de javali, o prato mais pedido da taverna. *Pedras de ouro!* Era o pensamento de Braukios naquele momento.

Capítulo V

O grande dia

—Vocês entenderam? Terão de partir de Rarakina! – disse Arkion, olhando pela janela do pequeno quarto.

— Pelo tempo, vejo que partirão no início da noite! O velho corre perigo! Agora, vão para casa e preparem todo o equipamento necessário para uma longa viagem!

— Longa viagem? — perguntou Aramil, colocando o copo, que já se encontrava vazio, na mesinha de canto. Aramil estava com dúvida da viagem, mas havia entendido o que Arkion pronunciara. Não sabia exatamente as distâncias, o tempo e o porquê de Thamior ir, e então franziu o rosto com expressão de dúvida.

— E como podemos confiar em você? — perguntou Aramil desconfiado.

Arkion cerrou os dentes. Respirou fundo e disse:

— Cale a boca! Você não entendeu nada? — Arkion levantou, colocando a mão no cabo da espada. — Jamais desconfie de mim, seu imprestável! — Arkion continuava com o duelo de palavras. Aramil se levantou.

— Imprestável é seu passado! — retrucou Aramil, sacando uma pequena adaga.

Thamior levantou-se ficando entre os dois.

— Acalmem-se, senhores! — disse, com um olhar sério para Aramil. — Explicarei tudo quando chegarmos em casa, Aramil — disse Thamior, nervoso.

— Mas e você, senhor Plow? Não vai conosco? — perguntou Thamior.

— Não! — tirou a mão da espada.

— Quando protegerem o velho, saberá onde me encontrar... — respondeu Arkion.

— Acho que você está com medo de ir conosco! — disse Aramil, ainda segurando sua adaga.

De repente, tão rápido como um dos relâmpagos lá fora, uma espada curta de forma arredondada envolveu o pescoço de Aramil. Arkion não tinha tanta paciência. Um golpe tão rápido que Thamior não teve reação, muito menos Aramil, que olhou para baixo e viu que não era nenhuma brincadeira. Sentiu o frio da lâmina da espada arredondada tocar a pele de seu pescoço. Soltou a adaga ao chão. Thamior segurou o braço de Arkion e disse:

— Não precisamos disso, não é mesmo, senhor Plow? Coloque sua espada na bainha...

— Acalme-se, senhor Prow... — disse Aramil assustado, erguendo as mãos.

Arkion Plow, colocando a espada de volta, por debaixo de um longo tecido, disse a Aramil:

— Nunca diga que Arkion Plow está com medo, pois é o medo que sente calafrio ao me ver. E outra, meu nome não é Prow, e sim Plow, seu branquelo! — protestou, falando bastante próximo ao rosto de Aramil.

— Branquelo é sua... — respondeu Aramil, mais uma vez sem pensar. Logo foi interrompido por Thamior:

— Vamos, Aramil! E parem com essa discussão! Já entendemos o que temos que fazer... — falou alto.

— Mas ele me chamou de branquelo, primo. Tenho que dar uma lição nele.

Arkion começou a rir depois desse argumento do garoto. Thamior puxou Aramil pelo braço e foi em direção à porta do quarto.

— Isso não vai ficar assim, senhor! — ameaçou Aramil, encarando Arkion Plow, que estava com um sorriso no rosto. Foi puxado mais uma vez por Thamior e saíram do quarto.

— Até mais tarde, Thamior! Vejo-te em breve, branquelo! — disse Arkion, despedindo-se dos dois garotos.

Ao descerem as escadas, observaram a superlotação na taverna, com alguns bandoleiros e suas pequenas violas. Como de costume, havia bêbados pedindo mais vinho ou cerveja; carne de javali em excesso, ninfas rodeando senhores ricos... Thamior se sentiu aliviado por não ser um dos funcionários da taverna. Aramil não parava de resmungar. Após muitos empurrões, os dois se depararam com uma forte chuva. Um olhou para o outro e saíram correndo em direção à casa.

O caminho não era tão longo da taverna de Braukios à casa de Thamior, mas mesmo assim os dois chegaram totalmente molhados. Parando na varanda da casa, Thamior bateu à porta, tremendo de frio.

— Quem é? — perguntou Sarah, com a voz meiga e suave.

— Sou eu, mãe! Thamior! Dê-me algo para me secar, pois não quero entrar assim em casa.

— Ah, por Philleiron, vocês dois! — disse Sarah ao abrir a porta, observando os dois supermolhados e com bastante frio. Os lábios roxos de Aramil não enganavam a ninguém.

— Entrem... Não, acho melhor não! Vou pegar um tecido para vocês dois...

— Essa é a tia que conheço! — disse Aramil, vencendo o tremer da boca.

Depois dos macios tecidos e um bom escorregão que Aramil levara ao entrar na casa, Thamior e seu primo já se sentiam aquecidos. Após alguns minutos, pensativo, perguntou à sua mãe:

— O torneio foi adiado, mãe, ou você...? — perguntou, com receio da mãe ter perdido.

— Sim, meu filho, foi adiado e passei para a etapa final — respondeu Sarah, com sorriso no rosto, trazendo uma sopa quente.

— Nossa, que bom! Parabéns, mãe! — disse Thamior, levantando-se. — Estou muito orgulhoso de você! Papai também! — Deu um beijo na testa da mãe, que fazia um equilibrismo por causa da sopa quente, enquanto Aramil observava aquela cena bela e sincera.

— A vitória é sua, tia! Eu acredito! — disse, beijando-a junto com Thamior.

— Calma, Aramil, o torneio foi adiado para amanhã e ainda temos a final pela frente! Sentem, sentem! — pediu, servindo a sopa aos garotos.

Soltando um suspiro, Sarah disse:

— Estou ansiosa para chegar logo amanhã. — Ela olhou para a ampulheta, que estava na mesinha ao centro da sala. Aquele objeto oferecia noção das horas do dia, já que o sol estava coberto por nuvens negras ainda carregadas de água.

— Fique tranquila, mãe! Você vai conseguir. Sinto isso — falou, beijando-lhe o rosto. — Mas onde está Larah? A sopa vai esfriar e, por sinal, está uma delícia — perguntou, dando mais uma colherada.

Aramil não falava. Sua boca estava cheia da sopa. Pelo rosto e respiração percebia que o sabor estava maravilhoso.

— É mesmo, onde se meteu? Larah! Venha tomar algo quente, pode pegar alguma praga — exclamou Sarah.

Não houve resposta. Sarah colocou o restante dos pratos em cima da mesa e foi imediatamente para o quarto onde Larah poderia estar brincando ou dormindo. Ao chegar não encontrou ninguém e então foi ao quarto de Thamior. Abriu a porta cautelosamente e observou Larah com vários pergaminhos. A menina parecia estar muito curiosa para conhecer as próximas imagens ou palavras de um dos livros de Aramil. Concentrada na escrita, em cima da cama, nem reparara que Sarah estava a observando. Sua mãe encostou novamente a porta e saiu a passos curtos, sem fazer qualquer ruído.

Ao chegar à sala novamente, viu a felicidade de Thamior, sentado no sofá tomando sua sopa de legumes ao lado de seu primo.

— Aramil, Larah está passando os olhos em alguns de seus pergaminhos. Algum problema? — perguntou Sarah, indo em direção à cozinha para guardar os pratos deixados.

— Não, sem problemas! E, por falar nisso, vou contar a ela uma grande história que presenciei com grandes anciões. Dê-me mais um prato de sopa, para Larah! — disse Aramil, empolgado. Ele adorava contar histórias. Após pegar um prato para Larah, Aramil foi em direção ao quarto de Thamior.

Sarah olhou para Thamior e sorriu! Estavam felizes.

As horas do dia passaram lentamente. A chuva já acabara, mas o frio ainda estava lá, imóvel e denso como uma grande rocha que não se desloca facilmente. Thamior adormeceu em sua confortável poltrona. Larah adormeceu na cama de seu irmão depois da história contada por Aramil.

— Sabe, meu sobrinho, queria que Theylor estivesse ainda entre nós. Ele ajudava tanto a família com seu trabalho no pequeno estábulo da cidade e nos dando amor. — A emoção e as lembranças a interromperam. — Não é um grande estabelecimento, mas dava para tirar algumas moedas de prata — disse Sarah, suspirando.

— Sim, minha tia! Eu sei, mas pode ficar tranquila que irei arrumar um emprego aqui em Rarakina e ajudar na casa — disse Aramil.

— Não precisa! Aramil, você é uma visita!

— Sim, mas sou como um irmão para Thamior e sinto-me no dever de ajudar enquanto meu pai realiza uma de suas viagens... Ah, aceita mais um pouco de Luzeh? — ele perguntou, levantando-se e pegando os dois copos que estavam vazios.

— Oh, sim! Claro... — respondeu Sarah com um sorriso no rosto.

Aramil não se deu conta da hora, a noite já era notória. Estava empolgado com a conversa com sua tia, acompanhados com Luzeh, uma bebida de cor azul muito forte e saborosa, feita por ele próprio a partir de raízes de Luzeira, um tubérculo encontrado em sua cidade, trazidas em sua pequena bagagem, misturado com algumas doses de rum envelhecido. Deixou sua tia sentada nos bancos, refletindo, acompanhada das lembranças de Theylor, e resolveu levantar-se e entrar na sala, cautelosamente, observando Thamior dormindo. Foi até a cozinha e encheu mais dois copos. Voltou ao encontro da tia. Ao passar pela porta da sala, não bateu, porém, fez um pequeno barulho ao fechá-la, o que fez Thamior acordar de seu sono.

— Aqui está, tia! — Entregou o copo com reverência.

— Obrigada! E Thamior, já acordou? — perguntou Sarah, bebendo um pouco da bebida.

— Oh, creio que não! — respondeu Aramil, dando uma boa golada.

Thamior, que já havia despertado, imediatamente olhou pela janela e observou a escuridão... Levantando-se assustado por pensar que já devia estar tarde para sua partida ao centro da floresta de Rarakina, chamou Aramil imediatamente:

— Primo, está na hora de irmos! — falou procurando-o.

Aramil entrou na sala com Sarah, não porque Thamior o chamara, mas porque estava ficando frio lá fora.

— Thamior, meu filho! Até que fim você acordou! Aramil estava contando uma história de quando vocês dois eram crianças — disse Sarah sorrindo. — Espere só um minutinho que vou pegar uma bebida para você... — ela sugeriu, virando-se em direção à cozinha.

— Curioso! Aposto que foi uma excelente história! — disse Thamior. Segurou a mão de sua mãe, interrompendo-a. — Agradeço a bebida, mas tenho que interromper... — falou, respirando forte. — Tenho algo para lhe dizer que é muito sério. Sente-se! — suspirou de forma pesada. Sarah franziu o rosto pela dúvida e ficou sem argumento.

O corpo ainda sonolento ficou de pé em frente à Aramil e Sarah, ambos sentados em poltronas. Thamior começou a dizer o que faria naquela noite e o porquê de tudo. Contou aos dois toda história que sabia, sobre as alianças entre os reis, sua vingança, o que seu pai lhe disse quando estava morrendo, sobre o homem estranho de barbas longas com um faixa na cabeça e as características do velho que dizia conhecer seu pai. Depois de repetir alguns pontos para Sarah, que não havia entendido claramente, parou de falar um pouco e, depois de respirar fundo, continuou:

— Agora tenho que ir, mãe! — Olhou nos olhos dela, que já estavam cheios de lágrimas.

Larah levantou-se e estava escutando algumas coisas atrás da porta, até que saiu do quarto e abraçou Thamior. Sarah a pegou no colo e falou, com uma voz trêmula:

— Mas por que esse senhor não vem aqui? Fique aqui comigo e sua irmã, Thamior. Vocês dois! — ordenou, estendendo o braço em direção a Aramil. Seu sobrinho a abraçou e disse:

— Acalme-se, tia! Voltaremos logo.

— Mas, garotos, o centro de Rarakina é muito perigoso. Isso tudo para receber alguns conselhos de uma pessoa que vocês nem conhecem direito? — indagou Sarah.

— Sim, mãe, mas sinto que esse senhor poderá levar-me ao meu tio Lianon. Sei que irei achá-lo rapidamente. Em menos de duas semanas estaremos de volta. Vai ficar tudo bem! — garantiu Thamior, lembrando das ordens de seu pai.

Depois de enxugar as lágrimas do rosto, Sarah concordou, dizendo:

— Tudo bem, meu filho, vá à procura desse senhor que você acha que sabe alguma coisa sobre seu tio! Afinal, também disse conhecer muito bem seu pai — suspirou. — Se Theylor disse para ir procurar esse tal Lianon, que nunca conheci ou ouvi falar, deve ser algo importante... — O coração de Sarah estava apertado.

Quando a tia acabou de falar, Aramil foi para o quarto de Thamior a passos rápidos para pegar seus equipamentos de viagem.

— Mas já escureceu, Thamior. Não acha melhor partir amanhã bem cedo? — sugeriu Sarah.

— Não, mãe! O velho me espera... Temos que ir logo e ainda não arrumei minhas coisas. — Ao terminar de falar, Aramil saiu do quarto de Thamior com duas velhas bolsas, dizendo:

— Primo, achei essas bolsas próximo à cômoda de seu quarto! — disse, aproximando-se. — E resolvi arrumar nossas coisas enquanto você dormia, fiz certo? Acho que coloquei tudo que precisamos para uma boa estadia na floresta.

— Claro que sim, meu primo. Admiro-me muito ao ver o que fez — respondeu Thamior, pegando uma das bolsas.

— Thamior, vocês voltarão dentro de duas semanas? — perguntou Sarah, observando-os.

— Sim, mãe, claro! Pode ter certeza. Voltaremos talvez até antes disso tudo... — respondeu Thamior, olhando dentro da bolsa para ver se havia tudo o que precisava.

Thamior observou que Aramil estava com uma roupa de viagem nos braços e logo pensou em vestir a sua. Correu imediatamente para o quarto da mãe. Aramil foi até a cozinha ajudar Sarah a preparar algo rápido para a viagem. Ao chegar ao quarto, Thamior procurou a roupa que sempre quis vestir, que não era uma roupa comum, e sim a roupa de seu pai, utilizada em curtas viagens de trabalho ou pequenos conflitos. Não conseguindo achar, Thamior olhou para a janela e obervou que a escuridão cobria Rarakina. De repente, esbarrou em um caixote, cuja tampa se deslocara, ao lado da cama. Ele se assustou ao ver que dentro do caixote estava a roupa do pai, limpa e dobrada. Depois de alguns segundos de admiração, com um ato nobre, pegou a roupa com toda delicadeza e começou a vesti-la.

Cerca de cinco minutos depois, o garoto acabava de fechar o cinto da calça e se sentia como nunca ao olhar-se no espelho. Sentia-se bem por estar vestido com a roupa de seu pai. Como o corpo de Theylor tinha mais massa muscular, a roupa ficou um pouco solta no corpo de Thamior. Concentrado em sua própria figura, de ver seu pai em pé novamente, Thamior foi despertado súbitamente pelo chamado de seu nome:

— Thamior, venha até a cozinha! — exclamou Sarah.

Ele foi como um verdadeiro guerreiro, sentindo-se ao lado de seu pai. Ao chegar até a cozinha, perguntou:

— Estou bem assim? — Sarah olhou admirada para Thamior, pois era como ver Theylor há alguns anos. E com passos curtos foi até ele e o abraçou. Bastante emocionada, ainda poderia sentir o cheiro do seu homem na veste limpa e bem tratada.

— Sim, meu filho, você está ótimo! — disse, às lágrimas, abraçando-o. — Orgulho-me por ter um filho como você! — completou, dando-lhe um beijo no rosto. Aramil apenas os observava com um sorriso.

Neste momento, Thamior sentiu o calor dos pais interceptando seu corpo. A responsabilidade e a dignidade de um grande guerreiro aqueciam o coração do garoto de dezesseis anos que partiria em breve em, talvez, uma de suas maiores jornadas.

— Levem isso com vocês! — disse Sarah, olhando para os dois. — É uma espécie de poção que os ajudará se houver algum ferimento; o que, por Philleiron, não acontecerá. Ajuda na cicatrização. E leve também esses pães e essas frutas.

— Muito obrigado, tia! Que Elonna a guie! — Aramil fazia uma reverência à Sarah. Elonna, assim como Philleiron, era uma divindade. A Deusa das Florestas, enaltecida por Aramil e sua família.

— Bem lembrado, mãe! Você nunca se esquece de nada! Sempre bastante atenciosa... Agora temos que ir! — agradeceu Thamior, tateando e arrumando as amarras de seu cinto de utilidades. — Aramil pegue o objeto que está ao lado da mesinha do meu quarto! — solicitou ao primo.

— Claro! — respondeu Aramil, empolgado.

— Agora temos que ir, mãe! — Olhou nos olhos dourados de sua mãe. Olhos que estavam cheios de lágrimas, prestes a cair novamente.

— Tha? — perguntou Larah, aproximando-se de Sarah. — Mas quem irá proteger nossa família? — Olhou para Thamior, com seus pequenos olhos dourados como os de sua mãe.

Essa pergunta cortou o coração de Thamior como uma afiada adaga.

— Philleiron cuidará de vocês! — respondeu Thamior, ajoelhando-se e abraçando sua irmã.

— Arkion Plow ficará na cidade por mais alguns dias e cuidará de vocês! Confio nele porque Braukios também confia — disse, olhando para a mãe. — Nossa casa é sempre vigiada por grandes guardas! Fique despreocupada, pequena irmã! Tudo ficará bem e voltaremos em breve. — disse Thamior, passando a mão nos macios cabelos de sua irmã.

— Sim, Larah, venha! Thamior e Aramil voltarão rápido! Irei te acompanhar até a porta, meu filho — disse Sarah com maior aperto no coração.

Sarah não apresentava insegurança para Larah ou Thamior, mas seu coração sangrava de tamanha preocupação. Era como se algo arrancasse Thamior de seus braços, assim como em uma das primeiras jornadas de batalha de Theylor, que ficou fora por vinte dias em uma missão, deixando Sarah grávida de Larah e com o pequeno Thamior. Sarah acreditava que Philleiron ajudaria os dois viajantes, mas sabia que algo de ruim poderia acontecer no interior da floresta de Rarakina. Ela afirmava para si que seu coração não iria resistir à perda de mais uma parte de seu corpo.

Ao chegarem à sala, indo em direção à porta aberta, Thamior abriu-a e observou a escura floresta. O vento calmo tocava-lhe a face. Todos ficaram na frente da casa à espera de Aramil.

— Mãe, não se preocupe! Creio que estarei aqui dentro de oito a dez dias…

— Sentirei muita saudade de você e de Aramil — disse Sarah com uma voz trêmula. — Medo e preocupação também… — Sentiu o vento cortar seu coração, pois foi como ver seu marido há alguns anos.

— Pode ficar tranquila, tia! Voltaremos logo! — disse Aramil, chegando de repente, entregando a espada de Theylor a Thamior. Era o objeto que Thamior havia solicitado.

Depois de longos abraços entre os quatro, palavras que expressavam solidão, saudade e medo; Sarah cantou uma pequena canção para acalmar o coração de todos:

Caminhos, caminhos...
Serão percorridos,
Guiados, guiados...
Por Philleiron, nosso amigo!

Conquistas, conquistas...
Serão proclamadas,
Vitórias, vitórias...
Serão abençoadas!

Philleiron nosso guia;
Em tempos de medo e agonia;
Philleiron nosso amigo;
Em dias tristes e mal recebidos;

Philleiron!

Nosso mestre;
Em dias de glória;
Ou nos dias de derrota;
Das montanhas do pico;
Às tribos do vale;
Serão guiados, guiado...
Por toda eternidade...
Por Philleiron,

Nossa maior divindade!

Após a canção, um silêncio tomou aquela região. Era hora de partir.
— Vai voltar logo, Tha? — perguntou Larah.
— Sim, princesa. Eu e Aramil iremos comprar um presente para você, lindo como seu rostinho.
— Você escutou mamãe? Tha e Aramil vão comprar um presente para mim… — falou Larah com empolgação.

— Já está ficando tarde, temos que ir... Larah, cuide da mamãe enquanto eu não estiver em casa! Será mais uma lição que lhe ensino. E lembre-se: se houver algum problema com a mamãe, vá à casa ao lado pedir ajuda — orientou Thamior, olhando firme nos olhos pequeninos de Larah, que prestava bastante atenção.

— Até mais, tia e Larah! Elonna protegerá vocês — disse Aramil, dando um beijo na mão de cada uma. Era uma forma de despedida em sua cidade.

— Até mais, mãe, fique com Philleiron! — Thamior respirou fundo. — Boa sorte na prova final do torneio de amanhã! Sei que será uma das campeãs. E se faltar dinheiro, tem uma caixinha de madeira polida em cima da mesinha com algumas moedas de prata.

— Tudo bem, mas não vai faltar. Philleiron irá nos ajudar! — respondeu Sarah, dando um beijo nos dois garotos. — Vão! Estarei esperando vocês, ansiosa! — falou, fechando os olhos e com a respiração um pouco ofegante.

— Até, mãe! Tchau, Larah, e não se esqueça de que deverá cuidar de nossa mãe. — Beijou as duas e seguiu em direção à floresta, respirando fundo para ter forças para não voltar para casa.

— Aos Deuses! — disse Aramil.

— Estou com um pressentimento de que tudo correrá bem nessa caminhada e no torneio, sei que irá vencer — disse Aramil com um sorriso no rosto, olhando nos olhos de Sarah. Após, seguiu em direção à floresta.

Depois de alguns minutos, quando Sarah viu que a escuridão da mata engolia os garotos, não resistiu e chorou, deixando as lágrimas frias e dolorosas caírem sobre seu rosto.

— Mãe, não chore! Eles vão comprar presente para você também... — A voz doce de Larah era a única coisa que consolava o coração de Sarah.

— Sim, minha filha! Espero que sim... Agora vamos para dentro porque está frio aqui fora — falou, entrando com Larah e fechando a porta de casa.

Thamior, já entrando na floresta, olhou para trás tentando ver a mãe e irmã, mas não conseguiu distinguir os detalhes. Observou apenas plantas entrelaçadas e escuridão.

Aramil acendeu uma das tochas. Os dois garotos, com passadas largas, foram em direção ao centro da floresta, indicado por trilhas feitas por lenhadores de várias gerações. Escutavam sons de pássaros e até mesmo o suave movimentar das altas copas das árvores. A longa caminhada iniciou-se, porém, fora interrompida com a aparição do ancião de Rarakina, Muratreff. A luz que a tocha fornecia era o bastante para visualizarem o velho homem colhendo algumas ervas para o preparo de algumas poções.

— É perigoso andar na floresta a essa hora da noite! — disse Muratreff com a voz rouca. Estava cortando ervas ao seu redor.

— Muratreff... Você nos assustou! — disse Thamior.

Aramil aproximou a tocha do velho e perguntou:

— Senhor, não é perigoso ficar sozinho?

— Não para Muratreff, filho de Murtac. — Ele guardou calmamente as ervas em seu bornal.

— Temos que chegar ao centro da floresta, encontrar um amigo de meu pai — disse Thamior, olhando para o ancião, tentando entender o porquê de tamanha reverência para com as ervas.

O ancião levantou-se lentamente, olhou para os dois garotos e perguntou:

— Vocês conhecem a floresta? — Tampou a luz com seus braços. Aramil abaixou a tocha.

— Seguiremos a trilha dos lenhadores... — Aramil apontou a direção. — É seguro, senhor?

— Nada em qualquer floresta é seguro, jovens guerreiros — respondeu Muratreff. — Sigam pela trilha, mas fiquem atentos... Creio que Theylor já conversou com você sobre a floresta e suas criaturas... — respirando com dificuldade devido à idade avançada. — Leve isso com vocês... — ofereceu a Thamior um pedaço de raiz de coloração vermelha.

— Para que serve, senhor? — Thamior o interrogou.

— Isso irá clarear seu caminho nos dias mais obscuros... — Sua respiração parecia piorar. Muratreff tonteou.

— Você está bem, senhor? — Aramil estendeu os braços, oferecendo ajuda.

— Estou bem, garotos. Tenho que tomar meu chá! — Partiu, tomando o rumo para a cidade.

— Fiquem atentos! — ele tossiu. — Muratreff irá orar por vocês... — disse, partindo na escuridão.

— Obrigado pela raiz, senhor — disse Thamior, olhando-a, tentando entender o que o ancião disse. Muratreff apenas estendeu a mão com um adeus.

— Espero que o velho fique bem — disse Aramil, levantando sua tocha novamente.

— Ele ficará... Repleto de segredos… — cochichou Thamior.

— O que disse? — questionou Aramil.

— Ele ficará bem, apenas deve tomar seu chá. Vamos! — disse Thamior, acelerando o passo.

Os dois seguiram viagem. Thamior ficou pensando no que o velho ancião dissera por alguns minutos. Sentiu-se bem em ser reconhecido como um guerreiro e pela lembrança de seu pai. Não sabia que em um dia de sua vida Muratreff iria aconselhá-lo e reconhecê-lo daquela maneira. Estava empolgado e ao mesmo tempo nervoso. Muitas coisas estavam aparecendo em sua vida de uma vez, por isso, estava mais seguro com a presença de Aramil ao seu lado.

Passaram-se cerca de duas horas desde que adentraram a floresta e os dois sequer conversaram. Estavam sempre atentos e concentrados aos ruídos do lugar. Após esse tempo, a tocha de Aramil começou a apagar. Não se preocuparam muito com isso, porque naquele momento a lua, graciosa, já estava iluminando a floresta, que começava a se abrir.

Ao perceberem que o caminho já estava mais iluminado e aberto, resolveram encostar-se a uma grossa árvore que, por sinal, apresentava características de ser bem velha, com algumas orelhas-de-pau anexas. Como qualquer outra floresta, havia árvores milenares contemplando a natureza. Raízes enormes entrelaçavam e firmavam o solo marrom, rico em nutrientes para as futuras gerações. Roedores, cobras e aranhas caminhavam e rastejavam à procura de algum alimento saboroso enquanto a noite se estendia. Corujas e outras aves quebravam o silêncio com sons característicos e cânticos jamais compreendidos pelos humanos. A natureza estava viva. As florestas naquela região eram bem cuidadas e respeitadas pelos habitantes ao redor, pois sabiam do poder medicinal das plantas e dos animais para caça. Era uma perfeita harmonia que pairava entre os habitantes de Rarakina e a floresta que os cercara.

Ao olhar ao seu redor, subitamente Thamior disse a Aramil:

— Acho que vi algo do nosso lado direito. Um vulto de estatura média! — Fixou o olhar e continuou a descrição. — Acho que é uma pessoa! — Ambos se abaixaram nas grandes raízes das árvores. Thamior sacou a espada do pai sem fazer qualquer ruído.

Aramil se aproximou de Thamior e disse:

— Você está vendo coisas! O medo já está presente em sua mente — falou em voz baixa, observando ao redor.

Depois de poucos segundos, uma luz de coloração avermelhada foi vista pelos dois. Uma coloração diferente das demais comumente vistas. Nunca viram luz semelhante e estava sendo guiada por uma pessoa.

Ao ver o vulto que se aproximava do campo aberto onde estavam, Aramil sacou suas duas espadas curtas e sussurrou:

— Ao meu comando partiremos juntos em direção àquela criatura... — A ansiedade de Aramil o deixou mais atento.

— Tudo bem! — respondeu Thamior, demonstrando firmeza.

O ser com a luz avermelhada se aproximava daquele campo aberto. No momento em que saía daquela área fechada, empurrando algumas plantas que estavam entrelaçadas no caminho, Thamior e Aramil, com ações rápidas, colocaram as espadas com lâminas bastante afiadas sobre o peito daquela criatura, que caiu pelo susto. Era um homem baixo, com uma capa marrom sobre o corpo e carregava um grande e grosso livro nas mãos. O idioma não era um dos comuns. Devido ao susto, o homem deixou cair sua tocha de luz estranha e seu livro. Estava preso pelos braços dos dois garotos e então disse assustado:

— Oh, pelos deuses, não me matem, senhores! Sou apenas uma pessoa de bem que procura o destino! Tenham piedade de um pobre e humilde homem, fraco e com frio — disse, chorando de desespero.

Thamior e Aramil perceberam que não era um homem perigoso, mas apenas um servo de algum ancião que não era de Rarakina. Suas vestes não negavam, era um monge. Mesmo assim não voltaram as espadas para bainha. Afastaram-se e com as espadas apontadas para o homem, começaram o interrogatório:

— Quem é você? — perguntou Thamior.

— Sou um simples homem que está à procura de um destino digno... — respondeu ainda com a voz trêmula.

— Para com essa embromação e diga logo seu nome! — gritou Aramil.

— Ah, claro! Meu nome é Riller. — Tentou levantar para apanhar seu livro e sua tocha de luz avermelhada, que não tinha apagado.

Quando se moveu, Aramil, com uma voz imponente, fez outra pergunta ameaçando-o novamente com a espada:

— Só Riller? — O homem baixo levantou as mãos para cima, estava desesperado novamente.

— Na, na, não, senhor! Meu nome completo é Snike Riller Boures — respondeu, novamente com a voz trêmula.

Thamior colocou a espada na bainha, abaixou e pegou a tocha e o livro estranho que o homem carregava. Aramil observou que Snike não tinha nenhum tipo de arma visível. Achou aquilo muito estranho. Ficou de frente para Thamior e perguntou:

— Que estranha luz é essa? — Passou a mão rapidamente sobre o fogo.

Naquele instante, Snike puxou uma simples e pequena adaga, e quando ia furar Aramil pelas costas, Thamior, com seus rápidos movimentos, empurrou o primo para o lado e colocou o livro contra o ataque. Quando Snike percebeu que não furou a pele de Aramil, abriu os olhos e observou que furara seu próprio livro.

— Não! Meu raro livro de idiomas, não! — disse Snike ofegante, soltando a faca da mão. Olhou imediatamente para Aramil, que, enfurecido, agarrou o fino pescoço de Snike, apertando-o como se este fosse um fino e macio pão.

— Acalme-se, meu primo — disse Thamior, soltando o livro no chão e segurando o braço de Aramil. — Não faça isso! — sugeriu Thamior.

— Mas ele tentou me matar pelas costas, Thamior, e você diz que não devo fazer isso com esse verme? — questionou Aramil, fazendo mais força contra o pescoço de Snike.

— Ele só está assustado. Esse ataque mal furaria sua primeira camada de pele. Solte-o… — sugeriu Thamior. — Essa adaga não está afiada o bastante para perfurar a pele de alguém…

Aramil não queria fazer isso, mas, por confiança em seu primo, soltou o pescoço do homem e pegou a adaga que estava presa ao livro.

— Isso vai ficar comigo agora, senhor! E espero que não tenha mais nenhuma aí contigo. Ou estou errado? — questionou Aramil.

— Não tem mais nada comigo que me faça matar desse modo… Desculpe, senhor. Fiquei assustado, e nunca matei ninguém antes, não será hoje que irei matar… — garantiu Snike, pegando seu livro com um corte no meio. — Obrigado, senhor! — Snike olhou nos olhos de Thamior, agradecendo-o.

— Agora não temos tempo para agradecimentos, temos que ir… Siga seu caminho, Sr. Snike — disse Thamior, desviando o olhar.

— Sim, vamos seguir! Esse verme morrerá em poucos minutos nessa floresta! — disse Aramil, olhando com firmeza para Snike. — E se tentar me atacar novamente pelas costas, cortarei seu pescoço e vou urinar sobre seu corpo! — exclamou Aramil, guardando a adaga de Snike.

Aramil pegou a tocha avermelhada que acabara de roubar e começava a seguir o caminho entre as árvores junto a Thamior, quando de repente a voz de Snike soou no ar:

— Escute, não poderia ir com vocês até um pouco mais adiante, já que estão com minha tocha? Estou com receio de ficar aqui sozinho, deixem-me ir com vocês!

Aramil sorriu quando o escutou dizer que estava com receio, mas não parou de andar. Thamior observou que seu primo não iria parar para deixar Snike seguir, então, virou-se e disse:

— Tudo bem, senhor! Venha conosco! Mas se tentar fazer qualquer brincadeira com um de nós, não teremos piedade.

— É, Thamior, você nunca irá perder esses atos generosos, mas é até bom que esse verme siga conosco para servir de alimento para lobos ou ursos deste lugar. Devem estar famintos à procura de uma simples carne. E essa carne pode ser você, Snike, o que você acha? — perguntou Aramil, sorrindo.

Snike fez cara de espanto, mas logo ficou normal quando Thamior lhe disse:

— Acalme-se, homem! Pode ficar tranquilo, meu primo é meio exagerado. Vamos logo, não podemos perder mais tempo.

Logo quando os três ficaram lado a lado para seguirem viagem, Snike disse a Aramil:

— Pode levar a tocha se quiser… — falou com humildade.

— Mas é claro que sou eu quem vai levá-la! Verme! E não ande ao meu lado. — Aramil empurrou Snike com o ombro.

Snike logo se afastou e foi para o lado de Thamior. Seguiram o caminho em direção ao centro de Rarakina, novamente, agora com uma pessoa a mais no grupo. Snike Riller Boures, eles não sabiam, mas era uma pessoa muito sábia e esperta, apenas exerceu um teatro, fingindo sua piedade para enfrentar outras pessoas ou criaturas.

Passaram-se mais duas horas desde o encontro. O que os três viam eram apenas folhas, árvores com suas grossas raízes e alguns coelhos mortos em decomposição. Estava frio naquela noite, os corpos pediam mais proteção.

Aramil, que estava mais à frente na caminhada, parou e se virou para trás. Observou Thamior e Snike conversando, e resolveu falar:

— Vamos parar aqui. Comeremos e dormiremos um pouco. Continuaremos nosso caminho em breve. — Observou se o local era realmente seguro.

— Sim, vamos acender uma fogueira — disse Thamior, colocando sua mochila aos pés de uma árvore. — E você, Snike, pegue alguns gravetos pelo chão — ordenou.

— Senhores, sei que está bastante frio aqui, mas não acho certo acender uma fogueira nesse lugar, iluminará muito e poderá chamar a atenção de alguém ou de alguma criatura — sugeriu Snike.

— Faremos uma fogueira baixa, não colocando muitos gravetos — contra — argumentou Thamior.

— Acho que o verme pode estar certo, mas não podemos ficar nesse frio... — disse Aramil, pegando algo em sua mochila, foi quando resolveu pensar melhor. — E o que faço com essa tocha? Pegue, verme! E não vá muito longe pegar gravetos, fique ao nosso alcance se não quiser morrer.

— Tudo bem, senhor — respondeu Snike, pegando-a de volta.

Snike saiu em direção ao leste, olhando para o chão à procura de gravetos secos e pequenos, deixados pelos lenhadores de Rarakina, além dos que estavam caídos de árvores pelas ações do meio ambiente.

Thamior sentou-se à espera de Snike, mas não tirava os olhos da iluminação vermelha que a tocha transmitia. Olhando para a lua, que parecia estar tão perto das árvores com suas grandes copas, pensava em Sarah e Larah, em como estariam naquele momento... Dormindo, era o que Thamior acreditava.

— Meu primo, sente frio? — perguntou Aramil, tirando um frasco com seu Luzeh.

— Sim, um pouco! E vai piorar... — Liberou um sorriso de desânimo.

— Luzeh irá nos aquecer essa noite. Ela esquenta seu corpo em segundos e fica mais saborosa se levarmos ao fogo... Sabe, primo, estou com saudade de quando éramos crianças, quando brincávamos no pequeno gramado atrás de sua casa. Será que nossos filhos um dia poderão brincar lá?

— Sim, Aramil, pode ter certeza disso! Não só brincarão como também irão se machucar nas pedras como você e eu, lembra-se?

— Sim, pode ter certeza de que nunca me esquecerei disso — respondeu Aramil, dando uma risada e agitando o frasco com a bebida.

Após alguns segundos de pensamentos distantes, Aramil questionou Thamior:

— Será que podemos realmente confiar nesse verme? Snike! — Aramil suspirou por tamanha dúvida.

— Creio que não nos fará mal! Com esse corpo mais franzino que os nossos, não seria capaz de nos agredir! Algo me faz confiar nele... — respondeu Thamior, observando Snike. Aramil não respondeu, apenas não concordava e fazia gestos de negação com a cabeça balançando de um lado para outro.

Os dois ficaram imóveis esperando por Snike, que pegava alguns gravetos. O silêncio da dúvida cobria a mente de Aramil. Thamior olhava às vezes para a lua, às vezes para a tocha. Aramil, percebendo o olhar de seu primo, com certa curiosidade, perguntou:

— Será que algum dia um mago ou feiticeiro irá alcançar a nossa majestosa lua?

— Creio que não, meu primo. Ninguém terá esse talento, nem mesmo magos ou feiticeiros com muita experiência. A lua é o escudo dos deuses pela noite — respondeu Thamior.

— E pelo dia, o sol — completou Aramil.

Thamior, dando dois leves tapas no ombro do primo, concordou com ele. Quando se virou para o leste em direção à iluminação de Snike, disse:

— Olhe, ele já está vindo.

Aramil levantou e segurou com firmeza sua bebida:

— Bom rapaz! Coloque aqui estes gravetos e queime-os com sua tocha — disse, apontando para um local no chão.

— Ah, claro. — Snike concordou colocando os gravetos no local mandado por Aramil.

Quando os gravetos foram empilhados por Thamior, Snike derramou um pouco de óleo e, com a tocha, acendeu o fogo, fornecendo calor a todos. A fogueira transmitia a iluminação normal de fogo e não a avermelhada. Era pequena, majestosa, com tímidas labaredas.

Enquanto o fogo queimava alguns gravetos secos, Thamior ficou conversando com Snike sobre lendas e mitos que conhecia. Aramil estava concentrado em sua bebida, ficava passando o frasco pelo fogo, esquentando-o. Depois de cerca de quinze minutos de conversa e espera, Aramil disse:

— Agora, façam silêncio que minha bebida está pronta para ser apreciada — disse, abrindo o frasco que estava tampado com uma espécie de cortiça. Ao abrir, o odor que exalava de dentro do frasco era bastante agradável e qualquer um que passasse por perto poderia sentir um cheiro fortificante e estimulante. Snike perguntou imediatamente:

— O que é realmente isso, senhor? — Aproximou o rosto.

— É a bebida mais saborosa dos últimos tempos, e pode ter certeza que nenhum dono de taverna conhece meu famoso Luzeh. — Ergueu a cabeça de forma imponente. Thamior sorriu.

— Posso provar? — perguntou Snike com receio.

— Não! De acordo com a tradição, eu bebo primeiro. — Deu um gole pela boca da garrafa.

Ao engolir, sentiu-se quente e vivo. O frio e a fome que estava sentindo desapareceram e, então, ofereceu a garrafa a Thamior e, logo em seguida, a Snike.

Depois de conversarem mais um pouco, o frio e a fome já não eram de fato a preocupação do grupo, pois a bebida tinha vários efeitos. Com apenas uma golada para cada um, o efeito pareceu bastante eficaz.

Aramil guardou sua garrafa em sua mochila e disse:

— Pronto, senhores! Agora estamos todos bem para uma boa dormida, não é? — Pegou seu saco de dormir de cor preta e estendeu-o no chão com folhagens soltas sobre o solo.

— Sim! Partiremos o mais rápido possível. Será um breve descanso! — Thamior fez o mesmo que Aramil. Após a conversa, de alguma forma, sentia confiança em Snike e sabia que não seriam degolados pelo monge enquanto dormiam.

— Claro, podem ficar tranquilos que bem cedo estaremos seguindo caminho novamente — disse Snike, jogando água de seu cantil para apagar as últimas brasas da fogueira.

Depois de alguns minutos, Aramil e Thamior já estavam dormindo e o cheiro do Luzeh ainda estava forte no ar. Um cheiro muito agradável, fazendo com que Snike se sentisse muito bem ao respirá-lo. Depois de ficar um pouco pensativo e observando a negra e fria floresta de Rarakina, Snike resolveu esconder sua mochila e estendeu seu saco de dormir, dizendo para si mesmo:

— Não haverá nenhum perigo nesta madrugada, posso sentir no vento calmo que vem do sul. Esses jovens não tem noção do perigo ainda, mas, de qualquer forma, minha missão é protegê-los. — Deitou-se ao lado dos dois, fechou os olhos e, com a escuridão da visão, dormiu calmo como um simples camponês em um largo campo macio e com cheiro de tulipas.

Na madrugada calma e fria na floresta não se ouvia nada mais que ventos nas altas copas das largas e velhas árvores. Os três, imóveis, dormiam no chão como se fossem rochas novas e ingênuas, sem nenhuma preocupação com criaturas ou bárbaros selvagens.

Depois de três horas de descanso naquela madrugada fria, os raios do sol ainda não penetravam na mata entre as árvores e folhas. Um sol fraco era esperado dentro de algumas horas pelas criaturas da floresta.

Quando um vento mais frio bateu no rosto de Snike, ele imediatamente acordou, e, levantando-se com pressa, disse:

— Acordem! Senhores, vamos seguir caminho novamente. Um dia lindo deve estar se formando — disse, olhando para o céu entre as enormes árvores. — Nossa, o cheiro do Luzeh de Aramil ainda está presente no ar e não sinto fome alguma. Essa bebida só pode ser divina — falou Snike, surpreendido, respirando forte.

— Sim, Snike. Essa bebida tem longos efeitos e de onde ela foi criada há muito mais o que ser aproveitado — respondeu Aramil, levantando-se com certa preguiça.

— Esse meu primo não acorda fácil mesmo... Não é? — brincou, olhando para Thamior.

Pegou o cantil, bebeu um pouco de água, e, de propósito, derramou algumas gotas no rosto do primo, que acordou assustado e rapidamente pegou sua adaga presa à cintura.

— Não faça isso novamente, primo. Poderia cortá-lo. — Depois de olhar sério para o rosto de Aramil, Thamior começou a rir. Uma risada fraca, mas feliz.

— Agora, vamos! Aprontem-se rapidamente para seguirmos... — sugeriu Snike.

Depois de se arrumarem, cada um fez uma rápida oração para os deuses e seguiram caminho novamente, agora com passos mais largos.

Foi uma manhã alegre e rápida, onde Thamior e Aramil cantavam solenemente, apenas se preocupando com a trilha à frente deles. Snike aconselhava os dois a cantarem um pouco mais baixo para não chamarem muita atenção, mas não estava dando muito certo, então, aproveitou o tempo para folhear um pouco seu grosso livro de línguas enquanto caminhava. Depois de alguns minutos, eles escutaram um uivo e naquele momento os três ficaram imóveis. Snike, deixando seu livro cair, falou:

— Tirem suas espadas das bainhas, senhores... — pausou, fechando seus olhos. — Sinto que seremos atacados... Lobos! — completou Snike abrindo os olhos. Thamior e Aramil sacaram suas armas e aproximaram-se, observando os arredores.

Dois lobos saíram da mata mais fechada e entraram na trilha em frente à Aramil e Thamior, rangendo os dentes e salivando. A aparência deles não era das melhores. Estavam magros, com bastante fome, seus dentes amarelados eram bastante visíveis e estavam prestes a pular em cima dos dois, que estavam assustados e ansiosos. Snike olhou para trás e observou que na trilha vinham mais três lobos farejando algo. Puxando outra adaga escondida ficou à espera daquelas criaturas famintas.

— Acalmem-se! — sugeriu Thamior.

— Ah! Eles terão muita calma conosco, Thamior! — disse Aramil ironizando e ficando em modo de batalha.

Os dois lobos pularam em cima de Thamior e Aramil. Começou o ataque. Um lobo para cada um. Snike, imóvel com sua afiada adaga em punho, ainda esperava pelos outros três lobos. Com o barulho dos ataques de Thamior e Aramil, os outros três lobos que vinham seguindo pela trilha levantaram a cabeça, altivos, e viram Snike em pé, com os joelhos flexionados. Dois dos três lobos correram em direção ao ataque e o que ficou liberou outro uivo forte e assustador.

Thamior e seu primo, mesmo sendo jovens, carregavam uma boa experiência em relação a ataques de criaturas comuns de floresta. Eram rápidos e precisos em seus golpes.

Quando os lobos iam pular sobre Snike para comer sua carne branca e macia, duas adagas voaram e atingiram o peitoral de cada criatura. Morreram imediatamente, num simples toque de inteligência dos garotos, que tinham matado os outros dois lobos com suas armas. Outro uivo foi escutado. Era do lobo que ficara. Então, Snike disse:

— Ele está pedindo ajuda! Virão mais. — No momento em que falava, outro lobo adentrou na mata fechada.

Aramil e Thamior tiraram as adagas dos corpos dos lobos e, olhando um para o outro, suspiraram de alívio.

— Vocês ficarão aqui para esperar mais lobos, senhores? — perguntou Snike, olhando em direção à trilha.

— Sim! Eles virão de qualquer jeito, então, que venham agora! — disse Thamior, segurando com firmeza sua espada.

Aramil olhou para o outro lado da trilha e viu cerca de quatro lobos vindo em direção a eles, farejando carne fresca. Snike observou mais dois lobos aproximando-se pelo outro lado da trilha, e dava para escutar uivos se aproximando. O barulho das folhagens rasteiras denunciava o movimento traiçoeiro e estratégico dos lobos.

— Não vamos conseguir... Subam nas árvores, agora! — gritou Snike.

Thamior e Aramil não queriam abandonar o confronto, mas quando viram que muitos lobos estavam chegando, resolveram seguir o conselho. Subiram rapidamente nas árvores repletas de galhos que serviram de apoio. Em questão de segundos estavam em altura suficiente segura para não serem arranhados ou mastigados pelos grandes e amarelados dentes.

Quando os três estavam emcima das árvores, notaram cerca de nove lobos famintos e babando, agora espreitando os três em cima das árvores. Tentavam subir, porém, não tinham habilidades como ursos ou ratos atrozes. Quando os lobos subiam mais que o normal, os garotos os agrediam com os pés. Percebendo que não conseguiriam subir nas árvores, resolveram comer os recém-mortos de sua raça, estraçalhando a carne sem nenhuma dificuldade.

Aramil, Thamior e Snike ficaram nas árvores a tarde inteira, observando aquele banquete bárbaro pelas leis da fome e da sobrevivência. Os lobos não saíam do pé das árvores, estavam esperando os três pelo instinto do cheiro de carne fresca. Os três já estavam impacientes e com dores na coluna. Queriam descer, mas sempre que tomavam uma iniciativa, os ruídos que faziam chamavam a atenção dos lobos. Após mais alguns minutos de espera, Aramil quebrou o silêncio entre eles dizendo:

— Queria ter um arco agora!

— Mas não teria a mesma emoção da espada! — retrucou Thamior, batendo em sua bainha. Snike não falou uma palavra, apenas estudava o comportamento daquelas criaturas.

Passaram-se mais algumas horas, a escuridão já cobria a negra floresta, o frio recomeçava e os lobos também recomeçaram a uivar, o que já estava deixando Thamior nervoso. Eram nove lobos no total. Depois de todos liberarem seus uivos, cerca de três lobos farejaram algo e saíram em direção à trilha. Aramil, de súbito, disse:

— Vou descer agora e matar todos eles, um a um! — Ele se apoiou em um dos galhos grossos para descer.

— Calma, Aramil, olha o que vem pela trilha. — Snike apontava para o mesmo caminho onde eles estavam antes da invasão da alcateia.

— São luzes... No mínimo três tochas estão se aproximando. Vamos esperar pra ver o que é, pode ser ajuda — disse Thamior.

Depois de alguns minutos, os lobos que os rodeavam também avistaram as luzes e apenas esperavam, em posição de ataque, uivando e rangendo os dentes.

Flechas soaram no ar e rapidamente três lobos caíram mortos com apenas uma flecha penetrada em seus magros corpos. Os outros três correram em direção àqueles seres com arcos e flechas, e, quando iam pular em seus pescoços, outras flechas foram lançadas diretamente contra seus peitos... Os nove lobos que estavam ali o dia todo à espera dos três guerreiros escondidos nas árvores agora estavam mortos.

— Não acredito que todos morreram! Era para *eu* matar todas essas criaturas. Quem foi o idiota que fez isso? — perguntou Aramil, tentando visualizar alguma coisa.

— São goblins de Balderk Folker, Aramil — disse Snike.

— Então, vamos matar todos, o que estamos esperando? — questionou Thamior com rancor ao ouvir falar da raça goblin.

— Fiquem calmos! Mais tochas vêm vindo... — disse Snike com ar de mistério. Estava curioso.

Mais quatro tochas estavam sendo guiadas pela trilha. Barulhos de tambores podiam ser ouvidos. Sim, eram goblins seguindo a trilha em direção a algum lugar desconhecido para os três.

Todos os goblins esperavam uns aos outros e, formando um grupo novamente, conversavam numa linguagem grotesca e asquerosa. Formavam um total de quinze humanoides. Tocando tambores, seguiram por entre as árvores, de certa forma desobedecendo a trilha feita pelos lenhadores de Rarakina. Estavam andando calmamente, sem qualquer traço de pressa ou receio pelos perigos naturais da floresta.

Ao escutar aqueles sons e a linguagem daquelas criaturas, Thamior lembrou-se da guerra na qual seu pai morrera, mas logo foi desviando o pensamento quando Aramil e Snike já estavam se aprontando para descer. Todos puderam esticar a coluna. Thamior, olhando em direção às luzes que já estavam bem mais à frente, disse:

— Por que não vamos matar todas essas criaturas? Ficamos o dia inteiro nessas árvores esperando os lobos irem embora, e com simples ataques estas coisas asquerosas os matam e continuam seguindo viagem calmamente?! — disse, segurando o cabo de sua espada.

— Não podemos, Thamior. Ainda estamos em desvantagem — disse Snike, pegando seu livro de linguagens.

— Devo concordar com você novamente, verme! — disse Aramil com desdém. — Ia dizer isso agora! Vamos aproveitar o tempo perdido e seguir em marcha rápida antes de estendermos novamente nossos sacos de dormir.

— Vamos! Logo estes lobos irão feder e as moscas irão deliciar-se desse banquete — sugeriu Snike.

— Mas antes disso, tenho de fazer uma pergunta Snike: quem é Balderk Folker? — Thamior o questionou, já caminhando.

— Balderk Folker é o principal aliado de Rurik Loderr. Ele comanda quase todos os goblins. Agora tem muito poder, é bastante difícil encontrar um clã de goblin que não seja comandado por Balderk… — Snike suspirou, apresentando um ar nada agradável ao mencionar Balderk.

— Vamos, depois conversamos mais sobre esse Folker… — disse Snike acelerando o passo.

Thamior ficou pensativo naquele instante, pois agora não tinha apenas um inimigo, mas sim dois. Rurik Loderr e Balderk Folker.

Em marcha rápida seguiram por mais algumas horas próximo à trilha. Entraram um pouco para o interior da mata e resolveram acampar. Depois dos últimos acontecimentos, estavam mais espertos a qualquer movimento, melhorando suas estratégias. Estavam mais calados e observadores, percebendo que não era tão simples chegar ao centro da floresta de Rarakina.

Snike não montou seu saco de dormir. Estava tentando entender aquela linguagem dos goblins com o auxílio de seu grosso livro. Acendeu a tocha com uma simples palavra e fazendo gestos com as mãos, como um movimento ordenado. Magia não era muito comum naquela região, e o fogo surgir de repente, assustou Thamior e Aramil. O fogo apresentava um vermelho vivo, flamejante. Snike ainda estava saindo do seu transe de concentração quando foi surpreendido pela pergunta de Thamior:

— O que você fez, Snike? Você por acaso é algum feiticeiro? — perguntou Thamior, confuso, olhando seriamente para ele.

— Não, meu caro. Sou apenas um admirador da magia… — respondeu Snike com um sorriso de canto na boca.

— Mas, então, como você fez isso, de acendê-la com uma palavra? — perguntou Aramil, bastante curioso.

— Isso é segredo! Logo ensinarei a vocês! — Passou algumas folhas de seu livro. — Agora, deixem-me ler um pouco. Em breve acordo vocês… — disse Snike já murmurando algumas palavras que estava lendo.

— Tudo bem! — disseram Thamior e Aramil ao mesmo tempo, desconfiados, deitando-se e encostando nas grossas árvores.

Aramil mostrou uma de suas adagas a Thamior como quem dissesse que qualquer ação inesperada de Snike acabaria em sangue derramado.

Thamior confiava em Snike, mas não era admirador da magia. Estava muito curioso para saber como o fogo podia ser aceso daquela maneira, mas o cansaço fez com que pegasse no sono rapidamente.

Naquela escuridão via-se apenas a luz fraca e vermelha da tocha mágica de Snike, que, curioso, não parava de ler seu livro para saber se conseguiria decifrar o que os goblins diziam em seu idioma grotesco. Ao longo de sua leitura, em seus pensamentos passava a dúvida de para onde aqueles dois inexperientes em estratégias de batalha estariam indo. Snike encostou-se a uma árvore e adormeceu sentado. A tocha ainda flamejava e o livro estava em seu colo.

Mais uma noite estava se passando na floresta, e Thamior sonhava novamente com a mãe e a irmã. Aramil sempre sonhava, na maioria das vezes, com Ielenia e com bebidas. Snike sonhava apenas com pergaminhos ocultos, pessoas distantes e coisas indecifráveis passando em sua mente como flechas.

Pássaros e coelhos eram percebidos por seus sons, por cantarem e correrem sobre as folhagens ao chão. Snike, sempre atento, acordou primeiro que todos e olhou para o céu entre as folhagens das árvores, vendo que mais um dia estava amanhecendo. Estava na hora de ir. Levantou, arrumou seus apetrechos e acordou Thamior e Aramil.

Depois de arrumarem os equipamentos para seguirem viagem, beberam um bom gole de Luzeh e comeram um pouco de pão para manterem-se afastados da fome e do frio. Agora, corriam a passos largos, pois Thamior lembrara que o velho poderia estar em perigo com goblins soltos pela floresta. Os garotos não tinham muitos equipamentos pesados, fazendo com que lhes sobrassem resistência por mais tempo.

Depois de algumas horas de corrida, Thamior parou de repente e disse:

— Snike, se meus pensamentos não mentem, creio que estaremos ao centro da floresta ao anoitecer do próximo dia. O que sua sabedoria diz? — perguntou, olhando para Snike, que estava com a capa sobre a cabeça.

— Essa resposta infelizmente não posso lhe dar, porque nunca andei por essas terras, então, não tenho ideia de que horas mais ou menos chegaremos.

— Mas se não tem ideia de onde está, o que estava realmente fazendo na floresta de Rarakina? — questionou Aramil, intrigado.

— Procurando ervas! Estou montando meu livro de ervas finas — respondeu Snike sem hesitar.

Thamior sacudiu a cabeça demonstrando concordar com o que o monge dissera, mas sabia que existia algo que Snike estava escondendo. Resolveu esperar o tempo responder.

— Tudo bem, senhores, parem de conversar e vamos continuar! Ainda quero encontrar lobos para poder matar, o que vocês acham? — disse Aramil, olhando para os dois.

— Lobos não, mas talvez goblins, quem sabe?! — disse Thamior, já acelerando o passo.

Os três seguiram caminho novamente pela trilha. Correram com a velocidade máxima suportada pelas pernas.

Passaram-se mais dois dias desde o pequeno confronto com os lobos e a aparição dos asquerosos goblins. Neste período, Aramil nunca perdera a oportunidade de escrever alguns contos em seu livro, bem como Snike, colhendo algumas ervas para estudo e tentando entender o que os escravos de Balderk teriam dito naquele dia. Já Thamior só pensava na viagem de volta para poder rever sua mãe e sua irmã.

Passando por um caminho mais aberto que antes, o dia preenchia o ambiente por igual e o vento empurrava as folhagens secas das árvores, cujas raízes enormes saíam pelo solo, tornando-se abrigos de pequenos animais. Estavam em uma floresta viva, verde e de solo fértil.

Após mais alguns passos avistaram criaturas mortas na trilha. Quando correram pra ver o que era, viram os goblins, que passaram por eles dois dias antes, mortos brutalmente.

— Não estamos sozinhos nesse lugar! — disse Thamior, olhando em torno da trilha.

— Foram mortos com espadas... — disse Snike, analisando os corpos.

— Sim, também acho. — Aramil também investigava o ambiente.

— Não devemos ficar aqui parados, vamos partir porque logo irá anoitecer — disse Snike, já dando passos para frente.

— Antes de partirmos, tenho de dar minha velha procurada nessas coisinhas feias — falou Aramil, fuçando os corpos dos goblins à procura de pedras de ouro ou qualquer equipamento utilizável.

Thamior seguiu Snike, que já estava um pouco à frente. Não encontrando nada de valor, Aramil resolveu procurar mais a fundo, tirando os corpos do lugar e revirando-os. Neste momento de busca, todos sentiram um cheiro horrendo, forte, o que levou cada um a olhar para os lados à procura de qual direção vinha o cheiro. Estavam imóveis, querendo saber quem ou o que exalava aquele odor fétido, quando, de repente, surgiu na trilha em que estavam um grande e gordo Trigler, farejando os corpos macios dos três.

Os Triglers são animais grandes e fortes que se abrigam nos pântanos podres e mal-cheirosos do mundo. São acostumados a comer carniça e até mesmo humanos, dependendo do tamanho de sua fome. Restam poucos nos dias atuais. Eles provocam medo em qualquer criatura inimiga, pois são bastante violentos com suas presas e muito fortes pelos seus grandes músculos. Medem mais de dois metros de altura, bípedes e só se utilizam de alguns trapos para se protegerem do frio. Não utilizam armas afiadas ou quaisquer magias, mas tão somente a própria força para esmagar seus inimigos. Seus corpos se assemelham ao de um urso, porém com rostos próximos aos dos lobos, com suas presas saindo da boca como deformações. Em relação a outras criaturas, eram inteligentes e quando não estavam sem fome, conseguiam manter comunicação com anões, humanos, elfos e até mesmo goblins.

Todos se assustaram com a criatura. Aramil logo se levantou, sacando suas duas espadas. Thamior não perdeu tempo e sacou a espada do pai, mas Snike não fez nada, permanecendo imóvel:

— O que um Trigler faz nas florestas? — perguntou-se.

— Não temos tempo para pensar nisso, verme. Vamos logo pular em cima desta coisa fedorenta! — disse Aramil, dando um salto e pisoteando os goblins que estavam no chão.

Naquele momento, a criatura malcheirosa deu um grande grito de ataque, fazendo com que algumas aves voassem para longe dali. Ao partir para cima deles, suas presas se umidificaram. Alimento fresco e vivo era um banquete raro. Seus braços giravam no ar de forma a intimidar os inimigos. Aquele ataque era mortal, porém lento devido ao peso e tamanho do animal.

Iniciava-se então outro duelo na floresta que cercava Rarakina. A criatura errou o primeiro golpe em Thamior, que correu para trás dela e, com um ataque certeiro, atingiu sua enorme perna. O corte não foi profundo, porém aumentou a ira do Trigler. Aramil, com suas duas espadas, também o atacava, mas errou o primeiro. Restando apenas Snike no alvo da criatura, ela partiu em sua direção.

Snike tinha acabado de sacar sua adaga afiada à espera de atacar. Após analisar seu ataque mentalmente, lançou sua adaga no peitoral da criatura e desviou do golpe lançado pelo braço direito do Trigler. Thamior e Aramil, quando perceberam que a criatura grande e desengonçada errara o ataque, partiram em direção a ela, furando-lhe a perna direita. Com isso, o animal soltou outro grande grito de dor e então tentou outro ataque contra os garotos. Só não os acertou devido à destreza deles. Snike pegou um frasco de dentro de sua mochila, abriu e lançou o líquido incolor contra a outra perna da criatura, que não tinha nenhum dano. O líquido exalava um cheiro forte e muito estranho, começou a deteriorar a pele do Trigler como se fosse um pergaminho pegando fogo. Sentindo bastante dor, a criatura ajoelhou-se no chão, tocando no local onde o líquido estava.

Thamior e Aramil deram a volta pela criatura e pularam em direção ao seu peitoral, atingindo-o de forma certeira. O Trigler caiu de costas no chão. Ficou inconsciente. O líquido incolor na perna do Trigler ainda fazia um efeito corrosivo, sinônimo de dor e sofrimento.

Thamior e Aramil desencravaram as espadas do peito da criatura e viram que a pequena adaga de Snike também estava encravada lá, deixando a pele com uma coloração esbranquiçada. Thamior logo perguntou:

— O que essa adaga tem de especial? — Retirou-a e jogou-a para Snike.

— Ela foi feita por antigos monges da Cidade das Lendas — explicou, limpando o sangue em sua roupa. — Ao tocar em um ser vivo, é liberado um veneno que mata qualquer criatura, independente de seu tamanho... — ele sorriu. — Seu efeito pode demorar um pouco, mas é muito eficaz. — Terminou de limpar e guardou a arma, poderosa e mortal, debaixo da capa.

— E por que você não quis me acertar com essa coisinha minúscula? — perguntou Aramil, também limpando sua espada.

Snike sorriu novamente, deixando o rapaz em dúvida.

— Espere Snike, o que você lançou na perna... Esse líquido, o que é isso? — perguntou Thamior, muito curioso.

— Isso, meu amigo, é chamado de Ácis — respondeu, guardando o frasco vazio na mochila. — A função desse líquido dos deuses é derreter qualquer objeto, queimar rapidamente e penetrar na pele com velocidade... — Snike olhava para cima como quem tenta se lembrar de algo. — Degrada, como dizia meu antigo mestre, qualquer coisa! — complementou.

— Parece doer... — Thamior se preocupou com os conhecimentos de Snike.

Aramil não gostou dessas armas que Snike apresentava em seu inventário e, então, disse:

— Jamais gostei dessas magias e agora, principalmente, dessa sua adaga! Vamos seguir! Quero chegar logo ao centro desse lugar...

— Sim meu primo! Concordo com você, eu também não sou muito a favor da magia, mas pode ser muito eficaz em algumas horas.

— Ela está presente em tudo que vocês veem, meus senhores — falou Snike, já andando. Mais adiante, com os dois atrás dele em forma de guarda, fez-se o mesmo questionamento mais uma vez: — O que um Trigler faz na floresta? — perguntou-se.

— Não me importa de onde essa criatura surgiu! O que me importa é desviá-la do nosso caminho — disse Aramil, limpando seus armamentos.

— Estranho uma criatura desse porte na proximidade de Rarakina. Felizmente servirá de alimento para pequenas criaturas carniceiras — disse Thamior, embainhando sua espada. Seguiram caminho.

Thamior seguia ao lado de Snike, conversando sobre a Cidade das Lendas. Aramil, mais atrás pensando nas armas que Snike tinha em seu inventário, perguntou-se: *Será que poderia ter mais alguma arma poderosa?* Estava pensativo.

Os três, então, pararam de andar e começaram a correr seguindo a trilha, que estava sumindo com o passar das milhas.

A noite fria da floresta os cumprimentava, na qual a lua, com sua iluminação graciosa, vislumbrava a mata, dispensando o uso de tochas ou quaisquer magias. O frio se iniciava e uma pequena garoa começava a cair, molhando o corpo dos seres da floresta. Depois do ataque do Trigler não houve mais nenhum ataque parecido e, enfim, eles puderam apreciar a floresta. Raízes repletas de musgos, grandes pedras, esculturas de criaturas antigas e até mesmo flores de várias espécies contemplavam aquele espaço da floresta.

Ao passarem por uma grande e cansativa curva em uma das trilhas, os três ficaram boquiabertos ao observarem o centro da floresta. Estava iluminado com tochas e várias barracas fixadas ao chão.

— Sinto cheiro de javali assado, meus amigos — disse Aramil, com alegria, acelerando o passo.

— Sim! Parece ser comida boa! Tem certeza de que são seus amigos mesmo, não é, Thamior? — perguntou Snike. Estava levemente desconfiado por não conhecer quem estava prestes a aparecer.

— Sim! Estou ansioso para ver o rosto do velho novamente! — respondeu Thamior sem mostrar receio.

Quando estavam entrando naquele campo aberto, Thamior pôde sentir o cheiro da fumaça da erva do velho, e só então teve a certeza que ele estava ali. Entrou primeiro Aramil; Snike e Thamior foram logo atrás, onde imediatamente foram pegos por homens fortes. No momento, Thamior pensou que fora tudo um caminho em vão:

— Seria mentira o que o tal Plow disse na taverna de Braukios? — perguntou-se, seus pensamentos estavam embaralhados.

Quando Aramil se deu conta do suposto ataque, ao ameaçar sacar suas espadas, também foi surpreendido por outro homem, logo o imobilizando. Segundos depois, Thamior viu o velho vindo, batendo palmas aos viajantes.

— Muito bem, garotos! Vejo que vocês estão bem e parece que tiveram um grande dia! Estão cansados? — perguntou o velho, chegando perto dos três.

— Podem soltá-los, senhores. — Os três foram soltos dos braços dos homens de bandana na cabeça.

Aramil não gostou nem um pouco da recepção. Estava se debatendo desde o primeiro contato com os desconhecidos, que, por sinal, eram piratas.

— E, então, velho, chegamos aqui como o combinado, e agora temos que ter uma boa e longa conversa — disse Thamior, não muito simpático.

— Ah! Então você que é o tal velho que meu primo disse... Prazer, Aramil Galanodel — fazendo uma reverência irônica a ele.

— Sou Snike Riller, senhor! Apenas um viajante!

— Fico feliz por trazer amigos, Thamior, mas agora não temos muito tempo para apresentações, vamos nos sentar ali para termos uma conversa — disse o velho, apontando para tocos de madeira perto de uma das fogueiras.

— Agradeço seu convite, mas tenho que seguir caminho! — retrucou Snike, despedindo-se, e percebendo no rosto de Aramil o alívio e certo desdém.

— Tenho que continuar procurando minhas ervas para completar meu livro... — continuou justificando-se e logo foi interrompido por Thamior.

— Fique conosco apenas nessa conversa, meu amigo Snike, e logo você poderá seguir seu destino.

— Coma um pouco, verme, depois vá à procura de suas plantinhas, homem dos pergaminhos estranhos — disse Aramil com deboche, batendo no ombro de Snike.

— Tudo bem! Fome e sede estão presentes em meu corpo! — respondeu Snike ao pensar melhor.

A reputação dos piratas não eram as melhores pelos cantos do mundo. Snike sabia de várias histórias e, seguindo as orientações de seus recém-conhecidos, observava e desconfiava de qualquer gesto dos desconhecidos. Enquanto isso, Aramil e Thamior se esqueceram das histórias contadas por seus antepassados a respeito dos clãs piratas, pois estavam vislumbrados com a quantidade de carne e bebida.

Os quatro se sentaram em troncos cortados em forma de círculo para servirem de assento e começaram a conversar. O velho já terminara de fumar sua erva forte e, então, começou a dizer o porquê daquilo tudo.

— Bem, senhores... — O velho tossiu. — Primeiramente, quero dizer que o meu nome não é importante agora e que fico feliz por vocês terem chegado a salvo da floresta — disse, levantando a mão para alguns homens trazerem alguma comida para os viajantes que acabavam de chegar. — Logo a refeição será servida... vocês estão feios pra caramba! — disse o velho, liberando uma risada rouca.

— Já estava preocupado com isso — disse Aramil sorrindo. Thamior o reprimiu com o olhar. — Só estou com fome — cochichando para Thamior.

— Sim, continuando... chamei Thamior aqui, no centro dessa magnífica floresta, para termos uma boa conversa. Explicarei tudo sobre Rurik Loderr e suas criaturas. — Foi interrompido pela chegada dos pratos com carnes, frutas e jarras de vinho.

Quando o velho falou sobre Rurik Loderr e suas criaturas, Snike logo se empolgou e inclinou o corpo um pouco mais para frente, bebendo o vinho que fora servido. Todos estavam atentos para o que o velho iria dizer.

— Comecemos pelo Trigler que vocês encontraram no caminho... Aquilo foi apenas um teste para ver se Thamior aguentaria aquela grande criatura, mas vejo que todos vocês derrubaram aquele pobre ser — disse, olhando com orgulho para os garotos.

Thamior e Aramil fecharam o rosto por tamanha surpresa nada agradável. Snike sorriu orgulhoso por saber que aquilo realmente não era normal e que seus conhecimentos não o traíram.

— Foi apenas um teste! Capturamos o Trigler há alguns dias para servir de isca em uma missão antiga, porém, não pôde ser efetuada. E então tive a ideia de usá-lo por aqui! — continuou o velho, com um sorriso no rosto. — E, também queria ver se você aguentaria chegar até o centro dessa floresta sem danos maiores, se é um bom guerreiro como seu pai — continuou.

— Então, os goblins e você estarem em perigo também era um teste? — perguntou Thamior, nervoso, e já se levantando.

— Acalme-se, rapaz! Uma pergunta de cada vez. Em relação aos goblins, creio que foi um teste... Nós os encontramos perdidos perto do mar, os aprisionamos, confiscamos alguns de seus equipamentos, menos aquelos tambores barulhentos. Depois os soltamos na estrada com seus arcos vagabundos. Como vocês tiveram piedade deles, meus homens resolveram matar todos e liberar o Trigler.

— Não tivemos piedade, foi apenas estratégia! — revidou Thamior.

— Então, vocês estavam nos vigiando todo tempo? — perguntou Aramil, rindo.

— Sim, meu jovem — respondeu o velho.

— Por isso achei estranho um Trigler em uma floresta — disse Snike, confirmando sua sabedoria.

— Isso não é certo, velho! Como você faz testes com seres humanos, assim? Podíamos morrer! — disse Thamior, nem um pouco calmo.

— Thamior, morrer é apenas mais um estágio de sua missão... — respondeu o velho.

— Cala a boca, seu velho maluco! — gritou Thamior, sacando sua adaga e apontando-a para o pescoço do velho, que sequer se assustou. No momento da ação de Thamior, cerca de oito piratas o cercaram, apontando suas espadas de lâminas afiadas.

— Algum problema, senhor? — perguntou um dos piratas.

Aramil e Snike estavam imóveis. Thamior respirava forte, olhando firme nos olhos do velho. Percebeu que estava encurralado e resolveu abaixar seu braço.

— Acho que já passou Thamior! Você conseguiu o que o velho queria com esses testes, agora se acalme! Sente-se para que ele possa explicar toda essa história de Rurik — disse Aramil.

Thamior se sentou e os oito piratas saíram com as espadas em mãos.

— Mas, senhor... — disse Snike, sempre com seu timbre de voz baixo. — Os goblins pareciam ser de Balderk Folker! Não acha? — Ficou um silêncio dentro do círculo... O velho se surpreendeu com a pergunta do novo amigo de Thamior e logo respondeu:

— Tudo a seu tempo… Acalme-se! — Tateou o cinto de utilidades e pegou um chumaço de sua erva. — Thamior é igual ao pai, sempre nervoso e ansioso! — disse, rindo despreocupadamente. Snike e Aramil estavam atentos à espera de explicação. — Continuando… Sobre eu estar em perigo foi apenas mais um teste para medir sua rapidez até aqui, se estava mesmo interessado em me salvar se eu estivesse em perigo. Esse assunto já se encerrou se não se importarem. — Olhou para Thamior, que suspirou decepcionado. — Continuarei falando sobre a destruição de Rurik, o que ele fez até o presente momento e o que ele mais quer nessa vida… Cerca de quatro semanas atrás, Rurik com seus bárbaros piratas do Lado Negro do oceano, dominaram o Porto de Cimbrol…

Ele acendeu a erva.

— Após essa dominação, partiram para a pequena vila da senhora Noora. Destruindo-a totalmente à procura de Quarion, partiu para Rarakina, pois havia rumores de que estaria usufruindo dos aposentos de Heian.

— Nunca ouvi falar deste Quarion, nem que esteve em Rarakina — disse Aramil, bebendo vinho.

O velho continuou:

— No caminho para Rarakina foram surpreendidos por um contra-ataque dos humanos habitantes das montanhas… — completou Snike.

— Esses montanheses cercam boa parte do continente… — disse Thamior.

— Com isso, Rurik ficou com certo receio de partir, pois levara uma flechada no peito, e então voltou para seu barco com alguns de seus anões. Ordenou às criaturas que matassem todos ao redor e partissem para Rarakina em busca do colar de Oakrust. Em Rarakina, Heian e seus fiéis homens conseguiram deter aquelas criaturas, que naquela ocasião eram poucas. — O velho parou e bebeu um pouco de vinho. Ao pausar sua fala, Thamior rapidamente argumentou:

— Mas se eles não conseguiram dominar Rarakina, voltarão com força total e destruirão nossa cidade! Não há muitos guerreiros agora.

— Eu sei! Por isso que meus homens estão se aprontando para uma batalha no mar! Alguns dos nossos mensageiros estão seguindo Rurik há alguns dias. Tentarão destruir o barco de Rurik e matar todos que são aliados dele. Assim, não chegarão a tempo para destruir praticamente todo o continente. Partiremos ainda hoje.

— Então não foi apenas um teste, Thamior. Viemos aqui, no centro da floresta, para nos juntar aos guerreiros e seguir viagem na luta contra Rurik Loderr e seus navios — disse Aramil.

— Mas e Sarah e Larah? Eu disse que voltaria em duas semanas no máximo, tenho que avisá-las.

— Já mandei um mensageiro com esse recado à Sarah. Avisei que você não voltaria em duas semanas, mas que estava tudo bem, que apenas nossa conversa seria mais longa. Arkion Plow as estará protegendo! E depois, Thamior, voltaremos para sua casa e com nossa vingança concretizada — disse, bebendo vinho e se levantando. — Também tenho alguns detalhes a acertar com o anão! — disse o velho, passando a mão em suas espadas. Levantou-se.

— Sim, velho, muito obrigado! Desculpe por ter sido tão arrogante com você — Thamior se desculpou.

— Não se preocupe! Você é como seu pai! Agora fiquem aqui que verei que horas partiremos para o mar.

— Mas, espere, e quanto ao meu pai? Sobre o que ordenou-me a fazer... — perguntou Thamior, querendo estender a conversa. Não se esqueceu das últimas palavras de seu pai a respeito da procura de seu tio, Lianon. — Já que conhece tanto meu pai, saberia dizer sobre o irmão dele, Lianon! Tenho que encontrá-lo...

— Tudo a seu tempo, Thamior! — respondeu o velho, parecendo não se importar com a fala dele. Thamior ficou dividido entre a busca de seu tio e a missão, mas a sede de vingança o dominava. Estava disposto a seguir viagem com os piratas.

— Thamior, no caminho você poderia contar-me toda história que sabe? Sobre tudo — pediu Snike.

— No caminho? Então vai conosco? — perguntou Thamior, alegre.

— Sim, irei. Também tenho um objetivo a cumprir — respondeu Snike saindo, deixando uma curiosidade no ar.

— Esse verme vai conosco, primo?

— Sim, vai. Ele tem bons equipamentos. Snike tem habilidades que desconhecemos e uma sabedoria fora do comum. Será bom tê-lo por perto, confio nele — disse Thamior, observando Snike se isolar em um canto e abrir seus pergaminhos.

— Sim, tudo bem. Se você confia, tentarei confiar! Ele parece ser um homem aceitável... Quando dormir, investigarei as armas que possui! — sugeriu Aramil. Thamior sorriu.

— Às vezes nem sei se Snike dorme... — resmungou Thamior.

— Vermezinho estranho... Não quero pensar nisso agora! Sarah e Larah estão bem! Vamos vingar a morte do meu tio! Isso precisa de um bom vinho, onde será que fica?

— Concordo! — suspirou. — Não sei! Vamos procurar... — disse Thamior, colocando a mão no ombro de seu primo.

Os dois se levantaram e andaram pelo acampamento procurando por mais vinho. O velho foi conversar com alguns de seus homens que estavam arrumando os últimos detalhes. Após breves leituras, Snike foi sentir a leve brisa da floresta e meditar entre as altas árvores. Aramil, já com seu vinho, bebia-o no centro daquele acampamento, conversando com Thamior.

O sereno da noite não incomodava os piratas. Os corpos úmidos pelas gotículas de água eram refrescantes para aquela correria. Barulhos de caixas, armamentos e cantigas antigas preenchiam e completavam o centro da floresta de Rarakina, porém, foram interrompidos quando ouviram zumbidos de flechas e choques de espadas vindos do interior da grande floresta.

— Desembainhem suas espadas, meus amigos. São goblins saqueadores! Eles chegaram! — gritou o velho.

Todos que estavam no acampamento foram pegos de surpresa, correram para recolher seus equipamentos. Um ar de preocupação pairava sobre o local. Aramil começou a rir, nem se importando com a movimentação da batalha prestes a acontecer. O coração de Thamior disparou e logo ordenou ao primo:

— Vamos, Aramil, são goblins! Pegue suas espadas!

Aramil sorriu mais ainda, dizendo:

— Isso deve ser apenas mais um teste daquele velho fumante, primo. Sente-se e acalme-se. Não vamos fazer o que aquele homem quer — disse, bebendo mais uma golada de vinho. — Vamos continuar apreciando este majestoso vinho.

Flechas soaram da escuridão e atingiram alguns dos homens que ainda estavam se aprontando para a batalha. Sons de cornetas goblin foram estudados. Aramil e Thamior se olharam assustados:

— Isso não é um teste, Aramil! — Thamior segurou firme sua espada, olhando ao redor.

Aramil abandonou seu vinho. O copo com o líquido vermelho espirrou no chão e logo desembaiou suas duas espadas:

— Vamos matar goblins, Thamior, por Theylor!

De imediato, vários goblins saqueadores saíram das árvores, gritando e saltando. Começava o combate. Cerca de cinquenta deles apareceram no acampamento contra trinta homens piratas. Não precisava ser nenhum guerreiro para perceber que estavam em desvantagem.

Os goblins saqueadores não eram criaturas comandadas por Rurik Loderr, mas sim pelo seu grande amigo de infância, seu braço direito, Balderk Folker. Ambos eram fortes aliados nessa vingança insana de Rurik Loderr, que, na mente dos jovens de Rarakina, soava como um grande mistério.

Por terem sido pegos de surpresa e estarem em menor número, o combate não fora fácil para os experientes piratas. Naquela batalha maciça, um homem perdido valia por dois, então, a esperança no coração de cada um se dissipava aos poucos. Vozes e gritos de dor e sofrimento eram escutados no ar. As grandes folhas ao chão eram manchadas por sangue. Thamior e Aramil, lutando juntos, não eram um alvo muito fácil, mas a ameaça crescia quando observaram ao redor que mais goblins, maiores e mais poderosos, chegavam.

Snike não estava junto de Thamior e Aramil, mas estava lutando ao lado de alguns outros piratas.

Passaram-se alguns minutos e os goblins continuavam em maior número, mas os piratas não desistiam. Matavam e também eram mortos sem qualquer piedade. Diferente dos piratas, as criaturas utilizava um escudo de madeira rudimentar e muito resistente. Eram rápidos e tinham habilidade em conflito no interior de florestas. Pequenas espadas ou porretes preenchiam o arcabouço de batalha, bem como faixas de couro entrelaçando seus corpos esguios, protegendo-os de ataques cortantes.

No meio daquele combate, uma voz soou no ar. Desconhecida. Diferente e de repente:

— Podem parar, minhas criaturas! Ver esse combate de longe está me deixando entediado! Confesso que é até engraçado a tentativa de sobrevivência desses pobres humanos piratas! — riu.

Uma voz alta, grosseira e firme foi ouvida de dentro da mata, e de lá saiu um anão guerreiro, jovem para sua raça. Tinha vestimentas avermelhadas, com armadura de couro, repleta de anéis metálicos e um enorme machado de guerra com duas lâminas preso em suas costas. Seu elmo tinha um tom metálico com dourado, utensílio utilizado apenas por grandes reis. Sua longa barba estava repleta de adornos e pequenas joias. Trazia seu escudo em sua mão direita. Era Balderk Folker, filho de Smouth Folker.

Todos os goblins pararam automaticamente o ataque e os piratas ficaram em posição de defesa.

— Boa noite, senhores! Chamo-me Balderk Folker e vejo que vocês não conseguiram segurar minhas pequenas criaturas. — Sacou seu grande machado. — Não inventem mais nada e respeitem o que eu mandar, caso contrário, não irão ver o dia de amanhã.

Os goblins colocaram todos que estavam vivos em uma espécie de círculo e Folker, com seu tom irônico e brincalhão, disse:

— Damas! Então vocês são piratas revoltados com a vida — ele riu junto com suas criaturas, fazendo com que os piratas rangessem os dentes pela raiva; e continuou. — O que pensam que estão fazendo? Se aquele grande navio que estava ao mar com alguns homens era de vocês, acabo de dizer que estão todos nus e sem nenhum pertence, ou seja, como ninfas querendo matar seu desejo — riu novamente, girando o machado no ar enquanto andava entre os homens. — Meus goblins nunca falham.

Aramil, não se aguentando pelo o que o anão disse, falou:

— Acho que a única ninfa aqui é o senhor! Uma bem gorda e feia, assim como deve ser também o resto de sua família. — Todos, exceto Folker e as criaturas, começaram a rir.

— Quem disse isso?

— Fui eu! Aramil Galanodel! — Deu um passo à frente.

— Você é louco? O que acha que está fazendo? — Thamior indagou, segurando seu braço, mas Aramil conseguiu se soltar e ficar bem próximo a Folker.

— Então vejo que você é muito corajoso, senhor! Deveria levar uma boa surra para aprender a respeitar seus superiores, você não acha? — perguntou, olhando nos olhos de Aramil.

— Não acho, senhor. Por que nós dois não batalhamos e vemos quem levará a verdadeira surra? — Aramil continuou a provocação já segurando suas espadas.

— Não posso perder tempo com crianças, mas quem sabe para onde te levarei podemos ver quem é a verdadeira ninfa, não é?

— Se você o levar, terá de levar a mim também — disse Thamior, indo para frente.

— É, já que estamos cercados, terá de me levar também — completou Snike, recebendo em seguida o apoio de todos que estavam presos ali.

— Então, se é assim, como queiram. Prendam todos, e este aqui — apontando para Aramil — mandem para o alçapão do meu navio.

Todos foram presos. Eram cerca de dois a quatro goblins segurando cada prisioneiro para os navios. Como estavam em minoria, os piratas não ousaram retrucar a ordem de prisão. Balderk Folker estava com um sorriso no rosto, olhando para Aramil, imaginando qual seria a melhor forma de machucá-lo. Enquanto isso ordenou a outros goblins de sua escolta que queimassem todas as barracas e pertences dos piratas.

Andaram pela floresta em marcha rápida por cerca de quatro horas. Ao chegarem à praia, viram os botes comandados por goblins. O navio pirata humano fora totalmente saqueado pelo inimigo. A praia estava infestada por criaturas, e foi então que Aramil e todos ali presente viram o quanto o anão Balderk Folker era poderoso. Iniciava-se uma longa jornada e Thamior estava preocupado.

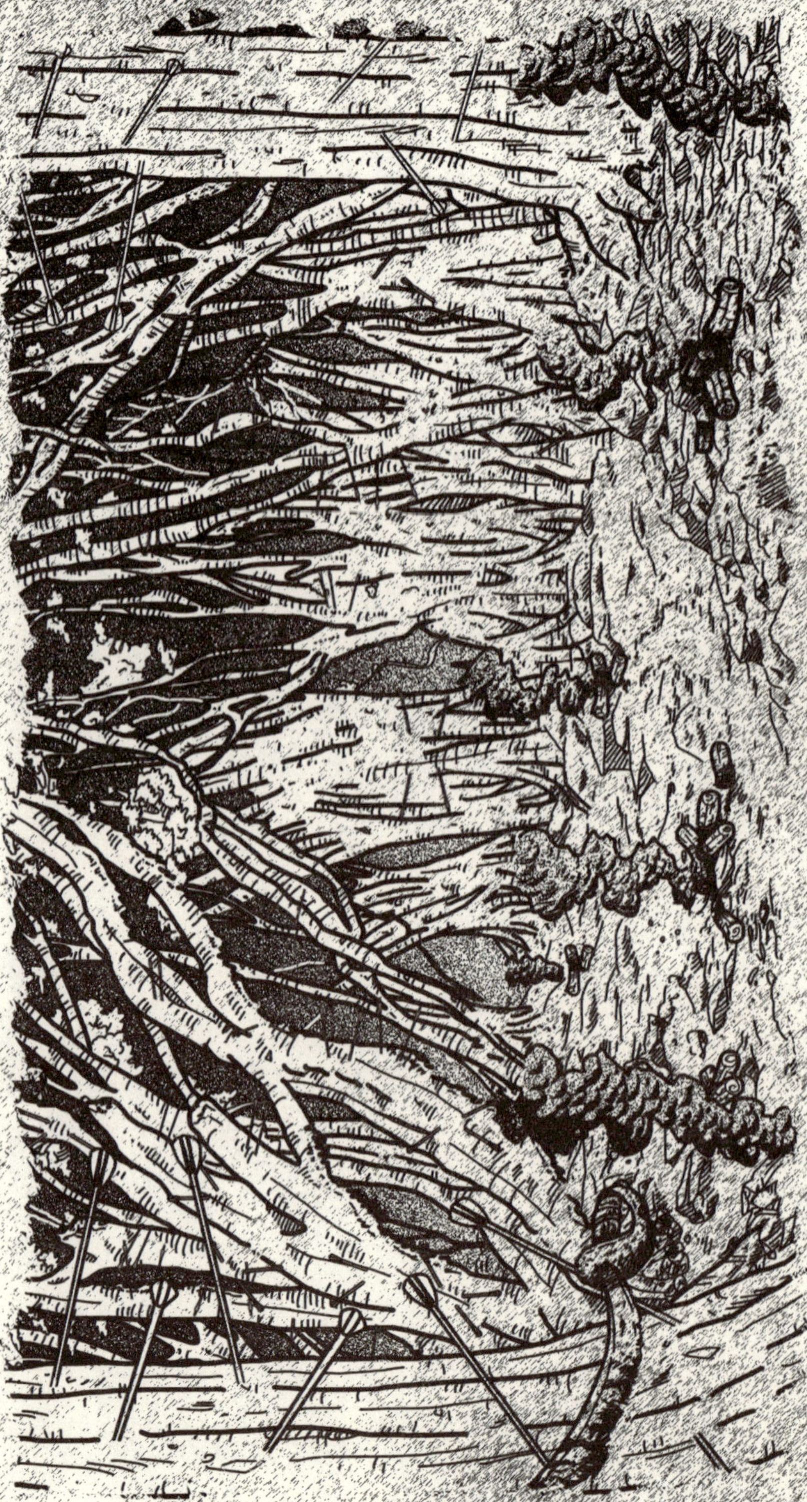

Capítulo VI

Como tudo começou

Há muitos anos, Dragoun Coderr, pai de Rurik Coderr, sentado em seu trono, recebeu um pergaminho do filho, quando o anão era ainda uma criança.

— Pai, olhe o que nosso mensageiro nos trouxe? Um pergaminho. Ele disse que era muito importante. — Entregou-lhe o papel.

— Obrigado, meu filho, vejo que você já cria uma grande responsabilidade — falou, passando a mão na cabeça de Rurik.

Ao ler o pergaminho sujo pelo suor da mão do mensageiro, Dragoun fechou seu semblante e amarrou novamente a mensagem com uma simples corda.

— Não é possível! — levantou-se de seu trono. — Como Grunnlada aliou-se àqueles malditos? Rurik, vá à casa de Smouth e fale que vamos partir ao amanhecer.

— Mas por que, pai? O que está acontecendo? — perguntou Rurik, curioso, já apressando o passo.

— Não tenho tempo para explicar, meu filho! Agora vá! — ordenou com um timbre de voz alto, assustando o garoto.

O pequeno Rurik desceu correndo as escadas do grande palácio do rei dos anões em direção à casa de Smouth. Foi com toda velocidade que suas pernas conseguiam. Já um pouco distante do palácio, próximo à feira, acabou tropeçando em caixotes de frutas, um obstáculo sequer considerado por ele. Depois de alguns minutos, chegou bastante afoito ao destino, e, com mãos pesadas, bateu à porta com certa violência, gritando:

— Senhor Smouth! Senhor Smouth! Senhor... — Foi interrompido pelo próprio Smouth.

— O que foi, garoto? O que aconteceu? — perguntou, segurando o curto braço da criança.

— Meu pai necessita de você imediatamente no palácio! — disse, ainda com a respiração forte.

— Mas o que aconteceu? — perguntou, olhando ao redor, tentando visualizar algum sinal de perigo.

— Não sei ao certo, senhor, mas acho que precisa de ajuda. — Olhou firme nos olhos de Smouth.

— Claro! Irei imediatamente. — Entrou na casa rapidamente e pegou seu machado com vários detalhes em prata e escritas anãs antigas. Correu imediatamente para o palácio de Dragoun.

Naquela manhã, o anão guerreiro Smouth Folker estava de folga. Era um dos guardiões de Dragoun na cidade de Kroldenn, a cidade dos anões.

Naquele exato instante, uma voz fina e firme soou no ar:

— O quê? Escutei direito? Nosso grande rei Dragoun necessita de ajuda? — perguntou uma mulher, que trazia nos ombros uma grande jarra de vinho vazia.

— Sim, senhora! Creio que sim — respondeu Rurik.

Todos que estavam ali ao redor começaram a conversar entre si. A preocupação já rondava por Kroldenn, pois não era todo dia que Dragoun pedia ajuda pontual. Só poderia ser algo muito sério. A notícia foi se espalhando rapidamente pela cidade. O pequeno Rurik ficou preocupado, pois achava que não deveria ter feito tamanho alarme.

— Ei, Rurik, aqui em baixo.

Uma voz infantil foi captada por Rurik, o que o fez procurá-la ao vento. Olhou para os lados e encontrou uma pequena janelinha aberta entre os vasos de plantas da falecida esposa de Smouth, Karifa Kaff, que, por sinal, foi uma das mais belas anãs da cidade, mas morrera com duas flechas, seis anos antes, depois de resistir a um assalto por moribundos viajantes próximos à cidade. O paradeiro do bando não foi divulgado. Apenas Smouth sabia onde estava o corpo do assassino responsável pelo ataque.

Na pequena janelinha, Rurik observava apenas a pequena cabeça de Balderk Folker, filho de Smouth Folker, seu melhor amigo. Como Rurik sabia onde era a entrada, deu a volta na casa sem ser percebido em uma espécie de porta secreta por detrás de algumas plantas, observou os lados e entrou rapidamente no esconderijo.

— E então, ninguém te viu entrar? — perguntou Balderk, preocupado.

— Não, ninguém — disse, fechando a porta com delicadeza.

— Sente-se, amigo! — Balderk apontou para alguns tocos de madeira, confeccionados por ele mesmo.

— Não posso, Balderk, tenho que ir logo para o palácio saber o que está escrito no pergaminho que meu pai recebeu, e que o deixou fortemente preocupado.

— Sim, entendo... — respondeu Balderk, pensativo.

— Mas você acha que fará isso sem seu companheiro de aventuras? Vamos lá, Rurik, precisamos mesmo saber o que está acontecendo, afinal, meu pai também está envolvido. — Deu tapinhas leves no ombro de Rurik.

— Que bom que está comigo, amigo. Vamos nessa!

Depois de olharem pela porta para ver se não havia ninguém por perto, saíram do esconderijo e foram correndo para o palácio. Ao passarem pelo centro da cidade, notaram muitas pessoas reunidas, conversando alto entre si. Rurik, sabendo que o pai ainda não estava ali, continuou correndo para o palácio ao lado de Balderk. No caminho, não muito longe, os garotos perceberam que praticamente toda a população da cidade estava sabendo da notícia de que Dragoun necessitava de ajuda quando, de repente, um corpo gordo e com muitos pelos entrou na frente de Rurik. O anão, que sempre teve reflexos rápidos, parou em frente ao corpo, respirando forte. Balderk, que estava um pouco à frente, não parou, continuando na corrida e falando:

— Venha, Rurik, não temos tempo para conversa! — disse, olhando para trás, diminuindo a velocidade.

— Garoto, o que está acontecendo? — o gordo anão perguntou a Rurik. — O povo está espalhando notícias de que a cidade vai ser atacada, outros já dizem que Dragoun está muito doente...

— O quê, senhor? O povo disse isto? Nossa! Como são criativos...

— Fale, garoto! Estamos em perigo? — questionou, segurando os braços de Rurik.

— Não, senhor! Ou melhor, não sei! Descobrirei agora... Solte-me que irei saber o que realmente está acontecendo! — Fez força para se soltar. Balderk retornou e o ajudou. O gordo anão soltou o braço de Rurik e ficou apenas observando os garotos passarem entre as pessoas com rapidez.

Depois de poucos minutos, os garotos, já na frente do palácio, foram barrados não por soldados do rei, mas sim por uma multidão de anões que esperava Dragoun aparecer na porta do palácio e chegar à escadaria para um pronunciamento. Os dois garotos logo se abaixaram e foram passando por entre as pernas dos adultos. Depois do sufoco, e até de uns pisões, finalmente chegaram aos pés da escadaria, mas logo esbarraram nas grossas pernas dos soldados que estavam impedindo o povo de invadir o palácio. Dois guardas os pegaram, levantando-os pelas vestimentas.

— O que querem aqui, garotos? Isso não é ambiente para vocês! — disse um dos soldados.

O outro, que estava segurando Balderk, logo disse:

— Solte-o! Ele é Rurik Loderr, filho de Dragoun Loderr — disse, com um olhar assustado. O soldado logo cumpriu a ordem e colocou Rurik no chão.

— Desculpe, senhor Rurik! Não o tinha reconhecido — falou o guarda arrumando a vestimenta do garoto. — Está uma bagunça por aqui! Agi por reflexo!

— Tudo bem, soldado, apenas está fazendo seu trabalho — respondeu Rurik olhando para o lado. — Este que você está segurando é Balderk Folker, filho de Smouth Folker.

— Desculpe, senhor! — pediu o outro guarda colocando-o de volta no chão. — Também, já vieram tantos garotos aqui tentando invadir a escadaria que acabei me precipitando. — Abaixou a cabeça, referenciando-o, como um sinal de arrependimento.

— Tudo bem, senhores! Mas não temos tempo para conversa! Podemos subir?

— Sim, podem entrar — respondeu um dos guardas.

Os dois subiram a escadaria e olharam para trás. Um momento de soberania, orgulho e respeito corria-lhes as espinhas, pois se sentiram como reis. Todos ali presentes estavam olhando para os dois. O povo não gritava ou se manifestava de nenhuma forma, de certo por conhecerem bem aqueles dois. Um era filho do rei; e o outro, de Smouth, o fiel amigo e companheiro de batalha de Dragoun.

Quando os garotos estavam chegando perto da grande porta, ainda correndo aos fôlegos, um simples rugido foi liberado das fendas, e, então, todos pararam e observaram a grande porta se abrir. Geralmente, não ficava fechada, porém, esta era uma ocasião especial.

Capítulo VII

O pronunciamento de Dragoun

Dragoun, Smouth e mais dois soldados saíram pela grande porta. O povo, aglomerado, ajoelhou em sinal de respeito e todos ficaram na expectativa pelo discurso de Dragoun.

Os dois garotos não se moveram, recuperando o fôlego, colocaram as mãos sobre os joelhos e esperaram os pais virem ao encontro deles. Dragoun e Smouth acolheram seus filhos, acarinharam-lhes e a porta foi fechada novamente. Rurik olhava para Balderk, que fazia sinal de derrota, pois não conseguiram achar o pergaminho nas mãos de nenhum dos quatro. A voz firme de Dragoun soou no ar:

— Habitantes de Kroldenn, já esperava a presença de vocês. Alguns de meus soldados disseram-me que uma inquietação estava pairando pelo centro. Fiquem de pé, meus irmãos! É com grande prazer que reconheço o poderio dos anões de Kroldenn.

A multidão levantou-se e uma série de perguntas foram soltas no ar, não podendo ser distinguidas uma a uma. Havia tempos que Kroldenn não ficava tão ansiosa. Não havia distinção entre os ofícios do povo naquele momento. Todos estavam juntos, unidos para saber o que estaria acontecendo. Não estavam em momentos de conflitos com outros reinos ou algo do tipo. A paz reinava naquele rico reino há anos. Os soldados tentavam calar a população, mas a inquietação dos habitantes de Kroldenn vencia qualquer forma de repressão.

— Acalmem-se, senhores! — disse Smouth, dando um passo à frente. — Dragoun deseja falar algo.

Dragoun se posicionou um pouco à frente de todos que estavam na escadaria, desceu alguns degraus e olhou para a multidão que se formara. Depois de um suspiro começou a falar:

— Sim, meus irmãos! Desejo falar algo que vai mudar muita coisa a partir de hoje. Recebi um pergaminho de meu mensageiro, que trazia uma notícia muito importante — falou, pegando o documento de seu cinto de utilidades. O silêncio e a concentração finalmente puderam ser notados. A população estava em pé. Mães seguravam seus filhos. Feirantes ainda equilibravam grandes vegetais em suas cabeças e até mesmo os bêbados que saiam das diversas tavernas do reino, com seus grandes copos de vinho, pararam de beber para escutar seu rei.

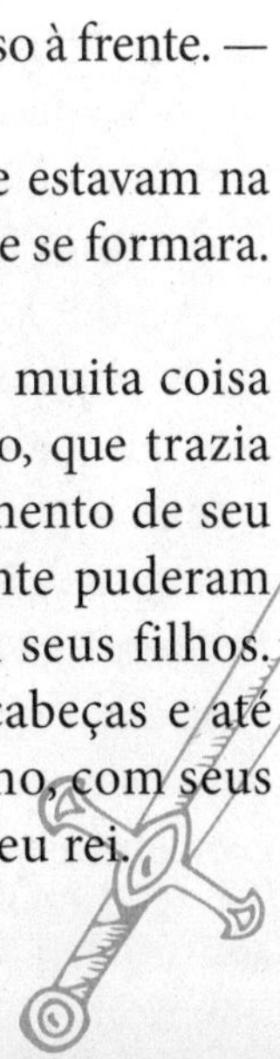

Dragoun abriu e leu em voz alta para a multidão:

Senhor Loderr,

Informo que nosso aliado, o grande anão, Grunnlada, agora é aliado de Thokk e Quarion. Eles criaram um documento oficial que fortalece essa aliança. Também não compreendi o porquê de não quererem fazer acordos com o senhor, mas peço-lhe que venha ao continente de Grunn para que tenha uma longa conversa com o rei. Estarei próximo ao portão principal, onde irá encontrar uma antiga construção demolida. Venha imediatamente porque o tempo é curto. Não venha sozinho! Creio que estou em perigo.

Lílitof.

Uma nova inquietação pairou sobre Kroldenn, pois ninguém esperava a notícia de que o único aliado entre as quatro Ilhas do Fogo tivesse traído Dragoun. Grunnlada estava com outros dois grandes reis, mas por qual motivo ninguém sabia, nem o próprio rei de Kroldenn. Cochichos e conversas entre a população fizeram com que o silêncio abandonasse Kroldenn. A população estava ficando agitada novamente. A inquietação formava novas perguntas entre os anões.

— Simplesmente, aquele maldito nos traiu! Não sei por qual motivo, mas tenho que ter uma conversa com Grunnlada — falou, amassando o pergaminho. Era notória a raiva do rei de Kroldenn.

— Mostrarei àquele velho o verdadeiro poder dos anões! Ninguém trai Kroldenn, a minha cidade e meu mundo. — Dragoun levantou seu enorme machado de guerra e fez com que a multidão gritasse por suas palavras.

— Soldados, liberem o som das cornetas! — disse em voz alta para que a multidão também o ouvisse. — Vamos reunir nossas tropas de viagem! Partiremos quando todos estiverem prontos!

A população estava agitada. Mais e mais perguntas foram soltas no ar. A população queria arrancar mais informações do rei, mas ele não deixou qualquer espaço para prolongar a conversa. Virou-se de costas e seguiu para dentro do palácio com os demais anões que estavam na escadaria. Outros guardas ficaram protegendo a porta. Sons de trombetas foram escutas. O povo começou a dispersar-se. Muitos voltaram para suas casas conversando entre si e outros começaram a fechar suas lojas e demais tipos de comércio. Em momentos de reunião de tropas, Kroldenn concentrava-se apenas nisso. Guerreiros e guardas de Kroldenn soavam cornetas organizando-se em tropas para preparar os equipamentos de viagem. Bandoleiros e outros sem função voltavam para a taverna para se embebedarem e cantarem velhas canções.

Assim que adentrou o castelo, Rurik perguntou:

— Pai, nessa viagem, posso acompanhar o senhor? Estou bem treinado! — pediu com semblante sério. — Não te decepcionarei. — Seus olhos brilhavam pela esperança.

Dragoun olhou fundo nos olhos do filho e respondeu, com orgulho:

— Sei que nunca vai me decepcionar, meu filho, mas essa viagem pode se tornar perigosa. Acho melhor você ficar — falou, segurando no ombro de Rurik. — Não está preparado para enfrentar uma possível batalha.

— Confie em mim! Kork é nossa divindade e vai nos proteger. Estou preparado para te acompanhar — respondeu o inquieto jovem. — Por favor, pai — disse, segurando o braço de Dragoun.

— Não Rurik, vai ficar! — respondeu Dragoun de forma autoritária. — É muito perigoso e não quero te perder! Fique e treine com Balderk.

— Sim, Rurik, fique com Balderk. Vocês dois ainda não estão prontos — disse Smouth.

Rurik olhou nervoso para os dois e saiu em direção a seu aposento. Balderk o seguiu.

— Dragoun, aprontarei os equipamentos! É um prazer acompanhá-lo nessa viagem, meu rei. — Smouth ajoelhou-se com uma perna, reverenciando Dragoun.

— Não precisa se ajoelhar. Somos companheiros há muito tempo e, para você, não sou seu soberano, sou seu irmão. Agora, levante-se. Isso sim é uma ordem.

Smouth cumpriu a ordem e deu um forte abraço em Dragoun antes de sair pela porta principal. À medida que descia as escadas do grande palácio, algumas pessoas aproximaram-se à procura de respostas.

— Dragoun não quer ser incomodado, senhores. Logo aparecerá para maiores notícias, não sei mais do que vocês — disse Smouth aos curiosos ali presentes.

Muitos pareceram nem escutar e soltavam mais perguntas no ar, mas Smouth permanecia calado e, empurrando algumas pessoas com auxílio de alguns guardas, seguiu em direção à sua casa.

Enquanto isso, no andar de cima do palácio, na sala de mapas, Balderk e Rurik conversavam.

— Rurik, seu pai apenas se preocupa com você, assim como o meu se preocupa comigo. Sei que acreditam no nosso potencial.

— Sei disso, Balderk, mas quando esse nosso verdadeiro potencial será provado em uma batalha?

— Não sei amigo, mas ainda somos mesmo muito novos para grandes batalhas. Nossos machados são pequenos. — Os dois sorriram inocentemente.

Depois de ficarem alguns minutos pensativos e calados, olhando mapas e novos pergaminhos do palácio, Balderk sugeriu:

— Rurik, tenho uma ideia! Tem certeza que quer ir nessa viagem?

— Claro, Balderk, mas o que quer fazer? — respondeu enquanto enrolava alguns pergaminhos anteriormente mexidos por Dragoun.

— Encontre-me dentro de uma hora no nosso esconderijo. Leve sua armadura e mantimentos para uma viagem, iremos ao continente de Grunnlada.

— Mas, Balderk, e se alguém me ver?

— Rurik, dê um jeito! Não deixe seu pai ou algum soldado ao redor do palácio desconfiar. Até mais tarde — disse, saindo pela porta, sem deixar Rurik se pronunciar.

A porta se fechou. Rurik ficou assustado com a ideia de Balderk, mas algo o movia a seguir seus instintos. Sentia o cheiro dos mapas, do metal contido nos armamentos e então suspirou com esperança de tudo dar certo nessa ideia aparentemente assustadora. Confiava em Balderk. Foi em direção ao seu quarto para iniciar sua arrumação.

Depois de cerca de quarenta minutos, Rurik já tinha arrumado a mochila, com maçãs, massas de pão, cantil e um pequeno saco de dormir, amarrando-o na parte inferior da mochila. Pegou sua armadura, que ficava pendurada em um suporte de madeira, e seu machado, que ficava preso em suas costas quando com armadura. Como era canhoto, estava com o machado na mão esquerda e a armadura na mão direita. Olhou seu pequeno escudo de madeira e percebeu que atrapalharia sua missão caso o levasse. Suspirou, apertou os lábios, pois nunca antes se separara dele, mas resolveu deixá-lo. Abriu lentamente e com certa dificuldade a porta do quarto. Como não viu ninguém, correu imediatamente para os fundos do palácio, onde também tinha uma porta. Achou estranho não ter guardas ali. Saiu em disparada sem olhar para trás, rumo ao esconderijo na casa de Smouth. Os guardas montavam posto mais à frente, e, preocupados com a viagem, conversavam sem notar que Rurik passara por eles.

Rurik era corajoso e estrategista. Andava por locais da cidade onde não havia muitos guardas e muito menos movimento. Sabia que corria perigo, mas isso parecia inspirá-lo. Com seus equipamentos, não vacilou um segundo sequer em sua fuga. Praticamente todas as famílias naquele momento estavam em casa, não havendo quase ninguém pelas ruas. Mulheres vestiam seus maridos com armaduras pesadas e faziam determinadas orações.

Depois de alguns minutos de corrida furtiva, o pequeno Rurik chegou ao fundo da casa de Smouth e, rapidamente olhando para os lados, passou pela porta tampada por algumas plantas, entrando no esconderijo.

— Achei que não viria! — disse Balderk, empurrando uma caixa vazia. — Trouxe todo o equipamento?

— Sim, creio que sim — respondeu Rurik um pouco ofegante. Deitou a mochila no canto da parede e deixou seus equipamentos próximos a ela.

— Bom! Agora pegue aquela caixa que está encostada na parede — disse Balderk, apontando.

Rurik pegou a caixa média, resistente e com pouco peso, e logo perguntou a Balderk, que pegava a mochila:

— Para que precisamos dessas caixas?

— Essa é minha ideia, Rurik! É assim que iremos ao continente de Grunnlada sem ninguém nos ver.

— Ainda não entendi. — Rurik parou de empurrar o caixote de madeira.

— Como você é lento, Rurik! Para a viagem, todos levam alimentos e alguns armamentos em caixas como essas que consegui no ferreiro. E então, depois de nos despedirmos de nossos pais, entramos na caixa e ficaremos nela até chegarmos aos navios. Entendeu?

— Mas e se alguém resolver abrir a caixa? — perguntou Rurik como forma de desafio a Balderk.

— E se ninguém tentar abrir? Temos que pensar nisso também, afinal, somos uma dupla otimista não é mesmo? — olhando para Rurik com um ar duvidoso.

— Sim, otimistas — respondeu Rurik, levantando as sobrancelhas com receio.

Por cerca de quinze minutos, os dois ficaram conversando sobre o que poderiam encontrar no continente de Grunn e arrumaram os últimos equipamentos nos dois caixotes. Estavam ansiosos para a viagem.

Depois de deixarem tudo organizado para a saída, e bolarem bons planos, fizeram uma demorada e fiel oração ao Deus da força, Kork. Após a oração, Balderk não encontrou o pai na frente de casa ou em outro lugar próximo, e logo concluiu que ele já estaria pronto no palácio de Dragoun. Os dois jovens correram para lá.

Praticamente todos da cidade estavam no centro à espera de ver Dragoun descer as escadarias do palácio. Muitos anões guerreiros estavam prontos para a viagem, com suas armaduras reluzentes aos últimos raios de sol do dia. Um céu vermelho se formou. Já se podiam escutar choros baixos de mulheres e crianças. Devido à crença em sua divindade, os guerreiros de Dragoun diziam para suas esposas que voltariam à vontade de Kork.

No instante em que o Sol se punha, a Lua se levantava do seu metafórico sono, as tochas começavam a ser acesas. Dragoun abriu a porta de seu palácio. Existiam corredores de anões separados por tropas próximos à escadaria. O restante da multidão estava por trás deles.

Todos puderam ver um nobre anão, um verdadeiro rei com sua pesada e forte armadura com detalhes de ouro e prata. Saia da grande porta do palácio, com seu elmo na mão esquerda e seu grande machado na direita. Um machado enorme de lâmina bastante afiada que já matara muitos seres em tempos passados. Atrás de Dragoun vinham mais seis soldados, lado a lado, sérios entre si. Soldados bem trajados e equipados, preparados para qualquer conflito. A multidão gritou com a presença do grande rei, que nunca deixara seu povo em vão. E, então, Smouth apareceu de repente na escadaria, ajoelhando-se em reverência a Dragoun. Os outros soldados o copiaram.

— Levante-se, Smouth. Agora todos somos iguais! Fique ao meu lado nessa viagem. Não só você, como também meus fiéis guerreiros, os anões de Kroldenn — disse, levantando seu machado no ar. Todos gritaram novamente por se sentirem bastante confiantes ao lado de seu rei.

Dragoun e Smouth desceram os últimos degraus da escadaria. A multidão aglomerava-se empurrando os guardas e soldados, que evitavam esse contato direto. Os anões de Kroldenn eram bastante unidos em termo de batalhas e ajuda ao próximo. Dragoun se orgulhava do povo que comandava, orgulhava-se de todos estarem bem, tanto na saúde como financeiramente. Kroldenn era um continente grande, povoado apenas por anões. O comércio era abastecido com a venda de mercadorias para outros continentes, atravessando os mares em grandes barcos. Havia um grande número de anciões, grandes mercados, ferreiros renomados, enorme feira de alimentos, variadas ervas de fumo etc. Tudo que um povo precisava ter Kroldenn abrigava. A noite já era densa, escura, sendo iluminada apenas pelas tochas dos habitantes ali presentes. O poderoso rei encorajava todos pelo toque de sua mão nas armaduras dos outros anões, destinados a defenderem Dragoun e seu povo a qualquer preço. Não havia muito o que falar, pois estavam concentrados às ordens do rei e imaginando o que aconteceria no continente de Grunn.

Pouco depois, Dragoun voltou para a escadaria com Smouth e, chegando ao topo próximo à porta, disse à multidão:

— Senhores, vejo que vocês estão prontos para essa viagem. Suas mulheres e filhos irão ficar, por isso, despeçam-se deles. Alguns guardas ficarão para proteção da cidade! Nenhum mal assolará nossa paz. Voltaremos no máximo dentro de três semanas, com um novo acordo, e recuperando nossa aliança com Grunnlada. — Após a fala, o povo conversava entre si, quando de repente uma voz soou no ar:

— Mas senhor, e se Grunnlada não aceitar os novos acordos? — perguntou alguém do povo. Neste momento, todos pararam de cochichar e olharam para Dragoun, à espera de resposta.

— Grunnlada vai aceitar os novos acordos! Afinal, ninguém trai os anões de Kroldenn facilmente. Temos que saber o que realmente está acontecendo. Mas agora não podemos conversar muito, temos de ganhar tempo. Ainda vamos carregar os navios de mantimentos e isso pode demorar. Vamos sair quando o dia estiver amanhecendo. Agora se despeçam de seus parentes.

Homens, mulheres e filhos se abraçaram. Algumas famílias choravam por medo da solidão, outras apoiavam a viagem pelo fato de saberem que seus esposos eram guerreiros ativos e prontos para uma boa e suposta batalha. Rurik e Balderk subiram as escadarias correndo e foram em direção a seus respectivos pais para a suposta despedida.

— Já estava achando que vocês estavam aprontando alguma — disse Dragoun aos garotos.

— Não, senhor! Não estamos aprontando nada — afirmou Balderk.

Smouth se abaixou, ajoelhou-se, e disse a seu filho:

— Balderk, cuide da casa e coma na taverna se quiser. E não fique preocupado comigo, pois voltarei logo — disse, beijando-lhe a testa.

— Tudo bem, meu pai. Não estou preocupado. Aprendi com você a ser confiante.

— Loderr, fique com Balderk para não ficar sozinho e ter com quem treinar. A senhora Dára cuidará de vocês caso haja algum problema. Kork ajudará a todos e não deixará ninguém na escuridão. Alguns guardas ficarão em Kroldenn — disse Dragoun, passando a mão na cabeça de Rurik. Mesmo sabendo que não ficaria na cidade, as palavras de seu pai o acalmava.

— Até mais, garotos! Fiquem em paz — falou Smouth.

— Fiquem bem e sejam responsáveis. Agora temos que ir! — disse Dragoun, abraçando os dois garotos.

— Até mais! Vai dar tudo certo. Por Kork! — clamou Rurik.

— Vai sim! Veremos vocês logo — afirmou Balderk.

Todos ajudavam a levar os caixotes de mantimentos e armamentos para as carroças. Praticamente todo mundo já havia se despedido de seus parentes. Balderk e Rurik não esperaram muito na escadaria e desceram lentamente para os pais não desconfiarem da armação deles. Depois de uma distância da vista de seus genitores, correram imediatamente para a casa de Balderk.

— Meu rei, seus caixotes já estão na carroça. Algo mais que queira levar? — perguntou um soldado.

— Não, Harafgar! Está tudo certo! Agradeço a sua atitude — respondeu Dragoun, fazendo um gesto generoso com a cabeça.

— Harafgar, tenho alguns caixotes nos fundos da minha casa, se puder levar para as carroças agradeceria muito! — disse Smouth, com um curto sorriso estampado no rosto.

— Claro, senhor! Será um prazer. — Harafgar fez uma reverência aos dois e foi em direção à casa de Smouth.

Balderk e Rurik colocaram seus últimos equipamentos nas grandes caixas e com dificuldade levaram-nas para o fundo da casa. Já havia outras caixas de Smouth. No pensamento dos garotos, o plano não poderia dar errado. Um olhava para o outro fazendo sinal com a cabeça de que estavam decididos a fazer isso. Balderk falou:

— Entrarei na caixa e você fechará. — Ele colocou seus pés dentro.

— Certo! — respondeu Rurik, com voz trêmula de ansiedade.

Quando Balderk já estava com as pernas dobradas e deitado na caixa, Rurik pressionou com força a tampa. Ele então foi para a caixa vazia ao lado e, agachado dentro da caixa, pegou a tampa com as mãos e por dentro a deixou cair, isolando seu quadrado. Não ficou tão presa pelo fato de ter sido apenas solta. Tentou arrumar por um instante, sendo interrompido quando ouviu uma voz resmungando:

— Aqui estão a caixas do senhor Smouth. Ajude-me a pegar! — disse Harafgar a outro soldado, já manuseando algumas delas. Rurik ficou imóvel, prendendo a respiração.

Depois de um olhar sobre as caixas, o outro soldado se pronunciou:

— Harafgar, essa caixa está um pouco aberta. O que há aqui dentro?

Rurik fechou os olhos com medo de abrirem a caixa onde estava. Pensou que ali poderia ser o fim de seus objetivos e que estariam em maus trapos. Harafgar disse:

— Não abra, Saraf! Smouth não iria gostar de ver você abrindo as caixas dele. — E, então, Saraf pressionou a caixa para terminar de fechá-la. Rurik se sentiu aliviado, mas o frio em sua barriga ainda era forte. As seis caixas foram agrupadas, amarradas duas a duas e levadas em carroças.

No centro de Kroldenn, próximo ao palácio, havia uma boa quantidade de carroças puxadas por pôneis, com pilhas e pilhas de caixas. Quando Dragoun observou que já estava tudo pronto para a saída, disse em voz alta a todos:

— Anões de Kroldenn, vamos partir agora! Agrupem-se! E as mulheres e crianças que ficarem rezem dia e noite para que tudo dê certo. Kork ajudará a todos. — Fez um gesto com a mão representando um adeus. Seguiu em direção ao grande portão, que fechava a entrada da cidade. Smouth o acompanhava, bem como os demais guerreiros destinados à viagem. Eram cerca de quatrocentos anões equipados e bem preparados. Bandoleiros dedilhavam as cordas de suas violas com canções de despedida e oração.

Naquele momento, mulheres e crianças não se contiveram e caíram em choro. Independentemente da confiança, as lágrimas desciam pelo rosto.

Sons das cornetas, vindos das torres de vigia, significavam que o grupo teria que se organizar saindo pelo portão principal da cidade. Podia-se observar um verdadeiro batalhão de anões guerreiros saindo, com poucas tochas pelo fato de enxergarem muito bem no escuro. A raça anã tinha visão aguçada. Estavam saindo em marcha lenta. Dragoun e Smouth estavam à frente, sendo cercados por três guardas de cada lado. Estavam seguindo a trilha que leva ao porto de Kroldenn. Era cerca de uma hora e meia até a chegada, pois estavam em marcha lenta e deveriam seguir para o leste. Todos bem equipados com suas armaduras, elmos e o principal: o machado anão de guerra, feito com metais raros encontrados ao norte de Kroldenn.

Cerca de vinte minutos se passaram até os últimos anões cruzarem o portão, sendo seguidos pelo forte barulho deste ao ser fechado pelos poucos guardas que ficaram na proteção da cidade. Era um portão alto e resistente, com madeiras e metais de alta qualidade. As grandes muralhas de Kroldenn eram feitas de grandes blocos de pedra. Todos os reinos respeitavam a habilidade que os anões possuíam em construções, pois mesmo por serem pequenos em relação aos humanos, construíam grandes e fortes monumentos. Habilidade herdada desde os antepassados. Montanhas, pedras e machados faziam parte do sangue dos anões, caminhando como um único corpo. Sólidos e resistentes.

Pela trilha, na escuridão da noite, as tochas tinham papel fundamental para afastar não apenas o breu, mas pequenas criaturas que viviam na vegetação que cercava o largo e sinuoso caminho. Árvores frutíferas e ervas para fumo eram encontradas facilmente a bons olhos. Naquela trilha não teria jeito de se perder, pelo fato de a mata não ser fechada. A vegetação que cercava as muralhas de Kroldenn favorecia um ambiente úmido à cidade. Era bem cuidada pelas mulheres e camponeses. Todos ali reconheciam o poder da natureza, tanto benéficos quanto assombrosos, a qualquer criatura que a decepcionasse.

Não estava tão frio naquela noite calma. Podiam-se ouvir apenas alguns anões conversando, galhos sendo balançados por grandes e fortes corujas, o barulho das rodas de madeira das carroças e barulhos infinitos de insetos ao redor voando, para lá e para cá.

Cerca de uma hora e quarenta minutos depois da caminhada, a mata se abriu completamente, revelando a frente do porto. Puderam ver a água marinha escura, magnífica e traiçoeira. Muitos anões jovens sentiram-se ansiosos pela viagem, mas uns, de tanto viajarem, sentiam-se normais, algo sem muita novidade. Dava pra ver dali três enormes navios sendo interceptados pela ponte do porto. Quem comandava o porto era o velho humano Tordek, com auxílio de alguns mensageiros e guardas de Kroldenn.

Quando Dragoun chegou próximo ao porto, liberou uma pergunta no ar:

— Velho Tordek? Só pode estar dormindo, ou bebendo vinho como sempre — sorriu.

Alguns humanos que estavam no porto comandados por Tordek liberaram um sorriso também, pois todos que estavam ali sabiam que seu comandante vivia bebendo e dormindo com ninfas baratas vindas clandestinamente de outros continentes. Da pequena casa do porto, a porta foi aberta calmamente e uma voz rouca e velha soou no ar:

— Dragoun Loderr, perturba-me a essa hora da manhã? O sol logo irá sair! Seu imundo! — disse, abrindo um sorriso malicioso.

Muitos anões não conheciam Tordek e ficaram assustados pelo tratamento do velho ao rei. Todos então observaram um velho humano careca com vestimenta simples, cicatrizes pelo rosto e mancando de uma das pernas em seu andar.

— Esse é o Tordek que conheço! — disse Dragoun. Tordek se aproximou do rei com seu andar lento.

— Como vai, Dragoun? — Os dois bateram no peito com o braço direito como uma forma de cumprimento de Tordek. — Smouth Folker, será um prazer beber vinho com você nesse passeio. — Liberando um sorriso e fazendo o mesmo cumprimento que fizera com Dragoun.

Tordek subiu em um tronco de madeira, olhou para todo o batalhão de Dragoun e fez seu cumprimento batendo no peito. Todos os guerreiros de Kroldenn bateram no peito ao mesmo tempo, liberando um bom som, o som do impacto do braço na armadura. Depois desses cumprimentos a todos, Tordek gritou:

— Podem carregar os navios! Apressem o passo, pois quero sair logo — ordenou, descendo do tronco de madeira.

Naquele instante, as carroças começavam a ser descarregadas e os caixotes eram levados sobre a grande ponte do porto até uma profundidade no mar que culminava nos navios. Como eram três navios, havia largas madeiras entre eles. Assim, poderiam passar mantimentos de um para o outro. Era Smouth quem estava auxiliando e coordenando esse trabalho.

Enquanto tudo isso acontecia, Tordek estava conversando com Dragoun em sua humilde hospedaria:

— Tordek, meu amigo, por que não sai dessa casa e vai viver em Kroldenn, em um lugar mais confortável? — perguntou, olhando para os lados, observando madeiras podres, repletas de fungos e algumas larvas de insetos.

— Não mesmo, Dragoun! Este é meu canto e é aqui que vou ficar! Aqui é o melhor lugar! — Olhou para os lados, liberando uma risada irônica. — Vejo que você está por fora. — Pegou dois copos e os encheu com um bom vinho.

Depois que Dragoun deu um leve gole, falou:

— Aqui não pode ser um bom local para viver, Tordek, mas seus vinhos são de ótima qualidade. Onde os comprou?

— Isso é segredo, Dragoun. Segredo de meus escambos. — Soltou uma curta risada, deixando um ar de mistério no pequeno barraco. — Depois nós falamos disso, vamos ao que interessa. Conte-me mais sobre a traição de Grunnlada. — Tordek virou um copo de vinho como se fosse água. Estava se aquecendo para o diálogo.

Dragoun começou a explicar o que Lilitof escrevera no pergaminho e sobre o encontro que teriam perto da construção destruída. Depois disso, começou a fazer suas estratégias de viagem analisando os diversos mapas que Tordek tinha em seu aposento malcheiroso.

Os anões de Dragoun e humanos do velho Tordek não paravam um instante para descansar ou beber alguma coisa. Eram fortes e rápidos. As carroças estavam praticamente vazias e os porões dos navios já se encontravam repletos de caixotes. As horas se passavam despercebidas.

Além do trabalho com os caixotes, estratégias eram passadas aos guerreiros. Ações que duraram a madrugada inteira. Logo o dia amanheceu. Estava se formando uma linda manhã de sol. Os pássaros começavam seus voos matinais. Eram aves grandes, encontradas em portos pelo mundo. Tinham ninhos na areia, mas naquela época do ano, como não era época de desova, ficavam apenas rondando o local à procura de um bom alimento. Os anões não paravam de cantarolar pegando as caixas. A manhã que se formou deixava os guerreiros e carroceiros alegres e dispostos para o trabalho. Alguns anões não se importavam com a pesada armadura, pois mesmo atrapalhando no manuseio das caixas, ajudavam ora no transporte, ora em outros setores. Tudo estava praticamente pronto naquela hora da manhã que acabava de se formar.

Capítulo VIII

A viagem a Grunn

Depois de mais alguns minutos tudo estava fora das carroças. Pelo tamanho enorme dos navios, os porões não estavam cheios, mas havia todos os mantimentos que os guerreiros precisavam. Homens e anões estavam sentados na areia ou nas próprias carroças conversando e descansando. Estavam à espera de Dragoun ou Tordek, que ainda estavam conversando no velho barraco:

— Tordek, precisamos de viajantes para completar com os meus! — Tomou uma golada de vinho. — Precisamos de homens para ajudar no movimento dos navios.

— Acalme-se, Dragoun! Meus homens já estão chegando por essas águas. Eles são rápidos, apenas saíram noite passada para… — Tordek parou por um momento.

— Para o que, Tordek? Continue… — disse Dragoun, olhando sério para o velho.

— Para barganharem com mercadores — disse, levantando-se rápido. — Essa minha memória fraca está me deixando preocupado.

— São seus vinhos, Tordek. — Os dois abriram um sorriso alegre, mas Dragoun desconfiou se era mesmo a memória de Tordek ou se o amigo estaria escondendo algo.

Naquele momento, a voz do observador principal do porto foi ouvida, alta e clara:

— Embarcação à vista! Creio que seja uma de nossas. — Tampou o sol forte em seu rosto com a mão.

Todos que pareciam estar relaxando aprontaram-se e tentaram observar quem estaria vindo. Tordek e Dragoun saíram imediatamente do velho barraco para poder visualizar a embarcação que estava vindo. Enquanto todos estavam olhando um médio ponto escuro na imensidão do mar, muitos visualizaram a bandeira do porto de Kroldenn. Tordek, mesmo sendo velho, tinha uma visão melhor que a de muitos anões novos, e então disse:

— É Feiron. E por sinal veio como queria.

Todos ficaram curiosos com o que Tordek disse, e então esperaram a embarcação chegar. À medida que foi chegando perto, todos puderam observar que não era uma embarcação das mais luxuosas, mas era enorme e com muitos homens. Estava bem próxima do porto, vinha rapidamente, e o mar estava calmo àquela hora da manhã. Depois de alguns minutos, Feiron disse em voz alta:

— Tordek, como prometido! Cheguei ao amanhecer do dia, senhores...

Todos que estavam na grande embarcação bateram no peito com a mão direita, fazendo o som que Tordek gostava. Era uma reverência que seguia a tradição dos antigos povos do porto. Quando a embarcação ficou totalmente visível a todos que estavam no porto, puderam observar que havia muitos anões, humanos e gnomos. Eram todos piratas!

Chegando próximo à ponte do porto, e pela lateral dos outros navios que estavam obstruindo o caminho principal, Feiron deu um salto da embarcação e caiu com firmeza sobre uma das outras três embarcações e, passando pelas madeiras que as uniam, foi se dirigindo ao encontro de Tordek. Feiron vestia uma bandana de cor branca, porém, manchada pelo tempo com um tom amarelado. Seus cabelos eram longos e repletos de adornos. Para todos os portos que visitava, levava algo como lembrança em seus cabelos. Em sua vestimenta comum de pirata havia um cinto de utilidades onde carregava um cantil, algumas adagas e uma espada curta circular, comum entre os piratas. Para um ser humano comum, Feiron tinha estatura média, músculos bem definidos com algumas cicatrizes e um cheiro não muito agradável, pois estava no mar havia alguns dias.

— Vejo que já estão todos prontos. Meu mensageiro informou-me que o grande Dragoun teria de fazer um passeio com os anões do mar — disse, olhando para Tordek, mas logo seu olhar foi desviado para Dragoun, fazendo-lhe uma reverência.

— Agradeço Feiron. Agora mande seus homens entrarem nos navios e vamos sair logo, pois o tempo é curto — respondeu Dragoun.

Novamente, Feiron fez reverência a Tordek e Dragoun e voltou à sua embarcação, agora seguido de muitos anões.

— Vamos piratas! Tirem as mercadorias do navio rapidamente, entrem e preparem-se, pois vamos à força total — ordenou Feiron, fazendo movimentos com os braços. — Estão cansados? — perguntou, saltando para dentro de sua embarcação.

— Não, senhor! — responderam em coro.

Os soldados de Dragoun, que estavam na areia, acharam que os piratas de Feiron ficariam desanimados, pois poderiam estar cansados da viagem que acabavam de fazer. Mas não foi isso que realmente aconteceu. Após a resposta, os anões piratas deram um grande grito de guerra, um grito com vontade de cruzar os mares novamente.

Após alguns minutos, todos os piratas de Feiron pegaram seus poucos equipamentos, e alguns anões de Dragoun já estavam nos navios, prontos para moverem os braços. Iam remar. Quando quase todos já estavam nos navios, e os carroceiros voltando para Kroldenn; Dragoun anunciou:

— Kork nos ajudará e nos guiará. Vamos ao continente de Grunn! E voltaremos com prosperidade!

Todos liberaram um grande grito de força e coragem depois da voz de Dragoun soar no ar. Quem estava com os remos começou a remar dando velocidade aos navios. Os carroceiros entravam novamente na mata, indo em direção às muralhas de Kroldenn. Alguns soldados do rei e os próprios anões que cuidavam do porto ficaram na vigia da embarcação de Feiron e do próprio porto, conversavam entre si, observando os três grandes navios que se distanciavam enquanto tiravam as últimas caixas que estavam no porão. Fortes piratas anões e humanos remavam com firmeza. Podia-se distinguir cada músculo dos braços curtos e mortais. O sol parecia estar se espreguiçando, pois estava ficando bastante quente naquele canto do Mar de Fulparion. Antigas lendas explicavam o porquê desse nome, porém, foi-se perdendo o significado com o decorrer dos anos. Apenas velhos monges sabiam o real significado em seus pergaminhos milenares.

Naquela época do ano fazia muito calor por aquelas ilhas. Soldados tiravam suas armaduras para deixar o corpo respirar. Suor era liberado enquanto os três navios se distanciavam do porto. E depois de cerca de mais trinta minutos de remadas, conversas e cantorias, o vento começava a bater forte, favorecendo o caminho deles.

— Levantar velas! — gritou Feiron.

Os anões imediatamente pararam de remar, subiram as escadarias que davam para fora do porão de remos e subiriam nas enormes velas. Feiron estava no mesmo navio de Dragoun e Smouth. Dos outros navios, anões responsáveis pelo comando de cada embarcação gritavam.

— Levantar velas! Parem de remar — gritou o anão Grifinder.

Enquanto isso, no outro navio:

— Não escutaram, anões? Levantar velas! — Azulk abriu os braços sentindo o vento bater sobre seu corpo. Era o subcomandante do terceiro navio, um pouco atrás dos outros dois que iam lado a lado.

Naquele instante todos os anões que estavam remando pararam e, com rapidez, começaram a erguer as velas, puxando enormes e grossas cordas, como uma dança ensaiada. Subiram quase que juntas e todos puderam ver as enormes velas brancas com um grande risco negro ao centro, em diagonal, símbolo dos anões piratas. O forte vento batia nos fortes e longos tecidos das velas. Os navios estavam com maior velocidade e agora eram movidos pela lei da natureza.

Os anões que estavam remando arrumavam os últimos detalhes para nada dar errado no trabalho das velas, e então, depois de tudo certo, descansaram, bebendo bons vinhos recheados com conversas.

Nos três navios, os anões faziam praticamente as mesmas coisas, pois tinham hábitos bastante parecidos, como beber, cantar, falar de ninfas com barbas etc. O velho Azulk, sempre bastante animado, de repente subiu em um grande e cheio barril de vinho e começou a recitar uma espécie de poesia, em voz alta, naquela imensidão do mar:

Entre céu e mar,
O dia nos cerca.
Entre sol e lua,
A noite nos espera.
Entre Terra e mar,
O mundo nos aguarda.
Entre milhas e milhas
A distância não é certa
Mas entre guerras e guerras,
O sangue nos refresca.
Anões porcos e grossos,
Firmes e fortes,
Assim como muralhas
Do forte do norte
Kroldenn, Kroldenn
O refúgio dos piratas
Kroldenn, Kroldenn
A herança está guardada.

Após as palavras de Azulk, todos, de súbito, gritaram completando a canção, Kroldenn, Kroldenn! A herança está guardada! Soltaram um forte e grosso grito de guerra. Verdadeiros piratas. Essa poesia foi feita pelo próprio Azulk quando era mais novo, e foi considerada a poesia dos anões piratas de Kroldenn.

Dragoun estava sentado com seus anões no centro do navio, ao lado de Feiron e Smouth. Logo depois de uns minutos de conversa, chegavam mais anões querendo participar:

— Senhor, estão dizendo no porão que no continente de Grunn vivem ninfas lindas! Isso é verdade, meu senhor? — perguntou Glaxax a Dragoun. Todos deram uma risada.

— Anões, atenção! — disse Dragoun, levantando um copo de vinho. — Sim, Glaxax, há ninfas belas, mas nem uma presta para uma vida sincera.

— Mas, senhor, Glaxax não quer se casar, quero apenas utilizar meus instintos de anão! — Todos riram novamente. E, então, Glaxax resolveu oferecer mais vinho ao rei.

— Feiron, não há nenhum de seus homens que saiba tocar alguma canção? — perguntou Dragoun, olhando para os lados.

— Sim, senhor! Temos o gordo Kirol. Ei, Kirol, pegue sua viola e toque para nós.

Kirol era um gordo anão. Não tinha muita destreza, mas tinha uma estranha força como nenhum outro anão. Com sua pequena viola animava todos em viagens pelo mundo. Desde pequeno não falava. Ficou assim devido à morte de seus pais, mas sempre teve uma boa audição.

De repente, Dragoun escutou um som leve e belo, suave como o som do vento que toca as altas copas de árvore de Kroldenn. Kirol estava tocando sua pequena viola. Ficava andando pra lá e pra cá, tocando, e todos naquele navio pararam de tagarelar e começaram a respeitar e prestar atenção. O som podia ser ouvido nos três navios, pois a viola de Kirol era surpreendentemente afinada e aguçada. Quando Kirol aumentou a velocidade do som de sua viola, alguns anões ficaram olhando para a imensidão do mar, pensando nos filhos e esposa. Outros ficavam dançando sozinhos, com um grande copo de vinho ou rum na mão. Kirol rodopiava pra lá e pra cá, dando alguns pulos de alegria por estar satisfazendo o povo.

Assim o dia se passou. Anoiteceu. Muitos anões dormiam e roncavam. Estavam acordados apenas os vigias do navio. Naquela região, há aproximadamente um dia do Porto de Kroldenn, não havia relatos de perigo, nem sequer rumores de saques a navios ou algo do tipo. Era uma região muito profunda, sendo habitada por criaturas gigantes aos olhos de qualquer habitante terrestre. Os navios estavam dispostos numa espécie de fila indiana. Era belo e majestoso observar aquelas três grandes e fortes embarcações alinhadas, como uma valsa dos deuses sendo guiada pela música da água calma do mar.

— Rultafa! — chamou Glaxax. — Vamos sentar e beber um pouco de rum! Afinal, merecemos, não concorda? — perguntou, colocando seu machado na lateral do navio.

— Sim! Ficamos aqui a noite toda e essa região nem é perigosa — respondeu Rultafa, colocando seu machado de lado.

— Chame os outros e fale para trazerem um barril! Vamos beber um pouco! — Deu uma risada irônica.

Outros guardas trouxeram o barril de rum e algumas jarras do depósito. Começaram a beber e conversar, não sobre ninfas ou atitudes grotescas, mas sobre algo mais sério. Estavam preocupados com o continente de Grunn e o motivo pelo qual Grunnlada se aliou a Thokk e Quarion. Glaxax disse a todos que estavam encostados na lateral do navio:

— Senhores, pelo pouco conhecimento que tenho, acho que isso tudo é uma armadilha de Grunnlada!

Todos que estavam ali liberaram uma risada.

— Está louco, Glaxax! Grunnlada sempre foi amigo de Dragoun, não armaria nada contra ele! Agora se sente e pare de beber vinho que já está ficando bêbado — disse Kirond.

— Não estou bêbado, Kirond — respondeu Glaxax, empurrando seu companheiro pelo ombro. — Apenas estive pensando... E não vou parar de beber! — Deliciou-se com outro gole.

— Kirond, Glaxax pode estar certo! É meio estranho o que está acontecendo — disse Saraf. — Na cidade, todos estavam em dúvida sobre o que irá acontecer... E isso também perturba minha mente.

Kirond ficou calado e continuou a beber. Os outros não se manifestaram. E logo depois daquele descanso, todos continuaram a fazer vigia olhando para imensidão do mar enquanto caminhavam pelo navio com suas botas grossas e pesadas.

Enquanto isso, no local de armazenamento de materiais, naquele mesmo navio comandado por Feiron, uma voz não muito grossa foi escutada:

— Rurik, consegue me escutar? — perguntou Balderk, ainda dentro da caixa. Não houve qualquer sinal de resposta, o que fez Balderk perguntar novamente:

— Rurik, consegue me escutar?

Ainda não escutando a resposta de Rurik, Balderk já estava ficando preocupado. Quando pensou em chamar o amigo novamente, escutou algumas vozes chegando próximo ao local onde estava.

— Coloque o barril de rum de forma organizada, anão. Feiron não gosta de ver esse local desorganizado.

— Cale a boca, seu estúpido! Está de forma organizada — respondeu um dos guardas, que, no momento em que colocava o barril, acabou derrubando algumas caixas no fundo. Ambos fingiram não ver nada.

— Anão burro. Vamos voltar para nosso posto — retrucou um dos guardas, fechando a porta do local.

Balderk ficou muito assustado, com certo medo de um dos guardas o terem escutado. E, então, naquela posição não muito confortável, perguntou novamente:

— Rurik, está aqui?

— Sim, Balderk, estou! Acabei de acordar com a queda! A caixa abriu! — murmurou com insatisfação.

— Onde você está? — perguntou Rurik, levantando-se.

— Como vou saber, Rurik? Estou dentro de uma caixa, lembra? Procure, siga minha voz.

Rurik começou a abrir caixas a sua volta.

— Nossa, Balderk! Como tem comida e bebida aqui! — Pegou um pedaço de pão.

— Por Kork, Rurik! Pare de comer e venha logo me tirar daqui! — disse Balderk, nervoso.

— Algumas tampas estão viradas, por isso não estou conseguindo abrir — disse, fazendo força. — Estou procurando, Balderk! Fique calmo! — E começou a olhar entre aberturas das caixas. Após alguns minutos de procura, conseguiu ver Balderk e disse: — A cada hora que passa você fica mais feio, sabia? — riu.

— Tire-me logo daqui! Não temos tempo para brincadeiras.

Rurik viu que a tampa estava virada para baixo, em cima de outra caixa. Resolveu empurrar a caixa e deixá-la cair levemente no chão em outra posição. Isso foi o que Rurik pensou, porém, quando fez sua manobra, a caixa caiu em cheio, e Balderk acabou batendo com a cabeça.

— Seu imbecil! — reclamou Balderk.

— Seu mal-agradecido. — Estendeu a mão para ajudar Balderk se levantar.

— Abri a caixa, não abri? — Após esta resposta, Balderk olhou sério para Rurik.

— Por que não respondeu quando te chamei, Rurik?

— Estava cochilando! Só acordei quando a caixa caiu!

— Rurik Loderr, como consegue dormir nessa caixa? Só você mesmo! — disse Balderk, fechando a caixa e colocando-a no mesmo lugar que estava.

— Vamos ficar onde estava, assim se algum guarda abrir a porta não nos verá — falou Rurik, em forma de sugestão, indo em direção ao fundo do lugar.

— Sim! Ia falar isso agora — respondeu Balderk.

Rurik e Balderk pegaram um grande pedaço de pão que estava em outra caixa. Permaneceram no fundo do depósito, escondidos por outras pilhas de caixas. Os dois sentiam dores no pescoço pela má posição da viagem. Com a boca cheia de pão, resolveram conversar sobre os próximos planos naquela aventura.

— Rurik, temos que achar nossos equipamentos. Mas há muitas caixas aqui!

— Será complicado achar sem alguém notar, mas tenho certeza de que está neste porão — respondeu Rurik, olhando para os lados.

— Espero que esteja certo! — disse Balderk, mastigando forte o pedaço de pão. Estavam confiantes e alertas. Felizes por terem conseguido chegar no porão. Após tanta conversa e comilança, a sede chegava em suas gargantas, e então os dois resolveram procurar, também, algo para beber.

O mar estava calmo. O navio estava indo numa velocidade média sem o auxílio dos remos. Muitos guardas noturnos estavam cochilando. Glaxax e Rultafa estavam acordados, conversando sobre histórias do passado, olhando para a imensidão negra do mar. Azulk, no terceiro navio da fila, estava bolando uma nova canção de viagem, olhando para o céu e seguindo as estrelas. Dizia que conseguia captar a canção que elas transmitiam. Muitos o chamavam de louco por isso, mas Azulk não se importava e continuava olhando para cima, interpretando as posições e os caminhos que elas tracejavam, marcando em seus diversos pergaminhos.

Dragoun e Smouth estavam dormindo em seus aposentos. Feiron e Tordek conversavam na sala de mapas sobre rotas, criaturas marinhas e portos. Os dois garotos ainda procuravam o que beber. A boca seca pedia água, mas só estavam encontrando barris de vinho e rum. Balderk não aguentava mais de tanta sede, seu corpo queria qualquer líquido, então resolver perguntar:

— Rurik, só tem vinho e rum neste lugar! Onde fica a água? — perguntou, chutando um dos barris.

— Temos que beber isso se quisermos sobreviver neste local — disse Balderk abrindo um barril.

— Mas Balderk, somos muito novos para beber esse tipo de bebida, nossos pais iam nos mandar para as masmorras se descobrissem que bebemos — respondeu, com receio.

— Entendo, Rurik, mas não vão saber, não é mesmo? — disse Balderk, sentindo o cheiro da bebida. — Afinal, acredito que masmorra seria pouco se descobrissem que estamos aqui! — disse Balderk, deixando Rurik preocupado. — Há um cantil com água na caixa onde estão meus equipamentos, mas não vamos encontrar isso! Depois que acabar minha sede, podemos procurar mais — falou, sendo influenciado pela curiosidade quanto ao gosto da bebida, mas acabou desistindo.

— Vou procurar, prefiro não beber isso. Seria um desrespeito ao meu pai. Aconselho você a não beber também, poderá ficar bêbado como o velho Sulk da taverna, e nos prejudicar em nossos planos para o continente de Grunn. Mas se quer tanto sentir o prazer dessa bebida, vá em frente! Você já é bem esperto para saber o que é melhor para você. Vou procurar a caixa — disse Rurik, olhando em direção às pilhas que estavam nas laterais.

Balderk olhou para Rurik admirado pela lição que o garoto lhe dera, mas, virando seu olhar em direção ao barril, resolveu fazer uma espécie de concha com a mão, preencheu com o vinho e saboreou a bebida.

— Garanto a você que nossos pais irão nos preferir bêbados a mortos de sede! — respondeu Balderk, deliciando-se com a bebida.

No momento em que a bebida penetrava em sua boca, molhando seus lábios, Balderk percebeu o tanto que era gostosa e saborosa. O vinho desceu quente e forte por sua garganta. Resolveu beber mais. Umas quatro enchidas de mão puderam saciar seu desejo, levando a sede embora, mas sua garganta parecia estar irritada, corroída. Logo depois de fechar o barril, começou a sentir uma forte dor de cabeça e um profundo sono pairava em sua mente. Piscava forte para poder sentir que ainda estava acordado, quando de repente uma tontura pareceu nascer em todo seu corpo.

— Rurik, não estou me sentindo bem, acho que vou dormir um pouco. Essa bebida é fantástica, sabia? — Dirigiu-se ao fundo do porão e se deitou à procura de um sono perfeito, nem deixando Rurik se pronunciar.

— Eu te disse, Balderk, essa bebida é para adultos. Deve estar bêbado! Tenha bons sonhos, meu amigo — falou, olhando-o deitado. — Essa bebida tem efeito muito rápido, espero que não morra e me deixe aqui sozinho! — desejou Rurik, liberando uma simples risada e continuando a procurar seus equipamentos, abrindo e fechando as caixas com dificuldade.

Algum tempo depois o sol acordava de forma respeitosa enquanto a lua saía majestosamente com sua escuridão. O nascer calmo do sol iluminava o mundo de forma graciosa como uma intervenção divina. Enquanto isso, praticamente todos dos navios estavam acordados no tempo em que os vigias noturnos preparavam-se para um sono tranquilo nos aposentos próximo às cabines dos comandantes.

Estava se formando uma manhã de sol forte. O calor era conduzido pela imensidão do mar. Os três navios ainda continuavam em fila com as velas ainda erguidas, aproveitando o vento que fazia pela manhã. O céu estava azulado, sem nenhuma nuvem interceptando os raios solares. Uma voz grossa e alta foi ouvida no segundo navio da fila. Era a voz do comandante Grifinder:

— Bom dia senhores do mar! Kork nos guia por esta manhã — falou, olhando para o céu, fazendo reverência ao Deus da força, o Deus dos anões.

Grifinder era um anão respeitado, com um alto nível de vocabulário. Sempre sabia o que dizer, de forma clara e expressiva. Com sua armadura reluzente ao sol, arrumava os últimos detalhes para uma boa apresentação de suas vestimentas. Era bastante atencioso, sempre de olho no mar à procura de uma criatura que nunca vira antes, ou observando seus guerreiros, querendo também saber o que se passava na mente deles. Queria sempre estar ajudando ao próximo. Com uma incrível destreza no manuseio de seu machado de guerra, não temia ninguém.

Muitos anões estavam arrumando suas vestimentas no corpo e exibindo suas habilidades com seus machados, com rápidas giradas de corpo, toques fortes e calculistas. Todos que estavam nesta viagem possuíam um alto nível de experiência, já tinham passado por diversos conflitos, seja no mar ou em terra firme, com exceção de Rurik e Balderk, os dois penetras.

Os piratas humanos, gnomos ou anões do mar sempre se gabaram em relação aos anões de Kroldenn de Dragoun sobre combates. Diziam que eram mais eficazes na hora de ferir alguma criatura e isso sempre gerava uma discussão alta e sadia.

Kirol, sempre acompanhado de sua viola, dedilhava as cordas de forma rápida e expressiva. Era a forma como o anão dava seu bom-dia a todos. Todos gostavam do som da viola, cumprimentando-o e batendo em seu ombro. Depois de alguns minutos, todos os anões estavam vestidos e equipados em seus postos. Dragoun, Smouth e Feiron estavam conversando sobre a viagem e a chegada ao continente de Grunn:

— Feiron, pelos seus conhecimentos de navegação, a essa velocidade, em quantos dias chegaremos ao continente? — perguntou Dragoun.

— Meu senhor... Creio que ao pôr do sol do outro dia estaremos tendo uma conversa com Grunn — respondeu Feiron, olhando firme para Dragoun.

— Senhores! Vejo que esta viagem será calma, o vento ainda continua a nosso favor — disse Smouth, sentindo o vento que vinha pela pequena janela da sala de mapas.

— Não tenha tanta certeza disso, meu senhor. Daqui algumas horas o vento diminuirá... — disse Tordek se aproximando e olhando para alguns mapas.

— O vento pode mudar de direção e então nossos homens terão que remar fortemente — acresentou Feiron, apontando algumas regiões próximas de onde estavam.

— Isso não será problema! Nossos guerreiros estão empolgados e destemidos. Abasteça-os com carne e vinho que remarão por todas as ilhas disponíveis — respondeu Smouth com ar de satisfação.

— Concordo plenamente! E por falar nisso, vamos tomar alguma coisa... — disse Tordek, retirando-se da sala de mapas.

— Acompanharei vocês em breve! — respondeu Dragoun, saindo pela outra porta da sala de mapas.

Smouth e Feiron ainda conversavam e seguiam Tordek para uma boa golada de bebida de café da manhã... Dragoun foi em direção às bordas do navio e ficou observando a água. De minuto em minuto, cumprimentava algum guerreiro que falava com ele. Estava pensativo sobre o que estaria ocorrendo com Grunn, qual seria o motivo pelo qual ele não ficara sabendo das notícias ou novas alianças. Preocupava-se com Kroldenn, mas tinha fé que nada iria acontecer àquelas muralhas. Pensava no seu povo, e principalmente em Rurik, seu único filho. O movimento do mar e aquelas águas cristalinas faziam o anão pensar em sua mulher, que morrera há anos.

No caminho, Feiron olhou para os lados e logo gritou com alguns de seus homens:

— Piratas, tragam-nos vinho! — fez apenas alguns gestos com a mão. Smouth foi em direção a Dragoun e perguntou:

— Deseja alguma coisa, meu senhor?

— Não, meu amigo, só queria saber o que se passa pela cabeça de Grunnlada neste momento — falou, olhando para o horizonte.

— Isso é complicado, meu senhor, mas em breve saberemos. Confie em Kork, nosso comandante. — Estendeu a mão a Dragoun.

— Confio muito, meu amigo, meu irmão! — respondeu, segurando forte a mão de Smouth.

Os dois ficaram olhando para a imensidão do mar. Logo, duas grandes jarras de vinho estavam sendo trazidas por Tordek.

— Senhores, aceitam ? — Entregou aos dois.

— Velho Tordek, sempre com boas bebidas. — Dragoun fez reverência.

— Aceitamos claramente, senhor. Beba conosco! — disse Smouth, já se preparando para brindar a jarra que estava na mão do velho.

— Claro! Será um prazer! Essa é a segunda desta manhã! — Colocou a mão sobre o ombro de Smouth após o brinde.

Todos das embarcações sabiam dos acontecimentos sobre Grunnlada: as alianças, a revolta de Dragoun, entre outras coisas; porém, a maioria não entendia o porquê de Lilitof estar escondido em uma construção abandonada.

— Dragoun, não acha estranho Lilitof, o anão, estar em uma construção antiga, desmoronada? — argumentou Tordek.

— Não sei Tordek. Lilitof apenas quer nos encontrar naquele local. Sempre teve ideias estranhas — liberou uma risada e logo em seguida bebeu mais vinho.

— Concordo com você, Tordek, acho que Lilitof está se escondendo, ou virou de certa forma um espião dentro do continente de Grunn — disse Smouth. — Por isso escolheu esse local, que mesmo por ser perto dos portões, pode funcionar como um esconderijo — concluiu.

— Isso que queria dizer, meu caro. Lilitof pode estar sendo até mesmo caçado como um animal. Pode ser o único que não cedeu aos encantos ambiciosos de Grunnlada.

— Senhores, acalmem-se. Não é nada disso que está acontecendo. Quando chegarmos, iremos vê-lo bem e firme — respondeu esperançosamente Dragoun. — Lilitof não está fugindo de nada, apenas escolheu um local não muito apropriado para este tipo de conversa — continuou Dragoun, levantando suas sobrancelhas de forma bastante clara e expressiva.

— Tudo bem, Dragoun. Espero que não seja nada mesmo — disse Tordek, olhando desconfiado para Smouth, que ficou calado, apenas apreciando seu vinho e o mar.

— Dia belo, não é mesmo, senhores? — perguntou Dragoun, mudando totalmente de assunto.

— Sim, está realmente belo. Principalmente o mar, sempre com seus mistérios e segredos a serem desvendados — afirmou Smouth.

— O mar é belo e traiçoeiro, senhores! Não confiem tanto nele. — Tordek cuspiu no chão como um sinal de desprezo. — Pode possuir coisas jamais vistas — disse, distanciando-se da borda, abaixando a cabeça. — Por isso, não o elogiem tanto... Vou ver como os anões estão fazendo suas obrigações — saiu. Smouth ficou sem palavras e obsevou Tordek virar-se de costas rapidamente e ordenar alguma coisa a alguns anões.

— Estranho Tordek sair assim, não acha, Dragoun? — perguntou Smouth, desviando seu olhar a Dragoun.

— Não, meu amigo, Tordek tem raiva do mar e das criaturas que nele habitam. Ele perdeu praticamente toda sua família em um ataque de lulas gigantes. Foi um massacre total. Tordek era mais novo, estava no comando do barco. Não era um barco muito equipado, era simples, com poucos remos. — Neste momento alguns anões foram se aproximando pela curiosidade da história de Tordek. Dragoun não fez questão de falar baixo. Os anões, humanos e gnomos ao redor aproximaram-se.

Dragoun não olhava para Smouth nem para ninguém, apenas olhava para o mar e não parava de falar, estava bastante concentrado em seus pensamentos.

— Foram três lulas enormes. O barco balançava muito. Elas queriam virar a embarcação com seus enormes tentáculos, pois sabiam que havia comida ali. Queriam alimentar-se das pessoas, eram inteligentes. Havia muitas rochas neste ponto do mar e Tordek perdera o controle do barco com todo aquele movimento. Estava escuro e a lua não estava tão viva naquela noite. Os tentáculos das enormes criaturas saíam da água à procura de algo para se fixar sobre, e, com uma violenta força de ataque, acabaram quebrando uma parte da frente da embarcação.

O rei fechou os olhos, mas não deixou de prosseguir com a história trágica que marcou a vida do amigo.

— A embarcação começou a afundar. Todos ficaram assustados com aquele ataque. Havia cinco pessoas no barco, estavam todos desesperados. Neste primeiro golpe de tentáculo, o pai de Tordek caiu no mar, deixando todos ainda mais apavorados, porque estava escuro e não se podia ver onde ele estava. O barco estava afundando muito rápido. Os irmãos dele eram pequenos e não conseguiram se equilibrar. Tordek, ao abandonar a direção de seu barco, estava segurando um de seus irmãos. O outro, mais velho, pulou no mar à procura de seu pai, mas também não retornou. Tordek ficou desesperado, não sabia o que fazer, estava preso, imóvel. Seu irmão estava se debatendo em seus braços. O quinto integrante logo pulou do barco para uma rocha que estava ao lado da embarcação... — respirou mais forte pela lembrança. — As criaturas atacavam sem qualquer piedade... Tordek também tentou se refugiar na rocha e quando foi dar um salto, segurando o corpo de seu irmão, uma força surpreendente tirou o menino de seus braços. Os tentáculos enormes arrancaram-no pelas pernas. Tordek conseguiu cair na rocha, mas sem seu irmão. Ficou desesperado, em choque. Tentava procurar no mar, mas tudo que conseguia ver era a coloração mais escura e avermelhada de sangue. As lulas gigantes se distanciaram, deliciando-se com os corpos. E, assim, Tordek perdera tudo que restava de sua família.

Naquele instante uma lágrima desceu sobre seu rosto, e então alguém lhe perguntou:

— Senhor, quem era o quinto integrante?

— Eu — disse, surpreendendo a todos que estavam escutando a história. — Vimos as três lulas gigantes saboreando a carne de nossos parentes. Essa é uma das tantas histórias de Tordek, senhores. Por isso, não o interpretem mal quando falar coisas assim do mar, ou ser arrogante. Já sofreu muito nesta vida. Agora voltem aos seus postos antes que Feiron ou até mesmo Tordek os chamem. Os anões não sabiam o que falar a Dragoun. Tentaram, mas não conseguiram criar alguma pergunta ou sacar uma ideia da cabeça. Ainda surpreendidos pela história da família do velho Tordek, apenas saíram deixando-o com Smouth.

— Não sei o que dizer, meu amigo. Lamento. Isso é muito triste. Arrependo-me de elogiar o mar na frente de Tordek. Não sabia. Pedirei desculpas a ele.

— Não, Smouth, será pior. Vai lembrar mais ainda. Fique comigo. Vamos falar de Kroldenn e nosso povo — respirou fundo.

— Senhor, deseja alguma coisa? — perguntou um dos anões que estava escovando os cascos do navio.

— Não, anão. Agradeço! — respondeu, fazendo um gesto com a cabeça. O anão apenas continuou seu serviço, ainda pensativo na história que acabara de escutar.

Smouth e Dragoun ficaram conversando sobre Kroldenn e como seria a chegada a Grunn. Smouth não conseguia se esquecer da história que acabara de ouvir, bem como nenhum dos anões em seus postos. Alguns olhavam para Tordek com certa pena, mas logo seus pensamentos eram desviados para suas funções.

Os navios estavam em boa velocidade. Azulk, sempre pensativo, ainda não terminara sua nova canção. Até mesmo se esquecia de suas funções no navio de tanto se concentrar em seu pergaminho e em sua nova criação. Kirol estava dando ajustes nas cordas de sua viola, bastante sorridente. Ninguém sabia ao certo o motivo pelo seu sorriso, mas todos tinham certeza de que era isso que Kirol mais amava: trabalhar com sua viola.

Nos três navios havia anões responsáveis pela limpeza. Eram gordos e rabugentos com seus companheiros, mas tinham um enorme respeito com o rei e os comandantes do navio. Sempre estavam para lá e para cá, limpando e servindo algo com auxílio de alguns gnomos. Suas vestimentas, na maioria das vezes sujas de bebida ou carne crua, exalavam um odor nada agradável, o que fazia atrair insetos voadores. Eles gostavam dos pensamentos de Grifinder, que um dia bêbado disse a eles:

— Mesmo que um desses anões porcos caísse no mar, as maiores e mais famintas criaturas iriam se distanciar. Fugir! Fugir para nunca mais voltar.

Passaram-se algumas horas e o vento pareceu ir embora, procurando outro destino. Logo, Feiron anunciou:

— Para os remos, anões. Peguem firme e vão remar. — Desceu do barril vazio onde estava em pé.

Anunciava Azulk, de forma calma e precisa:

— Abaixar velas, senhores. E com seus remos, vamos com força total — falou, guardando seu pergaminho, olhando para o horizonte.

Grifinder também se pronunciou:

— Aos remos, anões! Abaixem as velas e vamos respeitar a despedida do vento.

Os anões e humanos destinados aos remos estavam fazendo movimentos sincronizados, dando forte impulso ao navio. Estavam lado a lado. Para cada remada liberavam um grito de força de vontade ao moverem aquela embarcação. Não havia nenhuma guerra, mas eram tão expressivos e firmes que agiam como se estivessem em uma.

O sol estava ficando mais forte e o dia estava se fortalecendo. Os anões responsáveis pela comida logo trataram de assar carne de javalis, que foram mortos no dia em que partiram de Kroldenn. Estavam mergulhados em gordura viscosa e pegajosa. Além da conservação, era uma espécie de tempero pirata. Para o preparo da carne eram colocados de forma inteira em uma espécie de fornalha. Nenhum anão resistia a um javali assado com os bons vinhos do velho Tordek, por isso, era o mesmo cardápio nos três navios. Depois de alguns minutos, a comida estava exalando um odor muito agradável e forte para qualquer narina. Na medida em que sentiam o cheiro do assado, começaram a saborear em pensamento e a encher a boca d'água.

A viola de Kirol logo despertava a animação. Com seus saltos e sorriso no rosto, fazia com que todos batessem palmas, felizes e sem preocupação. Os anões que restavam nos remos não poderiam parar de remar, então, sem poderem bater palmas, cantavam entre si em voz alta, alegrando Kirol. Alguns anões se arriscavam a tentar dançar com o gordo Kirol, porém, a maioria não tinha uma boa coordenação motora, o que tornava a dança um tanto exótica. Os pés batiam na madeira do navio como se fossem marteladas.

Era no navio comandado por Grifinder que estavam os anões contadores de piadas. Sempre com boas histórias que acabavam em fortes risadas. Estavam todos felizes na viagem, até mesmo Tordek, mancando de uma perna, arriscava a se mexer com Kirol. A viola não parava, o som movia todos que estavam ali.

Algumas aves eram atraídas pelo cheiro da carne que estava sendo assada, mas eram rapidamente espantadas pelos gestos dos anões. A ansiedade pela comida já estava corroendo os pensamentos dos famintos que, sem nenhuma explicação, pareciam estar sempre com fome e sede.

Enquanto isso, no navio comando por Feiron, mais precisamente no depósito, Balderk acordou de seu sono, um pouco assustado pelo barulho que os outros estavam fazendo fora dali. Estava com uma forte dor de cabeça. Logo percebeu Rurik dormindo ao seu lado e disse bem baixo:

— Você tinha razão, meu amigo. Essa bebida é para adultos! Maravilhosa! — riu de foma nada inocente.

Quando olhou para os lados percebeu que seu amigo havia encontrado as caixas com seus equipamentos. Então, pegou um dos cantis e deu uma boa golada, aliviando sua sede, desta vez com água.

— Rurik Loderr, às vezes você me surpreende, realmente encontrou as caixas — observou o pesado sono do garoto. — Nossa, que cheiro bom, é maravilhoso. — Fechou os olhos, sentindo aquele odor aguçar seu estômago. — É carne de javali, essa não posso perder. Até mais tarde, Rurik, não se preocupe comigo. — Deu outra risada.

Desviando das caixas que os escondiam, chegou à porta do depósito buscando ver se havia alguém entre as divisórias das madeiras que lhes serviam de esconderijo. Não vendo ninguém, disse:

— Estou faminto e não quero comer pão. — Fechou e respirou fundo, pois sairia daquele local. — Vou à procura de carne, meu amigo. — Abriu lentamente a porta do depósito.

Quando acabou de fechar a porta, a claridade do dia era tão forte aos olhos que o fez tampá-los com as mãos involuntariamente. Mesmo sem notar a presença de guardas ou de qualquer um, escondeu-se atrás de barris vazios que estavam localizados próximo ao depósito. Após alguns segundos, seus olhos, já acostumados com a claridade, perceberam pessoas conversando e bebendo.

Quando olhou para o outro lado se assustou ao ver anões porcos, com barbas mal feitas e bandanas manchadas de sangue. Não era de costume ver isso dentro de Kroldenn. Balderk pôde sentir o cheiro da comida juntamente com a fumaça fraca que chegava até ele. Sentia também um forte cheiro de algum tipo de erva sendo fumada. Balderk não sabia, mas era Rultafa e seus fumos.

Surpreendeu-se também pelo belo dia que fazia. Céu azul e águas cristalinas. Mas, voltando à realidade, foi logo à procura da carne que estava sendo assada. Dava alguns passos, mas sempre se escondendo. De repente ficou vulnerável, mas logo se corrigiu, abaixando-se e escondendo-se por detrás de uma pilha de cordas. Começou a ouvir uma música bela, de uma viola bem manuseada. Sentiu a curiosidade de procurar seu pai. Não demorando muito, observou entre alguns caixotes que Smouth conversava com Dragoun e outros anões. Mergulhado nessa visão, seu pensamento foi desviado pelo mesmo som que escutara antes, mas era mais alto e mais forte. Estava se aproximando dele.

Kirol vinha saltitante, mas nem notou Balderk escondido entre as cordas. Acabou ficando muito próximo dele e, então, logo veio à cabeça de Balderk:

— Como uma pessoa tão gorda pode saltitar e ao mesmo tempo tocar uma viola? Nossa, Rurik deveria ver isso. — Estava com um sorriso no rosto, seus olhos pareciam brilhar.

Era tudo muito novo na mente de Balderk. Ele observava tudo, e tudo o atraía. Sentia-se em um mundo novo, rodeado de piratas e pessoas que jamais vira. Reconhecia-os apenas pelas histórias que escutava em terra firme. O vento fraco batia sobre sua face enquanto observava gaivotas sobrevoando o mar em voos respeitáveis. Sentiu que o navio estava em movimento rápido e, quando olhou para suas laterais, pôde observar que havia ainda um navio em cada lado. Percebeu, então, o grande número de anões e se sentiu seguro por estar entre eles. Balderk estava admirado, nunca vira uma embarcação deste porte em toda sua vida, mas não tinha muito tempo para ficar vendo o povo conversar, aves voarem ou um gordo tocar, estava à procura da carne sendo assada. Sentia água na boca com aquele cheiro maravilhoso de comida. De repente escutou de algum ponto:

— Já deve estar assado aquele pobre javali! — gritou um anão para Ghirrar, o cozinheiro, que concordava com a cabeça, seguindo em direção à fornalha.

Balderk conseguiu vê-lo e tentou segui-lo, mas foi impedido pelo medo de alguém o descobrir. E, então, costurando as caixas de forma lenta e observando os passos lentos do gordo Ghirrar, conseguiu pôr seus olhos sobre os javalis sendo assados. Logo lhe veio à mente: *Balderk Folker, você é demais!* Pensou, respirando forte, já sentindo o sabor da carne. *Agora, como pegarei um bom pedaço?* Perguntava-se, observando o anão tirar o javali do fogo e cortá-lo em grandes pedaços, colocando-os em uma espécie de bandeja.

Havia mais alguns anões cozinheiros no local, cortando e colocando mais pedaços na bandeja. O garoto não achava maneira de pegar a carne. Depois de alguns minutos de ansiosa espera, alguns anões saíram para servir aos outros, restando apenas dois dos cozinheiros, conversando sobre o javali mais bem assado.

Depois de cortarem o javali, os cozinheiros levaram para o povo apenas uma bandeja, uma travessa completa de mais ou menos dez quilos, deixando uma das bandejas ali. Balderk logo partiu em direção à comida, que parecia chamá-lo. Não teve muito tempo para escolher com quais pedaços ficaria. Então, logo passou a mão nas duas partes traseiras do porco selvagem. Eram gordas e apetitosas. Com a mesma estratégia de esconder utilizando sua furtividade, acabou chegando à porta do depósito sem ser notado. Abriu e fechou sem fazer muito ruído. Estava novamente seguro dentro do depósito.

Imediatamente, foi para detrás das caixas. Rurik ainda estava dormindo. Balderk estava ofegante perante a escolha de qual pedaço daria a primeira mordida. Estava se deslumbrando com os pedaços gordurosos em sua mão. De repente uma forte e pequena mordida na carne, sentindo o gosto salgado em sua boca. Seu corpo ficou mole de tanto prazer. Mastigava como se fosse a última comida do mundo. Em sua face era possível notar toda a alegria e satisfação de sua aventura, com o prêmio de tempero forte e agradável. A vontade de saciar sua fome fez esquecer-se de sua jornada e do perigo que passou.

Rurik acordou sentindo o forte cheiro de carne e logo se assustou com Balderk comendo. Ainda deitado perguntou, chocado com a notória satisfação do amigo:

— Balderk, o que é isso?

— É carne de javali, Rurik, feita por piratas. — Deu outra mordida.

— Sei identificar um pedaço de carne! Quero saber como conseguiu. — Observou o outro pedaço que Balderk havia colocado em cima da caixa onde estavam seus equipamentos.

— Pegue o seu, Rurik, está delicioso. — Ele não queria dizer ainda que tinha saído do depósito, mas era inútil, pois Rurik já imaginava.

— Vejo em seu rosto que deve estar realmente muito gostoso! Mas... — disse, pegando o pedaço com um sorriso no rosto —, ainda quero saber como a encontrou... — Imaginou onde seria a primeira mordida. Continuou a falar com água na boca. — E não adianta mudar de assunto... — Abocanhou. Os dois olharam-se felizes e comeram juntos, com enorme apetite. O sermão de Rurik sumiu no ar.

Todos no navio estavam comendo e saboreando a carne feita com tempero pirata. Dragoun elogiara muito os cozinheiros, e, com um bom vinho, ergueu seu braço para brindar à bela viagem que estavam fazendo. Boa carne, rum e bom vinho eram servidos a todos, menos aos habitantes do depósito, que, no lugar de vinho, estavam bebendo água para aliviar a sede.

Balderk contou tudo que vira a Rurik em sua curta e inesquecível aventura. Seu amigo ficou assustado com a coragem de Balderk, mas logo entendeu e agradeceu pela carne, sentindo-se bastante curioso para ver o gordo que saltita tocando viola. Rurik nunca vira piratas verdadeiros em toda sua curta vida, o que fazia Balderk se sentir mais experiente e inteligente. Estavam rindo ao meio-dia, assim como todos do navio.

As três embarcações estavam em menor velocidade que no início, pois os remadores se revezavam para garantir energia suficiente, tanto física quanto mental, naquela tarde. Conversas eram soltas ao vento como folhas na primavera. Alegria e cantoria eram o forte deles. Não pairava sequer uma face de tristeza e solidão.

A tarde passou rapidamente, e Dragoun conversou muito com Feiron e Tordek sobre a chegada ao continente. Smouth estava tentando aprender alguma coisa com o gordo Kirol e sua viola. Os anões limpavam e serviam. Eram rabugentos, mas faziam seus serviços de forma correta. A maioria estava conversando naquele majestoso pôr do sol, ora sobre suas famílias, ora sobre objetivos a cumprir em um futuro próximo. Não havia ninguém remando, pois naquela parte do mar o vento estava forte e companheiro.

As velas estavam erguidas, altas e solenes. Os três estavam velejando paralelamente. Grifinder admirava o pôr do sol que se formava e parecia estar perfurando a água do mar ao longe do horizonte. Sentia-se bem e leve, sentindo a necessidade de tentar compor uma canção para aquele momento. Azulk pegava seu pergaminho e continuava a escrever suas canções em seu diário.

Muitos, além de conversar, estavam afiando seus machados e fazendo com que suas armaduras refletissem os últimos raios de sol daquele maravilhoso dia. As malhas metálicas dos anões de Kroldenn eram mais limpas e completas, o que os diferenciavam de alguns piratas de Feiron, que não tinham sequer um escudo pequeno de madeira. Diziam não se sentirem bem usando trapos como aqueles, e que com apenas seus machados, poderiam vencer uma batalha de forma rápida e precisa.

Balderk e Rurik estavam satisfeitos desde a refeição anterior, mas Rurik brigava com seu amigo de vez em quando por este querer beber mais vinho. Logo foram desviados dos pensamentos de briga e conversa para vestirem suas armaduras e se sentirem guerreiros prontos. A ideia partiu de Balderk devido à visualização dos anões cobertos de armaduras no navio.

Mais horas se passaram e a escuridão já tomava conta do oceano. O vento e o frio estavam fortes naquela noite. Azulk disse a todos que uma forte chuva cairia. Essa informação não abalou muito os viajantes, pelo fato de Azulk errar em suas previsões na maioria das vezes. Acreditavam que seria apenas uma noite com muita ventania e de águas geladas.

— Então vamos esperar, não é mesmo, Azulk? — perguntou um dos anões. — Aliás, acredito que não choverá. Está se enganando mais uma vez. — Todos riram. Azulk não pareceu ligar para o que seu companheiro disse e continuou a olhar para o céu.

Os navios já estavam mais próximos uns dos outros. Os anões não faziam outra coisa além de beber e conversar. Todos estavam sentindo frio. Tordek, Smouth e Dragoun desceram as escadas no centro do navio e se dirigiram para a sala de mapas. Feiron, Azulk e Grifinder ficaram observando o horizonte, pois algumas milhas adiante entrariam em área de rochas firmes e grossas. O choque com alguma delas poderia ser o fim daquela missão.

Estavam velejando rapidamente, assim como os piratas gostavam. As velas faziam uma enorme curva, semelhante a um balão. A lua parecia se esconder naquela noite, não conseguiam ver uma estrela sequer. Isso fazia com que o mar e o horizonte se apresentassem mais escuros, oferecendo arrepios a viajantes pouco experientes. Lamparinas estavam acessas para iluminar a embarcação.

Havia um silêncio nos três navios, os anões diminuíram a conversa e ficaram pensando em como estaria sua cidade e suas famílias. Estavam todos pensativos naquela noite. A escuridão, em seu silêncio, fazia com que todos orassem para Kork.

Smouth, junto com Dragoun e Tordek na sala de mapas, estava prestando atenção ao que Dragoun dizia sobre o continente de Grunn e o que poderia estar acontecendo. Tordek disse novamente ao rei que tudo poderia ser uma armadilha, mas logo Dragoun o cortava. Tordek olhava para Smouth, levantando a sobrancelha.

— Sim, aqui é o ponto onde Lilitof está nos esperando, próximo ao mar e aos portões que cercam todo o continente — disse Dragoun, desviando os pensamentos dos dois que se olhavam.

Logo, Smouth aproximou-se do mapa para dar uma olhada.

— Creio que essa construção demolida a que Lilitof se refere pode ser as antigas casas dos guardas dos portões — falou, passando o dedo sobre o mapa.

— Sim, pode ser — concordou Tordek, dando um gole em seu vinho.

Ficaram ali conversando mais alguns minutos sobre o mapa. Havia muitos, empoeirados, a grande maioria tinha sido roubada de monges peregrinos e uma parte trocada por pedras de ouro durante o percurso dos piratas. Mapas raros e pouco analisados preenchiam aquela sala.

Castiçais com velas e jarras de vinho tornavam aquele momento e ambiente agradáveis aos piratas, que não se preocupavam com a bagunça ou poeira.

O principal objetivo deles era servir Kroldenn, e quando não estavam em missão, vagavam por mares atrás de bons sacos de ouro e outras recompensas.

O vento diminuía lentamente, mas o frio ainda estava constante naquela hora da noite. Frio e escuridão pareciam formar um casal. Os anões continuavam pensativos, até mesmo os piratas estavam calados, lembrando de suas aventuras e combates, bem como ninfas belas e feiticeiras perturbadoras de corações frágeis.

Balderk e Rurik conversavam baixo, pois perceberam que estava tudo muito quieto. Não estavam sentados, pois a pequena malha metálica dos garotos incomodava quando nesta posição. Estavam encostados nas caixas do depósito com seus machados ao chão. Um olhando para o outro sem muita preocupação com o que pudesse acontecer. Conversavam sobre Kroldenn:

— Rurik, lembra quando fomos escondidos para a floresta à procura de coelhos?

— Lembro sim. Não pegamos nenhum e ainda fomos obrigados pelos guardas a voltar… Ficamos de castigo por dez dias! Tudo ideia sua.

— Foi ideia nossa! Estávamos querendo mostrar para nossos pais nosso instinto de caçador — disse Balderk, fechando os olhos de tanto rir.

— É verdade — riu também.

— Cuidado! Faça silêncio, seu escandaloso — chamou a atenção do amigo, olhando para a porta do depósito.

— Desculpe, Rurik, não resisti.

Os garotos ainda ficaram conversando sobre suas aventuras na cidade natal, bolando planos e escolhendo outras caixas para a chegada ao continente de Grunn.

O vento diminuiu mais e os navios perderam velocidade. Precisavam remar.

Azulk, Feiron e Grifinder ainda estavam observando o mar quando de repente um raio foi lançado à Terra, iluminando toda a visão dos anões. Neste momento sentiram um arrepio na coluna, não pelo susto, mas pela imagem que viram com total clareza cerca de cinquenta milhas de distância: duas enormes e negras embarcações em direção a eles, totalmente invisíveis por não ter qualquer iluminação. Todos ficaram imóveis, esperando as ordens de seus comandantes, quando Feiron finalmente gritou:

— Senhores, peguem suas espadas e machados. Aprontem-se! Temos companhia. — Foi em direção à sala de mapas para avisar ao rei.

Todos os piratas exibiram um sorriso na face, pois adoravam uma boa batalha. Não sabiam de quem eram aqueles grandes navios negros, mas não se preocupavam com seu oponente, e, sim, apenas em sacar suas armas. Os anões de Tordek e Dragoun ajustaram suas malhas metálicas e sacavam seus machados. Estavam todos, nos três navios, prontos para o conflito. Um trovão foi ouvido e a chuva começou a cair lentamente.

— Sabia que ia chover! Estava certo, pois o vento que vem do oeste nunca engana Azulk, senhores — bradou, segurando seu machado de duas lâminas.

O velho Graik, o mais velho e religioso gnomo que acompanhava os piratas em troca de comida, orava pela paz de sua raça e para que aquela noite fosse gloriosa. Os anões estavam esperando pelos navios ansiosamente, escondidos de certa forma entre algumas pilhas de caixas ou cordas grossas.

— Não tenham medo do inimigo! — disse Azulk, andando entre todos de seu navio como forma de encorajamento.

— Que venha um inimigo que nos dê ansiedade para reconhecer o medo da morte! — disse Tordek, manuseando suas espadas com lâminas arredondadas, batendo nas armaduras de seus companheiros, encorajando-os.

Dragoun segurava seu machado de duas lâminas com alguns detalhes de pedras preciosas das profundas e antigas montanhas de Kroldenn. Não esperava por algum combate, mas a ansiedade o fazia segurar firme seu machado. Smouth tinha dois machados. Um ficava em sua mão e o outro em suas costas, no suporte que tinha na armadura. Por Tordek ser o mais velho entre todos, não havia dúvidas quanto a ele ser o mais capacitado para o combate.

O sangue de pirata guerreiro alimentava seu corpo com vigor de um adolescente. Os anões gordos e cozinheiros estavam com seus facões de lâminas afiadas, ainda manchadas pelo sangue dos javalis. Enquanto esperavam os possíveis inimigos, acariciavam suas enormes barbas, resmungando coisas que ninguém entendia.

O vento frio batia na face, a lua ainda se escondia, mas o frio estava corajoso e presente naquela imensidão do mar. A chuva estava caindo ainda levemente, com poucos raios e trovões. Estavam todos na espera do que iria acontecer, quando, de repente, ocorreu outro clarão, criado pela força da natureza, e assim todos puderam observar os dois navios bem mais próximos e vultos de criaturas nas embarcações.

Uma espada de forma circular com um pergaminho preso por uma espécie de corda fina caiu próximo aos pés de Glaxax. O anão caminhou em direção ao objeto, retirou as amarras e leu o pergaminho em voz alta.

Armas, Anões!
Machados tolos e mortais!
Invadiram minhas terras sem qualquer permissão!
A cabeça de Feiron rolará sobre meu porão.

Glaxax terminou de ler com dificuldade, pela letra mal feita, e logo olhou para Feiron.

— Hughirr está de volta, anões! Vamos mostrar o verdadeiro poder pirata! — gritou Feiron.

Andando entre todos, checando alguns detalhes de postos, Feiron percebeu que os olhos de seus companheiros estavam brilhando como ouro. Brilhavam pelo combate, pela ambição de mais poder e riqueza. Sejam humanos ou anões, a batalha fazia o mesmo efeito no coração dos guerreiros.

Os piratas amavam uma pequena discussão enquanto estavam viajando. Segurando de forma ameaçadora seus machados, simples, sem muitos detalhes em seu cabo ou lâmina bem afiados, ficavam em posição de luta. Com valor barato em qualquer ferreiro, eram armas manchadas e marcadas com sangue de guerras passadas. Feiron gritava para todos:

— Fiquem prontos, senhores! E digo-lhes, habitantes de Kroldenn, não se assustem ao ver os inimigos! Eles não têm uma aparência muito agradável. São espertos, mas nem tanto… — Feiron saltava de um dos barris de vinho.

— Fiquem de olhos mais abertos e vivos. — Sacou duas de suas machadinhas de arremesso.

Não só Dragoun, mas também Smouth e seus anões ficaram em dúvida quanto ao que aconteceria. Não estavam entendendo quem era Hughirr e a tal aparência não muito agradável, como descrevera Feiron. Logo Dragoun se pronunciou:

— Não sei o que realmente está acontecendo, guerreiros. Mas, de qualquer forma, vamos mostrar o verdadeiro poder de Kroldenn. Sejam firmes como as muralhas do forte do norte! Agarrem-se aos seus machados e a Kork, pois vamos entrar em mais um conflito.

A confiança na vitória sobre o inimigo desconhecido pairava no coração dos guerreiros. Depois de alguns segundos de concentração, uma voz rouca e não muito agradável foi ouvida por todos:

— Descer âncoras, piratas!

Todos do navio inimigo fizeram uma espécie de grito de guerra. O peso do metal caindo sobre a água pôde ser escutado. Eram duas âncoras em cada navio. Logo depois disso, Azulk, Feiron e Grifinder fizeram um sinal a alguns de seus homens para abaixarem suas âncoras.

De repente, tudo começou. Os navios acabaram ficando lado a lado. Ninguém usava arco, por motivo de tradição. Piratas não usavam tal invenção, pois diziam ser covardia atacar de longe com flechas. Estavam apenas se olhando, ou melhor, queimando-se com os olhos, segurando com força as armas à espera do ataque. Os anões de Dragoun se espantaram ao ver com quem iriam arriscar a vida, e logo fizeram bases de ataque para o conflito.

Os três navios de Feiron pareciam entrelaçar os navios de Hughirr. O número de piratas de Hughirr era alto como os piratas de Kroldenn. Seria um belo combate.

— Enfim! Gosto de sangue inimigo... — gritou Tordek.

Ali puderam ver claramente todos os pontos dos navios de Hughirr, e então se iniciou o ataque. A chuva batendo sobre os corpos parecia não existir. Gritos de guerra preenchiam aquela noite. Mais sangue seria derramado. Os piratas dos grandes navios pulavam, invadindo os navios onde estavam os humanos e anões. Não precisavam de cordas para a invasão porque a distância era curta e em um salto dava para alcançar facilmente o piso do outro navio. Hughirr dividiu seus piratas de forma bem estratégica para que atacassem os três navios, supostamente de Feiron.

O inimigo de Kroldenn naquele momento eram os piratas de Rakhous, comandados por Hughirr. Essas criaturas tinham características não muito sociáveis entre humanos, elfos, anões etc. Usavam vestimentas rasgadas e sujas. Tinham armas nas duas mãos: espadas, adagas, clavas e até mesmo porretes. Tinham olhos escuros e pequenos. Sua estatura era de aproximadamente um metro e meio, semelhante aos anões. Com suas pernas tortas, ficavam saltitando durante seus ataques, irritando seus inimigos. Embora tivessem a forma humanoide, seus rostos eram semelhantes à cabeça de peixe, e o cheiro não tão diferente.

— A Kork! — gritavam os anões, indo em direção ao inimigo.

— A Kroldenn! — gritou Smouth e Dragoun ao mesmo tempo.

— Vamos encravar as entranhas desses malditos no mastro de nossos navios! — gritou Grifinder.

O conflito entre raças começava ali. Sangue já podia ser notado espirrando e tingindo armas afiadas. Anões e piratas davam gritos em seus ataques. Estavam guerreando! A chuva estava caindo mais forte e o frio penetrava na alma de qualquer ser vivo fora daquele conflito. O sangue parecia ferver pela raiva e ambição de vitória. Os anões eram fortes e precisos, mas não tão ágeis como os piratas de Rakhous, que pulavam e rodavam seus braços empunhando duas espadas, ferindo mortalmente alguns anões ao redor. Feiron e Hughirr estavam um à procura do outro, mas eram sempre interrompidos por algum combate. Os ataques eram firmes e maciços. Os machados pareciam cortar troncos de jovens árvores e as espadas capazes de cortar um javali ao meio em apenas um golpe. A força dos guerreiros era surpreendente.

— Grossos e porcos! — gritou um dos piratas de Feiron ao empurrar sua espada curta no coração de seu inimigo.

Todos repetiam o trecho: "Grossos e porcos! Mentiras e escambos!". Era uma antiga canção, e foi pronunciada durante o combate:

Grossos e porcos!
Mentiras e escambos!
Velejamos! Velejamos!
Sem medo ou amor
Ao mar e seu terror!
Lâmina fria,
Que não nos esfria!
Sangue quente,
Pelo vinho!
Vinho que aquece nossa mente!
Grossos e porcos!
Sempre a postos!
Sempre a postos!

Todos os piratas que serviam a Kroldenn repetiram. Alguns até o fim de sua vida, outros até tirarem outra vida. E assim, o combate continuava.

Pela forte chuva, Rurik e Balderk conversavam alto naquele momento, não percebendo sequer o que acontecia fora do depósito. Até que um barulho na porta foi ouvido, e os dois garotos se arrepiaram pelo susto. Olharam ansiosamente para a entrada de seu esconderijo. Finalmente, Rurik falou:

— Balderk, que estranho esse barulho, será que escutaram a gente?

— Creio que não foi isso, Rurik. Escute... Estamos sendo atacados! Está ouvindo? — Balderk estava concentrado aos sons de metais se chocando, gritos de dor e escudos se partindo.

— Sim, estou ouvindo. Por Kork! — exclamou, olhando admirado para o amigo, pois jamais estivera em um combate real.

— E o que vamos fazer agora?

— Vamos pegar nossos machados e ficar na porta à espera do inimigo que tentar invadir nosso depósito — disse Balderk, bastante corajoso, pegando seu pequeno machado.

— Concordo com você! Vamos defender o poder dos anões — respondeu, pegando seu machado.

Os dois bravos e corajosos garotos fizeram uma oração a Kork e permaneceram à espera do que eles nem imaginavam. Estavam com os olhos brilhando e ouvidos atentos, aguardando qualquer incidente. Repletos de ansiedade, com uma respiração forte e rápida, o frio na barriga crescia de forma incontrolável. Esperavam em base de ataque, apertando o cabo do pequeno machado afiado.

O combate já havia causado várias mortes, tanto de anões quanto dos homens de Hughirr. Smouth cortara a cabeça de um inimigo e esta rolara na madeira do navio por alguns instantes. Dragoun, com seu belo machado, girava sua arma de forma graciosa e habilidosa para deixar o oponente vulnerável ao seu iminente ataque. Logo a lâmina afiada cortava algum corpo ao meio.

Rultafa estava sendo atacado por dois inimigos, sendo obrigado a andar para trás. Assim, acabou tropeçando em alguns corpos estendidos no chão. Pressentiu que iria morrer, pois ambos estavam em posição de ataque mortal com suas espadas, mas, naquele momento, um anão apareceu na frente dos dois, protegendo Rultafa. Com apenas uma rodada de seu machado, acabou matando os dois em apenas um golpe. Era Kirol, o gordo anão. Ele levantou seu companheiro e partiu em direção aos novos inimigos. Rultafa nunca se esqueceria do que acabara de acontecer e, então, tomando mais fôlego, foi de encontro a outros seres de aparência horripilante.

Golpes violentos e fortes eram lançados contra as criaturas. Os anões dotavam de mais músculos e saúde, mas os piratas de Rakhous não desanimavam por qualquer detalhe. Pulavam e giravam, ferindo mortalmente os piratas de Feiron.

Depois de Hughirr, o pirata Glunk era o mais habilidoso e estrategista entre eles. Usava uma espada típica de pirata na mão direita, de formato arredondado e repleta de histórias de assassinatos. Em sua mão esquerda carregava uma clava, sempre manchada por sangue inimigo. Tinha também um cinto de utilidades com poções verdes e adagas enferrujadas pelo tempo. Glunk era rápido e partia em direção a seu inimigo, lançando adagas para desconcentrá-lo.

Dragoun era seu alvo, desviando da adaga e desequilibrando-se. Glunk veio saltitando até alcançar o rei. Logo recuperando o equilíbrio, Dragoun liberou seu primeiro ataque ao salteador, mas Glunk também era rápido, desviando do ataque do rei. Sem hesitar, devolveu o ataque lançando sua clava próxima à cabeça do rei, mas esta cortou apenas o vento. Os dois eram experientes e rápidos, mas Glunk estava fazendo com que Dragoun recuasse de pouco em pouco, mas nada de o rei cair em desvantagem. Estava ocorrendo um verdadeiro duelo de guerreiros.

O combate estava intenso e a quantidade de sangue que manchava as madeiras dos navios era assustadora. A chuva estava forte e a ventania aumentava, mas isso não era nada para os combatentes. Azulk, Tordek e Grifinder estavam lutando contra seus oponentes com uma fúria que se via nos dentes cerrados. Não estavam totalmente ilesos, pois apresentavam alguns cortes, alimentados com sangue e dor.

O sangue que escorria pelo casco estava atraindo criaturas marinhas. Era um verdadeiro banquete que de minuto em minuto parecia completar-se pela queda dos corpos na água. Aves carniceiras também não ficavam fora desse espetáculo. Sobrevoavam marcando território para em breve deliciarem-se com alguns pedaços temperados com sangue, iluminados pelos raios.

Finalmente, Feiron encontrou Hughirr. Sem hesitar, atacaram-se e se defendiam fazendo o som das espadas soarem aos ouvidos de todos. Guerreavam de forma bastante parecida. Quem visse aqueles dois seres de raças diferentes lutando, julgaria que foram treinados pelo mesmo mestre.

— Desista, Hug! Seus homens não são capazes de vencer os anões e nem a mim! — disse Feiron, atacando.

— Nunca, Feiron! — respondeu, defendendo-se de forma rápida e logo liberando outro ataque.

— Não vou devolver o que é seu, afinal, você perdeu! — bradou, defendendo-se do ataque de Hug.

— Poupe-me dos detalhes, seu verme! Morra! — gritou de forma assustadora, exibindo mais força.

Feiron estava fazendo um tremendo esforço, por fim conseguiu se separar de Hughirr, que era bem mais forte do que ele. E, frente a frente novamente, respiraram e recomeçaram o duelo. Ninguém ao redor ousou interromper o combate dos dois, pois Hughirr havia ordenado antes do conflito que queria a cabeça de Feiron e que quando estivessem lutando, ninguém poderia atrapalhar.

Glaxax acabava de cortar a perna esquerda e o pescoço de seu desafiante, logo sendo ferido pelas costas por uma adaga que voou no ar. Não tendo tempo para retirá-la, começou a combater com o dono da adaga. O pirata com rosto de peixe estava muito ferido e praticamente não havia cor em sua pele, apenas sangue cobria seu corpo. Glaxax não perdeu tempo com aquela criatura malcheirosa: lançou uma machadinha de arremesso que possuía em seu cinto de utilidades, ferindo, abaixo do pescoço, mortalmente seu inimigo. Foi um movimento tão rápido que nem mesmo uma ave poderia escapar. Finalmente, retirou a adaga de suas costas, lançou-a contra um corpo morto e seguiu em direção à outra criatura. O sangue escorria em suas costas.

Rurik e Balderk ainda estavam na mesma posição. Já se passara alguns minutos e os dois, imóveis, esperavam alguma coisa acontecer. Estavam escutando com mais clareza os gritos grossos de alguns anões e grunhidos das criaturas desafiadoras. Eram de dar calafrios. Ficavam imaginando o que estaria acontecendo com seus pais naquele momento. De repente outro grande barulho pôde ser ouvido perto da porta. *Um corpo* — pensaram. Após o barulho da queda, ouviram uma voz fria e fina:

— Morra, seu anão tolo! — A criatura soltou um grito de ataque.

Os dois ficaram mais assustados, pois sabiam que o anão poderia estar em desvantagem. Um olhou para o outro e então Rurik disse a Balderk:

— Temos que ajudá-lo! E tenho uma ideia — disse, olhando para a porta. — Vou abrir e dar um salto para trás para ficar ao seu lado e então lançaremos nossos machados na criatura que estiver atacando o anão. — Estava ofegante.

Balderk ficou surpreso com a atitude do amigo. Confirmou sua ideia com a cabeça e posicionou o machado em sua mão para o arremesso, ficando apenas à espera de Rurik. Os dois se olharam confiantes. Rurik respirou fundo, abriu a porta e saltou para trás. Posicionaram-se para o arremesso, mas os dois tiveram dificuldade de lançar, pois a forte chuva atrapalhou a visão deles.

Além da chuva, o amontoado de corpos que rolaram para dentro do depósito fez com que hesitassem no ataque. Quando a criatura saltou verticalmente dobrando as duas pernas no ar e posicionando suas armas para atacar o anão, pronto para cortar sua cabeça, Rurik gritou:

— Agora! — Os dois garotos lançaram seus respectivos machados em direção ao inimigo, ferindo-o mortalmente. Acertaram pontos fatais do corpo da criatura, fazendo com que caísse aos pés do anão. Um golpe de sorte, talvez, dos pequenos anões. Glunk morreu. Depois do lançamento, os dois caíram de joelhos ao chão, assustados, e olhando para frente, mais precisamente para o morto que jazia ali com seus machados encravados no peito. O anão se espantou com aquele acontecimento e olhou rapidamente para trás. Um susto lhe atingiu a alma, pois conhecia bem aqueles garotos.

— Rurik, meu filho? Balderk? — disse Dragoun chocado.

— Dragoun? - perguntou Balderk.

— Pai? — disse Rurik assustado.

Não houve resposta, nem de Dragoun nem tampouco dos garotos, que estavam imóveis no depósito. Ainda de joelhos, os dois tentavam se recuperar do choque que acabaram de sofrer: a morte da criatura e a surpresa de saber que a vítima salva era ninguém menos que o rei de Kroldenn.

— Sim, são vocês — disse Dragoun entrando no depósito, ajoelhando-se e abrindo os braços para acolher seus salvadores. Os garotos ficaram de pé e abraçam fortemente o rei. A única desatenção dos três foi com a porta do depósito que permaneceu aberta diante do conflito.

Depois de alguns segundos de esperança, Balderk percebeu um objeto voador vindo em direção a eles, acertando em cheio seu braço. Balderk perdeu as forças, caindo no chão com muita dor e aflição. A adaga não só furou o braço de Balderk, como o atravessou, ficando presa ali. Dragoun e Rurik se assustaram com aquilo, mas logo o rei saiu do depósito à procura do lançador de tal ferramenta. Acabou encontrando a criatura que estava à espera, saltitando. Partiu para o ataque sem deixar a criatura se pronunciar. Foi rápido e preciso, partindo-a ao meio como se esta fosse uma fruta madura. Voltou ao depósito, fechou a porta, viu Rurik abraçando Balderk. O rei ajoelhou-se e disse a Balderk:

— Terá de ser forte, anão! — disse, segurando o cabo da adaga.

— Está doendo muito, senhor Loderr. O que posso fazer? — perguntou, chorando.

— Pense em algo bom...

Dragoun segurou firme o cabo da adaga e, fechando os olhos, puxou-a rapidamente. Pelo susto e reflexo, Rurik também fechou os olhos, enquanto Balderk liberou um grito de dor.

— Fiquem aqui! Trarei ajuda.

— Tome cuidado pai!

Balderk lentamente se acalmava, mas o sangue de seu braço jorrava como água de um manancial. Rurik sabia tratar alguns ferimentos, algo que lhe fora ensinado por curandeiros de Kroldenn. Ele, então, pressionou o ferimento de seu companheiro de guerra, fazendo-o gemer de dor. E ao pressionar o braço, Balderk gritava ainda mais.

— Acalme-se, Balderk! Pense em algo bom de sua vida. Esqueça a dor.

— Mas é tão difícil pensar em momentos bons em momentos assim, Rurik. — Fechou os olhos com força.

— Esforce-se, amigo! Ajude a si mesmo. Pense...

Após alguns segundos de dor e agonia, Balderk conseguiu se concentrar em um de seus pensamentos. Rurik estava ansioso, pressionando o ferimento de seu amigo e observando a porta com muito receio de algum inimigo abri-la. Estava respirando ofegante.

Balderk se concentrou em seus profundos pensamentos, tentando ignorar a dor. Pensava nos momentos em que ajudava sua mãe a plantar algumas orquídeas próximo aos portões de Kroldenn. Karifa era uma bela anã, a única da cidade que tinha olhos cor de mel. Com a imagem de seu olhar penetrante, Balderk se esforçava para ignorar a dor. Estava mergulhando nas lembranças boas de sua mãe.

Karifa era uma das anãs responsáveis pela beleza e decoração da cidade de Kroldenn. Amava plantar, colher e cuidar das plantas da região. Os anões apreciavam a riqueza e a beleza de sua cidade, cuja maior responsável era justamente a esposa de Smouth. Há cerca de seis anos, em certa manhã, um pesadelo invadiu a vida de Balderk e de seu pai. Caía uma forte chuva, mas Karifa devia ir além dos portões de Kroldenn para pegar algumas ervas para Balderk, que ficara resfriado naquele tempo chuvoso.

Smouth estava no palácio do rei, conversando sobre o governo da cidade. Karifa deixou Balderk dormindo em sua cama com bastante tecido sobre ele. Ao sair de Kroldenn, disse aos guardas que não precisaria de escolta, pois seria algo rápido, e seguiu com passadas rápidas. Volta e meia assustava-se com alguns relâmpagos que escutava.

As ervas estavam em um local um pouco distante dos portões, continuou sem saber que estava sendo seguida por moribundos saqueadores. Não havia nenhuma criatura para testemunhar aquele fato e, de repente, Karifa fora surpreendida pelos saqueadores. Disse às criaturas que não tinha nada a oferecer-lhes e, aflita, gritou por socorro. Os saqueadores então tamparam sua boca e a levaram para um local isolado, com restos de lixo e carcaça de animais. Como Karifa não tinha nenhuma pedra de ouro a oferecer, os ladrões queriam seu corpo. Um estava segurando -a pelas costas enquanto o outro tentava tirar suas roupas.

De repente Karifa puxou uma curta e afiada adaga e sem hesitar empunhou o objeto contra o pescoço do saqueador que a segurava. O ladrão caiu inconscientemente no chão, morrendo segundos depois. Karifa estava tão assustada que resolveu correr gritando por socorro. O outro moribundo avistara a anã correndo e então sacou seu arco curto e lançou flechas ao ar. Karifa não conseguiu se esquivar e foi atingida em cheio, perdendo a batalha, indo para os braços de Kork. O saquedor e seu bando logo partiram dali.

Talvez o único defeito de Kroldenn fosse o de não haver qualquer proteção em algumas regiões próximas, locais onde guardas nunca eram vistos. Mas, naquele dia, um dos guardas da torre resolveu seguir a trilha de Karifa devido à demora da anã em retornar. No caminho, encontrou-a caída, com duas flechas em seu corpo. Neste momento, acionou sua corneta. O som daquele pequeno objeto ecoava alto e vencia o barulho da chuva, chegando aos portões de Kroldenn como um chamado de ajuda.

— Hikorn e seus homens estão à solta. Temos que montar uma equipe para perseguição… — disse o guarda da torre para si mesmo. — Avisarei Smouth imediatamente — falou, analisando as flechas do corpo de Karifa.

O guarda conhecia bem a anã, pois seu filho brincava com Balderk. Um frio em seu estômago o incomodava por saber que era a mulher de Smouth, um bom e respeitado anão de Kroldenn. Colocou a anã em seus braços e seguiu em direção a Kroldenn. Depois de alguns minutos, outros guerreiros chegaram à trilha, guiados pelo chamado da corneta. Um deles era Smouth. O anão viu que o corpo nos braços do guarda, manchando de sangue os tecidos brancos, era o de sua esposa.

— Não, minha rainha! Volte! Por Kork! Karifa... — Tocou o rosto da esposa. — O que aconteceu? Por que aconteceu isso? Quem fez isso?! — perguntou aos gritos.

— Não sei ao certo, senhor. Não vi o acidente, mas, pela flecha, creio que seja do bando de Hikorn. Ela estava indo à procura de...

— À procura de ervas para Balderk... — Abraçou o corpo da esposa.

— Senhor, não tive culpa... Ela recusou a proteção... — o guarda tentava se explicar de alguma forma.

— Hikorn... Vou matá-lo! — disse Smouth.

Segurando o corpo da amada, e sem dar ouvidos ao que o guarda dizia, seguiu de volta a Kroldenn. Ao entrar pelos portões com a esposa nos braços, uma comoção tomou conta das pessoas ao verem que a bela e simpática Karifa estava morta. O corpo de Karifa foi preparado para seu velório na casa do curandeiro de Kroldenn, e, enquanto isso, Smouth e alguns guardas seguiram o bando de Hikorn.

Retornaram após três dias com sua vingança realizada. Smouth e mais cinco guardas mataram cerca de quinze homens, sendo que Hikorn perdeu todos os seus membros ao lutar com Smouth. O restante de seu corpo foi oferecido como alimento para alguns lobos da floresta.

Depois desse fato, a cidade de Kroldenn nunca mais foi vítima de violências ou algo parecido. A segurança foi renovada, nomeado mais guerreiros para proteção da cidade dos anões. Balderk sabia do assassinato de sua mãe, porém, com poucos detalhes, pois era apenas uma criança quando ocorreu. Felizmente ficaram enraizadas apenas memórias boas de Karifa. Momentos bons.

Um forte relâmpago foi percebido, desligando Balderk de seus belos pensamentos. Logo voltou a sentir fortemente as dores em seu braço, liberando um forte e feio grito de dor. Havia entrado em uma espécie de sonho, transe. Rurik estava ficando preocupado, pois o sangue não cessava e Balderk já havia perdido muito até então. Dois minutos depois, Balderk pareceu desmaiar, o que preocupou Rurik ainda mais.

— Balderk, acorde! Balderk! — Dava tapas no rosto dele.

— Socorro! — gritou em vão, pois a forte chuva e o som de batalha não deixava aquele pedido chegar ao destino. Rurik pôs sua cabeça sobre o peito de Balderk e começou a chorar. — Desculpa, Balderk! Foi tudo culpa minha! Eu que tive essa tola ideia. Kork deve estar lançando maldições para mim agora. Perdoe-me!

Rurik levantou, pegou seu machado e percebeu que ainda saía sangue do braço de Balderk. Sem saber o que fazer disse:

— Vou atrás de ajuda, Balderk! Quero tropeçar com qualquer criatura... Irei degolá-la como quem degola um coelho! — disse, limpando as lágrimas de seus olhos.

Após abrir a porta do armazém, a primeira coisa que viu foi mais corpos ensanguentados. Alguns ainda gemiam de dor, tentando reencontrar o sentido da vida. Sem hesitar, saiu do depósito à procura de alguém que pudesse salvar Balderk. No seu segundo passo fora do esconderijo, foi agarrado por alguém gordo e forte, e lançado de forma grosseira para dentro novamente. Rurik se assustou, parou de respirar, mas rapidamente se levantou e já se preparava para o ataque. Estava muito nervoso e não sentia medo. Observou o gordo anão, com vestimenta suja de sangue e uma lamparina na mão.

— Fique quieto, pequenino! — disse, fechando a porta do depósito. — Dragoun me explicou tudo e disse que tinha alguém ferido. E já vejo quem é. — Olhando para Balderk.

O gordo anão retirou de seu cinto de utilidades uma poção negra e fez com que Balderk a bebesse. Também pingou algumas gotas sobre o ferimento do garoto. Sacando outra poção viscosa, de coloração esverdeada, passou sobre o ferimento fazendo o sangue estancar. Retirando um tecido de sua pequena bolsa, envolveu o ferimento de Balderk, amarrando-o com algumas finas cordas.

— Rápido e eficiente, pequenino! — Já guardava suas poções.

— Fique calmo, seu amigo logo estará bem! Isso não foi nada. Muito prazer, meu nome é... — Ficou meio pensativo. — Não me lembro do meu nome direito. Essas coisas são tão complexas ultimamente... — disse o curandeiro, passando a mão em sua barba malfeita. — Todos me chamam de Brumbar. — Olhou para os lados, desconfiado.

— Brumbar? Muito obrigado Brumbar! — disse Rurik já mais calmo.

— Agora é só esperar, pois seu amigo se recuperará logo... — falou, sempre passando a mão em sua barba. — Ah... Minhas poções são bem eficazes! — cochichando consigo mesmo.

— Deixe-me ir ajudar os outros que necessitam de alguma poção de Brumbar. — Ele se arrumou e deu às costas ao garoto, mas retornou em seguida. — Uma pergunta, pequenino... — Apontou o dedo a Balderk. — O que estão fazendo aqui? — perguntou, desconfiado.

— É uma longa história — disse Rurik, arrependido de sua aventura.

— Bom, tudo bem! Estou indo, senhor... — Tentou se lembrar do nome do garoto. — Ah, lembrei! Rurik, filho de Dragoun. Está uma bela luta lá fora! Não para crianças, por isso fique aqui! — Abriu a porta.

Brumbar saiu do depósito fechando a porta à procura de mais vítimas anãs sobreviventes. Ele era um dos curandeiros de Kroldenn. Era relativamente novo para tantos conhecimentos. Dono de uma mente problemática por ver tantos ferimentos e mortes em seu cotidiano, ficava perturbado na maior parte do tempo, esquecendo até mesmo de seu nome.

Rurik ainda estava assustado por ver Balderk ensanguentado. Não desejava mais sair, o medo o havia dominado. Como não havia um meio de ajudar o amigo, a única coisa que poderia fazer era orar pela recuperação rápida de Balderk.

Metros adiante, os ataques ainda continuavam. Dragoun não conseguia esquecer os dois garotos no depósito. A preocupação com eles crescia cada vez mais. Tentou voltar para o depósito depois de conversar com Brumbar, mas sempre estava sendo interrompido por ataques. O máximo que conseguia fazer era certificar-se de que a porta permanecia fechada.

— Morra, desgraçado! — gritava Smouth do outro lado, liberando um forte grito de ataque.

As batalhas corporais não cessavam. O sangue aumentava junto com o frio e a chuva. O conflito já se estendia por mais de duas horas. Os salteadores não entregavam suas vidas facilmente. Mesmo sabendo que estavam em minoria, continuavam guerreando. O medo parecia irreal, tampouco qualquer espécie de receio. Atacavam e atacavam sem se preocupar com o que poderia acontecer.

Os piratas de Rakhous viviam próximo ao pântano de Hobbes, um lugar desolado do mundo, repleto de criaturas e assassinos caçadores de recompensa.

O sangue de corpos continuava a servir o banquete para as criaturas marinhas.

— Renda-se, Hug! Não há como você e suas bestas vencerem este conflito — disse Feiron, respirando ofegante pelo cansaço.

— Devolva meu ouro, Feiron! E só então paramos com isso! — Hug saltitava, posicionando-se em cima de um grande caixote.

— Nunca! — gritou Feiron, correndo para atacar Hug.

Naquele momento restavam poucas criaturas. Os anões eram mais fortes e com estratégias de guerra mais bem elaboradas. Os navios inimigos estavam praticamente dominados pelos servidores de Kroldenn. A chuva continuava e os relâmpagos estavam aumentando. Podia-se escutar gritos de dor e sofrimento por toda parte e, de vez em quando, o som de alguma criatura no mar que se deliciava com algum pedaço de carne ensanguentada.

Tordek, assim que saíra vitorioso dos ataques, abaixou-se pelo cansaço e avistou o mar, vermelho, repleto de criaturas jantando, e, por frações de segundos, lembrou-se de sua história. Ficou imóvel como uma rocha, vulnerável como uma presa para as criaturas de Hughirr. Smouth viu Tordek olhando o mar e correu na direção dele, pulando sobre alguns corpos ao chão.

— Tordek, saia daí! Está perigoso! Vamos, vamos para o centro! — chamou, puxando-o pelo braço.

Depois de alguns segundos distante das criaturas, Tordek pareceu acordar daquele transe que reavivou seu pior pesadelo, retornando à realidade. Ao lado de Smouth foi à procura de mais inimigos. A poucos passos dali:

— Kirond, cuidado! — gritou Glaxax.

Quando Kirond olhou para trás foi surpreendido por um salteador que, de forma rápida e precisa, atingiu o seu peito com sua espada circular, correndo em seguida para atacar outro inimigo, Kirond caiu ao chão gemendo de dor. Glaxax correu em direção ao amigo, tropeçando em alguns corpos. Ajoelhou-se, dizendo:

— Fique calmo, meu amigo, tudo ficará bem! — Glaxax olhou para o ferimento. — Socorro! Socorro!

— Não ficará nada bem, Glaxax. Vou morrer! — Virou o rosto e pegou seu machado.

— Não diga isso, bom anão! Nada de ruim irá acontecer! Confie em Kork! — disse, segurando a mão do amigo.

— Confio em Kork e estarei com ele ao amanhecer. Leve... — ofegou, com dificuldade para falar. — Leve isso com você, Glaxax! Adeus, meu amigo! — Entregou-lhe um colar.

Glaxax não sabia, mas era o colar que seu único filho lhe deu antes de viajar. Segurou firme o objeto, bem como a mão de Kirond.

— Adeus, meu amigo! — lamentou Glaxax, derramando uma lágrima.

Um estrondoso relâmpago foi ouvido. Kirond morria ali. Com dignidade e respeito, deixou uma bela família em Kroldenn. Glaxax olhou rapidamente para os lados à procura do malfeitor.

— Fique com seu machado, anão! — ordenou, arrumando o machado nos braços e peito de Kirond. — Kork te guiará. — Ele se levantou, colocou o colar em seu pescoço e foi à procura do assassino de seu amigo. — Por Kirond! — dizia, cuspindo no corpo de cada criatura que aparecia em sua frente. Olhou novamente para o corpo do amigo, fez uma espécie de reverência e partiu em direção ao inimigo.

Havia poucas criaturas em pé para combater, mas Feiron e Hug ainda estavam exibindo golpes habilidosos.

— Renda-se, Hug! Não vê que está tudo perdido? Não tem mais guerreiros, estão se rendendo aos poucos — falou em uma pausa dos ataques.

Hug olhou para os lados e observou que realmente Feiron estava certo. Alguns de seus piratas estavam se rendendo, com machados fincados em suas gargantas. E então disse:

— Nunca me renderei a você, Feiron! Homens inúteis que tenho! Covardes! — Saltou para a beira do navio. — Prefiro ser engolido por alguma criatura ao morrer por um humano! Ainda iremos nos encontrar! — Pulou nas águas escuras.

— Não! — gritou Feiron, correndo em direção a Hug, que acabara de pular. Ouviu o barulho do corpo caindo no mar.

Passaram-se mais dez minutos de conflito e todos os piratas de Hug haviam se rendido e se acuado nas bordas dos navios.

— O que faremos com esses animais, senhor Feiron? — perguntou Glaxax apontando seu machado para o assassino de Kirond.

Feiron suspirou forte, recuperando seu fôlego, e disse levantando uma de suas espadas:

— Lancem ao mar como alimento! — respondeu.

Glaxax sorriu e, decepando as pernas do assassino de seu amigo, disse:

— Sem elas é mais fácil de ser engolido! — Empurrou corpo ao mar. Repetiu o movimento com os outros que haviam se rendido.

— Não faça isso, Feiron! — gritou Dragoun aproximando-se.

— Agora! — ordenou Feiron aos outros.

— Joguem ao mar! Alimentem as criaturas! — disse, desobedecendo à ordem de Dragoun.

E então os inimigos foram lançados ao mar, satisfazendo as criaturas, enquanto os piratas de Feiron riam e zombavam de seus inimigos.

— Por que fez isso, Feiron? Dei-lhe uma ordem de não lançá-los ao mar! Por que desobedeceu-me? — perguntou Dragoun, nervoso.

— Isso era um problema antigo, meu senhor! Tive de fazer isso! Os piratas de Hug são como ervas daninhas! Para dar o fim temos que cortar pela raiz — riu enquanto colocava suas espadas na bainha.

— Sou o rei de Kroldenn e você é meu servo! Não pode me desobedecer! — disse, ferozmente.

— Desculpe, senhor, mas no mar sou o rei! Eu e meus homens somos os donos do mar! E aqui, nas águas, mando em meus homens — disse Feiron, desafiando Dragoun.

— Está dizendo que aqui não tenho direito algum? Está completamente errado, Feiron! Não deve desobedecer ao rei dos anões, jamais. Ou me respeita e cumpra minhas ordens ou cortarei sua garganta na frente de seus homens e ainda cuspirei sobre seu corpo! — disse, rodando seu machado com muita destreza. Esse gesto acabou por assustar Feiron.

Feiron tinha muita autonomia nos mares, mas estava ao lado de Dragoun e deveria obedecer-lhe fielmente. Assustado com a atitude do rei, manifestou-se:

— Perdoe-me, meu senhor! Por frações de segundos fiquei dominado pela vingança de Hug e suas criaturas — implorou, ajoelhando-se, bem como todos os piratas. — Perdoe-me, Dragoun, rei de Kroldenn! Por favor! — Abaixou a cabeça.

— Não sou Kork para perdoar você, mas respeite minhas ordens, Feiron. Não as desobedeça, pois sou Dragoun Loderr, o rei de Kroldenn — afirmou Dragoun de forma grosseira. Feiron ficou calado e depois de alguns segundos se levantou com seus homens.

— Eles já haviam se rendido! — disse, balançando a cabeça pela decepção da frieza de Feiron.

De certa forma entendia a rebeldia pirata, mas não tinha tempo para maiores sermões, pois havia se lembrado de Balderk e Rurik.

— Homens, joguem os corpos mortos do inimigo ao mar. Quanto aos sobreviventes, tirem seus equipamentos e limpem seus ferimentos! Depois, coloquem nossos guerreiros mortos no centro do navio para a oração do velho Graik. Levantem âncora e vamos continuar nosso objetivo — ordenou, olhando rumo ao continente de Grunn.

— Smouth, venha comigo! Tenho uma surpresa para você! — disse Dragoun, indo em direção ao depósito.

— Senhor, o que faremos com os navios inimigos? — perguntou um dos homens de Feiron a Dragoun.

— Queimem! — ordenou, indo rapidamente ao depósito com Smouth.

— Mas e se houver algo de valor, meu senhor? Não acha melhor vermos isso antes de queimá-los? — perguntou Feiron, com um baixo tom de voz.

— Não há nada de valor! E não sou saqueador! — disse Dragoun ao longe, decepcionando Feiron e seus homens.

Tordek se aproximou de Feiron batendo palmas ironicamente.

— Que bonito de sua parte, desafiar Dragoun Loderr... — falou, parando em frente ao humano, que arrastava alguns corpos.

— Não venha me dar lição de moral, Tordek! Dragoun não entende nada do mar... — respondeu Feiron, mas logo foi interrompido por Tordek.

— Cale-se, seu tolo! Você nunca terá idade suficiente para viver tudo o que Dragoun viveu! Se não fosse ele saiba que ninguém estaria aqui se deliciando com carne e vinho... — argumentou Tordek. — Dragoun é o rei! A ele devemos respeito e honra! Vocês escutaram, piratas? — gritou Tordek.

Todos os piratas se levantaram e bateram no peito em forma de cumprimento, concordando com o que o velho dissera. Feiron ficou calado. Acatou as ordens do rei e incendiaram as embarcações inimigas.

Todos começaram a limpar os corpos dos anões e demais piratas, bem como derrubar os inimigos no mar, perturbando a cadeia alimentar. Naquela escuridão infinita, a chuva ajudava com a limpeza. Âncoras foram içadas e velas erguidas. Com a ajuda do vento, os navios pegaram velocidade rapidamente.

— Içar bandeira! — gritaram os comandantes dos navios. A bandeira dos anões de Kroldenn dançava em união com o vento.

Os navios inimigos foram postos em chamas pelo seu interior. Logo puderam sentir o calor e o cheiro de madeira queimando distanciando-se. Escutou-se o grito de guerra dos anões. Cânticos de vitória caminhavam sobre o oceano. Os três navios seguiram por algum ponto daquele lugar, deixando uma cena fúnebre consumida pelo fogo. Em questão de minutos, os navios inimigos preencheram as profundezas do oceano.

— Disse que ia chover! — disse Azulk, para distrair a todos enquanto limpava seus equipamentos. Todos riram. Sinal de alívio.

Dragoun chegou próximo ao depósito e disse a Smouth:

— Não se assuste, meu amigo! — deixando Smouth muito curioso.

Quando Dragoun abriu a porta, Smouth pôde ver seu filho caído com marcas de sangue, e Rurik, com olhos brilhando, olhando para os dois na porta. Um susto forte para Smouth. Vieram memórias de sua esposa caída ao chão, deixando-o sem palavras. Estava achando que Balderk havia morrido. O frio da solidão correu em suas veias. De repente Balderk gemeu como quem acorda de um sono profundo, fazendo Smouth cair no chão e ficar de joelhos próximo ao filho ferido.

— Meu filho, acorde! Como veio parar aqui? O que aconteceu? — Analisou se o ferimento era grave, mas não houve resposta de Balderk. Estava zonzo devido à poção de Brumbar e acabou adormecendo.

Rurik se pronunciou a Smouth:

— É uma longa história, senhor — disse o garoto, levantando-se. Logo Dragoun foi em direção a Rurik.

— Você desobedeceu ao seu pai, meu filho! Por que fez isso, Rurik? Será punido por esta mentira! — disse, olhando muito sério para o filho, e segurando em seus braços.

— Concordo com você, pai, mas já estou pronto para viajar com o senhor! Sei que o que fizemos foi muito errado, mas queria saber como é ser um anão guerreiro, assim como vocês. — Abaixou a cabeça pelo erro.

— Entendo, Rurik, mas e se tivesse ocorrido algo mais grave? Se um de vocês tivesse morrido? Não pensou nisso quando fez essa aventura fora do normal? — perguntou, aumentando seu tom de voz.

— Perdoe-me, pai! Não se esqueça de que salvamos sua vida — falou, ainda de cabeça baixa, deixando Dragoun sem reação.

Smouth não conseguia falar nada, apenas segurava o corpo do seu filho.

— Agradeço por vocês terem salvado minha vida, mas isso não é justificativa para ficarem impunes do que fizeram, mentindo para seus pais, arriscando-se. Isso não é nenhuma brincadeira, Rurik, é uma viagem de negócios — falou, abaixando o tom de voz.

— Eu sei, pai, mas não sabia que teria ataques como esse, e nem que Balderk iria se machucar. Pobre Balderk. — Olhou de cabeça baixa para o garoto no chão.

— Isso não é hora para ficar brigando com o garoto, Dragoun. Já estão aqui, salvaram sua vida, e Balderk está ferido! Vamos levá-lo para um local mais confortável e arejado. Rurik deve estar faminto e com sede — disse Smouth, erguendo o filho.

— Não acabou por aqui, Rurik. Ainda irei pensar na sua punição. Vamos sair desse lugar! — Pegou o filho pelo ombro e deixaram o depósito.

Rurik pôde observar pessoas mortas no chão, anões sujos de sangue, barbas malfeitas, criaturas diferentes de tudo que já havia visto em Kroldenn. Preferiu ficar com a cabeça baixa seguindo os passos de seu pai. Todos do navio estavam se perguntando de onde teriam surgido os filhos de Dragoun e Smouth, pois a maioria sabia que os dois tinham ficado em Kroldenn, mas logo continuaram a fazer seus deveres.

O tempo passou, as criaturas marinhas continuaram a caça por outras redondezas e a chuva ainda banhava os navios. A fumaça dos navios de Hug ainda podia ser observada de longe. A madrugada estava ficando menos fria. Os corpos mortos foram postos lado a lado para a oração do velho Graik. Rurik e Balderk estavam dormindo em uma cabina e com alguns tecidos.

Todos oravam pelos mortos e pediam ajuda a Kork no resto da viagem. De acordo com a tradição de alguns piratas, os corpos mortos em batalha marinha deveriam ser lançados ao mar, mas para os anões isso era algo frio e muito errado. Os corpos deveriam ser queimados para a alma permanecer livre. Mas não havia como queimá-los dentro do navio e então colocaram os corpos nas pequenas embarcações de emergência. Cada anão era exposto com seu respectivo machado e demais equipamentos.

O fogo foi aceso e os barcos ficando para trás. Era um funeral marinho não tão agradável de se ver. A chama rapidamente tomou conta dos corpos, fazendo Glaxax segurar firme o colar que recebeu de seu amigo, Kirond. Estavam todos imóveis diante daquele acontecimento. Observavam e sentiam-se aliviados por estarem vivos. Kirol dedilhava em sua viola uma canção triste, o que fez Azulk cantar com sua voz trêmula:

O tempo nos prega segredos eternos;
Segredos divinos, como ruídos do destino.
Os deuses nos pregam missões secretas;
Missões oriundas de um mundo de violência certa.
Kork nos chama, sem qualquer medo ou ganância;
Kork nos guia, sem qualquer preço ou abundância.
Caminha por entre mares e ares,
Com seus segredos vislumbrados em altares;
Caminha pela solidão entre o vazio e o clarão,

Sendo a morte a única redenção,
Esta pelo preço da servidão,
Onde a esperança é a única libertação.
A morte é secreta,
Fria,
Eterna.
A morte observa,
Até o dia em que Kork caminhará pela relva
Chamando-nos em tempos de guerra.

O silêncio cobria aquela região. Azulk fechava seus olhos. Após a cena fúnebre, alguns anões adormeceram de cansaço e de tristeza. A preocupação com novos conflitos e novas criaturas famintas crescia na mente de alguns. Dragoun e Smouth estavam conversando sobre o que seria do filho deles e queriam saber como conseguiram chegar até ali sem ninguém tê-los visto.

A madrugada passou e o dia amanheceu com um belo sol e pouco vento, a brisa fazia com que os anões pensassem nas plantações de legumes de Kroldenn. Houve a troca dos remadores. Anões despertavam do sono sem sonho e arrumavam suas vestimentas. Brumbar e os outros curandeiros estavam pesquisando novas ervas e poções em seus grossos livros. Após conflitos, estudavam suas falhas à procura de aperfeiçoamento. Rurik e Balderk ainda dormiam. Ghirrar, o cozinheiro, já gritava pelos seus homens para limparem o piso dos navios. Estavam todos com algo para fazer.

Azulk estava à frente dos outros dois navios. Vinham alinhados. Grifinder, ainda com manchas de sangue em sua armadura, estava olhando para o céu. Seus pensamentos estavam distantes. Feiron e Dragoun estavam na sala de mapas discutindo em voz alta, mas logo depois chegaram Smouth e Tordek:

— O que está acontecendo? — perguntou Smouth.

— Foi por culpa de Feiron que isso tudo aconteceu, Smouth. Culpa desse pirata ambicioso! — gritou Dragoun. Tordek não disse nada, apenas bebeu seu vinho observando a conversa.

— Dragoun, Hug, no passado, roubou tudo de meus homens e de meu povo, só porque somos humanos. Saquearam meus navios e roubaram nossas mulheres. Pela dignidade de um bom pirata devo me vingar e fazer tudo o que fez comigo e com meus homens! Menos pegar as mulheres dele, pois não são nada agradáveis — disse Feiron, dando uma risada.

— Não é hora para rir, Feiron! Por que logo meus anões, que não têm culpa dessas loucuras de pirata, foram vítimas? Você sabia que isso ia acontecer? — perguntou Dragoun, nervoso.

— Não, senhor! Achei que Hug não viria a minha procura assim tão depressa! Foi um ataque surpresa, senhor! — disse Feiron, olhando para os mapas.

— Sinto que você sabia que eles logo viriam atrás de você! — argumentou Smouth.

— Se eu soubesse, tinha feito uma emboscada com meus homens, Smouth! Eu não sabia! Mas agora tudo acabou e não podemos voltar no tempo — respondeu, observando o mapa.

— Deem-me licença, senhores, vou pegar um vinho! — disse Feiron, retirando-se.

— Esses piratas humanos são inúteis, Tordek! Por culpa dessa sede de vingança perdi alguns de meus anões! Nessa viagem não era para ocorrer nada disso! — disse Dragoun, batendo na mesa com o punho fechado.

— Esqueça isso, meu amigo! Não se esqueça de que Rurik está aqui — disse Smouth. Dragoun respirou fundo, pois ainda parecia inacreditável que seu único filho estava a bordo.

— Agora, vou ver Balderk! — disse Smouth deixando a sala.

— Diga a Rurik que subo em seguida para conversarmos, Smouth.

Tordek bebeu mais uma golada de vinho.

— Acalme-se, Dragoun! Feiron é um bom humano!

— Não quero saber de Feiron, agora… — Dragoun suspirou.

Tordek liberou uma risada, balançando a cabeça:

— Rurik e Balderk enganaram os dois maiores anões de Kroldenn! — disse Tordek ironicamente a Dragoun.

— Sim, Tordek! Rurik e Balderk estavam escondidos no depósito durante toda a viagem. Irei puni-los!

— Não faça isso, Dragoun! Você teria feito o mesmo que ele! — fazendo Dragoun refletir.

— Beba um pouco de vinho! — Tordek tossiu.

Dragoun sabia que o velho estava certo. Ele teria feito o mesmo na idade de seu filho, mas nada demonstrou. Saiu da sala e foi ao encontro de Rurik. Tordek ficou na sala estudando os mapas, calculando quantas horas haviam perdido no conflito.

Quando Smouth abriu a porta na cabine onde estavam os dois garotos, Balderk acordou. Não estava mais zonzo ou sonolento, apenas assustado, pois não sabia ao certo o que tinha acontecido depois de ser alvo do ataque.

— Meu filho! — disse Smouth ao ver Balderk de olhos abertos. Ele se assustou ao ver o pai, mas um alívio também penetrou em seu coração.

— Pai!

— Sente-se melhor, Balderk? — perguntou, olhando para o ferimento.

— Sim, pai! Não estou sentindo muita dor. Sou um anão! — deu uma risada com receio.

— Os anões não desobedecem às ordens de seus pais! — retrucou Smouth fazendo com que os olhos de Balderk enchessem de água. — Agora, diga-me que ideia perversa foi essa de vocês dois!

Smouth olhava sério para seu filho. Em seguida, chegou Dragoun, com passadas rápidas.

— Acorda, Rurik! Agora! — disse Dragoun em tom de voz forte, fazendo o garoto acordar assustado.

— Tudo bem, Balderk? — perguntou Dragoun, nervoso.

— Sim, senhor!

Rurik acordou assustado e rapidamente sentou-se na cama. Ainda passando a mão em seu rosto com pouca barba, tentava acordar daquele susto. Observou Balderk sentado e sentiu-se aliviado, mas estava com muito medo de seu pai.

— E, então, comecem a explicar tudo! — ordenou Smouth, cruzando os braços.

— Espero que seja uma explicação bem interessante! — Dragoun estava muito nervoso. Mexia suas mãos ininterruptamente. Os dois pais ficaram em pé observando os dois garotos em cima das camas.

— Senhores, a culpa não foi de Rurik! Eu que tive a ideia de vir — disse Balderk olhando para Rurik, que apenas concordava com a cabeça. E então os dois começaram a contar o plano desde o quarto de Rurik. Contavam detalhe por detalhe para ficar bem claro aos pais. Como Balderk foi o autor da maioria das ações, era o que mais falava e gesticulava. Rurik o completava com detalhes.

Enquanto isso gaivotas sobrevovam os navios à procura de algum alimento. O cheiro de sangue ainda era presente. O sol estava ficando forte naquela manhã e o mar estava agitado. Estavam praticamente todos conversando sobre o conflito, sobre as famílias, seus filhos, e algumas ninfas. Alguns estavam afiando seus machados, silenciosos, pensando no número de vítimas da madrugada. Kirol estava tocando sua viola de forma lenta, em sinal de respeito aos mortos. Rultafa olhava para Kirol admirado, ainda por lembrar que foi salvo por ele.

Vinhos e pães eram servidos e compartilhados entre todos. A viagem continuava sem pausa ou descanso. O vento não ajudava muito naquela hora, mas os firmes braços dos piratas faziam os três navios se movimentarem de forma rápida.

— Feiron, por que não me contou sobre Hug e seus homens? — perguntou Tordek.

— Não sabia ao certo se viriam mesmo, meu velho — respondeu Feiron, arrumando o monte de cordas das velas.

— Dragoun ficou muito nervoso com o acontecimento, que por sinal foi sua culpa. Ele perdeu alguns guerreiros, Feiron, e isso vai ser doloroso na chegada a Kroldenn.

— Em uma guerra, seja da dimensão que for, sempre há perdas e ganhos, Tordek. — Levantou-se e bateu com as mãos na roupa. — Essa foi de ganho, pois não morri. — Liberando uma risada irônica.

— Não seja tolo, Feiron! Também perdeu alguns de seus homens! Isso não te prejudica em nada?

— É menos ouro para dividir no final! — respondeu olhando sério para Tordek antes de sair gritando: — Senhores! Não quero sentir esse cheiro de sangue quando retornar de meu descanso! — Entrou nos aposentos.

Tordek não se surpreendeu com a frieza de Feiron, pois já o conhecia há alguns anos.

— Feiron foi totalmente corrompido pela ambição e frieza dos piratas. Tenho pena deste pobre humano — disse Tordek, dirigindo-se a alguns guerreiros.

Depois de alguns minutos de navegação, conversas, entre outras coisas que podem definir uma viagem, Jhalibur, observador do navio sob o comando de Grifinder, gritou a seu comandante:

— Senhor, rochas à vista! — Apontou para frente.

Logo em seguida, Aliraf, no navio comandado por Azulk, também gritou do alto do mastro:

— Rochas à vista! — Também apontou para frente.

Em seguida, Sagafin gritava no navio de Feiron:

— Capitão, maciças e imprecisas rochas à vista — disse, como no trecho de uma canção.

Feiron, então, não foi descansar. Rapidamente assumiu o leme. Havia esquecido que aquela região tinha rochas milenares.

A partir daí os navios foram conduzidos a base de cálculos bastante cuidadosos. O leme de cada navio era comandado por seus respectivos capitães. Havia várias histórias de naufrágio neste local. Até mesmo bons navegantes eram surpreendidos por choques nas rochas negras que rodeavam parte do continente de Grunn. Também preocupavam-se por não terem mais tantos botes de resgate.

Nos picos das rochas, podia-se notar ninhos repletos de ovos. Construídos com palhas secas, muitos ninhos eram mais antigos que os jovens anões das embarcações. Era o paraíso para grandes aves e à medida em que os navios se aproximavam do local, voos rasantes pareciam atacar o navio. Os piratas apenas protegiam-se colocando a mão sobre a cabeça e abaixando o corpo. As rochas estavam repletas por escritas e desenhos. Registros de rituais de magia afastando inimigos, piratas antigos.

A água ficou agitada devido ao contato com as rochas, fazendo espirrar a bela espuma branca com sal. Os piratas sabiam navegar muito bem em locais perigosos. Essas regiões funcionavam como refúgio. Apenas os mais habilidosos conseguiam navegar por ali.

Enquanto isso, a conversa entre pais e filhos já chegava ao fim:

— Ainda não entendo essa vontade de querer mostrar para nós que sabem lutar! — argumentou Dragoun, um pouco mais calmo.

— Isso é muito importante para nós. Devemos mostrar que somos bravos guerreiros e não temos medo de nada! — disse Rurik, olhando para Balderk.

— Praticamente nada! — Balderk o corrigiu.

— Tiveram uma atitude bastante corajosa em vir, criaram estratégias, foram à procura de comida, e principalmente salvaram Dragoun, nosso rei — disse Smouth. — Mas não pensem que vão sair dessa totalmente impunes — completou.

— Não mesmo! — disse Dragoun, levantando-se da cadeira onde havia se sentado para ouvir a história.

— Vamos para fora, tenho um serviço para vocês dois. — Dragoun olhou para Smouth.

Os quatro saíram da sala, deixando todos admirados pela presença dos garotos ali. Várias apresentações foram feitas e logo Balderk, com o apoio de Rurik, contava tudo que tinha acontecido até o presente momento. Rurik ficou mais calado, observando tudo, tendo em sua mente apenas o que imaginar de como seria a aventura a partir dali. Ele ficou deslumbrado com as enormes rochas que cercavam os navios.

Depois de alguns minutos de conversa com alguns anões, Smouth e Dragoun, com mais dois serventes dos navios, chamaram os dois garotos:

— Venham aqui! Temos um serviço para vocês pela malcriação! Sigam esses dois servos e os obedeçam, pois todas as ordens que eles vão impor sobre vocês foram às ordens que eu e Dragoun criamos. — Os dois anões gordos levaram Rurik e Balderk até o local onde se prepara as comidas.

Depois que os dois garotos saíram, mais conversas e perguntas foram feitas, de certa forma deixando o ambiente dos navios menos doloroso pela perda dos homens. Havia jovens com eles, mudando o espírito do local. A viagem continuava.

Muita atenção e experiência fizeram com que os piratas conseguissem desviar de todas as rochas sem nenhum contato. O mar também parecia querer ajudá-los naquela região.

— Finalmente, conseguimos passar! — disse Tordek, aliviado. O maior medo era de um naufrágio naquelas águas escuras.

Dragoun ainda estava chateado com Feiron, não conversavam muito. Dedicava seu tempo apenas a conversar com Smouth sobre a aventura dos filhos, algo que os havia surpreendido.

Rurik e Balderk acatavam as ordens como se fossem verdadeiros soldados. Vinham junto com os outros serventes trazendo grandes jarras de vinho e carne de javali assada. Estavam sujos de gordura e melados da bebida. Estavam realmente ajudando. Os garotos não gostaram muito do serviço, era algo chato e cansativo ficar servindo a todos os tripulantes. Seus pais ficaram observando e avaliando cada passo, fazendo com que seus filhos não criticassem o serviço e estivessem sempre sorridentes.

O restante do dia passou de forma calma, sem nenhum perigo. Não havia mais aves interceptando o navio em defesa de seus ninhos. O vento estava ficando cada vez mais forte, ajudando no trabalho dos remadores. Na sala de mapas estavam Smouth, Dragoun, Feiron e Tordek estudando sobre o tempo que os receberia na chegada ao continente. Estavam próximos de saber o que Grunnlada havia feito. Rurik e Balderk ainda serviam a alguns piratas. Estavam exaustos, almejavam um bom e leve descanso, com sonhos bons e sem guerra. Estavam cansados de se explicarem a todos que perguntavam sobre como tinham ido parar ali e o que tinham em mente. Até mesmo Grifinder e alguns guerreiros do navio comandado por Azulk se apresentaram aos dois por meio de gritos. A noite chegou e o frio os cumprimentou lentamente.

Passaram-se cerca de quatro horas após o pôr do sol e muitos estavam dormindo com seus machados sobre o peito. Os guardas dos navios estavam andando em todas as direções, agora em maior número. Kirol tocava uma canção lenta, tranquilizando a todos. Smouth e Balderk, depois de seus serviços, ficaram observando as águas escuras do mar, iluminada pela majestosa lua. Ambos estavam com a mesma pessoa em seus pensamentos profundos: Karifa. Logo depois foram descansar. Rurik estava como uma pedra em sua cama, dormindo. Dragoun estava bebendo vinho com Feiron e Tordek.

— Feiron, sei que seus objetivos são um pouco diferentes dos meus, mas gostaria que estivéssemos juntos no continente de Grunn — disse Dragoun, levantando uma jarra de vinho.

— Vocês parecem ninfas, sabia? Discutindo como mulher! — falou Tordek, bêbado.

— Ofereço-lhe minha palavra, senhor! — respondeu Feiron, levantando sua jarra com vinho.

— Dará sua palavra como um guerreiro de Kroldenn? — perguntou Dragoun.

— Não, senhor! — disse Feiron, abaixando o braço sutilmente, e continuou — sou pirata! Darei minha palavra de homem! — respondeu, brindando com a jarra.

O rei de Kroldenn não escutou o que queria, mas ficou feliz com a resposta. Mesmo tendo o último estresse com o humano pirata, sabia que iria precisar da ajuda dele. Era destemido e tinha homens leais.

— Pronto! Agora podem se beijar! — disse Tordek, levantando-se e caindo sobre algumas cordas. Todos que estavam ao redor deram gargalhada.

— Quem foi o tolo que colocou essas cordas aqui? — perguntou nervoso. Levantou-se e foi pegar rum.

Feiron e Dragoun ficaram conversando sobre diversos assuntos. Estavam se entendendo novamente.

A previsão para chegada ao continente de Grunn era pela manhã do outro dia.

A madrugada parecia lenta, mas não tão fria como a anterior, nem tão dolorosa. Estavam ansiosos pela chegada. Os vigias andavam, observavam, conversavam e bebiam para passar o tempo.

Após algumas horas de sono, Rurik acordou pelo barulho de vigias conversando e não conseguiu mais dormir. Seus pensamentos estavam sempre preenchidos, e a ansiedade o fazia rolar na cama, agora sem sono. Suas poucas horas de sono pesado acabaram. Saiu de seu quarto e ficou andando no navio junto com alguns anões. Estava meio tímido para conversar, pois não conhecia ninguém muito bem. Olhava o céu estrelado, o mar, pensava em tudo que tinha feito com Balderk até aquele momento. Assustou-se quando uma voz o chamou:

— Rurik, filho de Dragoun. É um prazer ter você nessa hora compartilhando sentimentos conosco! Venha cá, não se sinta tímido, jovem guerreiro! — disse Rultafa, acenando com o braço.

Rurik estava em dúvida da direção daquela voz, mas logo conseguiu encontrar o anão acenando para ele. E, então, se aproximou.

— Prazer, sou Rultafa, guarda noturno — disse, reverenciando o garoto. — Sente-se e coma este saboroso pão comigo!

— Olá Rultafa! Obrigado pelo pão — respondeu Rurik com um sorriso no rosto e logo se sentou.

Os dois começaram a conversar enquanto o pão ia chegando ao fim. Rurik já se sentia livre para falar. A timidez fora embora. Gostou de saber histórias de Rultafa e de suas antigas mulheres. Rultafa sorria com algumas histórias de Rurik, engraçadas e espertas. Recuperando seu fôlego e liberando algumas tosses, Rultafa observou Kirol dormindo, encostado em sacos de dormir, abraçado à sua viola.

— Rurik, aquele com sua viola é Kirol. Salvou minha vida no conflito. Um grande anão de coragem e honra. Mesmo não falando é mais corajoso que muitos guerreiros deste navio!

— Ele não fala? Por qual motivo?

— Depois da morte de seus pais, Kirol parou de falar e aprimorou seus conhecimentos de viola. Foi algo doloroso para ele, mas espero que um dia possa voltar a falar e a cantar algumas canções. — Virou o rosto para Rurik.

— Sim, deve ter sido algo muito ruim! — disse Rurik, não entrando muito no assunto, pois não gostava de imaginar o sofrimento alheio.

— Uma visão dolorosa... — completou Rultafa, olhando para as estrelas.

Após alguns segundos de observação:

— Noite bela! — disse Rurik.

— Sim, concordo! Noite bela! Céu repleto de mistérios e segredos, não é mesmo senhor Rurik?

— Posso apostar que sim! — confirmou Rurik, suspirando.

Depois que o pão acabou, os dois ficaram andando pelo navio. Em pouco tempo Rurik logo estava em uma roda conversando com vários outros anões. Com a conversa o tempo passou rápido. O sono não pairava sobre Rurik. Ele estava muito interessado em adquirir conhecimentos com os anões e piratas.

A madrugada logo chegou ao fim. A lua despedia-se e o sol, com seus raios fortes e imponentes, dava as boas-vindas ao novo dia que estava chegando. Muitos estavam acordando do sono leve que tiveram. Kirol estava afinando sua viola. Gnomos subiam e desciam cordas preparando as velas. Pão e vinho começaram a pairar na mente de muitos famintos. De repente, depois de alguns minutos de observação, Hurir gritou:

— Senhores, se meus conhecimentos não me enganam posso avistar o continente de Grunn — disse, focando a luneta. — Anões, logo estaremos em terra firme — continuou a observar.

As vozes de satisfação e alegria dos anões puderam ser ouvidas. Sentiam-se felizes por estarem chegando e saber que, depois disso tudo, iram rever suas famílias em Kroldenn.

Rurik se assustou quando uma pesada mão pousou sobre seu ombro.

— Não está na hora de trabalhar, senhor Rurik? — perguntou Dragoun, sem sorriso no rosto.

— Ah, sim, claro! Até mais, Rultafa e aos outros que não aprendi o nome — disse o garoto, saindo e acenando para os anões.

Dragoun viu o filho se encontrando com Balderk mais a frente para recomeçarem os trabalhos. De certa forma estava feliz em vê-lo andando próximo a ele. Liberou um suspiro de alívio por ver seu filho bem e logo foi ao encontro de outros anões.

Rurik contou tudo o que aprendeu com os guardas para Balderk. E quando podia apresentava alguns anões enquanto sorriam com as piadas e histórias dos cozinheiros. Estavam com bandejas repletas de pães e vinho, servindo os tripulantes do navio com reverência.

Pouco depois, todos puderam ver o continente de Grunn. Era ainda como uma mancha no mar, distante no horizonte, mas todos estavam certos de que ali estava o grande objetivo de Dragoun: Grunnlada. Nesta parte do mar a água começava a clarear e alguns peixes podiam ser vistos saltando de forma graciosa, de forma a oferecer um bom-dia aos viajantes. Era uma manhã calma e sem muita conversa nos navios. Comida e bebida eram servidas à vontade, sempre aos caprichos dos anões.

A manhã passava de modo surpreendentemente rápido. A previsão era de que chegariam ao continente de Grunn em questão de minutos. Balderk e Rurik já haviam terminado seus serviços e estavam olhando o mar, imaginando quais criaturas poderiam viver naquele mundo além dos pensamentos. Balderk observou o horizonte no caminho contrário dos navios e notou um ponto preto no mar, e então disse a Rurik:

— Olhe, Rurik! Deve ser alguma criatura na superfície marinha! — Apontou.

— Sim, deve ser! Não parece um tanto assustadora, Balderk? — indagou Rurik, tentando focar o olhar no mesmo ponto que seu companheiro.

— Não parece porque está longe! Mas de perto deve ser algo terrível e assustador, capaz de engolir cinquenta homens em apenas uma mordida — disse, seguindo Rurik.

— Não exagere! Seria capaz de engolir cinquenta Balderk com todo esse exagero! — Os dois deram um sorriso maroto, de quem não têm com que se preocupar.

— Pai! — chamou Rurik ao ver que Dragoun estava por perto. — Tem uma criatura distante que não volta para as profundezas! Será que está morta? — Essa pergunta fez Dragoun observar melhor e perguntar para Feiron o que poderia ser.

— É algum mercador, senhor! Vi isso há alguns dias! Deve estar à procura de barganha!

— Que pena! Poderia ser um monstro marinho à procura de Rurik! — disse Balderk, empurrando e desafiando Rurik para uma brincadeira.

— Quem ousa empurrar Rurik Loderr, filho de Dragoun Loderr? Um verme como você? — Olhou para o amigo com desprezo.

— Sou Balderk Folker, filho de Smouth Folker! Medo de lutar comigo?

— Não tenho medo de nada, senhor! Cuidado, pois não haverá pôr do sol para você!

Os dois começam a brincar de combate, imitando os grandes guerreiros. Estavam sem armas, apenas brincando como duas crianças distraindo a todos. Nessa pseudoconfusão chegou Smouth meio assustado, vindo da sala de mapas.

— O que está acontecendo, Dragoun? — Smouth não sabia que era brincadeira e já estava indo separar os dois garotos.

— Acalme-se, anão! Eles estão brincando! Nossos filhos estão aprendendo muito cedo o poder das palavras — falou, olhando para Smouth.

— Sim, Dragoun! Serão bons guerreiros! — disse Smouth, acalmando-se e suspirando pelo receio do futuro.

Depois disso, Smouth informou que deveriam lançar âncoras ao mar, pois as águas começariam a ficar rasas a partir dali. Dragoun, então, subindo em um caixote com várias adagas fincadas, dirigiu-se a todos:

— Anões, finalmente chegamos ao continente de Grunn! — Provocou grito geral, incluindo Rurik e Balderk, os mascotes do navio. — Tudo estará bem ao anoitecer, pois ainda hoje conversarei com Grunnlada e saberemos o que realmente aconteceu! Saudaremos Lilitof próximo aos portões do muro que rodeia a cidade! — falou, olhando para todos. — Vamos com nossa fé e sabedoria, como bons guerreiros! Alguns piratas de Feiron ficarão nos navios para guardá-los. Temos poucas embarcações para chegar à praia, então, vamos com calma!

Naquele momento, as últimas âncoras puderam ser ouvidas caindo ao mar. Feiron já havia selecionado os anões que ficariam e as pequenas embarcações, que já estavam sendo postas ao mar, descendo com o auxílio de grossas cordas.

— Rurik! Fique no navio! E não tente fazer nenhuma loucura, ouviu bem? — ordenou Dragoun, seriamente, talvez não com o rei, mas sim como pai.

— Tudo bem, não vou sair daqui!

Smouth falou a mesma coisa para seu filho e Balderk também confirmou com obediência. Os dois estavam mesmo dispostos a ficar e a conversar com alguns piratas até a volta de seus pais, mesmo com muita curiosidade para ver Grunnlada. Desembarcando do navio, os anões remaram rumo à terra firme. Dragoun e Smouth olharam para o navio, com o intuito de ver seus filhos. Os garotos dessa vez obedeceram aos pais e ficaram no navio, apenas observando. De pouco em pouco desciam anões e piratas, formando um verdadeiro exército. Estavam todos bem equipados e preparados. A água calma fazia as embarcações deslizarem leves na praia.

Após poucas e fortes remadas já estavam pisando no solo de Grunn. Não havia nenhuma criatura próxima à praia, apenas árvores que cercavam as altas muralhas daquele reino. Era uma praia comum, com aves voando ao redor de seus ninhos, areia branca e uma brisa refrescante. Não havia perigo. Os barcos foram arrastados para a areia e todos se organizaram para ir ao encontro de Lilitof. Tordek estava com o mapa em suas mãos e sabia o local exato onde o mensageiro estaria. Dragoun vinha comandando o exército anão. Ao seu lado, Smouth e atrás estavam Grifinder, Azulk e Feiron, seguidos do restante da tropa.

— Agora vamos ver se Grunnlada é belo como Glaxax! — disse Glaxax, fazendo os guardas rirem dele novamente.

Cerca de trinta piratas permaneceram na praia à espera dos outros. A tropa entrava no corredor das grandes árvores, belas e altas, sem muitos danos por criaturas, parasitas ou lenhadores. Estava tudo bem conservado. Os raios solares passavam entre os galhos e incidiam de forma graciosa ao lado do horizonte. Havia cantos de pássaros, e esquilos corriam para suas determinadas tocas. Neste ponto, tudo parecia muito com Kroldenn.

Dragoun sabia muito bem o caminho até o portão principal da cidade de Grunn. Aumentava o ritmo das passadas pela ansiedade de encontrar Lilitof e saber de todas as novidades sobre os reis. Smouth observava tudo ao redor, por receio de haver armadilhas. A marcha continuava e todos seguiam pensativos e calados. O som das botas e malhas metálicas perturbava a natureza.

Enquanto isso, no navio, Rurik e Balderk conversavam sobre seus pais: se já teriam chegado ou o que poderia estar acontecendo, entre outras coisas. Logo Balderk foi à procura de algo além de carne para comer. Rurik ainda podia ver o pingo preto entre as rochas, que seguia na direção deles. Não tinha certeza se aquilo era mesmo um mercador. Os piratas estavam falando alto, contando histórias de antigas ninfas e de conflitos emocionantes, fazendo com que os dois garotos ficassem de olhos e ouvidos alertas para não perderem nenhum detalhe.

Enquanto isso, em terra firme, todos os anões estavam andando tentando não fazer muito barulho, pois não queriam chamar a atenção, já que imaginariam que Grunnlada estaria esperando por eles. Saindo do conjunto de árvores, acabaram chegando ao portão principal da cidade de Grunn. Não havia nenhuma alma viva naquele espaço, o que deixou todos muito curiosos e cheios de perguntas. De pronto, viram uma construção demolida logo ao lado. O silêncio e a desolação próxima aos portões principais preocupavam Dragoun e a todos. Glaxax estava olhando para os lados repetidas vezes à procura de algo que poderia explicar tal fato.

— Fiquem alerta! Algo está estranho… — alertou Dragoun.

— Nenhuma cidade deixaria o portão principal sem nenhum guarda — disse Tordek, tentando achar Lilitof entre os escombros.

Aproximando-se do local, ele chamou pelo mensageiro:

— Lilitof! Kroldenn está aqui! Onde está você?

Não houve resposta. Dragoun fez um gesto que levou todos os anões e piratas a sacarem suas armas. Havia mais de trezentos piratas e anões, o som do metal das armas no ar afastou alguns pássaros. Estavam em modo de defesa.

De repente Lilitof surgiu dentre as pedras. Todos ficaram em posição de ataque ao perceberem a movimentação, mas logo ficaram surpreendidos e assustados, pois estavam observando o anão com uma aparência nada agradável aos olhos. O exército ficou imóvel enquanto Lilitof se aproximava. Estava sofrendo, praticamente se arrastando em pé. Caiu ao solo a aproximadamente seis passos do grupo. Seu rosto colou-se no chão. Dragoun imediatamente correu e, abaixando-se, pegou Lilitof em seus braços. Parecia que seu mensageiro havia sofrido vários tipos de tortura. Estava com a barba cortada, uma desonra aos anões. Bastante ferido, sobretudo por várias mordidas de criaturas pelo corpo. Respirava com dificuldade.

— Que bom que chegou, meu rei! Sinto-me feliz! — Saiu um pouco de sangue de sua boca ao tossir.

— O que aconteceu, Lilitof? O que fizeram a você? Diga-me, meu amigo! — Dragoun olhava assustado para todos os lados. Os demais estavam posicionados estrategicamente, protegendo o rei.

— Grunnlada, o anão feiticeiro, aliou-se a Thokk e Quarion, senhor! — disse, com muita dificuldade para falar. Dragoun não sabia, mas Lilitof tinha perdido muito sangue nesses dias.

— Acalme-se Lilitof, diga-me tudo o que sabe! Tragam água! — ordenou.

— O feiticeiro maldito… — Tossiu com força. Mais sangue era expelido de sua boca. — Prendeu todos os anões que estavam na cidade em celas e os que revidavam eram espancados até a morte… Além disso, colocou em cada cela uma criatura enorme! Nunca vi nada igual antes, meu senhor! — Naquele instante, sua respiração piorava devido à lembrança.

— Você esteve em uma dessas celas… Brumbar! Venha aqui, imediatamente! — disse Smouth.

— Liberte os anões, meu senhor! Não deixe que eles morram pela loucura de Grunnlada!

— Como você conseguiu escapar, Lilitof?

— Eu e mais três anões conseguimos fugir quando abriram as celas para colocarem mais anões! Conseguimos subir em uma das torres e pular para fora dos paredões. Caímos e fraturamos algumas costelas. Eles foram embora, seguiram ao leste, mas antes disso, conversei com Korus e sua ave mensageira… — Tossiu. — Ele não estava tão ferido, então, mandei-o escrever no pergaminho que estaria preso ao seu cinto… Não sei como ele mandou para Kroldenn. Deve ter sido por seu fiel falcão de patas negras!

— Chegamos a tempo de salvar sua vida, Lilitof! Fique firme! — Brumbar chegou com mais dois curandeiros.

— Não tenho tempo, senhor! Vou morrer! Apenas vingue minha morte, vingue a traição aos anões! — Sua respiração estava falhando. — Proteja Krolde...

Seu coração parou de repente, como quem leva uma flecha certeira no peito. Lilitof morreu nos braços de Dragoun, fazendo-o derramar uma lágrima.

A respiração de Dragoun ficou mais forte, o sangue de ódio estava correndo rápido em suas veias enquanto deitava o amigo sobre uma grande rocha. Todos ficaram assustados e surpreendidos com o que Lilitof dissera, já estavam bastante preocupados.

— Vamos orar por Lilitof e pelos demais anões! Vamos entrar pelos portões de Grunn! — disse Dragoun com muita raiva nos olhos, os quais pareciam faiscar como o fogo.

Capítulo XIX

Dor e ódio

Todos estavam orando pela alma de Lilitof e pelo fim do sofrimento dos outros anões. Ninguém esperava ver Lilitof morrer nos braços de Dragoun. Logo após a improvisada cerimônia, o rei anunciou aos guerreiros:

— Quando entrarmos na cidade de Grunn fingiremos não saber nada do ocorrido com Lilitof! Vamos ver se meu velho amigo ainda continua sendo sincero!

— Mas, senhor... — interrompeu-o Glaxax, de trás de alguns anões. — Isso tudo pode ser uma armadilha! Em qual cidade não há guardas no portão principal?

— Concordo com você, Glaxax! Mas não sabemos o que há por detrás dos muros! Não é uma armadilha, posso sentir isso! Creio que Grunnlada mudou a entrada de sua cidade!

— Com certeza, meu senhor! Grunnlada trocou os portões! O outro é que está fazendo o papel do principal. Temos de dar a volta pela mata! — disse Smouth.

— Anões! Se não há guardas aqui nesse maldito portão, vamos ver o porquê! — disse Feiron, tirando um rolo de corda de sua mochila e amarrando uma espécie de âncora pequena e pesada, na ponta. Por fim a lançou por cima do muro.

— O que está fazendo, seu tolo? Vão ver sua corda e seremos vistos logo após! — disse Tordek, segurando o braço de Feiron.

— Acalme-se, velho! Confie em mim! Afinal, sou um pirata! Minha vida é invadir muralhas! — Começou a escalar o muro após o gancho apresentar-se preso e firme.

À medida que Feiron subia, observava cautelosamente tudo ao redor. O muro tinha vários metros de altura, construído com enormes rochas lisas de aparência acinzentada. Após alguns suspiros de força e observação dos demais piratas, algo surpreendente alertou sua mente, fazendo descobrir a razão de não haver ninguém deste lado da cidade. Desceu rapidamente e sorriu com sarcasmo dizendo:

— Essa raça anã não tem mais o que inventar! — enrolou a corda no ombro.

— Diga-me logo o que viu, Feiron! Não temos tempo a perder com risadas! — disse Dragoun, aproximando-se do humano.

— Grunnlada rodeou sua cidade com largas e profundas covas logo após o muro... — disse enquanto recuperava a respiração. — Com isso, não há como ninguém pular, ou logo cairá no buraco sem fundo visível. É bastante escuro, mesmo em um dia ensolarado como este. Deve haver criaturas famintas nesse buraco, então, não há necessidade de ter algum guarda vigiando! Por isso está uma desolação total nesta região.

— Claro! Por isso Lilitof veio para cá! Sabia que não dariam a volta à procura de um fugitivo machucado, que logo iria morrer! — disse Smouth.

— Não consegui ver mais nada, apenas alguns guardas anões andando distantes das covas, de costas para as muralhas. Não pude me arriscar mais — completou Feiron.

—Vejo que temos que andar um pouco mais para chegar à Grunnlada! Vamos, antes que a noite nos alcance! — disse Tordek, seguindo à direita, ao redor do muro.

— Feiron, mande um de seus homens à praia para informar aos outros que não vamos retornar hoje! — ordenou Dragoun. Feiron acatou com um gesto de cabeça. —Vamos, anões! Vamos ver o que aquele maldito está pensando em fazer! — disse Dragoun seguindo Tordek.

Todos seguiram Dragoun numa marcha movida a sangue de vingança. O corpo de Lilitof estava soterrado com rochas e vegetação. Não pôde ser queimado, pois a fumaça poderia chamar a atenção dos anões de Grunn. Junto a Kork, Lilitof guiava os anões de Kroldenn.

Estavam andando a passos rápidos. Era uma cidade muito grande, não sabiam ao certo a que horas ou em que dia chegariam, por isso estavam alertas e ansiosos. A terra firme e a vegetação aberta ajudavam no deslocamento dos anões. Não estavam tendo qualquer dificuldade de locomoção. Um pirata de Feiron corria na direção contrária para informar tudo aos outros companheiros.

A noite chegou e os anões não pararam de andar. Estavam acelerados. Não sentiam fome, pois estavam concentrados demais em suas passadas pesadas. Dragoun respirava forte. A raiva ainda pairava sobre sua mente ao se lembrar de Lilitof. Talvez ninguém tivesse visto Dragoun daquela forma antes, nem mesmo Smouth. Sons de animais noturnos estavam abafados pelo som principal da marcha e o barulho das armaduras. Seguiam sem nenhuma pausa e nenhuma palavra era solta no ar, mas não tão distante dali, um pouco fora do alcance da praia, havia conversas e vinho.

Todos já estavam sabendo do acontecido. Rurik e Balderk ficaram preocupados com a notícia.

— Quem Feiron mandou chamar? — perguntaram alguns piratas, com risadas irônicas após ler o pergaminho do mensageiro.

— Waiquer e seus homens? Feiron é maluco!

Rurik e Balderk não entendiam o motivo das risadas e preocupavam-se por verem que as coisas não ocorriam conforme os planos de Dragoun para a chegada ao continente de Grunn.

— Quem é esse Waiquer? — perguntou Rurik aos piratas que viravam diversas goladas de vinho.

— É um pirata! Ora, nunca ouviu falar de Waiquer e seus homens? — respondeu um dos piratas, com uma voz rouca e grossa, sujo e maltrapido. Apresentava aparência de um velho, mas não tinha um cabelo branco.

— Não! — disseram Rurik e Balderk ao mesmo tempo.

— Vou-lhes contar sobre Waiquer! Ele não é anão, é humano, assim como Feiron. Tem sangue pirata. Talvez seu único defeito seja não conseguir acumular riqueza. Mas acumulou algo de mais valor! O maior que pode haver na Terra. — Bebeu um gole de vinho em sua enorme jarra, deixando-o cair pelos cantos da boca e escorrer sobre a barba malfeita.

— Diga logo, Pirata! Não temos a noite toda! — pediu Balderk, num tom muito curioso.

— Ninfas, garoto! Muitas ninfas piratas! Mulheres de todo tipo: negras, ruivas, morenas, de cabelos lisos, crespos e até mesmo careca! Nunca me esquecerei da anã que me trouxeram há um tempo. Era barbuda, bela como a lua, cheirosa como... — foi interrompido por outro pirata, que gritou:

— Cale a boca, seu idiota! Pare de mentir para os garotos! Ela não era tão bela assim e não temos tempo para conversa! Deixe que os garotos vejam Waiquer e sua tripulação, e, quem sabe, mulheres em excesso poderão estar a bordo!

— Depois continuamos, garotos! Temos que trabalhar um pouco! Fiquem quietos e não façam nada que possa ser perigoso! Se quiserem provar do vinho é só encher a jarra no depósito! — disse, entregando a jarra a Balderk, cujos olhos pareciam brilhar ao receber o objeto, mas seus pensamentos mudaram quando Rurik o alertou:

— Nem pense em beber de novo, senhor Balderk! Não pode dormir agora! Está ficando tudo muito estranho! Fique alerta!

— Tudo bem, senhor certinho! — retrucou Balderk colocando a jarra no chão. Logo observou que o horizonte do mar já estava bastante escuro.

A lua parecia se esconder. Apenas as lamparinas do navio estavam acessas. Rurik ainda observava a embarcação um pouco distante, emitindo um pequeno ponto luminoso, e então informou:

— Pirata, aquele mercador ainda continua na mesma rota! Não é estranho? Parece que está nos seguindo e nunca descansa.

— Pode ser estranho, mas descansar não é normal para guerreiros ou mercadores! Caso ele seja perigoso, dormirá com meu machado encravado no peito! — respondeu o pirata, rindo.

Após observarem por mais alguns segundos, Balderk e Rurik resolveram perambular pelo navio à procura de algo desconhecido. Estavam vasculhando, afinal, nunca saíram de sua grande cidade. A curiosidade reinava em seus corações, mas isso não os fazia menos preocupados com seus pais.

— Voe, Kaireon! Vá até Waiquer! — Um pirata responsável pelos cuidados com a ave de Feiron soltou o falcão com o pergaminho amarrado em sua pata. Era algo surpreendente, pois o falcão sabia exatamente onde estava Waiquer apenas pelo cheiro que guardava em sua memória. Afinal, Waiquer foi quem presenteou Feiron há alguns anos com o falcão. Kaireon voava rápido, e, em fração de segundos, desapareceu na escuridão, com a segurança de saber exatamente aonde ir, guiado pela essência de seu antigo dono.

As horas estavam passando e, em terra firme, Dragoun e seus homens resolveram parar para descansar. Ainda não havia alcançado o outro portão da cidade. Estava mais distante que o esperado. Montaram acampamento. Estavam numa região com mata mais densa, poucos animais e nenhum vigia por perto. Quem estava de fora poderia interpretar que tudo ao redor dali estaria deserto. Todos estavam muito curiosos para adentrá-la e entender o porquê daquilo tudo. Conversavam baixo entre si, cogitando hipóteses e revelando pressentimentos. Dragoun estava calado e separado da maioria do grupo. Pisando devagar sobre as folhagens, Smouth aproximou-se:

— Dragoun! Que pensamentos moram em sua mente, meu amigo? — Colocou a mão sobre o ombro do rei.

— Estou preocupado com o que Grunnlada possa estar planejando. Fico pensando na morte de Lilitof, no sofrimento dos outros anões e em nossos filhos. — Olhou para Smouth com uma expressão triste.

— Também penso nisso, Dragoun! Mas Rurik e Balderk estão protegidos no mar. Estão com os piratas de Feiron. — Eles ficaram se olhando por alguns segundos sem saber o que falar realmente.

— Lilitof disse para protegermos Kroldenn... O que será que está acontecendo? — questionou Dragoun, tentando encontrar respostas ao vento. De repente, Feiron se aproximou, dizendo:

— Senhores... Desculpe incomodá-los, mas tenho uma ideia!

— Diga, Feiron! É o que mais precisamos agora, de ideias e explicações — disse Smouth.

— Quando mandei meu pirata voltar levando notícias, pedi reforços. Temos que fortalecer esse exército. Mandei chamar um de meus melhores amigos. Não acham melhor esperarmos por ele para aumentar nosso grupo? Se meus pensamentos não me enganam, estão rondando águas próximas daqui.

— Concordo, Feiron! Não sabemos o que nos espera por detrás das muralhas! Vamos aguardar. Algo a dizer, Smouth?

— Não senhor! Acho uma boa ideia, mas creio que vão demorar muito para chegar nessas terras — disse Smouth.

— Waiquer é bem rápido, senhores! Está pelas proximidades, como disse anteriormente! Deixemos que a sorte nos guie neste tempo! Agora vou descansar. — Feiron se retirou, reverenciando o rei.

— Vamos tomar um pouco de vinho e descansar, Smouth, temos uma jornada de espera pela frente. Informe a todos que não partiremos enquanto os reforços não chegarem — ordenou Dragoun.

Não estava tão frio e o vento corria forte, fazendo os galhos das majestosas e milenares árvores se tocarem, como quem brigasse pela busca de mais espaço. O vento atuava como um rival daquelas imponentes plantas. Os poucos animais noturnos saíam à procura de alimento, sempre de olho nos invasores. Muitos dos que estavam acampados conseguiram dormir, mas a ansiedade para outros era o pior inimigo do sono. Dragoun ficou conversando com Smouth e Tordek por algumas horas. Feiron sempre ficava isolado, pensativo, amadurecendo ideias e estratégias de batalha.

A noite passou lentamente, apenas alguns conseguiram dormir mais de três horas sem acordar com alguma desconfiança. Os raios de sol reverenciavam a todos com o dia que estava se formando. Guerreiros já começavam a se aprontar para o novo dia. Colocavam suas armaduras, comiam e bebiam. Sabiam que era um dia de espera.

Nos navios, os piratas já estavam de pé, olhando para o horizonte à procura de Waiquer. Balderk e Rurik também já estavam acordados procurando algo para comer. Estavam felizes por não terem mais serviços de entrega no navio e logo foram servidos por dois cozinheiros. Sempre tratados com respeito e sendo reverenciados, afinal, eram filhos dos principais anões de Kroldenn.

Rurik olhava para o horizonte enquanto andava com Balderk e pôde notar que a pequena embarcação ainda se aproximava. Ele sabia que o mercador não tinha parado nenhuma vez desde o momento em que os avistou. Era admirador ver sua força. Outros piratas também avistaram a embarcação se aproximando e ficaram em dúvida, pois não havia nenhuma zona de troca na região. Era difícil comerciantes tentarem barganhar com grandes navios. Hurir logo disse:

— Senhores, estou em dúvida quanto a quem se aproxima! Está há muitas horas em nossa rota! Prepare uma embarcação para mim, vou em direção a ele! Talvez aqueles vermes tenham algo de valor! — disse, já embainhando sua espada arredondada típica de pirata.

— Deixe o pobre coitado de lado, Hurir! Não deve ter nada que lhe interesse! Não tem nem navio. Não invente ideias — disse um pirata.

Hurir nem deu atenção para o que escutou, e, seguido de um companheiro, desceu uma pequena embarcação do navio e os dois seguiram rumo a quem se aproximava. Rurik e Balderk ficaram calados, apenas observando o que Hurir fazia. Os outros piratas não se preocuparam, conheciam o potencial observador de Hurir e não sentiam ameaça no possível mercador.

Enquanto isso, todos ficaram comendo e bebendo, aguardando o retorno de Hurir, ou de qualquer notícia vinda da terra firme. Estavam sempre alerta a qualquer imprevisto. Quem não estava bebendo ou comendo estava conversando sobre Grunn e criando várias hipóteses na mente.

Hurir e mais um pirata remavam em força total para o encontro com a outra embarcação, algo que não levaria muito tempo para acontecer. A ansiedade de alguns piratas fez com que ficassem concentrados observando a situação, esquecendo-se até mesmo de beber o vinho. Em geral, mesmo não demonstrando, todos os piratas dos navios estavam ficando preocupados com o que poderia estar acontecendo em terra firme com os anões.

O sol não permaneceu por muito tempo em contemplação aos habitantes da Terra, logo o tempo fechou. Nuvens densas e escuras estavam se formando para banhar a Terra com água em união com fortes rajadas de vento. A água do mar estava agitada, formando ondas que banhavam a areia da praia de forma violenta. Pingos precipitavam sobre a terra, fazendo com que pequenos animais corressem para suas tocas.

Os piratas, acostumados com chuva e tempos ruins, continuavam a observar Hurir. Não estavam bebendo ou comendo. Balderk e Rurik conversavam sobre o que poderia estar acontecendo com seus pais e quais seriam as novidades de Hurir.

Passara-se cerca de uma hora desde a partida de Hurir e já estava bastante próximo o momento da comunicação entre as embarcações. Hurir então gritou:

— O que tens de bom para troca, mercador? — perguntou, vendo um corpo de aparência exausta parando de remar.

Naquele instante, o anão sucumbiu ao cansaço e desmaiou, caindo sobre outro corpo que jazia deitado na embarcação.

O cansaço dominou aqueles corpos que há dias não paravam de remar rumo aos três navios. Hurir e seu companheiro de embarcação ficaram assustados com a queda do anão e, então, sacaram suas espadas, parando de remar, deixando a água aproximar as embarcações. A chuva perturbava os botes. Os piratas perceberam que eram anões de Kroldenn, pois eles possuíam o símbolo da cidade em suas vestimentas. Na embarcação tinha apenas três cantis de água, vazios, alguns pergaminhos e nenhum rastro de comida.

— Mas o que é isso? — perguntou Hurir.

Colocou a espada novamente na bainha e com a ajuda do outro pirata aproximou-se da embarcação de tal forma que pudessem transportar o anão inconsciente para sua embarcação. Assim, Hurir remou levando um possível guardião de Kroldenn desmaiado. O outro pirata remava a embarcação de Kroldenn, com o outro anão, também dominado pelo cansaço. O vento e o mar pareciam ajudar os anões, que retornavam aos navios. Os piratas, que desde a partida observavam aquela situação, ficaram mais aliviados por nada de ruim ter acontecido a seus companheiros. Um dos piratas com uma luneta disse:

— Se meus olhos não me enganam, Hurir vem navegando a outra embarcação e creio que há um corpo caído em cada um dos botes.

Com isso, a curiosidade pairou sob a mente de todos, um por um foi espiar pela luneta para entender o que se passava. Ficaram imóveis à espera dos companheiros, e também de Waiquer. Eram tantas perguntas que os piratas nem sabiam por onde começar.

Os primeiros raios e trovões eram vistos no céu, a chuva estava ficando forte e o frio novamente perturbando a todos. Balderk e Rurik, depois de verem cada detalhe do movimento de Hurir, sabiam que esse retorno iria demorar e, então, devido ao frio, resolveram ir para sala de mapas. A chuva estava realmente ficando mais forte.

Ao entrarem na sala, os dois garotos puderam ver grandes mapas presos às paredes laterais, como se fossem quadros. Enquanto se sacudiam para eliminar o excesso de água da chuva, esbarravam em alguns objetos piratas e pilhas de outros mapas. Estavam deslumbrados. Sobre a grande mesa central da sala estava o mapa de onde estariam, ao redor do continente de Grunn. Não sabiam ler exatamente um mapa específico como aquele, mas entendiam alguma coisa, por exemplo, como identificar a praia e a vegetação. Para interpretação de mapas, Rurik era mais astuto que Balderk, que naquele momento só se importava com espadas e vestimentas. Em um suporte para espadas, Balderk sacou uma arredondada, típica arma pirata, e, voltando-a para Rurik, brincou dizendo:

— Pobre verme sujo! Pronto para ver suas vísceras saindo de seu corpo? — Girou a espada duas vezes no ar, sem muita habilidade.

Rurik não deu a mínima para Balderk e continuou a estudar o mapa. Tentava entender algumas escrituras. Balderk continuou a desafiar o amigo:

— Entendo que o medo está te perseguindo, pobre criança! Sou um pirata, vou cortar seu fino pescoço facilmente, seu tolo! — Mudou o timbre de voz, aproximando-se de Rurik.

— Fique quieto, Balderk! Você nunca consegue ficar sossegado por mais de uma hora? — perguntou, ainda observando o mapa.

— Sou Balderk Folker, filho de Smouth Folker, seu verme! Medo de lutar comigo?

Mais empolgado, continuou a girar a espada sem nenhuma experiência, e o objeto acabou escapando de sua mão. A espada girou no ar e ficou encravada na cadeira de Feiron. O assento era revestido de seda, um material caro naquela região. Um furo não tão profundo, mas significante, o que causou pânico ao autor da façanha.

— Rurik! Rurik! — chamou, olhando imóvel para a cadeira.

— Pare de brincar, Balderk! Não percebe que estou tentando entender esse mapa? — perguntou, olhando para o garoto. — Por que está parado assim?

— Porque acabo de fazer uma coisa que não deixará Feiron feliz — apontou para a cadeira.

Rurik se sentiu confortável para brincar com o preocupado amigo:

— Será que minhas vísceras que vão sair do meu corpo ou as suas, pirata? — rindo. — Olha o que você fez! Isso é para você aprender a ficar quieto — retrucou Rurik, indo em direção à espada.

Balderk estava realmente assustado. Percebeu que iria decepcionar seu pai mais uma vez. Os dois ficaram parados tentando ter uma ideia do que fazer. A cadeira parecia ser antiga, como objetos de herança de família. Tinha muitos detalhes esculpidos à mão. Era bem trabalhada por uma madeira fina e conservada. Sem hesitar, Balderk puxou a espada subitamente e os dois ficaram a observar o furo.

— E agora? Como vamos esconder isso? — perguntou Balderk.

— Não sei! Vamos colocar alguma coisa por cima da cadeira e sair dessa sala — disse Rurik, olhando para os lados à procura de algum objeto.

Depois de alguns instantes de busca, Balderk encontrou uma caixa pequena vazia e logo a pôs sobre o assento. Colocou a espada em seu lugar e permaneceu com um olhar assombrado.

— Pronto! Agora vamos sair daqui antes que alguém veja o acidente que o senhor Balderk causou — disse Rurik, dando um pequeno empurrão em Balderk.

— Vamos! E fique de boca calada, Rurik!

Os dois garotos saíram da sala olhando para a cadeira, ainda à procura de algum outro vestígio do acidente. Rurik ainda pensava nos mapas. A chuva continuava forte e não sabiam para onde ir. Resolveram então se unir a outros piratas que estavam conversando alto próximo aos locais de assar a comida. Correram ao encontro dos piratas que pareciam nem ligar para a chuva. A conversa estava tão firme que nem notaram que Rurik e Balderk se aproximaram.

— E se Waiquer demorar muito tempo? E se não estiver tão perto assim como achamos? — perguntou um dos piratas.

— Ele está perto! Sei disso. Logo avistaremos pelo horizonte seu navio com belas ninfas! — disse o gordo pirata.

— Você está totalmente louco por essas ninfas! Lembro-me de uma história... — começou, sendo logo interrompido pelo pirata gordo.

— Fique calado, seu conversador! — Naquele momento todos que estavam por perto ficaram curiosos em saber da história interrompida, mas nada mais foi pronunciado.

— E esse javali? Vai ser assado ou não? — disse outro pirata, mudando totalmente de assunto.

— Vamos sair daqui, Balderk! Esses piratas falam em comida o tempo todo!

— E vinho... — comentou Balderk de um jeito brincalhão. Rurik fez uma cara não muito agradável sobre o que o amigo acabava de dizer, e logo saíram rumo a algum local coberto para se protegerem da chuva.

O dia foi se prolongando, a chuva ainda estava caindo, porém mais amena. O tempo estava fechado e escuro, as ondas do mar começavam a ficar suaves, balançando as embarcações como uma dança ensaiada. A fumaça do término do assado estava indo embora pelo vento brando. Piratas bebiam e comiam à espera de qualquer coisa. Hurir já havia chegado de seu curto passeio. Muitos estavam preocupados e tentavam entender o motivo de haver dois guardas de Kroldenn naquela pequena embarcação. Os anões da cidade, exaustos, estavam deitados sobre tecidos não tão limpos, mas devido aos últimos dias de sofrimento, os tecidos eram as coisas mais confortáveis do mundo. Balderk e Rurik tentavam entender o que havia acontecido e decidiram ficar vigiando à espera do despertar dos misteriosos visitantes. Tática não tão produtiva, pois os anões dormiram pelo resto do dia.

O dia se passou, a chuva deu adeus à região, mas o sol se esqueceu de voltar naquele final de dia. Pássaros voavam com alimentos para seus filhotes em direção ao continente. Alguns peixes saltavam da água em busca de um raio de sol, mas nada conseguiam. O mar estava mais calmo e nenhum sinal de Waiquer pôde ser notado.

A noite chegou. Era hora de montar acampamento em terra firme.

— Senhores! Vamos assar alguns coelhos para nossa última refeição de hoje! — disse Feiron a seus homens, sendo interrompido por Smouth.

— Acho melhor não fazer isso, Feiron. O cheiro do assado pode atrair criaturas maiores ou até mesmo pessoas do continente de Grunn. Vamos continuar comendo pão e vinho.

— Sim, Feiron, Smouth está certo! — afirmou Dragoun.

— Mas estamos cansados de comer apenas pão o dia inteiro, senhor! Quero sentir o gosto de sal, de carne em minha boca!

— Não, Feiron! Você recebeu uma ordem direta do rei: nada de assado! Coma pão! Coloque sal que talvez mate seu desejo! — gritou Tordek, deixando Feiron com olhos raivosos.

— Fique calado, Tordek, que ninguém o chamou no assunto! Vai se embebedar com seus vinhos! — disse Feiron, em forma de provocação.

— Seu porco fedorento! — gritou Tordek, indo na direção de Feiron. Smouth entrou no meio dos dois para impedir uma briga iminente.

— Não é hora de brigarem como duas crianças! Fiquem quietos ou esse barulho vai atrapalhar nosso acampamento. Alguém pode escutar — disse Dragoun, olhando nos olhos de cada um.

Feiron abandonou a ideia de assar coelhos e sentou-se com alguns de seus homens. Encheu mais uma jarra de vinho, mas nada de saborear mais pão. Tordek fez praticamente a mesma coisa, mas preferiu ficar isolado em um canto da mata. Dragoun resolveu se sentar em um tronco de árvore seca caída há muito tempo. Passava a mão em sua barba com certa impaciência.

A noite já cobria todo o continente e, o frio noturno dava suas boas-vindas aos piratas. Nada de estrelas ou lua apontando no céu. Tanto em terra firme, como no mar, todos estavam pensativos e impacientes com tão poucas luzes. Queriam fazer algo, estavam cansados de ficar parados o dia inteiro. Dragoun se isolou do grupo. Em seguida, pegou em seu cinto de utilidades um pequeno colar, bastante brilhoso, com detalhes em ouro e prata, feito por anciões de Kroldenn. Esse gesto fez com que seus pensamentos fossem preenchidos por Rurik. Estava totalmente alheio ao que acontecia ao redor, mergulhado em pensamentos profundos e majestosos. Sentia muita falta de Kroldenn, sobretudo do aroma de flores que exalava próximo a seus aposentos.

— Senhor! Um de meus guardas percebeu um movimento ao norte, deve ser alguém de Grunn. É uma sombra alta e lenta que se aproxima — disse Feiron, interrompendo os pensamentos do rei, assustando-o.

— Perdão por assustá-lo, meu rei! Mas...

— Já entendi, Feiron! Peça para que alguns anões se aprontem e vamos na direção dessa sombra, ou o que quer que seja — ordenou o rei, colocando o elmo que estava escorado na madeira. Sentiu uma chateação por ter sido arrancado de seus calmos pensamentos.

Feiron organizou uma pequena frota de guerreiros e todos juntos foram rumo ao desconhecido. Alguns piratas ficaram para vigiar e proteger o acampamento.

Enquanto andavam para o norte, Dragoun, Smouth e Feiron seguiam no meio da frota por motivos de segurança. Caminhavam a passos lentos, nada furtivamente exemplar. Pisavam em folhas secas, galhos caídos e ossadas antigas. Estavam fazendo barulho por não conhecerem totalmente o ambiente, o que espantava pequenos roedores que habitavam o local.

Estavam atentos a qualquer movimento alheio ao grupo, porém, nada além de sua marcha podia ser ouvido naquela noite impaciente e sem vozes. Depois de estudarem o desconhecido por mais alguns minutos, voltaram para o acampamento.

— Senhor! Não poderiam ser espiões de Grunnlada? — Smouth perguntou a Dragoun, fazendo pairar a dúvida em todos.

— Creio que não, Smouth! Apenas criaturas à procura de comida e calor, espero — respondeu o rei, arrumando seus equipamentos.

— Senhor, vou deixar mais homens de vigia essa noite! Qualquer nova informação aviso-lhe — disse Feiron, retirando-se.

Feiron sentia que algo os observava há tempos e isso em nada o agradava. Não disse nada ao rei porque ainda duvidava dessa sensação. Só sabia que, se fossem mesmo criaturas, estas não eram comuns. Ordenou a alguns de seus homens que ficassem de vigia durante a noite e resolveu descansar por algumas horas.

A noite estava passando lentamente, não tão bonita, sem nenhum brilho no céu. Na embarcação, aquilo não agradava a Rurik, que gostava de observar o que poderia estar ocorrendo próximo às estrelas. O garoto estava sentado em um barril de vinho perto dos guardas de Kroldenn, que ainda dormiam. Ele olhava ora para o céu à espera de beleza, ora para o horizonte à procura de alguma embarcação.

Balderk estava conversando com alguns piratas sobre outros tipos de bebidas e temperos para carne, fazendo com que a curiosidade invadisse os pensamentos do garoto de forma marcante, mas logo essa conversa foi interrompida por um grito de Rurik:

— Piratas! Um dos guardas está acordando! — Com entusiasmo, saltou do barril e, de joelhos, posicionou-se à frente do anão. Naquele instante, muitos piratas que estavam calados, com pensamentos em Kroldenn, aproximaram-se dos corpos deitados e logo todos estavam amontoados ao redor, querendo saber o que aqueles guerreiros tinham para falar.

O anão ainda não estava completamente acordado, mas despertando de seu profundo sono de lembranças não muito agradáveis. De olhos cerrados, apenas se mexia como quem houvesse ficado preso em uma caixa por muito tempo. Seus braços estavam doloridos. Seu nome era Nulian, mas ninguém o reconhecia. Sabiam apenas que era um dos guardas de Kroldenn. Estava magro e desidratado.

Passaram-se alguns segundos e Nulian abriu seus pequenos e redondos olhos castanhos. Estava um pouco assustado e, ainda deitado, olhou para os lados tentando reconhecer alguém. Seu raciocínio estava um pouco lento, mas pressentia que estava em um local seguro. Ficou observando todos por mais alguns segundos e só então se pronunciou:

— Água… — A voz era rouca e fraca tamanha sua sede.

Muitos saíram para pegar água ao recém-chegado. Nulian não conseguia falar mais nada, estava impossibilitado. Logo os piratas chegavam com barris de água, vinho e pão em fartura. Encheram um grande copo com água e deram ao anão, que, mesmo com dificuldade para movimentar os membros superiores, conseguiu pegar o copo e beber a bebida mais valiosa no momento. Fechou os olhos ao sentir o frescor da água. Todos esperaram ansiosamente para fazer perguntas e obter respostas. Hurir, não se controlando, abriu a rodada de questionamentos:

— Senhor, qual seu nome? Fui resgatá-lo no mar. Hurir é meu nome! — disse, apresentando-se. O anão acabara de beber por completo a água. Sentia-se fortalecido.

— Meu nome é Nulian, senhor Hurir! — ainda sentia dificuldade de falar, mas não desistiu e continuou —, sou um dos guardas de Kroldenn, juntamente com meu fiel irmão, Kulian, deitado aqui ao meu lado. — Virou o rosto e, vendo-o ainda dormindo.

Nesse intervalo de sono profundo, os dois foram cuidados por um dos curandeiros que ficou na embarcação. Não sabiam, mas ambos haviam bebido uma série de medicamentos preparados com ervas de Kroldenn. Pediu então um pouco mais de água e levantou seu tronco com dificuldade. Hurir continuou a perguntar:

— Percebemos que você nos seguiu por muito tempo, Nulian, mas acreditávamos que era apenas um mercador com coisas baratas para trocar. Qual foi o motivo dessa viagem precipitada e naquela pequena embarcação? — questionou, olhando firme nos olhos de Nulian.

— Senhor, primeiramente gostaria de agradecer por você ter nos salvado. Em relação à viagem, asseguro que não foi precipitada… — garantiu, com certa dificuldade para respirar. — Apesar de urgente e de certa forma desesperada! — Olhou para baixo com tristeza.

— Como assim, desesperada? — perguntou um dos piratas.

— Não sei se vocês estão preparados para ouvir essa notícia, nem mesmo você, filho do rei. — Olhou para Rurik, assustando o garoto.

— Estamos preparados! Conte-nos logo, Nulian! — disse Balderk, surpreendendo o guarda de Kroldenn.

— Kroldenn, a cidade dos anões, foi completamente destruída! Não restou ninguém além de nós dois. — Fechou os olhos com muita tristeza e ódio.

Naquele momento, todos, de forma sincronizada, arregalaram os olhos num tremendo susto e um gelo pareceu abrigar-se no estômago de cada um dos presentes. Balderk e Rurik olhavam-se sem saber o que fazer. Em suas mentes, passavam flashes de momentos vividos em Kroldenn. Os outros anões começaram a cochichar e começaram a perguntar tudo, causando um enorme alvoroço, mas Hurir logo soltou um grosso e imponente grito:

— Calem-se, piratas! — ordenou, olhando para todos.

Havia muitas perguntas na mente de cada um. Ninguém conseguia entender esse ataque e o porquê disso tudo. A preocupação com o rei aumentava entre eles.

— Calem-se! — gritou novamente Hurir. — O único que pode falar no momento é Nulian! Explique tudo, senhor!

Nulian pegou um pedaço de pão que estava em cima de uma bandeja dando-lhe severas mordidas. Continuou a falar. Agora, no lugar de água preferiu preencher o volume de sua jarra com o saboroso vinho. Dando uma golada, disse em voz baixa:

— Talvez um dos últimos vinhos dos anões de Kroldenn. — Segurou a jarra com as duas mãos.

— Não diga isso, senhor! Continue e conte tudo o que aconteceu em Kroldenn — disse um dos piratas.

— Onde está o rei? — perguntou Nulian.

— Em uma missão no continente de Grunn — respondeu Hurir.

— Grunn… Traidor! O rei pode estar em perigo, temos que ajudá-lo! — disse Nulian, tentando se levantar, mas a dor em seu braço o impedia.

— Estamos esperando reforços! Um dos nossos companheiros, com mensagem de Dragoun, informou-nos que o continente está diferente e que algo estranho está acontecendo — disse um dos piratas.

— Esses reforços ainda vão demorar? — perguntou Nulian.

— Não… Creio que não, senhor! — respondeu Hurir.

— E não podemos abandonar tudo aqui e sair! Temos que proteger essas embarcações — completou Hurir.

— Agora pode nos contar o que aconteceu com Kroldenn?

— Sim!

Todos estavam imóveis, paralisados por excesso de curiosidade, a prestar atenção ao que Nulian estava prestes a dizer. Até mesmo a água do mar parecia prestar atenção naquele momento. Silêncio. Nulian respirou fundo e com ajuda de alguns piratas ajeitou seu corpo e começou a contar o que havia acontecido e o que ainda estaria por acontecer.

— Quando o rei e sua tropa de anões saíram de Kroldenn pelo portão principal, praticamente toda a população estava presente ali, focada nesse acontecimento. Foi aí que tudo começou. — Numa pausa, bebeu um gole de vinho. — Pela parte sul da cidade ocorreu a invasão dos anões de Grunnlada. — Alguns piratas olharam para terra de Grunn com certo ódio, enquanto Nulian seguia com a história. — Foi um ataque rápido. Eram muitos e também havia outras raças com eles. Os guardas que ficaram não puderam resistir. Lutaram e morreram defendendo Kroldenn. Todos que se entregaram foram presos, amarrados com fortes cordas. Crianças, mulheres, velhos anciões. O portão foi fechado normalmente e em minutos a cidade estava dominada por eles, os demônios de Grunn.

Outra pausa para um suspiro de raiva e tristeza. Os olhos de Nulian estavam fundos de tamanha tristeza e choro, mas devido à desidratação, não produziam mais lágrimas.

— Levaram todos para o centro da cidade. Desesperadamente, alguns anões de Dragoun ofereceram tesouros aos homens, pois até aquele momento pensávamos que eram todos saqueadores baratos, mas nenhum acordo foi feito. Perguntaram para eles para quem trabalhavam, mas não houve resposta. Crianças e mulheres começaram a chorar desesperadamente, parecendo sentir a morte. — Nulian fechou os olhos e reviu aquela cena terrível em sua mente.

Alguns anões se retiraram dali, pois o ar pesado da solidão já começava a invadir seus corpos e almas sem qualquer permissão. O sangue envenenado por ira e tristeza preenchia o coração deles. Perderam suas famílias: seus maiores tesouros.

Nulian continuou. Sua voz se parecia com algo mágico que perfurava o peito de todos, imóveis e sem qualquer defesa.

— Mães abraçavam seus filhos num gesto de proteção que fora em vão. — Uma lágrima fina correu pelo seu rosto. — Começou o massacre... Todos foram mortos por espadas, machados e flechas, não restando ninguém! Nem mesmo os animais domésticos. — Parou, abaixou a cabeça e pôs-se a chorar.

Todos estavam chocados com a notícia. Aos poucos, os outros também saíam da roda tentando fugir da dor da tristeza e da raiva. Lembranças de pessoas conhecidas em Kroldenn pairavam sobre a mente de todos. Lágrimas escorriam nos rostos de alguns anões e alguns piratas mais nervosos chegavam a gritar de ódio e inquietação. Rurik também saiu da roda para chorar, Balderk o consolava abraçando-o, dizendo:

— Não chore, Rurik! Fique calmo... Estamos aqui!

— É a cidade de meu pai, Balderk. Ele sofrerá muito com isso! —

Os dois ficaram um pouco isolados do restante do grupo, próximos ao depósito. Hurir, que pensava no porquê daquilo tudo, seguiu com perguntas a Nulian:

— Mas, então, como vocês sobreviveram?

— Eu e meu irmão estávamos na muralha colocando no lugar algumas pedras velhas que estavam se soltando. Não tínhamos terminado o serviço durante o pronunciamento de Dragoun, portanto não fomos na rápida cerimônia de despedida. Quando vimos tudo acontecer, nos escondemos nas muralhas, entre as pedras. Por sorte, Kork nos enviou até lá, por isso não nos viram, e, então, subimos em uma das torres recém-construídas onde não havia ninguém. Vimos toda a cidade ser invadida. Logo depois, corremos pelo muro para o outro lado da cidade e descemos por outra torre de vigia que também estava vazia, sem nenhum demônio de Grunn vigiando. Corremos rumo aos pescadores e, como não havia ninguém por lá, roubamos aquela embarcação, que tinha alguns cantis de água e poucos pedaços de pão estragado. Partimos seguindo os navios. Kulian disse que nos observaram, mas não tenho tanta certeza disso.

Muitos passavam a mão na cabeça não sabendo ao certo o que fazer. Hurir não sabia se mandava a mensagem ao rei, ou esperava Waiquer com seus homens. O ódio começava a dominar a mente dos piratas. Perderam família, mantimentos, ouro, enfim: uma vida inteira. Kroldenn, a cidade dos anões, chegara ao fim de forma rápida e covarde.

— Não adianta chorar, Rurik. Temos de agradecer por estarmos neste navio, ou estaríamos mortos agora. Logo nossos pais saberão disso — disse Balderk, olhando para o garoto, que chorava muito.

— Mas... — Fez uma pausa para um soluço. — Balderk, e se estiverem vindo atrás de nós? E se em terra firme estiver acontecendo um ataque às tropas de meu pai? E se ele... — falou, sendo interrompido por Balderk.

— Nem pense numa coisa dessas, Rurik! Vai ficar tudo bem! Confie em mim e em Kork. — Os dois ficaram sentados próximo ao depósito. Rurik só pensava em Kroldenn, e Balderk, em um plano para sair dali.

Muitos que estavam nos navios não conseguiam encaixar pensamentos lógicos para o que poderia estar acontecendo. Passaram-se alguns minutos e um vento mais frio batia na face de todos, fazendo com que as lágrimas que escorriam pelos rostos esfriassem como gelo.

Kroldenn, de acordo com a lenda, fora fundada por Basleff Krolls, o anão. Basleff era forte e talvez um dos maiores anões já vistos em termos de estatura. Em uma época de paz e sem ambições, as cidades eram construídas de forma bela e rápida. Basleff sonhava com seu próprio reino, sempre quis deixar de ser governado por alguém para governar seu povo. Não tinha riqueza o suficiente para construir tamanho sonho, mas era muito fiel a Kork, Deus dos anões. Abandonou sua terra natal — que não se sabe ao certo qual era — e resolveu, com suas poucas pedras de ouro e prata, sair em busca de algum lugar para construir seu reino.

Todos que o conheciam diziam que Basleff tinha ficado louco por abandonar tudo o que tinha e sair pelo mundo em uma pequena embarcação à procura de algum lugar. Basleff não conversava com mais ninguém sob quaisquer outros planos senão essa empreitada.

Em uma manhã de sol e vento fresco, Basleff saiu com seu objetivo em mente. À medida que seguia por terras e mares com suas vestimentas simples e um cajado misterioso, conhecia pessoas de diversas raças e culturas. Basleff, com seu alto poder de persuasão, conseguiu fazer com que cerca de vinte anões seguissem viagem com ele. Dizia que conhecia uma terra com muito ouro e vida farta, destinada aos anões, para viverem até o fim dos tempos. Os vinte anões ficaram desconfiados à medida que o caminho se tornava longo, mas acreditavam de certa forma no anão. Basleff chegou a crer que ele blefava para os novos amigos, mas algo o guiava no rumo de seu objetivo. Não podia negar que tinha certo medo de ser morto pelos novos amigos, mas a jornada continuou.

Depois de meses de caminhada e espera, em uma embarcação um pouco maior, os vinte companheiros puderam avistar uma terra que emanava altas copas de árvores e grandes aves sobrevoando-as. Resolveram parar e explorar a terra totalmente desconhecida para eles. Os vinte e um anões de barbas malfeitas desceram da pequena embarcação com seus trapos e sondaram o local onde montariam acampamento.

Ao seguirem caminho, avistavam alguns pequenos animais e grandes rochas que pareciam ser esculpidas por deuses, até mesmo por Kork, na mente de Basleff. Logo aquele dia escureceu, e, como não puderam voltar à embarcação por conta do breu, resolveram procurar um local para acampar. E foi aí que encontraram uma grande caverna e com suas pequenas tochas resolveram entrar e explorar o novo local para descansarem.

Ao descerem o terreno íngreme, o ar ia ficando mais impróprio para a respiração, e a quantidade de morcegos aumentava. Naquele dia, resolveram não explorar mais. Queriam descansar. Basleff foi o único anão que não conseguiu dormir. Reza a lenda que ele ficou acordado e sozinho, e, com uma de suas tochas, resolveu seguir rumo ao desfiladeiro da caverna. Passaram-se algumas horas e Basleff não voltou mais, e seus anões resolveram sair à procura dele. Não ousaram descer o desfiladeiro e saíram da caverna, ao redor dali procuraram por horas.

Exaustos e com fome, decidiram voltar para dentro da caverna e discutirem o que fazer. De repente Basleff apareceu com algumas moedas de ouro arremessando na cabeça de seus fiéis companheiros. Todos arregalaram os olhos de tanta surpresa e felicidade. Basleff tinha encontrado uma verdadeira mina, mas não sabia de quem seria tamanha riqueza e atribuiu aquilo como um presente de Kork. E então, com ajuda de vinte amigos, construiu Kroldenn — Herança de Kork.

Seu sonho, e então, foi realizado: construiu seu reino, a cidade dos anões. Basleff morreu bem velho e bastante feliz. Lendas afirmam, em pergaminhos encontrados por monges, que existem herdeiros de Basleff em algum lugar do mundo, o principal deles é Kroldenar, mas onde estão esses anões ninguém sabe, jamais foram vistos. Alguns séculos se passaram após essa construção, até o poder chegar nas mãos de Dragoun Loderr, o anão que tem grau de parentesco com bisnetos de Basleff.

Na imensidão negra do mar, uma luz foi vista por todos. O brilho amarelado em algum lugar do oceano deu um tom de esperança e Hurir suspirou, dizendo:

— Waiquer! Está navegando no escuro com pouca iluminação. Já sabe que estamos em perigo!

A água do mar movimentava-se lentamente, as poucas estrelas pareciam estudar aquele mundo estranho. Tentavam entender o comportamento das diversas raças que ali viviam. A espera por Waiquer era ansiosa e silenciosa.

Após cerca de duas horas de agonia, Waiquer, com sua enorme embarcação, aproximou-se dos três navios. Um odor agradável o seguia, como de rosas recém-tiradas de jardins bem regados. As âncoras de seu navio foram lançadas ao mar, próxima o bastante das embarcações de Kroldenn. Seguindo aquele aroma, Waiquer, comandante do navio, anunciou sua presença:

— Boa noite, piratas! Trago algo de bom para oferecer a vocês, anões do mar, anões de Kroldenn! — Reverenciou, curvando o corpo. Mas os anões ficaram sem ação e sem voz, não conseguindo se expressar ao mínimo, quando, de repente, Hurir, cortando aquela e silênciou melancólico, pronunciou-se:

— Solicitamos sua ajuda, caro amigo! Mas se engana em seu pronunciamento, pois... — Olhou ao horizonte do mar, rumo a Kroldenn. — Não há mais Kroldenn, a cidade dos anões! — Abaixou a cabeça de tanta tristeza.

Waiquer já desconfiava do que estaria ocorrendo, e logo uma bela e alta mulher de cabelos vermelhos abraçou Hurir por trás com o intuito de consolá-lo. Waiquer também ficou imóvel, sem ação, apenas com o movimento do navio pela água. O silêncio pairou no coração de todos. Waiquer não sabia ao certo o que poderia ter acontecido à cidade dos anões, mas nunca tinha visto piratas e outros anões tão tristes, calados, e sem uma grande jarra de vinho na mão. Sempre com tom bastante educado, Waiquer comandou seus piratas:

— Preparem-se, homens! Vamos compartilhar o ódio e a ira dos anões de Kroldenn.

Rurik e Balderk ficaram admirados de ver um navio pirata tão limpo e bem organizado, exalando odores agradáveis, mas logo foram acordados da concentração quando Waiquer saltou de seu navio, caindo de forma ereta ao lado de Hurir, fazendo com que alguns se afastassem para não serem atingidos pelo movimento brusco.

— Precisamos de sua ajuda! — disse Kulian com uma legítima voz anã: grosseira e verdadeira, acordando de seu sono profundo e cansado, surpreendendo a todos. Nulian foi ao encontro de seu irmão para abraçá-lo e dizer tudo que havia acontecido após a chegada aos navios de Kroldenn. Kulian já sabia que eram os únicos sobreviventes do ataque covarde à cidade.

— Estou aqui para isso, anão! Conte-me tudo o que aconteceu, pois vamos agir imediatamente! Não vejo Feiron, ele estava em Kroldenn? — perguntou Waiquer com tom preocupado.

— Não! Está no continente de Grunn, junto com Dragoun e Smouth! — disse Balderk, aproximando-se de Waiquer.

— O que uma criança faz aqui? — Olhou por cima dos ombros de Balderk e logo viu Rurik. — Ou melhor, o que duas crianças fazem aqui? — questionou, bastante sério.

— É uma longa história, senhor... — disse Rurik, olhando para Balderk. — Sou filho de Dragoun e este é Balderk, filho de Smouth. — Após saber dessa notícia, Waiquer os reverenciou.

— Desculpe por minha insolência! Eu que devo reverenciar o filho do rei de Kroldenn, bem como você, Balderk. Estou aqui para ajudá-los. Peço que deem água para Kaireon enquanto estudamos a melhor forma de entender o ocorrido. — Waiquer fez um gesto com as mãos e o falcão pousou em seu largo ombro. Rurik e Balderk foram imediatamente à procura de água.

Estavam todos bastante tristes, absolutamente nenhum anão estava interessado em muita conversa ou mesmo notar as mulheres que Waiquer trazia. O único que falava naquele momento era Hurir, narrando todos os acontecimentos até o momento. Não houve vinho naquela recepção, tampouco pedaços engordurados de carne de javali.

Waiquer ficava chocado a cada minuto ao ouvir sobre os trágicos acontecimentos. Não era todo dia que ocorria uma traição de tamanha grandeza. Não demoraram muito para se aprontarem e se equiparem. Todo aquele clima alimentava a ira e a vingança no coração de cada um.

Após ajudar Kaireon, Rurik e Balderk montaram um plano para sair daquele local e ver seus pais. Sabiam que, de acordo com as ordens que lhes foram impostas, não era para saírem do navio, porém, a preocupação falou mais alto. E, de repente, mais uma vez, os dois garotos sumiam dos olhos dos piratas.

— Onde esses pequeninos se meteram agora? — perguntou-se Hurir. Após alguns segundos de observação, abaixando-se e levantando-se, Hurir desistiu de procurá-los e gritou:

— Descer embarcações!

— Desta vez não vamos remar — Nulian disse a seu irmão, encorajando-o.

— Não mesmo, irmão! Meus braços ainda doem... — Levantou o machado. — Mas não doem para um bom ataque de machado. — Soltou um grito de guerra.

Todos os piratas fizeram o mesmo. Estavam rumo a Feiron e Dragoun. O sangue fervente os aquecia naquela noite fria. Até que algo surpreendente ocorreu naquele momento: Raifa, mulher de Waiquer, saltou para o navio comandado por Hurir fazendo com que seu vestido vermelho, da cor de seus cabelos, movimentasse no ar. Seu odor invadia as narinas dos piratas, parecendo renovar as forças e esperança daqueles guerreiros desabrigados. Seu vestido era sedutor, deixando à mostra parte de sua perna branca de pele macia sob os propositais cortes laterais. Disse em uma voz bela e doce:

— Boa noite! — Reverenciou a todos e sendo reverenciada de volta pelos piratas.

Era uma pirata bela, alta, limpa e muito habilidosa. Até aquele instante, os anões puderam perceber pouco movimento no navio de Waiquer. Poucos homens humanos apareciam trazendo mantimentos, mas, mesmo sendo poucos, apresentavam uma bonita aparência e vestimentas jamais consideradas de piratas.

— Saltem, piratas! — gritou Waiquer indo ao encontro de sua amada.

Assim que ordenou, outra surpresa foi apresentada no meio daquela imensidão de água. O odor forte e agradável era sentido com mais força. Homens belos, altos e equipados saíram dos aposentos e de seus postos no navio de Waiquer. Mulheres lindas como só vistas nas histórias contadas aos anões também faziam parte do grupo. Eram as piratas de Waiquer, belas e experientes. Eram muitos piratas, todos bem trajados e perigosos. Ficaram lado a lado e, numa reverência sincronizada, recitaram:

Beleza e perigo,
A essência que leva ao abismo.
Perfume e sangue,
Odores que nos guiam em instante.
Flores e espinhos,
Impuros em seu caminho.

Somos nós!
Somos nós!

Homens de Ouro,
Homens de Prata,
Uma joia talvez rara.

Somos nós!
Somos nós!

Belos e singelos,
Quentes e frios,
Como a morte, que nos chama em navios.

Os anões não entenderam muito bem o que a letra queria dizer. Em todas as canções havia ironias, parábolas e mistério. Apenas com orientação e convivência com o grupo que aquelas palavras se tornariam claras. Gostaram da apresentação e principalmente das mulheres. Todos soltaram um grito de guerra, encorajando a todos que estavam ali.

A maioria dos guerreiros foi em direção às embarcações e assim concluíram aquela etapa, indo para a praia, para a terra firme. Foram utilizadas também as embarcações para pequenas distâncias do navio de Waiquer. Canções de guerra podiam ser escutadas. Poucos anões e gnomos ficaram protegendo todos os navios, algo bastante arriscado. Sentiam que nada de pior iria acontecer por ali, pois o destino do grande conflito de vingança era em terra firme, na qual coelhos e pássaros precisariam se esconder se quisessem escapar da ira e ódio que estava por vir.

Havia pouca iluminação, poucas tochas nas mãos dos guerreiros, mas o coração de cada um estava flamejando como mil tochas juntas que procuram algo em que se fixar. Corações inflamados por vingança indo ao encontro da terra com remadas fortes e movimentos rápidos, numa velocidade considerável. A noite continuava imutável, mas o tempo corria como uma lebre corre de seu predador. O que os moviam eram as lembranças de tudo que perderam em uma cidade agora totalmente destruída.

Passou-se o tempo, passaram-se as remadas e finalmente chegaram à praia. Após uma rápida parada para ajustar as armaduras, e sem muita conversa, Hurir e Waiquer estavam à frente, guiando a tropa mata adentro.

A praia estava escura. Mais uma vez a lua não os ajudou e logo as piratas de Waiquer acenderam mais tochas. Seguiam o caminho feito pelo grupo que os estava esperando. Os anões deixavam algumas marcas de machados em árvores para não se perderem. Após cerca de quarenta minutos de marcha rápida, puderam observar outras tochas se aproximando pela mata e, então, puderam escutar uma voz ao longe:

— Waiquer e suas flores? — perguntou Feiron, chegando com outros dois homens que recuperavam o fôlego pela marcha rápida.

Waiquer logo se sentiu aliviado por ser alguém conhecido em meio àquele terreno de puro mistério.

— Feiron, meu amigo! — Fez um sinal para que todos esperassem.

Um encontro de piratas, dois grandes guerreiros do mar frente a frente. Cumprimentaram-se e sem muitas delongas continuaram o diálogo:

— Senti que estava por perto. Vocês costumam cortar por essas águas nessa época do ano. Peixes, tecidos e pedras de ouro são objetos de escambo por aqui — disse Feiron.

— Sim, estávamos barganhando com alguns mercenários próximos daqui! Kaireon mandou seu recado! — disse Waiquer, olhando para a ave nos braços de Raifa.

— Sim! Parei de navegar por essas terras desde que me envolvi em uma pequena encrenca, que por sinal resolvemos ao longo do caminho. Vejo que estão bem, arrumados e equipados como sempre! — disse Feiron, de forma irônica, olhando para uma das mulheres.

— Não flerte com minha dama, senhor Feiron! — retrucou Waiquer, com olhar desconfiado.

— Somos piratas! Nunca saberá o que está em minha mente! — Feiron não poupou uma risada.

— Não temos tempo para conversas! — interrompeu Hurir. — Devemos encontrar Dragoun o mais rápido possível!

— Sim, foi para isso que o chamei! Espero que ainda consiga lutar com essas mulheres... — Feiron ironizou mais uma vez as piratas de Waiquer.

— Poderia cortar sua garganta com olhos fechados e com uma simples adaga, Feiron... — disse Raifa olhando para ele de forma a desafiá-lo.

— Não duvido disso, bela dama! — respondeu Feiron, exibindo um sorriso de canto de boca.

As palavras de Raifa fizeram com que Feiron se apaixonasse mais ainda por ela. Ao momento em que ia se pronunciar reverenciando a bela pirata, Waiquer intercedeu:

— Tenho piratas, Feiron, e não projetos de piratas. E quanto seria nossa ajuda? — perguntou Waiquer, querendo falar de negócios.

— Vejo que sua esposa tem adagas na língua, senhor... — disse Feiron, tentando continuar, mas logo foi cutucado por um de seus homens.

— Senhor! Ele está falando de valores.

— Sim... — respondeu Feiron, acordando de seu êxtase.

— Estará ajudando Dragoun Loderr, o rei de Kroldenn! Terão muito ouro após nossa missão ser cumprida. — Feiron bateu em seu saco de pedras de ouro.

— Ouro? De Dragoun? — Waiquer riu alto.

— Kroldenn está destruída, Feiron! — disse Hurir, banhando Feiron com gelo.

— Kroldenn, a cidade dos anões, destruída?

— Sim... Talvez não seja ouro o que queremos! Precisamos de alguns navios e cordas élficas, Sei que Dragoun conhece bons vendedores... — afirmou Waiquer, antes de ser interrompido.

— Mas, como foi isso? Quem fez isso? — perguntou Feiron, inquieto.

— A história é longa, senhor... Vamos, depois barganhamos! O tempo está muito curto e estamos correndo perigo — disse Hurir com um tom de ansiedade.

— Depois falamos de negócios, Waiquer! Tudo mudou agora! — exclamou Feiron.

— Quero conhecer Dragoun. Sei que me apresentará pessoas importantes em troca de nossos favores. Temos homens o bastante para um belo conflito contra Grunnlada, caso seja necessário — disse Waiquer, dando alguns passos para frente.

— Grunnlada, desgraçado! — respondeu Feiron, apertando o cabo de sua espada. — Acompanhem-me! — gritou a todos.

— Finalmente! — suspirou Hurir, acelerando os passos.

Todos seguiram o caminho para o acampamento onde estariam os últimos guerreiros de Kroldenn, cortando a mata e assustando roedores. Sem qualquer pausa, corriam levando equipamentos, alimentos e outros mantimentos. Parecia uma jornada contra o tempo. Após alguns minutos de corrida, Feiron foi o primeiro a aparecer no acampamento. O dia estava amanhecendo.

— Como some sem dar satisfação a mim? — gritou Dragoun, aproximando-se de Feiron que estava recuperando seu fôlego.

— Fui acelerar algumas coisas, meu senhor... — respondeu, saindo da frente de Dragoun.

Waiquer e seus piratas aproximaram-se, também recuperando parte do fôlego. Todos do acampamento ficaram deslumbrados com tamanha beleza do povo de Waiquer. O odor das piratas fez Dragoun fechar seus olhos de puro prazer. Smouth logo se aproximou, dizendo:

— Mulheres? — Balançou a cabeça, parecendo não estar nada satisfeito.

Dragoun acordou do seu sonho naquele segundo e logo percebeu que suas expectativas não foram acolhidas. Não queria guerreiras para lutar e sim guerreiros. Sentia-se instável vendo aquelas mulheres. Belas como o brilho da lua. Faziam lembrar-se de sua esposa, mas nenhuma chegaria aos pés dela, e nem despertaria o que Dragoun ainda sentia por ela. Neste embalo de apreciação, Hurir, com a voz rouca de tristeza, disse:

— É um prazer estar ao lado do senhor, Dragoun, meu rei. — Fez uma reverência, ficando de joelhos. Dragoun correspondeu ordenando que se levantasse. — Mas nesta não tão bela noite, aconteceu o inexplicável! — prosseguiu, abaixando a cabeça.

— Mas o que aconteceu, anão? — perguntou Dragoun, ansioso. — Alguma coisa com Rurik?

Todos que sabiam da notícia abaixaram a cabeça e com um tom de respeito ao rei e sua destruída cidade, ajoelharam-se.

— Não precisam fazer isso! O que aconteceu? Digam, senhores! — ordenou Dragoun, já bastante inquieto. — Rurik... Onde está Rurik?

Correu por entre todos, empurrando alguns guerreiros à procura de seu filho. Smouth pensou e fez o mesmo, saindo em busca de Balderk em meio a todos ali. Dragoun foi em direção a Hurir e o levantou com seus fortes braços:

— Se acontecer algo com meu filho juro que mato todos vocês! Ele é a única coisa que tenho para poder respirar e acordar toda manhã. Agora, diga o que aconteceu!

— Rurik está bem, senhor! Existem guardas nos navios... Estão nos esperando! — respondeu Hurir, em tom meio duvidoso, pois não vira o garoto em sua saída.

Smouth ainda procurava por Balderk, mas sem nenhuma resposta. Os anões estavam sem saber como dar a terrível notícia ao rei, até que Nulian saiu de dentro da multidão dizendo:

— Senhor! — falou, reverenciando o rei. — Sou um dos guardas de Kroldenn. Faço meu trabalho junto ao meu irmão, Kulian, quem lhe apresento.

— Não tenho tempo para apresentações, mesmo porque conheço vocês! Mas não deveriam estar vigiando Kroldenn? — perguntou Dragoun, com arrogância.

— Sim, mas... — Fez uma pausa fazendo com que a preocupação de Dragoun e Smouth dobrasse.

Tordek logo gritou com sua voz rouca e velha:

— Diga logo, anão, antes que Dragoun corte seu pescoço!

Nulian respirou fundo e se pronunciou:

— Kroldenn foi destruída, senhor... Completamente!

Dragoun ficou paralisado, parecendo transformar-se numa pesada rocha que acabava de parar após rolar de uma montanha. Não sabia o que fazer, seus pensamentos estavam embaralhados, confusos como uma visão na penumbra. Soltou Hurir e então cambaleou como quem acaba de receber um golpe surpresa do inimigo. Smouth o abraçou para aliviar-se daquela notícia, até fazer seu rei acordar do choque.

— Mas como isso ocorreu? — Quase sem voz, Dragoun ajoelhou-se.

— Grunnlada, senhor! Ele nos atacou após sua saída. Não estava sozinho, havia outras criaturas.

Nulian contou tudo que havia acontecido até aquele momento. Muitos não estavam acreditando no que ouviam, alguns caíam ao chão ao saber que haviam perdido família e suas riquezas. O ódio subia à cabeça dos anões, vingança e tristeza misturavam-se, tornando-se apenas uma única fase.

O acampamento virou uma espécie de cemitério de mortos-vivos. Perguntas e mais perguntas, choros, gritos de dor que assustavam qualquer ser vivo naquela região. Kirol, o gordo anão, chorava agarrado à sua pequena viola, seu único gesto era o de olhar para o céu e pensar em seu antigo lar. Apertou o cabo de sua viola e a quebrou contra o tronco onde estava sentado. Estava realmente revoltado.

— Dragoun, lamento por essa perda, mas não podemos ficar parados. Vamos partir!

Dragoun não conseguiu se pronunciar. Não sabia o que dizer. Sua preocupação com Rurik aumentava, mas sabia que estava nos navios junto com Balderk. Sentia um alívio por ter seu filho ainda vivo, e por perto. Agradecia a Kork pelos dois pequeninos terem desobedecido e fugido de Kroldenn.

Waiquer e seus homens se posicionaram para partir, só esperando o consentimento do rei da antiga Kroldenn. Dragoun agora estava com um olhar diferente. Parecia morto. Acabava de perder todo seu povo num ataque sem qualquer explicação. Tudo lhe doía, sentia a dor de cada um de seus guerreiros ali, que perderam mulheres, filhos, mães, pais… Mas logo assumiu seu papel de líder, levantou-se e declarou:

— Anões! Kroldenn foi destruída por um maldito traidor, mas Kork nos guiou até este continente nefasto para podermos nos vingar! — Caminhou por entre todos com seu machado erguido.

— Não temos mais nada a perder… — disse um dos anões.

— Nos vingar não trará ninguém de volta, mas mostraremos que os anões de Kroldenn jamais morrerão! — gritou Smouth, fazendo todos gritarem com ele. Até mesmo os piratas de Waiquer estavam motivados para aquela jornada. Ninguém recusava um bom combate.

— Vamos, anões, em marcha rápida para ter uma conversa séria com Grunnlada. — Todos que estavam ali soltaram um grito de vingança, alto como uma corneta. O olhar dos anões estava diferente, o sangue parecia ter mudado de coloração devido à tamanha revolta. Logo Azulk liderou com palavras a tropa, que repetia com ainda mais garra:

Entre céu e mar,
O dia nos cerca.
Entre sol e lua,
A noite nos espera.
Entre terra e mar,
O mundo nos aguarda.
Entre milhas e milhas
A distância não é certa
Mas entre guerras e guerras,
O sangue nos refresca.
Anões porcos e grossos,
Firmes e fortes,
Assim como muralhas
Do forte do norte
Kroldenn, Kroldenn
O refúgio dos piratas
Kroldenn, Kroldenn
A herança está guardada.

Depois da canção, ajustaram as armaduras e apertaram as armas em mãos. Não estavam mais preocupados com vinhos, coelhos assados e muito menos javalis. A fome e a sede eram apenas de vingança. Dragoun estava bastante nervoso e de certa forma irreconhecível aos olhos de muitos.

— Vamos, Dragoun! Vamos mostrar para esse malfeitor o verdadeiro espírito guerreiro e pirata! — disse Smouth, provocando um grito coletivo.

Após todos os detalhes estratégicos de ataque serem explicados novamente, seguiram em marcha rápida para os portões de Grunn, sem parar um segundo sequer para observar os perigos que os rodeavam. Pequenos roedores da mata corriam e se escondiam em suas tocas. Na frente, comandando todos, estavam Dragoun, Smouth e Waiquer com sua esposa.

O tempo passava rapidamente e à medida que marchavam encontraram alguns guardas goblins pelo caminho. Trataram de cortá-los ao meio como se fossem vegetais a serem cozidos. Outras criaturas corriam desesperadamente rumo ao portão da cidade. O medo e a agonia começaram a percorrer o continente de Grunn. O ódio dos anões era tanto que não deixavam escapar qualquer criatura que cruzasse seu caminho. Com machados de arremesso derrubavam os goblins um a um. Foram cerca de cinquenta e cinco deles mortos. A marcha não parava e Dragoun sabia que em breve estaria aos pés dos portões.

Marcharam por mais uma hora sem parar. Em volta das muralhas puderam perceber um grande número de goblins cercando os portões. Dragoun fez um sinal para cessarem a marcha.

— Saiam do caminho seus vermes malditos! Tenho que conversar com Grunnlada e vocês não irão impedir isso!

— Afastar anão! — disse o goblin, com linguagem grotesca e difícil de ser entendida.

Dragoun, girando seu grande machado, anunciou:

— Será um prazer cortar a cabeça de todos vocês! — resmungou, dando os primeiros passos para o conflito. Mas, no terceiro passo, uma voz veio de cima do muro interrompê-lo:

— Dragoun Loderr, a que devo a honra de sua visita, meu velho amigo? — disse Grunnlada, recebendo o rei.

O rei de Kroldenn abaixou a cabeça e, em um tom bastante irônico, disse:

— Grunnlada, é um prazer estar em sua terra! Tenho uma notícia muito boa para você. Será que podemos conversar? — perguntou em tom amigável, não deixando qualquer suspeita de ódio e vingança.

— Será um prazer recebê-lo, anão de Kroldenn. Entrem todos. — Grunnlada desaparecia entre os guardas do muro. Não imaginava que Dragoun já sabia de toda história, mas sentia que a ira percorria no anão de Kroldenn.

— Sorte não ter combatido comigo, rato anão! — disse um goblin.

— Em breve, pobre ser — disse o rei, passando com seu povo entre a tropa inimiga.

Alguns anões da antiga Kroldenn e os piratas conheciam o continente de Grunn, mas muitos ali nunca haviam pensado em entrar por aqueles portões. O clima parecia pesado e desconfiado. As muralhas de Grunn estavam repletas de criaturas ao seu redor. Seus portões eram puxados por escravos humanos. Roldanas enormes se moviam abrindo o restante do portão. O ranger dos metais e o grito dos escravos faziam os corações dos anões fervilharem de ódio. Estavam destinados a banhar aquele terreno com sangue. Era só uma questão de minutos até tudo começar.

O grupo que vinha com Dragoun preencheu todos os pontos do centro da cidade. Havia poucos habitantes. Mas mesmo sendo poucos, sabiam o que estava acontecendo ou o que estaria prestes a ocorrer. No momento em que Dragoun chegou, as poucas pessoas que andavam pelas ruas correram para suas casas, fechando as portas e janelas. Dragoun não tirava os olhos de Grunnlada. Smouth não entendia o porquê de tantas criaturas estarem naquele local, mas sabia que nada daquilo era normal.

— Podemos conversar em meu palácio, Dragoun! — disse Grunnlada, reverenciando o anão.

— Não, podemos conversar aqui! — Dragoun olhou ao redor, colocou o cabo de seu machado no chão com violência e apoiou-se nele pela lâmina. Um silêncio acompanhava aquela manhã.

Capítulo X

Manhã sangrenta

Todos observavam aquela cena. De um lado, anões e piratas de Kroldenn, de outro, criaturas e anões de Grunn. Mesmo pertencendo à mesma raça anã, viviam em dois continentes diferentes. Cada anão obedecia às ordens de seu rei.

Grunnlada era um anão feiticeiro. Trajava vestes em coloração verde com tom marrom. Sua armadura estava por debaixo daqueles tecidos, preenchidos com marcas de luta e viagens. Possuía cabelos brancos e uma longa barba, repleta de adornos e pedras preciosas. Sua barba branca impunha respeito entre os feiticeiros. Seu principal objeto de luta era seu cajado, pelo qual conjurava suas magias. Naquele momento nem imagina que Dragoun já sabia da notícia sobre a antiga Kroldenn, mas sabia que o rival viria ao seu encontro. Era o que ele estava esperando, por isso, deixou Lilitof sobreviver por mais alguns minutos sem caçá-lo.

Os anões de Kroldenn seguravam seus machados como se estes fossem seus próprios filhos. A única coisa que restou de valor para eles. E foi o rei de Kroldenn quem iniciou a conversa mais difícil da história daquele povo.

— Percebo que seu povo está diversificado, Grunnlada. E que mudou de lugar o portão principal da cidade.

— Sim! Deixei essas pobres criaturas famintas viver entre meu povo, respeitando-me e adorando-me. Meu povo concordou. Meus poucos guerreiros — respondeu, olhando ao redor.

— Mas não é esse o motivo de nossa conversa... — disse Dragoun abaixando a cabeça e passando a mão em seu machado.

Grunnlada estava começando a desconfiar do que seria o assunto, e então estendeu a conversa, dizendo:

— Não gostaria de um vinho ou outra bebida? Vejo que você e seu povo têm sede!

— Não queremos nada de você, seu maldito anão traiçoeiro! — disse Dragoun, com arrogância, batendo o cabo de seu machado no chão. — Sei o que fez com minha cidade, com meu povo! — Um breve momento de silêncio tomou a cidade. — Você deveria se envergonhar! É um anão e destruiu Kroldenn depois de aliar-se a reis que nunca nos ajudaram em conflitos! Você ordenou que destruíssem à minha cidade, seu velho sem alma! — bradou, segurando firme o machado.

— Dragoun, sejamos sinceros! Não havia necessidade de tanto ouro para uma só pessoa. Temos de dividir a riqueza, meu caro! — disse, num tom pesado de ironia e maldade.

— Tenho pena de você, Grunnlada, corrompido pela ambição do ouro!

— Perceba, Dragoun, você está fraco, não tem ninguém! Thokk e Quarion são meus aliados e finalmente teremos as quatro ilhas do fogo. Você nunca iria concordar em dividir seu ouro, ou ir atrás de mais!

— Você não tem amor próprio, pobre verme! A essas alturas, meu ouro está sendo todo saqueado! O ouro de Basleff Krolls! — Aumentou seu tom de voz. — O ouro que sempre foi do povo! Estávamos vivendo bem... — Dragoun não conseguia mais falar, faltavam-lhe as palavras.

— Nossa! Que tanto ouro desse anão idiota que não soube expandir e conquistar mares!? Concorde comigo, Dragoun, seu povo era completamente estúpido, não tinha o verdadeiro poder nas mãos, o poder da ambição! — Grunnlada provocava Dragoun e a todos de Kroldenn.

— Peça perdão imediatamente em relação ao que disse e devolva todo meu ouro e minha felicidade! Não seja burro!

— Cale a boca, seu verme que se acha rei. Junte-se a mim antes que aconteça algo! Abandone esses ratos do mar que você trouxe e vamos construir um novo império!

Os piratas estavam inquietos. O calor de ódio pelo desrespeito estava dominando-os.

— Jamais serei corrompido pela ambição! Peça desculpas e devolva minha felicidade! — repetiu Dragoun.

— Cale a boca... — gritou Grunnlada, levantando seu cajado. — Se não quer se aliar a nós para dominarmos cidades, reinos e vilas, saia daqui e procure um outro lugar para ficar!

—Tenho pena de você! Kork lhe praguejará pela eternidade! — Era a vez de Dragoun rir ironicamente.

— Dragoun... Para onde estou indo com meu povo, Kork sequer chegará perto!

Naquele instante o povo de Kroldenn já estava em posição de ataque, com suas espadas, machados e várias outras armas. Do outro lado, estavam outros anões, goblins e humanos dispostos a defender Grunn, porém, não tinham nem um terço da fúria e habilidade que reinava nos anões de Kroldenn.

— Não sairemos daqui! — disse Dragoun, girando seu machado e ficando em posição de ataque. — Ninguém fala mal de Kork, nosso Deus! — disse Dragoun, levantando seu machado.

— E ninguém desrespeita meu povo! — gritou Feiron.

Grunnlada, sabendo do ataque iminente, ordenou que seus guerreiros atacassem Dragoun. Rapidamente foi para trás de seus guerreiros.

As criaturas dispostas a defender o continente de Grunn correram em direção ao grande grupo, sendo imediatamente surpreendidas por gritos e movimentos de machados e espadas no ar. Os anões de Kroldenn não temiam a morte, pois já estavam mortos por dentro. Ninguém ficou de fora do conflito, logo todos estavam batalhando corpo a corpo. Anões lutando entre si, uns movidos pela vingança, outros movidos pela garantia da riqueza. O sangue de piratas humanos também começou a banhar o terreno de Grunn. Nulian e Kulian, mesmo com braços doloridos, estavam conseguindo decepar alguns goblins que ousavam atacá-los. Era um conflito assustador aos olhos das pessoas escondidas nas casas. Gritos de dor e ódio alimentavam aquela manhã. Os sons de choques entre metais e escudos podiam ser ouvidos a metros de distância.

A tropa de Kroldenn era tão intimidadora que algumas poucas criaturas de Grunn hesitavam em atacar, não sabiam ao certo o que fazer. Olhavam para os lados, estavam amedrontados.

Rapidamente a defesa de Grunnlada estava caindo por terra e Dragoun estava chegando próximo a ele. Matando um por um que interceptava seu caminho, Dragoun gritava o nome de seu inimigo, o chamando para o conflito. Magos e feiticeiros não eram bons em lutas corpo a corpo e, então, Grunnlada, sabendo que seus guerreiros iriam sucumbir, rapidamente começou a conjurar um feitiço, uma espécie de portal que o levaria para fora dali. Para isso, ordenou mais proteção e, então, concentrou-se para realizar tal façanha.

Dragounn e Smouth estavam lado a lado, sabiam que Grunnlada poderia escapar a qualquer momento, e, então, partiram em direção à guarda do feiticeiro. Neste momento, Feiron observou que não conseguiriam chegar a Grunnlada a tempo, sacou uma de suas adagas e lançou em direção ao feiticeiro. Seria um alvo certeiro, no meio de sua cabeça, mas durante o lançamento foi interrompido por um dos inimigos e a adaga foi ricocheteada. Por sorte, acabou colidindo com o cajado de Grunnlada, interrompendo a conjuração do feitiço.

Nesse momento, os olhos de Grunnlada ficaram normais ele pôde perceber que Dragoun estaria muito perto dele. No momento em que iria sacar uma de suas adagas, o último soldado destinado a sua proteção caiu sem vida. Com vigor e velocidade, Dragoun cortou seu pescoço como quem corta uma maça. Algo tão rápido e vingativo que não ofereceu tempo para o anão recorrer a qualquer feitiço de proteção. O sol vira de perto aquele ataque. O corpo decepado de Grunnlada jazia ali, diante de todos. Seu cajado nunca foi tão inútil como naquele dia. Havia muito sangue no machado. Todos os anões se surpreenderam com o ataque rápido e certeiro do rei.

— Belo ataque, senhor! — disse Smouth, provocando um urro coletivo.

— Criaturas de Grunn! — gritou Dragoun — Vejam que seu rei não era mais forte que a lâmina de meu machado! Querem me desafiar? Querem sentir o mesmo gosto? — Deu alguns passos para frente e para os lados, olhando nos olhos de seus inimigos. Não houve resposta de nenhuma criatura. E, então, Dragoun anunciou novamente, em tom ainda mais alto: — Querem sentir a fria e mortal lâmina cortar seus finos pescoços?

Logo depois desse pronunciamento, Goblar, o comandante dos goblins, aproximou-se fazendo reverência a Dragoun.

— Queremos pedir desculpas, não nos matem! Serviremos ao senhor!

Dragoun virou de repente, observou o goblin, e disse:

— Desculpas? — perguntou, segurando a criatura pelo pescoço, não o deixando respirar. — Prometem se render aos meus pés e fazer tudo o que seu rei mandar?

— Sim! — respondeu o goblin com dificuldade.

— Você é um verme! Troca de rei como quem troca de ninfa! — Dragoun acabou com a criatura ali, matando-a asfixiada.

Dragoun sentia o poder correr em suas veias. Arremessou o goblin sobre o corpo de Grunnlada e gritou:

— Eu sou rei de Kroldenn! — Levantando seu machado.

— Este é o rei de Kroldenn! — disse Smouth, ordenando que todos repetissem o movimento.

— Dragoun! Dragoun! — gritavam todos. Até mesmo Feiron, Waiquer e seus piratas.

Todos tinham um respeito muito grande por aquele forte e corajoso rei. Após gritarem algumas vezes, os guerreiros de Grunn e os demais habitantes e criaturas abaixaram-se reverenciando Dragoun:

— Senhor, vejo que eles temem você! — disse Feiron, sorrindo.

— Não é a mim que devem temer, mas sim a Kork! — respondeu Dragoun, aproximando-se do povo ajoelhado. — Grunnlada destruiu tudo que construí com amor e perseverança! Destruiu nossas vidas e nossos corações...

Dragoun rodava seu machado fazendo mais uma vítima. Parecia nem se importar com a morte de um humano, pois humano de Grunn para ele, ali, não era mais humano. Seu coração estava apagado. Seus olhos estavam negros e frios.

— Senhor, ainda precisamos ter uma conversa com Thokk e Quarion! — disse Feiron, aproximando-se de Dragoun.

— Anões de Kroldenn, vamos atrás de Thokk e Quarion! — Ergueu seu machado, que escorria sangue. — Quem está comigo?

Todos levantaram suas armas ao céu. Os habitantes de Kroldenn caminhariam para onde Dragoun ordenasse. Estavam dispostos a qualquer coisa para se vingarem. Não traziam no peito qualquer sinal de piedade ou esperança de felicidade, pois como haviam perdido tudo, estavam tão somente a mercê de guerras, morte e destruição. Gritavam com força. As lâminas de seus machados refletiam a luz do sol. Os piratas sabiam que em todo grande conflito havia ninfas, comida e ouro, por isso estavam igualmente dispostos a enfrentar céus, terras e mares à procura dos dois outros grandes reis.

— Creio que beberemos todo o vinho e comida desse lugar! — disse Glaxax a todos.

Os servos de Grunnlada ainda estavam ajoelhados, tremendo, quando de repente duas presenças surpreenderam a todos. Era Rurik e Balderk ao lado do portão.

— Meu filho! — disse Smouth, indo em direção ao garoto.

— Pequeno Rurik! — Dragoun fez o mesmo.

— Estamos mortos, Balderk! — sussurrou Rurik, indo em direção ao seu pai.

— Acalme-se! — respondeu Balderk.

Todos abriram caminho em forma de corredor, reverenciando os pequenos enquanto caminhavam. As duas crianças anãs estavam assustadas com tantas mortes e marcas de sangue, mas aquela cena não era novidade em seus pensamentos.

— Acho que eles sabem de Kroldenn... — disse Rurik ao ver o corpo de Grunnlada.

Os dois garotos notaram que todas as criaturas estavam ajoelhadas perante o rei, mas não entendiam o porquê daquilo. Rurik já estava esperando um enorme sermão de seu pai quando Dragoun disse:

— Este é meu filho, Rurik Loderr. Todos devem respeitá-lo também! — Colocou as mãos sobre os ombros do garoto. — E este é Balderk Folker, filho de meu fiel amigo, Smouth Folker, que também deve ser respeitado como um rei.

Os dois garotos ficaram surpreendidos com o "novo" título oferecido a eles. Todos os reverenciavam. E, então, Waiquer perguntou:

— Como esses pequeninos chegaram aqui?

— Não devemos contar todos os segredos, senhor! — disse Balderk, provocando o riso em muitos anões, mesmo num momento tão terrível para todos. Olhando para o corpo no chão, continuou dizendo: — Finalmente conheci Grunnlada.

Rurik observava Grunnlada morto, um velho anão de barbas brancas, feiticeiro e aparentemente inofensivo. Estava de certa forma assustado com o que acontecera há poucos instantes ali, e não comentou nada sobre Kroldenn com seu pai. Estava triste, porém, aliviado de encontrá-lo.

— Rurik! — disse Dragoun, curvando-se.

— Sim, meu pai, me desculpe... Estava preocupado com você e, então... — foi interrompido por Dragoun.

— Você não sabe o alívio de ver vocês dois aqui! Temos um novo treinamento!

Smouth olhou firme para Balderk de forma a representar as mesmas palavras de Dragoun. Balderk concordou com a cabeça.

— Senhor, o que faremos agora? — perguntou um dos anões de Kroldenn.

Dragoun levantou-se e disse em voz alta:

— Anões de Kroldenn! Piratas do Mar! — reverenciando. — Matem todos que não são nosso povo!

Com um olhar maligno e essas palavras, Dragoun assustou a todos, mas, segundos depois, todos os anões e piratas estavam gritando e atacando qualquer ser que houvesse pela frente. Os olhos negros, frios e sombrios estavam estampados no rosto deles.

— E os goblins... — gritou Dragoun. — Serão nossos escravos! Afinal, vocês estão remando muito ultimamente — ordenou Dragoun, seguindo em direção aos portões com os dois garotos, ainda perplexos com aquele cenário sangrento. Rurik não reconhecia seu pai e olhava para Balderk perguntando-se como seriam as coisas dali em diante.

— Não queriam um combate? Pois bem, essa é a primeira etapa do treinamento! — disse Dragoun ao filho, caminhando entre os guerreiros em luta.

Os guerreiros de Grunn não conseguiram se defender. Estavam sendo massacrados pela fúria dos anões. Feiticeiros não conseguiam conjurar suas magias e curandeiros não viam esperança em curas. Apenas ajoelharam-se e esperaram a morte. Mulheres e crianças morriam abraçadas. O ódio dos anões estava reinando. Os piratas aproveitavam para saquear casas, lojas e famílias. Antigos habitantes de Kroldenn, que estavam presos, foram libertados e ganharam armas e mantimentos. Após alguns minutos, a cidade estava em chamas. Pilhas de mortos atraíam aves enormes vindas do mar. O cheiro da putrefação era apreciado pelos guerreiros como símbolo de sua vitória. A fumaça tingida de sangue alimentou aquela manhã de sol. Foi um massacre.

Morreu Grunnlada, o grande anão feiticeiro conhecido por pelo menos metade do mundo. Bastante velho, havia acumulado muito conhecimento e era dotado de grande esperteza, mas não soube lidar com o poder do ouro. O dinheiro lhe subiu à cabeça e acabou morrendo por seu companheiro de raça. A lâmina fria do machado de Dragoun mandou o espírito de Grunnlada para os confins do mundo sobrenatural.

Capítulo XI

Doze anos depois

A grande vingança de Dragoun contra o feiticeiro Grunnlada completava doze anos. O meio-orc bárbaro, Thokk, após a queda de Grunnlada, organizou suas tropas bárbaras para ir de encontro ao rei de Kroldenn e seus anões piratas, um conflito que se estendia desde então. Estratégias, guerras, perdas dolorosas... Em diversas terras e reinos, eles lutavam até um dos dois reis se retirarem. Rendição, jamais. Trégua, talvez. Eram perseguições atrás de perseguições. Mas o passar do tempo trazia a idade e a fragilidade, fantasmas cansados pairavam sobre os corações de alguns guerreiros.

Dragoun Loderr e Smouth Folker já apresentam barbas brancas, mas o vigor para a luta não saíra de suas almas. Seus pensamentos e objetivos eram bem diferentes daqueles do passado. Tornaram-se anões malvados e incompreensíveis, preocupados apenas com Kork, pois a constante sede de vingança os fazia passarem por cima de qualquer outra coisa ou criatura em nome dessa guerra. Em pequenas vilas já eram cantadas canções dos anões do mar, loucos e famintos por guerra e dor. Mitos de que Dragoun Loderr tinha poderes divinos e de que Feiron era imortal rondavam pelo leste da antiga Kroldenn. Pergaminhos e mais pergaminhos contemplavam a imaginação de jovens e adultos, fazendo com que crianças tivessem pesadelos com os anões do Mar.

Ao longo destes anos, várias coisas aconteceram. Waiquer perdeu Raifa para Feiron, porque ela descobriu que estava sendo traída com uma de suas primas e, então, ordenou que matassem Waiquer. Feiron é o mais perfeito cego de amor pela pirata, ainda muito bela. Waiquer não sabia, mas Raifa o havia traído com Feiron cinco anos depois da morte de Grunnlada, quando ela foi em missão para terras distantes negociar um pergaminho raro com alguns anciões. Na viagem, acabou esbarrando novamente com o humano pirata e nasceu ali um amor distante e solitário. Apenas uma noite foi capaz de modificar a vida do casal. Raifa e Feiron tiveram uma filha, Arifel Blunn, criada longe das Ilhas do Fogo por uma irmã de Raifa.

As quatro Ilhas do Fogo agora eram dominadas por Thokk e Quarion. Eram os locais de maior comércio de escravos por toda Terra. Após saquearem Kroldenn, suas riquezas dobraram. Grandes portos recepcionavam todos os tipos de compradores, mercenários e assassinos, sendo que para cada escambo, porcentagens de ouro eram repassadas em forma de tributos a Thokk e Quarion. Eram impostos.

Tordek, conhecido como o humano mais velho de todos e por estar sempre bebendo vinho, isolou-se em uma pequena ilha com três ninfas, muitas pedras de ouro e vinho o suficiente para poder viver os últimos momentos de sua vida em plena felicidade. Dizia que sentia Kork chamá-lo, o que era visto por muitos como um delírio da idade avançada.

Rurik e Balderk seguiram o mesmo pensamento de seus pais. Sem piedade, matavam e iam atrás de mais ouro e da conquista de novos continentes, perturbando a estabilidade de Thokk e Quarion. Tornaram-se melhores que todos os anões já conhecidos em termos de batalha e estratégia.

Hurir e Grifinder tornaram-se reis de uma grande cidade a noroeste, conhecida por Haginder. Criaram um grande porto bastante conhecido e visado por outros piratas e ferreiros para troca e reposição de metais. Azulk e outros anões, que haviam feito parte dessa jornada, morreram no último conflito contra os meio-orcs bárbaros de Thokk em um cais próximo à Ilha Negra. Na cerimônia aos mortos, Azulk foram queimado com todos os seus pergaminhos, lendas, histórias e canções. Conhecido por suas palavras poéticas e sinceras, já descansa nos braços de Kork.

Havia muitas criaturas, de diversas raças e de toda parte da terra, sob o domínio de Dragoun, especialmente os anões de pele negra, encontrados habitando montanhas próximas ao pântano de Hobbes. Não havia pergaminhos que explicassem suas descendências e o porquê de terem ido habitar aquelas montanhas. Após a invasão do pântano pelos anões e piratas de Kroldenn, os anões de pele negra apenas acataram e respeitaram as ordens de Dragoun. Eram cerca de cem anões, poucos deles ainda crianças. Uma raça perdida na história, mas encontrada por Dragoun. Estavam destinados a reconstruir o império dos anões ao lado de seu rei. Amavam Dragoun por ter-lhes apresentado o mundo fora das montanhas. Conheceram outras espécies, outros tipos de bebidas, comida, armamentos etc. Tudo era novo para eles, menos em questão de batalhas. Eram fortes e habilidosos.

Dragoun, Smouth e Feiron formaram um exército respeitado entre os mortais. De um lado, criaturas lutando em troca de respeito, comida, ouro e soberania. De outro, piratas e anões de uma antiga cidade devorados pelo poder da vingança e dominação. Parecia um grupo perfeito para o caos e a guerra.

— Mate-o, Rurik! — disse Dragoun a seu filho. Rurik olhou nos olhos negros e profundos de Thokk. O meio-orc, com suas presas fora de seu rosto, forrado de pelos malcheirosos e com físico de um grande guerreiro, suava e sangrava. Estava preso, amarrado com cordas em uma grande rocha. Rurik perguntou a Thokk, numa voz muito amadurecida.

— Será que existe ouro capaz de salvar sua vida, Thokk? — Colocou a lâmina de seu machado sobre o pescoço do bárbaro.

— Sim… — respondeu Thokk, ofegante, com sua alta e grotesca voz.

— Podemos negociar, Rurik! Tenho muito ouro. Vamos negociar… — disse, mostrando desespero.

Rurik não conseguiu escutá-lo e gritou, empurrando seu machado contra o pescoço de Thokk.

— Mais de dez anos, Thokk! Tentamos negociar por todos esses anos como sua morte seria menos dolorosa, seu traidor imundo! — Fez sangrar o pescoço do meio-orc.

— Vocês não entendem… Foi Quarion! Ele organizou tudo… — disse, tentando se salvar. — O colar de Oakrost está com Quarion… — continuou Thokk, assustado e com a respiração ofegante.

— Balderk? — Rurik olhou para seu fiel companheiro como quem torturava sua vítima ao prolongar sua morte iminente.

— Não existe este tipo de negócio para os anões! Acabe logo com isso, Rurik, que temos muito vinho para beber e corpos para queimar! — disse Balderk, pisando em um servo morto de Thokk.

Enquanto isso anões seguiam matando seus inimigos, que rastejavam implorando por suas vidas. A areia que forrava o solo daquele conflito estava vermelha e úmida pelo sangue ceifado.

Rurik matou Thokk aos gritos de ódio e satisfação. Forçou a lâmina de seu machado até fazer o pescoço do meio-orc bárbaro se desvincular da cabeça e rolar pelo chão. Feiron gritou para seus companheiros:

— Por Kroldenn! — Levantando a cabeça de Thokk que ainda gotejava sangue, aclamada por gritos de vitória.

As tropas bárbaras de Thokk foram dizimadas pelos servos de Dragoun. Uma guerra que perdurou por todo este tempo, repletas de perseguições e mortes, finalmente acabava. Corpos de meio-orcs ao chão como folhas de árvores secas, nenhum sobrevivente diante dos impiedosos anões. Aves carniceiras começavam a sobrevoar o local da guerra à procura de um gordo alimento recheado com sangue.

Thokk, por todo esse tempo, quis vingar-se de Dragoun, exigindo de Quarion que não o ajudasse no conflito pela morte de Grunnlada, seu grande amigo que salvara sua vida em diversas ocasiões. Não apenas pelo fato da aliança dos dois, mas também por Grunnlada prometer minas de ouro a Thokk em troca de ajuda. A ambição também corroía Thokk: mente fraca, sem família e amor.

A raça meio-orc não era respeitada em boa parte do mundo, porém, tinha muita força e estratégia de batalha. Com alguns de seus dentes para fora, assustavam pequenas crianças e até mesmo animais. Um odor não tão agradável era exalado de seu corpo, sua própria natureza era de hábitos porcos e preguiçosos.

Dragoun finalmente conseguiu resgatar seu antigo continente, outrora dominado por alguns anões de Grunn e pelas tropas de Thokk. Na antiga Kroldenn não havia mais nada como antes. Tudo de belo construído pelos anões fora ao chão há muito tempo. Altas copas de árvores, flores e construções monumentais não deixaram vestígios. Eram apenas pequenas casas que serviam de abrigo aos guerreiros de Thokk.

O rei sentia-se livre, feliz e respirava o ar do conflito. Olhava por todas as direções e lembrava-se de que um dia já tivera a total felicidade junto a seu povo. Não havia mais ouro no local, pois tudo fora saqueado e investido em obras para Quarion, o elfo. Dragoun observava Rurik limpando seu machado, ajudando alguns guerreiros feridos na batalha. Smouth conversava com Balderk sobre os defeitos em seus golpes de ataque no conflito.

De repente, naquele céu azul manchado por aves, algo estranho aproximou-se pelo ar, interceptando os raios do sol, lançando sombras sobre a terra, fazendo com que todos olhassem para cima.

— Dragões! — gritou Smouth, já de machado em punho.

— Fiquem a postos, guerreiros! — gritou Dragoun, subindo em uma pedra.

Todos levantaram seus machados de arremesso e ficaram a postos esperando o momento de atacar. Mas à medida que os dragões se aproximavam, Feiron percebeu que não eram dragões jovens, fáceis de abater. Eram dragões vermelhos adultos. Uma das mais fortes e indesejáveis raças de dragão. Eram rápidos, violentos, muito perigosos, principalmente quando lançavam fogo pelo nariz e boca. Tinham bastante destreza e velocidade de voo. Com suas enormes garras, capturavam suas presas e estrangulavam-nas, pousavam e saboreavam sua refeição.

— Não podemos ficar parados, senhor! — disse Feiron a Dragoun. — São dragões vermelhos! Não temos equipamento para matá-los! Temos de nos proteger. Nossas armas são fracas para perfurar a pele desses miseráveis! Vamos, sai daí! — olhou na direção de todos e gritou — Corram! Corram! — Sacando sua espada.

Dragoun pareceu não escutar Feiron e ficou imóvel na pedra à espera do dragão. Todos começaram a correr, procurando árvores ou qualquer outra coisa que pudesse servir de abrigo. Os três dragões estavam se aproximando rapidamente. Dragoun foi o único a ficar parado à espera de desferir seu ataque. Sentia que conseguia lutar contra qualquer um deles. Todos se distanciaram, mas o rei ficou em cima da rocha, rodando seu machado.

— Pai, saia daí, agora! — gritou Rurik, indo na direção de seu pai, mas sendo impedido por Smouth.

— Fique, Rurik! Vou tirá-lo de lá!

Dragoun estava totalmente concentrado em seu ataque, sentia fé em seu machado e em Kork. Algo o fez ficar ali, imóvel, como se fundisse com a grande rocha. Os dragões rodearam mais uma vez aquela cena fúnebre e, com seus voos rasantes, avançaram rumo à terra.

— Dragoun! — gritou Smouth, mais de uma vez, mas Dragoun não escutava nada.

Os olhos do rei estavam marcando o voo de um dos dragões, calculando o movimento exato de seu ataque. Um sorriso assassino estava estampado no rosto do anão guerreiro, pois não era todo dia que um guerreiro tinha o privilégio de lutar contra a criatura mais temida dentre todas as existentes.

Smouth aproximou-se do amigo o bastante para poder saltar e empurrá-lo da rocha, mas, como um relâmpago, um dos dragões alcançou Dragoun primeiro. Segurou-o com suas garras e sobrevoou o céu. No salto, Smouth sentiu seus dedos tocarem apenas as botas de seu companheiro e, caído no chão do outro lado da rocha, gritou desesperadamente:

— Não! Solte-o!

— Pai! — gritou Rurik ao observar a criatura carregando o pai. Enquanto isso, os outros dragões o rodeavam. Não estavam famintos. Parecia que o objetivo já estava cumprido. Dragou se debatia nas garras do animal, tentando atacá-lo com seu machado, mas não tinha apoio para ataques efetivos. Desesperadamente, Rurik lançou suas machadinhas no ar, mas não chegaram nem próximo às criaturas. Todos ficaram paralisados diante da terrível cena, sendo cortados dos pensamentos de pavor apenas quando Balderk gritou:

— Saia daí, pai! Volte! — implorou, fazendo um gesto com as mãos.

Quando Smouth se levantou para correr junto ao grupo, outro dragão o viu e o seguiu com uma simples batida de asa. Smouth olhou para trás, estava assustado e sabia que o dragão estava vindo em sua direção. Em segundos, foi imerso em uma baforada de fogo. A chama expelida pela enorme boca da criatura foi suficiente para que Smouth caísse ajoelhado no chão e gritasse de dor. O metal de sua armadura queimou seu corpo em fração de segundos. Seu rosto imediatamente ficou vermelho e repleto de bolhas. Seu elmo estava quente suficiente para que o retirasse desesperadamente. Sua enorme barba branca estava queimando como uma tocha. Tentou se levantar, mas a dor o fez perder as forças.

— Corram... anões de Kroldenn... — Essas foram suas últimas palavras antes de outro ataque mergulhado em fogo. A fumaça e o cheiro de carne queimada puderam ser sentidas a metros de distância.

Balderk e Rurik tremeram ao ver aquela cena. Ficaram desesperados, sem saber o que fazer. Não acreditavam no que estava acontecendo. Olharam perplexos aquela cena. Enquanto todos corriam, ambos estavam imóveis, gritando o nome de seus pais. Não podiam ir até lá. Faziam força para ficarem apenas olhando enquanto eram puxados por Feiron e outros piratas.

Todos correram e olharam para trás. Após alguns segundos, pararam e viram que os dragões já estavam em terra firme se deliciando com a carne dos dois anões. Rurik ordenou para avançarem e atacarem os dragões, mas foi impedido por Feiron. Choros e lamentações apagaram o sentimento bom pela recente vitória. Rurik pôde ver ainda o brilho do sol irradiado pelo grande colar de seu pai, que agora estava preso nas presas do dragão. Balderk ajoelhou no chão perguntando a Kork o porquê daquilo tudo. Não conseguia entender tamanho sofrimento.

Morreram juntos, Dragoun Loderr e Smouth Folker em sua terra natal. Com seus respectivos machados em punho, se foram com a dignidade de bons guerreiros, outrora sem maldade no coração. Os corpos logo haviam sumido nas bocas de fogo dos dragões. Dois grandes amigos e companheiros de batalha morreram juntos e foram para o lado de suas esposas, na terra de Kork, deixando seus filhos com o objetivo de seguirem com a reconstrução do poder e da cidade dos anões. Mortes dolorosas, sem funeral ou orações de despedida. Isso alimentou ainda mais o ódio no coração dos anões.

Após este dia, o continente de Dragoun foi habitado apenas por criaturas carniceiras e estranhas. Rurik, Balderk e Feiron, com seus servos, partiram em seus enormes navios rumo ao desconhecido do mar. Resolveram não voltar ao local da morte do rei dos anões e de seu fiel amigo. Não havia espaço para pensarem em conflitos no momento, ou irem atrás dos dragões, apenas desejavam desaparecer por um tempo. Precisavam repor suas forças.

Havia lendas sobre o paradeiro do grupo. Alguns diziam que foram capturados por outros dragões, outros diziam que por criaturas marinhas, até mesmo mergulhados na perdição do mar. Ficaram cerca de um ano desaparecidos, até o momento em que Rurik, em algum lugar da terra, descobriu que os dragões foram mandados por Quarion, que agora estava de posse do colar de seu pai. Rurik, Balderk, Feiron e seus servos, aliados aos bárbaros piratas do lado negro do oceano, partiram em perseguição ao elfo.

— Vamos, anões! Temos uma dívida com Dragoun! — gritou Rurik aos guerreiros dos navios.

E foi aí que, após alguns dias, o porto de Cimbrol foi dominado por Rurik e, em breve, Heian estaria a interceptar as criaturas do anão nos portões de Rarakina.

Capítulo XII

Além de Rarakina

Thamior, junto com piratas comandados pelo velho, ainda permanecia dentro do porão do navio pirata. Ele não tinha noção de quanto tempo já estaria ali desde que ele e seu primo, Aramil, foram capturados na floresta de Rarakina. Estavam sendo alimentados como animais e com pouca água. De vez em quando saíam do porão para servirem a Balderk e suas criaturas em alguns carregamentos de mercadorias. Estavam escravizados. Aramil havia sumido de seus olhos desde a provocação perante Balderk Folker, o anão. Thamior estava bastante preocupado e com saudade de sua família. Lembrava-se do rosto de sua mãe e de Larah. E quando pensava naquilo tudo, uma lágrima sempre escorregava pelo seu rosto sujo e pálido.

Passavam a maior parte do tempo no porão sujo, pequeno, abafado e com pouca iluminação, como qualquer outro de um navio pirata. Estavam no mar há muitos dias, estratégias para saírem dali não faltavam.

O velho, ainda sem nome para Thamior, junto com alguns de seus homens, bolava um plano para saírem dali, mas Thamior não acreditava muito na ideia de se realizar uma fuga em alto-mar. Sentia-se desmotivado sem Aramil e o pressentimento de morte corroia sua mente. Thamior arrependera-se de ter saído de casa e ido ao encontro do velho na floresta que cerca Rarakina. Gostaria de perguntar a seu pai se estaria fazendo o certo em confiar naquele homem, mas tinha dúvidas de por onde começar a procurar seu tio para o término de seu treinamento.

— Será que esse velho o conhece? — Thamior se perguntava.

Em seus pensamentos profundos e sem conclusões precisas foi despertado com o barulho da porta superior do porão, aberta violentamente. Levantou-se do barril quebrado em que estava para observar o que estaria acontecendo. Todos ficaram imóveis.

— Desça, rato imundo! — disse uma voz grossa e rouca.

O corpo, sem nenhuma resistência, caiu no piso do porão como uma pedra. Era Aramil. Ele foi levantado por alguns homens e logo Thamior aproximou-se, dizendo:

— Aramil, meu primo, acorde! — chamou, batendo moderadamente em seu rosto.

Aramil estava bastante machucado, com vestes rasgadas e sujas de sangue. Estava magro. Thamior ficou assustado em ver seu primo naquele estado.

— Deite-o naqueles tecidos! — disse o velho, apontando para um dos cantos do porão onde havia tecidos sujos e rasgados. À medida que iam levando Aramil para o local indicado, podia-se ouvir ele dizer:

— Soltem-me! Estou bem… — riu, sentindo-se apenas um pouco tonto.

Thamior se assustou com Aramil, pois não esperava que estivesse em condições de falar. Ficou muito feliz.

— Qual o motivo da risada, Aramil Galanodel? O que aconteceu no porão de Balderk? — perguntou Thamior, curioso. Todos do porão fizeram uma espécie de círculo para ouvir o ocorrido. Aramil já estava deitado nos tecidos.

— Achei que estivesse morto! — disse Snike, ironizando.

— Aramil não sucumbirá fácil! — respondeu, com felicidade por estar vendo seus companheiros. Os piratas sorriram aliviados.

— No porão… — pausou. A voz de Aramil estava fraca. — Não havia apenas eu no porão! Havia vários escravos, até mesmo ninfas… Não tão bonitas, mas podiam levantar um homem com apenas um toque de seus lábios, altas e com belas pernas! — Ao dizer isso, fez alguns homens liberarem gemidos de prazer por brincadeira. — Inicialmente fiquei preso por correntes, nas mãos e pernas. — Mostrou as marcas que agora tinha em seus membros. — Apanhava todos os dias e servia a Balderk em tudo o que queria! Fui humilhado… — Aramil rangia os dentes, mas sem conseguir chorar, pois já não havia mais lágrimas em seu corpo.

— Agora está conosco! Podemos nos defender — disse Thamior.

— Para cada golpe que levava, orgulhava-me mais de ser um guerreiro! Jamais deixarei esse anão me insultar novamente! — disse Aramil, ajeitando a posição de sua coluna.

— Errh! — os piratas gritavam baixo.

— Enquanto estava amarrado conheci Mira, a ninfa mais querida por Balderk. Conversamos por várias horas e soube que ela irá sair daquele navio, irá embora! — pausou para se sentar melhor. — Ela não receberá uma pedrinha de cobre ou prata pelos seus serviços! Está indignada e quer pegar tudo que Balderk tem naquele navio… Conversei com ela, disse que poderia ajudá-la, mas para isso teria de nos libertar também.

— E o que aconteceu? — perguntou um dos homens do velho, ansioso.

— Naquele instante, o alçapão foi aberto e então a chamaram! Ela partiu naquele momento sem me dar resposta. Tinha perdido minhas esperanças, foi quando ela olhou para mim e disse em voz baixa que iria trazer reforços dentro de alguns dias, piscando seu olho direito. E foi embora, trocada como um animal de prazer em outros escambos! Isso deve ter uns dez dias — disse, com indignação.

— Isso não fazia parte dos meus planos! — disse o velho, animando-se.

— Senhor... — disse um dos piratas ao velho. — Não devemos confiar em ninfas! Elas são espertas e querem apenas nossas pedras...

— Você não a conhece... — interrompendo o pirata, Aramil fechou os olhos. — Ela sabe que não temos pedras de ouro ou qualquer coisa de valor.

— Aramil não é facilmente enganado. Não tenho tanta certeza de que essa tal Mira irá voltar para nos ajudar, mas no momento em que estamos, temos apenas que acreditar, pois todas as tentativas de fuga foram fracassadas e confesso que estou cansado de apanhar de correntes — disse Thamior.

— Thamior está certo. Acredito que Aramil e Mira trocaram alguns flertes. Peço aos deuses que tenham se apaixonado, assim temos chance de sair daqui. Não sei quando, mas teremos — completou Snike.

A dúvida pairou no porão. Os piratas desfaziam o círculo tentando sentar-se ou escorar-se em algum lugar menos desconfortável. Aramil estava confiando em uma ninfa que conheceu há poucos dias, o que, para alguns piratas, só havia uma razão: o jovem estava apaixonado, iludido. Thamior e Snike se olharam, não sabendo no que acreditar realmente. De certa forma, a esperança pairou no coração de alguns que estavam ali. O velho resolveu não se pronunciar, apenas continuou criando estratégias com alguns de seus homens. O mau cheiro que penetrava nas narinas já não incomodava mais. Ratos e baratas compartilhavam os restos de pão mofado.

— Ficou um bom tempo no navio de Balderk... — disse Thamior, agachando-se perto de seu primo, querendo tirar do primo mais informações. Enquanto Aramil raciocinava para falar, um rato com uma migalha de pão chamou sua atenção. O rato se aproximou, cautelosamente, pegou a migalha e correu para algum buraco.

— Só porque o desafiei... — disse Aramil, rindo levemente e muito sonolento. — Todos os dias. Dez chicotadas para todos que estavam naquele maldito porão, em diversas partes do corpo! Trataram-me como um rato até pedir perdão a Balderk. Não suportei de tanta dor e então pedi perdão. — Aramil ergueu seu tronco e mostrou seus ferimentos, levantando o que restava de suas vestes. Escorou-se novamente. Ainda estava fraco. — No fundo sabia que iria me deixar aqui... — disse, aliviado.

— Você poderia ter morrido! — disse Snike.

— Balderk não quer que ninguém morra, ele precisa de escravos. Bom que não morri! Ainda tenho que perturbar muito vocês — respondeu Aramil, rindo com dificuldade devido aos ferimentos na boca. — E estamos juntos novamente! Vamos fazer tudo isso por Theylor! — completou fechando suas mãos de forma rígida.

— Desculpe, senhores! Estão aqui por minha culpa... — lamentou Thamior.

— Cale-se, Thamior Nailo! Você sempre falou demais! — Aramil interrompeu o primo, ao som de outra risada.

— Cale-se, Thamior! — disse Snike, para aumentar a comédia.

— Vocês são loucos! — Thamior sorriu, algo que não fazia há uns dias.

Havia pouca água e pães para todos no porão. As horas passavam lentamente. Pensamentos tentavam se firmar naquele lugar abafado. O velho era o homem mais inquieto ali, e logo após uma conversa com alguns de seus homens, reuniu todos para as instruções. Em voz baixa, iniciou o diálogo:

— Senhores! Creio que teremos reforços dessa tal Mira... — disse, ainda pensativo se realmente poderia confiar na ninfa. — Caso realmente a ajuda chegue, será neste momento em que vamos conseguir sair daqui! Temos de ser rápidos e estratégicos e não temer a luta desarmada, principalmente a água do mar. Temos de pegar qualquer coisa que possa servir de arma. Só não sei o que poderia ser mortal aqui além desses pães estragados...

Após a fala do velho, todos escutaram âncoras caírem na água e a velocidade da embarcação diminuir. Após alguns segundos, a embarcação parou.

— Estranho! Paramos? — falou Snike, olhando para os lados.

A pequena porta superior do porão foi aberta e assustou a todos. O brilho iluminou os rostos pálidos dos recém-escravos. Vermes, como algumas vezes eram chamados.

— Vamos, seus vermes! Subam e trabalhem! — gritou um dos piratas de Balderk, descendo uma escada de madeira não tão bem conservada.

Fazia tempo que não saiam daquele local e, enfim, puderam ver a noite, majestosa e bela. O céu estava repleto de estrelas e a lua cheia completava a decoração assinada pelos deuses. O vento tocava no rosto de Thamior com uma brisa gostosa e calma, como se sentisse o carinho de sua mãe. Foi acordado desse sonho pelo empurrão de um dos anões:

— Ande logo! — disse Glaxax, servidor fiel dos anões desde a destruição de Kroldenn.

Todos os escravos estavam à espera das três embarcações médias. Eram mercadores que estavam se aproximando lentamente para barganhar: trocar pedras de ouro por armamentos ou até mesmo algumas ninfas. Balderk Folker saiu de sua cabine e, com o auxílio de uma corda, saltou rumo ao navio onde estavam Thamior e os outros. Os navios anões estavam lado a lado. Empurrando os escravos como quem empurra folhagens secas em floresta, Balderk anunciou:

— Mercadores! Será um prazer barganhar com vocês! Trazem novidades? — perguntou.

Um jovem com uma voz nova e firme respondeu com uma tocha em mãos:

— Claro, senhor! Temos novidade! — disse o jovem humano.

— Bons armamentos, lâminas jamais vistas por essas águas! — Então o mercador lançou uma adaga de lâmina rara aos braços de Balderk. O anão apreciou e concordou com a troca, lançando de volta um pequeno saco com pedras de ouro.

— Queremos vinho e javali! — certificou-se o mercador.

Balderk, entrando na sala de mapas do navio, decidiu certificar-se de que havia a mercadoria desejada. Conversou com outros anões sobre pontos da viagem e sentiu-se animado com novidades. Ordenou que os escravos fossem rápidos no escambo para garantir mais comida e água.

— Vinho e carne, senhor! — gritou o mercador, contando as pedras de ouro.

Os navios mercantes lançaram âncoras ao mar e com uma larga tábua interceptaram os dois navios. Com o auxílio da tábua, ocorreu a transferência. Não havia contado entre Balderk e os mercadores. Conversavam apenas a distância.

Iniciou-se a transferência. Escravos iam e vinham com caixotes e mais caixotes com adagas, machadinhas, espadas etc. Eram pesados, fazendo com que alguns escravos cambaleassem. Partiram rumo aos porões mercantes. Não tão diferente do porão de Balderk, afirmou Aramil para si mesmo, pegando outras caixas com dificuldade.

Estavam todos trabalhando em troca de mais alimento e água, algo vergonhoso para os piratas do velho, sendo servos de outros piratas. Estavam bastante nervosos com isso tudo, mas diante das circunstâncias, não se podia fazer absolutamente nada além de obedecer Balderk e seus guerreiros. Aramil, em sua terceira ida ao porão de uma das embarcações do mercador, sentiu um odor agradável, bastante diferente do que se espera sentir em um porão.

— Que cheiro é esse? — perguntou ao vento, observando o local. Estava parcialmente escuro, com alguns ratos correndo espantados à medida que andava.

— Disse que voltaria! — soou uma voz meiga, cujos lábios tocavam com maestria a orelha do rapaz.

— Mira! — suspirou Aramil. Sentiu um ar de paixão e alívio em seu coração.

Snike assustou-se com aquela cena ao entrar no porão. Pensou que Aramil estava sendo atacado. Aos primeiros passos, acabou chutando um balde velho por acidente. Mira virou-se imediatamente para Snike e, então, Aramil disse:

— Está tudo bem, Snike! É nossa ajuda, a Mira! — Deu uma piscadela a seu amigo.

— Apenas juntem o máximo de vocês nos navios mercantes, logo vamos partir! Demorem a fazer a transferência! — disse Mira, subindo as escadas do porão, deixando para trás seu gostoso cheiro de flores.

Aramil, mais alegre, pegou uma caixa e disse:

— Isso que é mulher, Snike! Faça o que eu fizer! — falou, subindo as escadas.

— Somos escravos de anões loucos e você sente-se feliz, achando que vamos escapar facilmente desses guerreiros? — perguntou Snike, pegando outra caixa.

— Confie em Mira! Ela sabe o que faz!

Quando Aramil estava seguindo o caminho em direção a um dos navios de Balderk, deixou a caixa que estava sob sua posse cair de propósito. Escudos de madeira rolaram pelo piso da embarcação. Snike fez a mesma coisa.

— Seus vermes estúpidos! — gritou um dos anões, dando chicotadas nas costas de ambos. — Arrumem logo isso! — E logo o anão atentou para outras coisas. Outros anões faziam a vistoria durante o transporte, mas a falta de atenção de alguns estava ajudando no plano de Aramil.

Aramil e Snike começaram a empilhar os escudos com a ajuda dos outros companheiros e, na medida em que faziam isso, cochichavam para os outros para que todos ficassem o maior tempo possível nos navios mercantes para poderem, enfim, fugir. Essas informações foram passadas aos esbarrões. Cochichos e chicotadas preenchiam e alimentavam o escambo. Os anões não percebiam o contato rápido entre os escravos. Após alguns minutos, um grande número de escravos não havia retornado de um dos porões e, enquanto isso ocorria, Jamir, o dono dos navios mercantes, conversava com Balderk a distância.

— Temos uma novidade, creio que vai gostar! Seus homens estão pegando coisas de um de meus porões, é algo bastante pesado! — blefava com Balderk, que ficara parcialmente desconfiado, mas imaginara ser um conjunto de armaduras ou algo de metal pesado.

A grande maioria dos escravos estava em algum lugar dos navios mercantes, outros estavam próximos, prestes a saltarem pela rampa de madeira. Foi neste momento que a esperança pairou no coração de alguns e a desconfiança no de outros. Mira, coberta por seu manto branco cobrindo seu vestido vermelho, saiu de umas das cabines, dizendo:

— Balderk Folker! É um prazer vê-lo novamente! — cumprimentou o anão.

— Mira, minha ninfa! O que faz com esses pobres mercadores? Se eles tiverem cinquenta pedras de ouro, digo ser um milagre! — disse, debochando.

— Não fale isso! O barco que me mandou de volta à minha ilha não tinha conforto nenhum! — mudou o assunto.

— Conforto terá em meus tecidos do sul! — disse o anão, fazendo alguns anões gemerem de satisfação.

— Talvez em outra vida! — falou Mira, fazendo um sinal com as mãos para seus companheiros.

— Mas o que está acontecendo aqui? Glaxax! — gritou Balderk, inquieto, tentando entender o que seria aquilo. Em sua cabeça não imaginou que seria uma fuga dos escravos. Estava mais preocupado era com suas mercadorias.

— Eis a surpresa! — disse Mira, indo rumo a sua cabine.

Desde o início da conversa, as âncoras estavam sendo levantadas para a partida dos mercadores. As tábuas foram retiradas rapidamente e os escravos subiram com escudos e espadas dos porões. Alguns não conseguiram a fuga e foram rapidamente segurados pelos anões piratas. Outros caíram no mar e foram engolidos pela escuridão.

— Mas o que está acontecendo? — perguntou Balderk, olhando aos redores de seu navio, procurando algum escravo. — Estão todos… — Foi interrompido pelo movimento da embarcação. — Façam alguma coisa! Imediatamente! — ordenou Balderk.

Os guardas não puderam saltar, pois suas curtas pernas não permitiam efetivos e eficientes saltos àquela distância. E alguns anões que estavam nos navios mercantes foram degolados pelos escravos.

— Matem todos! — ordenou o anão.

Imediatamente, os servos de Balderk lançaram suas machadinhas, mas os homens estavam protegidos por seus escudos. Metros dali, Aramil saiu detrás de seu grande escudo. Abraçou Mira, que acabava de sair de sua cabine, e disse a Balderk:

— Quem é o verme, agora? Anão imundo! — Deu um beijo quente e apaixonado nos lábios vermelhos e carnudos da ninfa, deixando-a surpresa e sem fôlego. Todos ficaram surpresos pela audácia de Aramil. Mais uma vez desafiou Balderk.

— Iremos nos encontrar novamente, Balderk Folker! — gritou Aramil enquanto as embarcações se afastavam.

O ódio atingiu o coração de Balderk. Sentiu uma dor no peito, um forte ciúme, pois considerava Mira uma de suas melhores ninfas. Sacou seu machado e acabou partindo ao meio um de seus goblins, tamanha sua ira.

— Como deixaram isso acontecer, seus idiotas? — questionou, olhando nos olhos dos anões, que estavam sem reação pela velocidade da fuga.

— Ainda temos alguns escravos, senhor! — disse um dos anões.

Balderk respondeu com um forte soco no rosto de seu guerreiro e gritou:

— Não quero outros! Quero eles! E principalmente o humano insolente, Aramil!

— Devemos segui-los? — perguntou Glaxax, com receio de também ser presenteado com um soco no rosto.

— Não! Devemos fazer uma parada, temos que encontrar Rurik! Depois resolvo isso com Aramil… Aramil Galanodel! — Olhou o horizonte, observando os navios se distanciarem. Segundos depois, seguiu o pensamento. — Abram as caixas, ganhamos mercadorias sem fazer o pagamento completo! — ordenou. — Pelo menos uma notícia boa nesta noite! — respirando fundo.

No momento em que abriram as reforçadas caixas, observaram que a maioria das armas e armaduras estavam enferrujadas. Balderk começou a respirar forte e gritou:

— Vou matar você, Jamir! Queimarei seu corpo junto com o de Aramil! Vivos! — bradou, levantando seu machado. Jamir já estava a bons metros de distância dos anões.

Os escravos finalmente conseguiram sair do domínio de Balderk e de seus anões. Iam comemorando o resgate com altas doses de vinho e saborosos pedaços de carne engordurada. Alguns piratas do velho até dançavam sozinhos de tamanha felicidade. Thamior comemorava com Snike, pois Aramil havia sumido com Mira. Estavam em algum lugar da embarcação, trocando doses de sentimento. Após a comemoração, próximo ao amanhecer, o descanso reinou sobre os necessitados. Um vento fresco em companhia das gaivotas foi o bastante para bons sonhos.

Não se sabia ao certo quem começou com o boato de que Quarion, o elfo, havia passado por Rarakina. Há alguns dias, enquanto Rurik seguia com suas tropas por terra, após o conflito no porto de Cimbrol, Balderk os aguardava próximo à cidade de Rarakina, ainda no oceano. Nesse percurso, em que Rurik e suas tropas estavam subindo as terras em direção a Rarakina, foi atingido por uma flecha dos humanos que viviam pelas montanhas, próximas da cidade.

Devido ao ferimento, retornou com alguns de sua tropa para a Ilha do Curandeiro, um pouco distante dali. Assim, poderia se curar e reorganizar seus planos. De qualquer forma, os goblins tiveram ordens para seguirem ao encontro de Rarakina e colherem informações de Quarion e o possível colar de Oakrust, porém, foi um conflito em vão para os anões. Rurik Loderr estava furioso com aquela cidade e suas redondezas. O anão nunca fora ferido em seus conflitos anteriores e jamais imaginara perder em uma pequena cidade. Não ocorria uma derrota há anos, mas ele não sabia que nessa cidade havia guerreiros compromissados com a vitória. Heian e seus homens de Rarakina, com muita força de vontade e fé, conseguiram deter as criaturas de Rurik e Balderk. Pelo menos momentaneamente.

Após alguns dias, Balderk recebeu mensagem de mercadores sobre o ocorrido e que um grupo de rebeldes que sobrevivera no último conflito do porto de Cimbrol estaria na saída da floresta de Rarakina. E foi então que Balderk direcionou seus navios para lá, sequestrando depois de alguns dias o velho e, consequentemente, Thamior, Snike e Aramil.

O raio do sol batia no rosto de Thamior fazendo com que ele acordasse de seu sono profundo. Ainda com olhos fechados, sentiu que havia sonhado com Sara e Larah, mas sem muitas lembranças quando acordou.

— Acorde, Thamior, temos que conversar! — disse o velho, batendo na porta de seu novo aposento, não tão grande, mas com duas camas no alojamento e a outra pertencia a Snike, que já havia acordado há algumas horas. — Estamos esperando você.

— Sim, claro! — respondeu Thamior, levantou-se descansado. As instalações de Jamir não eram as melhores, mas há dias que não dormia de barriga cheia e tão confortável.

Estavam todos reunidos em uma espécie de círculo no navio de Jamir, Mira estava ao lado de Aramil que, ao ver seu braço direito, seguiu em sua direção.

— Está uma manhã bela e calorosa, não está, senhores!? — perguntou o velho, dando abertura ao pronunciamento.

— Rurik perdeu a batalha contra Rarakina, mas sabemos que irá retornar para poder destruir cada um daquela cidade. Nenhum anão é desafiado e suporta. Devemos detê-lo, pois nossos parentes vivem lá! Não sabemos para onde foi o anão, mas se meus pensamentos não me enganam, está próximo ao continente, fortalecendo-se. Perdemos muitos dias sob o comando de Balderk, mas felizmente pude escutá-lo, há cerca de cinco dias, dizendo que iria ao encontro de Rurik primeiro. Então acredito que Rurik ainda está parado se recuperando em algum lugar por perto.

Apontou para o ponto no mapa onde Rurik havia se ferido, e continuou.

— Foi ferido com uma flecha certeira em seu peito! — Todos que ouviam gritavam de satisfação. — Nossas moradias foram destruídas por esse porco anão, próximo ao porto de Cimbrol e em outras partes! Não devemos deixar isso impune. Devemos destruir o que é dele também.

— Mas não é bem assim! Não tão facilmente! — falou Thamior. — Existem muitas criaturas! Para isso, devemos ter uma estratégia. No mínimo saber onde ele está! Precisamos de mais gente com o mesmo sangue de vingança que está correndo em nosso corpo.

— Com certeza, Thamior! — respondeu o velho. — Mas, para isso, devemos fortalecer nosso exército! Vamos para a Ilha Negra! Nenhum perigo nos afrontará naquele local. Lá deixaremos Jamir seguir com seus homens! E seremos eternamente gratos por essa fuga! — Olhou para o comandante mercador.

— Piratas são um único corpo no mar! Afinal, o porto de Cimbrol era um belo local de escambos. Balderk e Rurik também perturbaram meu comércio. Não precisam me agradecer, afinal, foi Mira que organizou tudo! — Jamir reverenciou a ninfa. Um gesto seguido por Aramil e outros homens ali presentes.

— Parem com isso! Vamos trabalhar! — disse Mira, envergonhada.

— Vamos lá! Trabalhando e nos organizando! Vamos treinar conflitos corpo a corpo, preparar algumas lâminas, desenvolver flechas e lanças. Temos muito a fazer, afinal, estamos em uma guerra — disse o velho, pedindo para Thamior o seguir. Todos estavam empolgados e agitados. — Estamos caminhando para a vingança.

Aramil e Snike logo arrumaram afazeres. Thamior e o velho passaram por algumas cordas e barris e finalmente chegaram à cabine onde o comandante estava hospedado.

— Maior que meu local de descanso — disse Thamior, olhando para as laterais estofadas da sala.

— Nada mal para um navio mercante, não é mesmo? — perguntou o velho, sentando em uma confortável cadeira.

— Não mesmo! — respondeu Thamior, sentando-se no outro estofado.

— Thamior, vou ser bem direto e espero que entenda o que direi! — disse, olhando para o garoto com atenção. — Ao longo de todos esses dias estive observando você. Analisei suas ações, suas ambições e, principalmente, seu espírito de guerreiro. Pude ver em seus olhos o jeito de sua mãe e o sangue de seu pai. Você será um grande homem, Thamior! Já vi muitas pessoas nessas navegações por terras distantes e obscuras. Conheci raças, culturas e várias classes diferentes e, em poucos homens, pude ver o que vejo nos seus olhos. Um olhar preenchido com espírito de liderança. Pronto para qualquer ação, sendo capaz de entrar na frente de uma espada por pessoas que mal conhece. Típico de Theylor.

Pausou para dar uma risada. Thamior estava calado à espera do que o velho queria dizer com todas aquelas palavras. Estava cada vez mais admirado por conhecer tanto sua família.

— Sou Aust Lianon, irmão de Theylor Lianon! É um prazer velejar com meus piratas ao lado do meu sobrinho! — disse, estendendo a mão para cumprimentá-lo.

Thamior ficou sem ação diante do que acabara de escutar. Lembrou-se do que seu pai havia lhe dito antes de morrer, para ir à procura de seu tio, Lianon, sem imaginar que seria encontrado por ele. Sentiu um tremendo alívio em saber que estava com um membro de sua família e que tinha realizado um dos desejos de seu pai. Estendeu a mão cumprimentando-o e respondeu:

— É um prazer conhecê-lo, tio! Mas você não parece muito com meu pai.

— Sei que sou mais bonito!

Os dois sorriram aliviados, enquanto Thamior não sabia por onde começar suas perguntas. Estava travado.

— Parecia mais com ele quando éramos mais jovens! Agora estou mais velho e experiente! — Soltou a mão de seu sobrinho. — Nós dois sabemos o porquê de estarmos nessa aventura, não é mesmo Thamior?

— Sim! Se meus pensamentos são como os seus... — Levantou-se e olhou para a pequena janela. — Irei vingar-me de Rurik e suas criaturas! Foi essa a promessa que fiz a meu pai, pretendo cumpri-la o mais rápido possível!

— Sim! Isso também é o que penso! Quando soube que Rurik havia chegado a Cimbrol, viajei com meus homens para a floresta que cerca Rarakina com o objetivo de ajudar Heian, porém, chegamos tarde! Fomos atacados por lobos na floresta! Estava criando coragem para ver meu irmão morto e rever sua família. E foi naquele momento que observei entre as folhagens você andando sozinho, chutando algumas pedras. Foi aí que nos conhecemos, lembra-se?

— Claro! Você estava parecendo um moribundo. Não mudou muito! — sorriu. — Aquela erva e a fumaça são suas principais características. Então já sabia que meu pai tinha morrido?

— Sim! No momento em que estava lutando com meus homens senti um aperto muito grande no meu peito. E, então, pude entender que Theylor havia partido.

— Mas como sabia que eu era o filho de Theylor?

— Você se move como ele, Thamior!

Aust deixou Thamior muito feliz por saber que se parecia tanto com seu pai. Rapidamente continuou a perguntar:

— E minha família? Conhece minha mãe, Sarah?

— Apenas por pergaminhos! Seu pai mantinha segredo de minha existência, pois sabia do meu envolvimento com piratas e tinha certa vergonha disso! Nossa raça não é bem-vinda em alguns lugares.

— Realmente. Ele nunca mencionou você...

— Entendo meu irmão! Não tiro a razão dele! Parte meu coração não ter chegado a tempo, mas agora posso me redimir da culpa ao lado de meu sobrinho!

— Não vamos pensar nisso! Estamos numa nova etapa e vamos concluí-la com sucesso! — disse Thamior, desviando aquele pensamento.

— Uma última pergunta, o que deve estar acontecendo com minha mãe e irmã? Estão bem? — A preocupação voltou a preencher a mente de Thamior.

— Sim, estão! Mas não devem estar em Rarakina! Heian iria mandar seu povo para outro lugar sabendo que Rurik poderia voltar a qualquer momento!

— E para onde elas teriam ido? — indagou novamente Thamior, demonstrando agonia.

— Não sei, não sei! — respondeu Aust suspirando.

Os dois respiraram fundo e ficaram em silêncio, concentrados em seus pensamentos. O garoto sentia-se aliviado por encontrar seu tio, porém, a preocupação com sua família parecia ofuscar aquele momento tão especial. Thamior não sabia o que fazer: se voltava para sua terra natal ou qualquer outro lugar para onde teriam ido todos; ou iria para Ilha Negra com seu tio. Mergulhado nestes pensamentos, veio-lhe à mente a promessa que teria feito ao seu pai. Deveria ser treinado e, para isso, deveria confiar em seu tio.

— Após todo esse conflito falarei para você das aventuras que tive com seu pai quando tínhamos sua idade — falou Aust, tentando desviar os pensamentos de Thamior.

— Mesmo? Será um prazer escutá-lo, tio! Estou ansioso para esse momento! — disse Thamior.

— Mas, enquanto isso, temos que desenvolver algumas habilidades de luta em você! Vamos treinar! — os dois estamparam um sorriso no rosto e saíram da cabine.

Passaram-se três dias após o resgate. No navio mercante, estavam todos bem, sem perigo ou fome. Thamior treinava com Aust e Aramil. Todos já sabiam da relação tio-sobrinho, e na medida do possível, festejavam com carnes e vinho. Snike perdera seus materiais de estudo, mas logo encontrou alguns pergaminhos para escrever sobre suas inquietações, criaturas e novas poções. Os demais piratas faziam suas obrigações no navio.

E foi no quarto dia de viagem que o céu pôde ficar totalmente azul e limpo, sem qualquer nuvem que pudesse atrapalhar aquele espetáculo. Os raios do sol eram refletidos sobre a água como se fossem pedras de ouro. Aves sobrevoavam aquela embarcação, que possuía grandes e fortes velas içadas. Os mais experientes sabiam que em breve estariam chegando em terra firme.

Capítulo XIII

A ilha negra

Finalmente chegaram à Ilha Negra, de médias dimensões, com solo de coloração escura, plantas de folhagens cinzas e poucos animais. Uma ilha habitada por seres de todas as raças, recheada de brigas entre clãs e rivalidades entre espécies. Muitas vezes parecia ser apenas um ponto de morte ou um local para grandes escambos. A maioria das raças que habitavam aquela região não era amigável, mas, sim, ambiciosa e calculista. Suas moradias eram rústicas e paupérrimas. Assim viviam. Talvez as únicas coisas de valor na ilha seriam o porto e a taverna de Ulfugar, o comandante de toda ilha. Não fora nomeado rei ou qualquer gênero semelhante, pois não tinha uma vida diferente dos outros. Com poucos trabalhadores o ajudando a administrar a ilha, cobrava poucos impostos dos navios que chegavam e partiam de lá. Aos olhos de muitos, a Ilha Negra era apenas um local de troca de escravos e escambos, outros acreditavam nos poderes místicos que estariam prestes a serem desvendados naquele solo negro.

Ulfugar era um humano gordo taverneiro, não falava corretamente, sempre embolando palavras e cuspindo outras, conseguia se comunicar apenas com certos conhecidos. Sempre com sua grande faca na mão e com suas vestes repletas de sangue, cumpria muito bem duas de suas funções: preparar um saboroso carneiro assado e controlar conflitos comerciais. De vez em quando degolava alguém para manter o respeito em seu solo.

Após despedidas e agradecimentos entre os piratas comandados por Aust e Jamir, Thamior e outros companheiros seguiram para a taverna de Ulfugar. Jamir deixou um de seus navios sob o comando de Aust, bem como alguns de seus piratas. Enquanto isso, Aust negociava com outros piratas da ilha novas embarcações e armamentos. Precisavam de reforços e muitos humanos naquela ilha não tinham nada a perder. O grupo que estava com Thamior aumentava rapidamente e a noite estava apenas começando.

— Snike, estamos neste fim de mundo sem qualquer notícias da minha mãe! — disse Thamior, sentado em uma das cadeiras da taverna repleta de gente.

— Acalme-se, Thamior, elas estão bem! Não as conheço, mas algo me diz que estão bem — respondeu Snike, bebendo um gole d'água de seu cantil. Não bebia qualquer outra coisa além de água, a não ser a bebida de Aramil, quando era obrigado.

— Estamos há dias de Rarakina! Como terei notícias de minha mãe e irmã? — questionou, batendo seu copo vazio de vinho contra a mesa.

Aproximou-se Aramil.

— Aqui está seu vinho, meu primo. — Aramil entregou outra jarra para Thamior.

— Aramil! Vou encontrar minha mãe e irmã! Depois me vingo de Rurik! Elas são mais importantes para mim! A preocupação corrói meus pensamentos.

— Meu primo — Aramil interrompeu Thamior. — Também sinto falta de minha tia e prima, mas, se já chegamos até aqui, temos que ir até o fim! Elas estão bem, seu tio nos afirmou. Faço minhas orações toda noite para que tudo ocorra como nosso objetivo. Acalme-se!

— Apenas siga seu coração! Ele lhe dirá o que fazer — afirmou Snike.

Thamior ficou bastante pensativo depois das palavras de Snike. Queria dizer a ele que não sabia ler seu próprio coração, mas resolveu não pronunciar-se. Aramil se levantou, reverenciou seus companheiros e foi ao encontro de Mira em outra mesa. Snike continuava a escrever em seus pergaminhos, concentrado, mesmo com todo aquele barulho.

De certa forma, Thamior sentia um alívio muito forte por estar com seu tio, pois sentia a presença de Theylor, mas ainda não sabia o que era mais correto ali: ir ao encontro de Rurik ou de sua família? A dúvida estava sendo o ponto fraco daquele guerreiro.

O movimento da taverna era como o de qualquer outra em qualquer parte do mundo. Bêbados, cervejas, comida farta, brigas e belas ninfas à procura de boas quantidades de pedras de ouro. Bandoleiros animavam aquela noite com suas canções, saltitando sobre as mesas com suas pequenas violas, arrancando gargalhadas de muitos guerreiros e monges do local. Até mesmo Snike, de vez em quando, era atraído pela canção e pelas brincadeiras.

Thamior ainda estava mergulhado em seus pensamentos, olhando fixamente para um dos pontos da mesa onde estava. De repente, a música entre os bandoleiros cessou. Logo, todos ficaram atentos ao que estaria acontecendo, afinal, uma taverna calada era bastante raro. Eis que então, pela porta, entraram dois humanos com grandes violas e começaram a tocar algo lento, suave aos ouvidos de muitos, principalmente aos de Thamior, pois o fazia se lembrar de sua família. As mesas foram afastadas e no centro da taverna criou-se um círculo para a apresentação do grupo que acabara de chegar.

Neste momento, muitos piratas, guerreiros e até mesmo grupos de assassinos estavam com suas armas em punho à espera de qualquer ação de ataque. Uma grande roda com olhos atentos cercou os dois bandoleiros. Até mesmo as pequenas discussões cessaram. E, então, dentre aquele som que dominava os pensamentos de cada um dos presentes na taverna, uma bela mulher surgiu dançando. Seu corpo se mexia levemente. Tão leve que poderia ser comparado com uma folha que caía de uma árvore. Era extremamente sensual. Tinha belas vestes de tecidos de coloração branca com detalhes verdes. Corpo moreno claro, belas pernas e seios fartos para uma jovem mulher.

Thamior logo ergueu sua cabeça e se encantou após receber um olhar daquela dançarina. Até mesmo Snike largou seus pergaminhos para apreciar aqueles movimentos.

Ela parou ao centro enquanto entravam as outras dançarinas. Tinham beleza semelhante, o que fez os guerreiros gritarem de satisfação. Mexiam seus corpos no ritmo da música. A bela dama estava ao centro, rodando seu vestido pela taverna. Seus olhos eram amarelados e surpreendentemente belos para uma mulher da Ilha Negra. A música ficou mais rápida, aumentando o movimento das jovens, fazendo com que todos batessem palmas, acompanhando aquela cena mágica. Thamior continuava deslumbrado com o corpo, a dança e o jeito meigo que ela oferecia.

Pela porta estavam entrando mais bandoleiros, aumentando o som e a animação de todos. Até mesmo Ulfugar arriscava alguns movimentos de dança. Estavam todos concentrados naquela apresentação. Thamior levantou-se batendo palmas no ritmo da música. Não conseguia tirar os olhos da misteriosa mulher de olhos amarelados. Estavam flertando.

Os movimentos das dançarinas eram sincronizados e os bandoleiros não erravam nenhuma nota musical. Estava tudo muito bem ensaiado, mas para Snike havia algo de errado.

— Por que as dançarinas possuem adagas? — perguntou-se em voz baixa.

— Você está vendo coisa demais, Snike! — disse Thamior com um sorriso no rosto.

De repente, como um trovão, um golpe de espada foi visto contra um dos espectadores. As belas mulheres lançavam suas vestes brancas sobre os homens, assustando-os a ponto de rapidamente sacarem suas armas. Os bandoleiros abandonaram suas violas, substituindo-as por espadas. Eram piratas e não dançarinas sensuais, simplesmente. Aquilo era um ataque a todos que estavam na taverna. Começou o duelo.

Muitos lutavam sem saber o que estava acontecendo. Por alguns segundos, Thamior ainda ficou observando a bela donzela sacar sua espada e atacar alguns homens, para só então sacar a sua, que não era afiada como a de seu pai, mas o suficiente para cumprir sua função. Aramil estava em cima de uma das grandes mesas da taverna, saltando e mostrando habilidade em seus ataques com suas duas novas espadas curtas, treinava sua ambidestria. Snike, com suas novas adagas, atacava e se defendia com agilidade.

Durante o ataque entravam mais reforços para o grupo de piratas dançarinas. Estava acontecendo uma verdadeira guerra dentro da taverna de Ulfugar, que não tinha pistas do porquê daquilo tudo. Mesmo estando em desvantagem numérica perante os homens da taverna, os piratas recém-chegados manchavam de sangue aquele espaço.

O ataque não duraria muito tempo, Thamior sabia que a bela mulher com quem flertara poderia morrer a qualquer momento. E, saltando algumas cadeiras caídas, como também alguns mortos e feridos, iniciou aquele duelo particular. A misteriosa dançarina havia acabado de matar um pobre gnomo bêbado ainda com sua jarra de vinho em mãos. Thamior chocou sua espada contra a da bela guerreira, os dois duelavam, mas sabia que jamais mataria aquela mulher. Estava fazendo de tudo para se defender apenas, e não para machucá-la.

Após alguns minutos de conflito, a misteriosa mulher percebeu que estava praticamente sozinha na taverna lutando contra Thamior, mas o barulho ainda era alto e ainda havia gritos de dor entre os guerreiros. Quando Thamior percebeu que apenas ela e mais uns poucos haviam sobrevivido, resolveu falar-lhe algo, agarrando-a por trás com agilidade:

— Não desejo matá-la, senhorita! — Fez força para que ela não escapasse.

— Não tenha piedade, humano! Estamos em uma guerra, corte-me o pescoço! — disse a dama com sua voz firme e ao mesmo tempo meiga.

— Não permitirei isso! Vou me render a você, serei seu refém e então fugiremos daqui! Você não merece a morte! — falou Thamior, soltando-a.

A bela mulher, sem hesitar, pareceu obedecer e então trocaram de papéis. Rapidamente, colocou sua espada repleta de sangue contra o pescoço de Thamior, agarrando-o por trás, e gritou:

— Ninguém se aproxime! Caso contrário haverá mais uma vítima! — gritou, indo de costas em direção à porta. Os guerreiros que conheciam Thamior não ousaram se mexer.

— Mate-o que em seguida iremos assá-la como um carneiro! — gritou Ulfugar, recolhendo uma de suas facas encravadas no peito de outra mulher.

Os não conhecidos de Thamior não estavam preocupados com ele e estavam prestes a atacar a pirata, quando de repente Aust gritou:

— Não, deixe-a ir! Thamior ficará bem! — disse Aust, piscando o olho direito para seu sobrinho.

— Vou ficar bem! — disse Thamior, olhando para seus parceiros.

— Conte para seu comandando que a taverna do velho Ulfugar está viva como a morte! — gritou Ulfugar fazendo todos liberarem um grito de satisfação pela vitória.

Com essas palavras, a bela mulher apertou com mais força a lâmina de sua espada contra o pescoço do guerreiro e saiu pela mesma porta por onde havia entrado. Com seu refém, seguiu em direção à escuridão da floresta negra ao redor da taverna. Mata densa. Os dois sumiram entre as árvores.

A pirata conhecia a floresta de outras visitas à Ilha Negra. Sabia caminhos por onde poderia passar e se esconder. Após alguns minutos correndo em curvas e retas com seu refém, resolveu parar e soltá-lo. Durante a fuga, Thamior não fizera qualquer movimento de resistência. Sentia que a pirata não iria matá-lo.

— Vá embora! Fuja! — disse a bela mulher, deixando cair uma lágrima de seu rosto.

— Não! Fique calma! Não vou embora até saber o que está acontecendo! — disse Thamior, aproximando-se.

A bela mulher afastou-se com um certo medo, mas, ao mesmo tempo estava admirada, pois nenhum outro inimigo se preocupou tanto com ela em seus conflitos. Talvez nenhum homem desde sua infância tenha feito coisa semelhante.

— Não dê mais nenhum passo, humano! Caso contrário, irei matá-lo — ameaçou.

— Tudo bem! Irei sentar-me nesta pedra até a senhorita resolver me contar o que está acontecendo. Posso te ajudar, confie em mim! — Olhou sério para a pirata. Estava admirado com tamanha beleza. Não tendo respostas, resolveu tentar continuar um diálogo. A pirata estava agitada e pensando no que fazer, andando para os lados e retornando ao mesmo ponto.

— Sou Thamior Nailo, filho de Theylor Lianon, da cidade de Rarakina — cumprimentou e abaixou sua cabeça.

Rarakina não era uma palavra distante dos pensamentos daquela misteriosa mulher, mas no exato instante em que ouviu, não conseguiu se lembrar ao certo. Ela resolveu devolver a reverência dizendo:

— Sou Arifel Blunn, filha de Feiron Blunn. Minha missão é segredo e não confio em você!

Ficaram mudos por alguns segundos, olhando um nos olhos do outro sem qualquer sinal de reflexos. Thamior sabia que estava encantado por Arifel, e ela sabia que estava encantada por aquele garoto de pouca idade, pouco físico, porém, muito educado e humilde. Resolveu então agradecer pelo acontecido.

— Agradeço por salvar-me, Thamior. — Estendeu a mão para cumprimentá-lo. Thamior ficou em pé para receber o cumprimento.

— Não há o que agradecer, Arifel. Foi um dever meu ajudar uma bela e linda guerreira! Mas a única coisa que te peço é para confiar em mim! Não tenho por que ser-lhe um risco, de causar medo ou desconfiança.

— Fico feliz por ter alguém em quem confiar. Mas não posso ficar aqui! Tenho que ir!

— Não vá! Se alguém lhe ver, irá matá-la! E se isso acontecer, nunca mais me perdoarei! Vou com você até que esteja em um local seguro! Confie em mim! — disse Thamior, estendendo sua mão para acariciar o rosto macio de Arifel.

Arifel não entendia o porquê, mas seu corpo confiava em Thamior. No momento em que sentiu que seria acariciada no rosto, segurou a mão de Thamior e disse:

— Não seja tão rápido, senhor! Poderia arrancar sua mão com minha espada. Seria tão rápido que nem sentiria a dor! — Thamior recuou.

— Não duvido de suas ações, Arifel. Mas sei que não faria isso!

— Não tenho tempo para suas brincadeiras! Tenho que pensar em como fugir daqui, e rápido.

— Você não conseguirá fugir agora! Aposto que existem muitas pessoas vindo atrás de mim, bem como outros que querem seu pescoço mais do que a própria vida. Não tenho ideia dos seus motivos para matar aquelas pessoas e nem sei para onde vai depois disso tudo. O que sei é que sinto uma força obrigando-me a te proteger.

— Não seja tolo! Você não sabe quem eu sou! — gritou Arifel. O som dos pequenos insetos cessou. Apenas o brilho da lua interceptava as árvores. Silêncio. Os olhos amarelos de Arifel penetravam nos olhos brilhantes de Thamior.

Após alguns segundos de admiração entre ambos, continuou:

— Sou pirata! Vivo por recompensas! E a qualquer momento posso matar você!

— De piratas eu entendo muito bem! Estive com vários ao longo desses dias. Realmente não sei quem você é, tampouco seus objetivos. Se não tenho nenhuma utilidade para você, suma daqui antes que uma flecha fure sua cabeça. Tenho certeza de que em breve você estará morta sem seu refém — disse Thamior.

Arifel rangeu os dentes, prendeu sua espada em seu cinto de utilidades e colocou as duas mãos na cintura.

— Você acha que é tão importante assim para virem atrás de você?

Thamior ficou calado à espera de escutar o som ambiente. Ao fundo daquela vegetação puderam observar luzes e gritos em seu nome. Arifel fechou os olhos e abaixou a cabeça.

— Creio que você está certo, então, já que é meu refém, tenho que levar você para o único lugar que sei que não nos acharão. Estou cansada dessa visão e marcas de sangue. Venha, vamos para o que talvez seja o único local belo em toda a Ilha Negra.

Thamior sentiu seu coração bater forte quando recebeu o toque daquela mão leve e macia. Estava sendo guiado por Arifel entre as árvores de raízes escuras e copas altas. À medida que ela corria, olhava para Thamior e sorria discretamente. Naqueles dias de conflitos e tormenta, a felicidade pairava por alguns instantes no coração dos dois guerreiros, teoricamente inimigos. Arifel estava aliviada pela piedade de Thamior. Feliz e empolgada, acelerava seus passos. Por alguns segundos sentia-se livre da pressão de seus objetivos e muito bem na presença do humano de Rarakina.

Naquela noite, o céu começou a apresentar suas estrelas, com ventos não tão frios, um frescor naquele dia agitado. Poucos animais habitavam aquela floresta, pois eram paupérrimas em frutas ou sementes. Apenas algumas corujas visitavam o local à procura de larvas gordas.

Minutos depois, Arifel chegou ao lugar que achava belo. Thamior não entendia onde estaria esse lugar, pois a visão desde o início da corrida não havia mudado para melhor. Tudo permanecia rigorosamente igual:

árvores altas, troncos volumosos, folhas cinzas e o chão escuro. E logo se pronunciou:

— Esse é o belo lugar para onde queria me trazer? Não mudou de onde estávamos. — Olhou aos arredores de forma a menosprezar aquele ambiente que fugia da beleza.

— Sim, é aqui! O lugar mais belo de toda esta ilha! — respondeu Arifel, surpreendendo Thamior.

— Mas… Não vejo absolutamente nada de belo! Creio que está enganada, Arifel!

— Jamais! Nunca me enganei quanto a um lugar de tamanha beleza. Venha, suba! — ordenou Arifel, procurando por algum tronco que a ajudasse a subir na árvore. — Creio que seja essa… — disse Arifel para si, subindo em uma das árvores com incrível destreza.

Thamior não estava entendendo o porquê daquele lugar ou de a árvore ser tão bela, porém, estava achando aquela aventura a coisa mais excitante a se praticar naquele momento. Não sabia o que realmente era apaixonar-se por alguém, mas aquilo o fazia recordar Liana, em Rarakina, e suas aventuras quando mais novos. Logo, sem hesitar, subiu na árvore. Enquanto subia, percebeu o quanto aquela árvore era antiga, viu a quantidade de fungos, talvez nunca estudados ou comidos, com coloração esverdeada como grama nova.

Thamior e Arifel ainda não sabiam que o céu estava estrelado, mas já podiam notar a majestosa lua exibindo-se com sua luz amarelada. Num último suspiro e esforço, os dois conseguiram chegar ao local que Arifel havia designado como belo. Era algo amplo, como uma antiga construção realizada por algum habitante daquela floresta. Parecia abandonado e não cheirava tão bem. Estava sujo, com bastante penas de ave, mas Arifel não ligava para isso, mas sim para o que estava prestes a mostrar a Thamior. Deitou-se de repente sobre aquele chão sujo e rodeado de penas, surpreendendo-o.

Arifel olhou para cima com seus olhos brilhantes. A lua estava iluminando exatamente aquele centro onde estava o rosto de Arifel. Thamior não entendeu o porquê de uma bela guerreira deitar-se sobre um chão naquele estado, porém, seu coração tremeu ao ver o rosto dela. Percebeu seus olhos olhando ansiosamente para algum evento prestes a acontecer no céu. Estava cada vez mais apaixonado. Sentiu um frio em sua barriga ao perceber que Arifel desviou seu olhar rumo aos seus olhos, até que ambos ficaram paralisados, trocando aquele olhar penetrante e apaixonante.

Era algo tão belo que fazia Thamior se esquecer de todos os seus objetivos e planos para o dia seguinte. Thamior se deitou, fazendo o mesmo gesto que Arifel.

— Como é bom olhar em seus olhos e sentir-se livre de ordens, ou de qualquer outra coisa que me faça sentir triste — disse Arifel, com lágrimas se formando em seus olhos e um sorriso tímido nascendo em seu rosto enquanto Thamior se arrumava.

— Quando olho em seus olhos esqueço de todo meu sofrimento. Posso sentir o vento frio tocando em meu rosto como uma gostosa neblina pela manhã em um campo de flores. Olhar em seus olhos é perceber que a vida pode tornar-se cada vez mais feliz e forte, uma vida simples e calma, sem guerras ou morte. Olhar em seus olhos é poder entregar-me completamente a você, sentir sua pele como fruta macia, poder dizer o quanto me faz forte! — disse Thamior, virando o rosto para observar Arifel. Estavam com os rostos próximos a ponto de sentem a respiração de ambos.

— Você disse belas palavras, Thamior! Seus olhos estão brilhando... — Arifel ficou de lado e, com um toque leve de mão, acariciou o rosto de Thamior.

Thamior fechou os olhos para sentir aquele toque leve, e, então, disse:

— Seus olhos brilham como metal raro!

— Como sabe disso se seus olhos estão fechados? — Arifel questionou de forma a desafiar Thamior, que sorriu dizendo:

— Posso sentir!

Arifel estava deixando-se levar pelo momento. Tudo era muito novo para os dois. Há poucos minutos estavam tirando vidas e, agora, estavam em uma construção abandonada, trocando carinhos por palavras e gestos solenes. Thamior abriu os olhos e sentiu-se estremecer ao perceber os olhos de Arifel. Estavam novamente paralisados. Apenas o voo de uma coruja que estava por perto foi o bastante para assustá-los. Arifel virou-se para o barulho e deitou-se novamente ao lado de Thamior.

— É agora! Olhe para o céu! — disse Arifel.

Ao olhar para o céu eles puderam ver duas enormes aves trocando carinhos ao luar. Algo tão inusitado e belo, que fez com que Thamior arrepiasse ao prestigiar o carinho da natureza.

— Era isso que gostaria de lhe mostrar, Thamior! Veja como é lindo essas duas enormes aves se amando à luz da lua, trocando carinhos neste lugar. Isso, sim, é o verdadeiro amor! Estão voando e rodopiando. Não se preocupam com as loucuras entre o mar e terra. Dominam os ares desse mundo! — Os olhos de Arifel brilhavam.

— Concordo que é uma das coisas mais belas que já vi nos últimos meses! Você tinha razão! Mas não é um lugar belo, mas sim uma visão bela! — disse Thamior, sorrindo.

— Concordo que o lugar não é tão limpo e nem tem um aroma agradável, mas toda noite que dormia nessa árvore, observava esses dois animais e dizia para o vento que um dia estaria amando e sendo amada por alguém. — Os olhos de Arifel foram preenchidos por lágrimas, novamente. — Não entendo, mas posso sentir algo muito bom nesse momento! — Emocionou-se ao dizer isso a Thamior. Uma lágrima correu em seu rosto.

— Posso dizer-lhe o mesmo, Arifel! Nossos corações se encontraram de forma perfeita e surpreendente! Não chore… — Virou-se e ficou olhando nos olhos dela de forma singela. Um olhar feliz e esperançoso, torcendo para aquele momento jamais terminar.

— Não sei que sentimento é esse… Tão rápido e inesperado! Tão forte e sincero! — disse Arifel, aproximando-se de Thamior.

E estas foram as últimas palavras ditas ali, pois Thamior, sem qualquer preocupação com rejeição ou timidez, aproximou seu rosto do rosto de Arifel e pôde sentir o toque leve do beijo. Sim, os dois estavam se beijando lentamente com talvez um dos sentimentos mais fortes que duas pessoas possam sentir. Dois humanos jovens compartilhando o primeiro beijo e o primeiro amor. Um beijo quente, sem experiência ou previsão para o término daquela magia. Estavam vivendo um momento raro na floresta da Ilha Negra.

Tanto para Thamior como para Arifel o mundo girava. Era algo tão bom e maravilhoso que os dois não percebiam que o tempo passava rapidamente. Thamior não se dava conta da preocupação de seus companheiros que estavam à sua procura. Por um súbito momento em seus pensamentos, acreditou ter escutado seu nome, porém, foi um pensamento esquecido como uma folha seca que cai rapidamente de uma árvore. Thamior deitou-se sobre o corpo de Arifel, pois o beijo tornava-se mais intenso.

— Você é linda! Mágica, talvez — disse Thamior pausando e recuperando lentamente seu fôlego.

— Você é louco! Pirata, talvez — respondeu Arifel com um sorriso no rosto.

— Talvez! — respondeu Thamior.

Após o olhar, os dois estavam se beijando novamente, e assim foi por quase toda a noite enluarada. Não estava uma noite fria, então puderam ficar apreciando o dançar das aves por um longo tempo e adormecer abraçados ao relento, sem qualquer preocupação ou dor. Arifel estava encostada no ombro de Thamior, protegida e aquecida.

O restante da madrugada passou lentamente e com bons sonhos para os recém-apaixonados. As duas grandes aves voaram para outro lugar à procura de uma paisagem mais bela. Uma madrugada saudável e apaixonante, com poucos ruídos ou animais perturbando o sono do casal. Thamior sonhou com seu pai e com sua mãe abraçando sua irmã. Enquanto sonhava, um sorriso curto em seu rosto aparecia em união com sua respiração lenta. Um sonho especial, que Thamior não tinha há um bom tempo. Seu coração batia forte no contato com seu primeiro amor. Thamior e Arifel: o casal mais proibido e distante que os monges poderão escrever.

Como a natureza raramente falha, a bela manhã trouxe consigo os raios do majestoso sol. Raios que penetraram com dificuldade na floresta da Ilha Negra. Thamior ainda permanecia dormindo e pôde ter o privilégio de ser acordado pelo calor do sol em seu rosto. Despertou com uma forte respiração de saúde e felicidade. Ainda de olhos fechados, procurou o corpo de sua amada e se assustou quando, ao estender seu braço direito, não a encontrou. Ele estava sozinho. Arifel havia sumido na madrugada sem que Thamior percebesse.

— Onde está você, Arifel? Por que fugiu de mim? — perguntou, olhando ao redor, procurando-a. Rapidamente, levantou-se batendo a poeira em seu corpo. Pensou:

— Impossível ter sido um sonho! — Respirou fundo. Ainda podia sentir o cheiro de sua amada. — Ela deve ter sido resgatada por seus amigos, mas... — sentindo algo em seu bolso.

Colocou a mão e puxou uma pena branca. Nunca havia visto uma pena tão branca, bastante diferente das demais vistas ao chão; e então, falou:

— Irei encontrá-la novamente, Arifel! E ficaremos juntos! — Fechou seus olhos e se assustou ao ouvir de repente uma voz conhecida o chamar.

— Thamior? Thamior, onde está você? — Era a voz de Snike, que andava pela floresta fazendo barulho ao pisar sobre algumas folhas secas. Quando ia gritar novamente o nome de seu amigo, Thamior logo perguntou:

— Não consegue ficar longe de mim por alguns minutos? — Fazendo com que Snike risse alto e desse um suspiro de alívio.

— Não seja convencido, jovem! Diga logo onde você está!

De repente, Thamior desceu da árvore em que estava, assustando Snike, que sacou uma pequena adaga.

— Acha que conseguiria derrotar-me com uma simples adaga? — perguntou Thamior.

— Você me assustou, Thamior! E essa não é uma simples adaga. Existe algo de especial em cada arma que tenho, sem qualquer sombra de dúvida conseguiria matar até mesmo um filhote de dragão. Consegui há poucas horas com um ferreiro... — Estava pensativo.

— Você é engraçado, Snike! — disse Thamior, sorrindo e abraçando seu amigo. Snike não entendeu o motivo da risada nem da felicidade de Thamior, mas retribuiu o abraço.

— Vamos! Estão todos preocupados com você na taverna! Ninguém entendeu o motivo pelo qual você fez aquela loucura! — disse Snike, olhando ao redor.

Thamior olhou para o local de seu primeiro beijo e, com uma lembrança saborosa, partiu em direção à taverna para o reencontro com seus amigos. Achou melhor ficar calado em relação ao questionamento de Snike.

Os dois estavam conversando e andando rapidamente, assustando alguns roedores pelo caminho. Snike não perguntou como Thamior passou a noite naquela árvore e nem como a inimiga havia desaparecido. Apenas olhava o amigo e sentia a felicidade brotar do rosto dele. Resolveu deixar de lado qualquer pergunta relativa e continuar andando. Já se sentia aliviado por ter encontrado o jovem vivo. Ao saírem da floresta, foram mal-encarados pelos moradores da ilha, que não gostavam de imigrantes que traziam confusões, reuniões secretas ou magias negras.

Após alguns minutos de caminhada, os dois puderam chegar à taverna de Ulfugar, que estava com uma grande faca para o corte de animais em punho, ainda com a mesma roupa do dia anterior. Quando percebeu a entrada de Thamior em sua taverna, disse em voz alta:

— Mais um membro baderneiro na minha taverna! Não quero este tipo de sujeito em minha casa! Devem sair daqui antes que arrumem novos inimigos, seus porcos insolentes... — Enquanto falava, sacudia firmemente sua faca para os lados.

Thamior se surpreendeu com a recepção do taverneiro, mas logo percebeu alguns de seus companheiros sentados às mesas. Aust aproximou-se de Thamior e o abraçou, dizendo:

— Achei que poderia perder você, mas percebo que tem a sorte de seu pai! Para onde foi aquela maldita? — perturbando, sem saber, a mente de seu sobrinho.

— Não a chame assim, meu tio. Ela é uma pessoa boa, parecia estar realizando aquela ação de forma forçada. Não sei ao certo... — Foi interrompido por Aramil, que gritou ao descer as escadarias da taverna que davam acesso aos aposentos:

— Não chame aquela criatura de boa, Thamior! Ela serve a Rurik Loderr! É por isso que esteve aqui ontem e quase cortou seu pescoço! Esqueceu? — Aramil, bastante nervoso, continuou: — Estávamos preocupados com você e chega dizendo que aquela coisinha é uma pessoa? O que está fazendo, aliando-se ao inimigo? — Cruzou os braços.

— Claro que não, Aramil. E tenho certeza de que ela não é do bando de Rurik, pois... — sendo novamente interrompido, mas desta vez por seu tio.

— Sim, Thamior! Ela é filha de Feiron, um dos companheiros de Rurik, veio ao nosso encontro para tentar nos matar. Feiron e Rurik descobriram sobre nossa fuga através de algum mensageiro de Balderk! Ela veio para nos matar!

Essas palavras fizeram com que Thamior parasse de pensar em qualquer outra coisa. Seu coração parecia ter parado naquele momento. Conheceu Arifel por poucos minutos, mas não o bastante para poder afirmar sua aliança com Rurik. E, então, perguntou-se, mentalmente: *Como isso pôde ocorrer? Como ela não me disse nada? Ou será que isso tudo é alguma informação errada de algum mensageiro? Ela não me mataria, ou mataria?*

Foi distraído por um chamado de um dos homens de Aust:

— Senhor Aust, temos companhia que, pelo visto, pode nos ajudar nessa missão — disse o velho entusiasmado, saindo pela grande e espaçosa porta da taverna, revestida de algumas escrituras antigas.

Enquanto estava saindo, gritou a Thamior:

— Não se preocupe, sobrinho! Iremos encontrá-la e matá-la! Ficamos felizes por estar bem, mas depois quero saber como conseguiu escapar daquela assassina! — Aust saiu pela porta.

Essas palavras cortaram o coração de Thamior, que não sabia o que dizer.

— Estou muito curioso para saber o que aconteceu durante a madrugada, Thamior... — disse Aramil, seguindo Aust. Ao olhar para Thamior, Mira disse em voz baixa:

— Seus olhos não me enganam, jovem guerreiro… A felicidade brota em seu coração… — Saiu, seguindo Aramil.

Por uma fração de segundos, Thamior sentiu-se aliviado por alguém entender seu coração naquele momento, mas seus pensamentos foram desviados outra vez, e, então, disse em voz alta:

— Não me olhe com esse caráter reprovador, meu primo! Estou bem agora e nunca me esqueci de nosso objetivo! — Cerrou os olhos ao perceber que Aramil o havia ignorado.

Espero, Thamior! Respondeu Aramil para si mesmo em pensamento.

Alguns servos do velho seguiram rumo ao novo visitante, que poderia ser de ajuda ao grupo fugitivo das forças de Balderk. Snike, percebendo a situação, sentou-se com Thamior em uma das cadeiras de madeira da taverna e ofereceu-lhe uma jarra de vinho e saborosos pães. Iniciou uma conversa sobre o que Thamior planejava para a vingança e sobre o que poderia estar acontecendo em Rarakina no momento. Este assunto reuniu alguns homens ao redor deles, o que momentaneamente fez Thamior esquecer Arifel.

— Reforçarei as lembranças que tenho de Rarakina depois de nossa vingança contra Rurik e seus servos — disse Thamior a Snike. — Temos que seguir rumo à cidade de Heian para termos certeza do que poderá acontecer — continuou, mordendo um pedaço de pão.

Alguns piratas concordaram em se reunir com Heian no retorno a Rarakina. Ficaram conversando por alguns minutos sobre os goblins, a fuga dos navios de Balderk e os próximos passos, que seriam pautados e estruturados por Aust. Estavam ansiosos e inquietos.

— Thamior. Posso lhe fazer uma pergunta, mudando um pouco de assunto? — perguntou Snike, ao perceber que havia poucos homens ao redor.

— Creio que irá perguntar sobre minha família, não é? — Thamior ergueu as duas sobrancelhas, demonstrando dúvida.

— Não, não é sobre sua família. Apenas gostaria de saber o porquê de você ter salvado a pirata. O que pairou em sua mente naquela dança?

— Não sei responder esta pergunta, caro Snike. Apenas fui levado pela beleza de Arifel. Seus olhos pareciam me puxar para junto de seu corpo. Foi algo tão forte que me impediu de raciocinar. Não pude medir as consequências — respondeu Thamior, suspirando.

— Isso, de onde venho, pode-se chamar de loucura ou magia… — respondeu Snike que, como um bom técnico e estudioso, não acreditava em amor ou coisas do gênero. — Agora, tenho que ler alguma coisa.

Tenho algumas dúvidas sobre o que poderemos encontrar pelo caminho! — Saiu em direção a seu aposento.

À medida que Snike andava, Ulfugar o observava de longe com desconfiança, pois os monges imigrantes não lhe agradavam. Após as palavras de Snike, Thamior ficou por alguns minutos pensando em Arifel e mais intensamente em sua mãe. Porém, logo lembrou-se de que poderia obter alguma informação de Rarakina, ou mesmo uma notícia de sua mãe com algum mensageiro do velho. Partiu rumo ao encontro de Aust.

Naquela grande reunião que acontecia próxima à entrada da taverna, Thamior não conseguiu conversar com nenhum dos mensageiros, pois ainda não haviam retornado de sua cidade natal. Seu foco então mudou ao ver o grande número de piratas que chegava para o encontro de Aust. Thamior não sentia-se à vontade com novos piratas devido a diversas histórias negativas contadas por seus amigos em Rarakina, mas poderia conviver com eles em nome de sua vingança. Afinal, seu novo membro familiar pertecia a esse grande e histórico grupo.

Havia um grande número de piratas e outros guerreiros conversando nesta espécie de praça. Não havia árvores ou belas flores, apenas tocos secos e rochas frias. A presença do grupo no local fez com que algumas pessoas se afastassem deles, receosos devido ao último conflito.

Aquela reunião se estendeu até o meio da tarde, sendo regada a um bom vinho e carne de carneiro trazidos da taverna. Ulfugar estava cobrando o dobro pelo carneiro. Alegou que era devido às mesas e cadeiras quebradas na noite anterior. Após aceitação de Aust e demais membros, o taverneiro parou de implicar com o grupo, afinal, estava aumentando suas vendas e movimentando sua taverna, que não andava tão exemplar nos últimos meses.

Quando a noite chegou, um céu cinzento sem vida pôde ser notado. Era uma noite completamente diferente da anterior. Muitos seguiram para a taverna, outros andaram pela ilha em busca de algo novo. Ninguém se aproximava tanto da floresta. Um vento frio soprava naquela hora da noite, algo refrescante para alguém sem qualquer preocupação em mente. O que não era o caso de Thamior, que pensava seriamente se a aliança com estes humanos recém-chegados seria algo positivo. Aramil ainda estava magoado com Thamior, porém, Snike de vez em quando ia ao seu encontro, em um local próximo às casas feitas de madeira e barro, para poder contar alguma descoberta ou curiosidade sobre criaturas e trocar lembranças de seus familiares. Thamior estava sentado com um de seus joelhos dobrados, servindo de apoio para seu cotovelo, e a outra perna esticada. Estava em uma antiga carroça, há muito tempo fora de uso, já com musgos a cobrirem toda a sua parte inferior.

— Thamior, vamos para a taverna! Logo chegarão viajantes de terras distantes e o frio aumentará! Vá descansar em um aposento confortável, pois amanhã teremos muito trabalho — disse Snike, aproximando-se, descobrindo sua cabeça com o surrado capuz marrom.

Thamior, não pensando nas palavras que foram ditas por Snike, perguntou:

— Snike, será que estes homens têm coração para ir em até o fim e destruir Rurik e suas criaturas? Não vejo essa ambição nos olhos deles! — Olhou seriamente para Snike, que sorriu pela pergunta, e afirmou:

— Thamior, estes homens não perderam apenas um pai, mas sim uma família inteira! Perderam casas, filhos, esposas, tudo que possa fazer um adulto chorar como criança. Se meus pensamentos não me enganam, sentem ainda mais ódio que você, Thamior!

— Creio que não, Snike! Sinto um ódio tão forte por Rurik que daria tudo para vê-lo na minha frente para poder matá-lo como uma mosca! — disse, levantando da carroça.

— Não será tão fácil assim, Thamior! Rurik é muito experiente e suas criaturas são fortes e inteligentes. Podem nos deter se não estivermos confiantes em nós mesmos e em nossos companheiros de batalha. Quando Snike acabou de falar, um som leve e chamativo saiu pela porta da taverna, fazendo Thamior lembrar-se imediatamente de Arifel em sua dança. Eram bandoleiros animando a noite.

Olhou para a porta e para a floresta em seguida. Snike percebeu que Thamior estava realmente enfeitiçado, já que não acreditava no amor, e, então, o aconselhou:

— Sei que está pensando nela neste momento, mas não deixe que essa magia interfira em seus objetivos! Seja mais forte, principalmente quando ela voltar para te arrebatar de vez!

— E você, Snike? Por que está disposto a isso?

— Estou à procura de conhecimento, jovem guerreiro! Não se esqueça de seus objetivos! Agora vamos, temos que descansar! — Snike o aguardou, observando-o.

— Nunca vejo você descansar como deveria, Snike — disse, caminhando ao lado do monge.

— Sempre descanso, Thamior, mas tenho algumas habilidades! — sorriu discretamente.

Thamior admirava Snike por sua inteligência e visão de futuro, e, ao longo da conversa, agradeceu por tudo que o amigo havia feito por ele, principalmente pelos conselhos e por segui-lo nesta jornada. Logo após alguns minutos de caminhada, os dois chegaram à taverna, sendo cumprimentados por alguns conhecidos. Não encontrou Aramil e nem Aust próximos aos bancos que cercavam as grandes mesas de madeira no centro do estabelecimento de Ulfugar. Resolveu, então, conversar com alguns conhecidos sobre como seria o amanhã. Ao ficar sabendo que os mensageiros haviam chegado, abriu um sorriso e preparou-se para ouvir notícias de Rarakina.

Capítulo XIV

A retomada dos anões

Rurik Coderr acordou em seu aposento na grande casa do velho curandeiro Brumbar. Estava com a saúde renovada. Brumbar ajudava Rurik e sua família desde que a mãe do anão era viva. Um grande amigo e fiel curandeiro dos anões da antiga Kroldenn, o mesmo que ajudou Balderk Folker anos atrás no conflito contra alguns piratas de Rakhous que o deixou seriamente ferido.

Gordo anão de vestes simples, Brumbar seguia por sua pequena casa cochichando e pensando em novas misturas de cura para oferecer a Rurik, além de uma melhor forma de barganhar em grandes ilhas de comércio. Rurik ficou hospedado em sua casa nestes últimos dias até o ferimento ocasionado pela flecha ter cicatrizado.

Rurik e alguns dos anões estavam na Ilha do Curandeiro. Ilha bela, com altas copas de árvore que tinham raízes misteriosas, repletas de poderes de cura, mas não era qualquer curandeiro que conseguia tornar eficiente uma cura com as raízes; um dos únicos era Brumbar, que viveu no local enquanto criança e, junto com seu pai, aprendeu e inventou diversas misturas. Em seus estudos acabou matando alguns de seus amigos envenenados, mas isso não abalou seus objetivos, apenas o incentivou a estudar mais intensamente para tornar-se o melhor curandeiro da ilha. Foi nessa época que Brumbar começou a ser afetado na memória, esquecendo seu próprio nome e foi apelidado por seu pai como tal. O nome é em homenagem ao nome de seu avô, que também entrou em esquecimento anos atrás após a morte de seus familiares por lobos durante a busca de algumas ervas medicinais.

Desde que Rurik virou o rei da antiga Kroldenn, ofereceu uma quantia fixa para Brumbar poder comprar ferramentas, raízes e poções de diversos cantos do mundo. O velho curandeiro isolava-se em seu pequeno aposento por vários dias desenvolvendo produtos cada vez mais eficazes para os anões. Muitos da ilha acreditavam que Brumbar estaria ficando louco à medida que o tempo passava, pois queria ser o autor de milhares de preparados mágicos, como se competisse consigo mesmo. As pessoas notavam que quando ele se isolava em seu pequeno aposento de pesquisas, aos fundos de sua pequena casa de madeira, permanecia por dias sem alimentação adequada, liberava alguns gritos e quando saía para ver a luz do sol estava visivelmente mais magro e pálido. Muitos outros curandeiros faziam questão de ir ao encontro de Brumbar para poder conversar com ele e tentar ajudá-lo, mas ele afirmava que estava bem e que não precisava da ajuda de ninguém.

Naquela época do ano a ilha não recebia muitos visitantes. Era bastante populosa apenas próximo do inverno, quando acontece a Feira das Poções, em qual curandeiros exibiam suas magníficas, misteriosas e caras poções de cura, venenos contra criaturas e soluções medicinas para fins específicos. Como havia poucos turistas, as tavernas estavam sendo ocupadas por alguns anões de Rurik, o restante do grupo desejou ficar no porto, nos grandes navios.

Rurik levantou-se de sua cama e olhou pela pequena janela de seu quarto. Lembrou-se dos belos dias de sol em que acordava e saía correndo para encontrar Balderk em Kroldenn. Brincavam e lutavam de forma divertida até serem repreendidos por seus pais no grande pátio do antigo palácio. Sentia muita falta de Dragoun e bastante ódio de Quarion, o elfo. Sonhava com sua vingança todas as noites e não conseguia esquecer-se do colar de seu pai agarrado nos dentes de um dos dragões vermelhos do elfo. Sentia-se fraco quando trazia à tona estas lembranças.

Em seu quarto não havia muita coisa de diferente dos demais: uma cama com muitos tecidos próxima à redonda janela, uma mesa de canto do lado oposto à cama, um pequeno suporte para roupas e armaduras e algumas caixas vazias. Rurik, mesmo por ser considerado um rei, não gostava que o tratassem de forma diferente de seus servos. Não se sentia bem se não comesse do mesmo prato que seus companheiros, nem quando era tratado como o mais respeitado do grupo, pois considerava que cada guerreiro era parte igualitária da corrente-anã. Foi o que aprendeu de principal com seu pai nos últimos anos antes de sua morte.

Os curtos raios de sol que invadiram o quarto de Rurik, sem pedir qualquer permissão, refletiam em sua armadura, ofuscando a visão. Olhava para sua armadura com orgulho de ser um anão, mas ainda lhe faltava uma coisa importante que estava sendo feita no ferreiro da cidade: seu escudo com clavas feitas de ossos de animais e com uma alta quantidade de pedras raras em forma de adorno.

Estava colocando sua armadura lentamente, lembrando-se de seu pai quando se aprontava para alguma batalha. De repente três batidas puderam ser escutadas em sua porta.

— Senhor Rurik! Está de pé?

— Sim, Feiron, mas porque este tom de voz? Aconteceu algo que não será de meu agrado? — perguntou, ainda de cabeça baixa, dando os últimos nós para prender a armadura em seu corpo.

— Senhor, o mensageiro chegou mais cedo e trouxe-nos más notícias... — Feiron cerrou os punhos, tamanho o ódio que estava sentindo. — Todos estão à sua espera no grande salão da taverna para novas instruções — continuou Feiron, observando a porta que não abria. Dando o último nó em sua armadura.

Rurik ordenou a Feiron:

— Chame Brumbar para a reunião e diga a todos que estou descendo! Iremos partir logo!

— Sim, senhor!

Praticamente todos os anões que estavam na cidade estavam reunidos na grande taverna de Kiralo, um parente antigo do gordo anão, Kirol.

Rurik tinha um excelente mensageiro, um humano com a capacidade de tornar-se ave para sobrevoar os continentes à procura de mensagem para ele. Muitos conheciam Avrenuus, a Águia, como o chamavam. Ora humano, ora ave, era detentor de muitos segredos a serem revelados sobre sua vida e suas habilidades para realizar tal façanha. Não trocava ideias com ninguém, apenas entregava as mensagens a Feiron e ficava à espera de novas missões. Feiron não gostava de Avrenuus, talvez por inveja de sobrevoar todos os cantos da Terra ou por saudade de Kaireon, sua antiga ave mensageira que morreu há alguns anos por caçadores.

Na taverna, havia mesas fartas com frutas, pães, vinhos e rum. Na mesa onde sentaria Rurik havia quatro cadeiras. Após alguns minutos depois de chamar Rurik, Feiron permanecia sentado ao lado de Balderk e Brumbar. Estavam todos conversando sobre como seria a próxima viagem de perseguição a Quarion, porém, a conversa foi interrompida quando Rurik Loderr apareceu no topo da escadaria principal que dava acesso ao centro da taverna, descendo lentamente, como seu pai descia as escadarias do palácio de Kroldenn. Todos, que um dia conheceram Dragoun, puderam reconhecê-lo ali, espelhado em Rurik. O anão olhava para todos que estavam reunidos, fazendo o sinal dos anões: erguendo o braço direito com a mão fechada em cumprimento a todos, gesto repetido por cada um de seus fiéis guerreiros. Todos estavam de pé, sérios e confiantes no que Rurik os ordenaria. Quando o rei sentou-se em sua cadeira, igual às demais, sem adornos ou almofadas com seda, todos sentaram também. Sem demora, Rurik iniciou a conversa.

— Feiron disse-me que recebemos más notícias! — apontou para os servos da taverna para servirem vinho a todos. — Não podemos deixar que nada aconteça por estes dias, pois nossa vingança já não está tão próxima como gostaria que estivesse, não a quero adiar mais um minuto sequer! — Rurik olhou seriamente para Feiron.

— Senhor, os piratas que fugiram do porto de Cimbrol, presos nos porões de Balderk, conseguiram fugir! E então... — Feiron foi logo interrompido por Rurik.

— Cale-se, Feiron! Como isso pôde acontecer? Com permitiu isso, Balderk? — Seu tom calmo e solene desapareceu. — Não sabe que são piratas e que podem arrumar muitos outros para se vingarem de nós? — Deu um forte soco na mesa.

— Senhor, entre o grupo existe um humano audaz. Ele se chama Aramil Galanodel! Tenho certeza de que ele foi o mentor da fuga dos piratas para Ilha Negra junto com os mercadores! — Balderk parou não pronunciando o nome de Mira por vergonha de tantos anões e até mesmo de Rurik.

— Então quer dizer que até mesmo os mercadores estão contra nós! — exclamou Rurik. — Vocês não têm ideia do que um grupo de jovens piratas pode arrumar para vingar-se de nós! Não quero saber quem é Aramil, ou quem são os piratas de Cimbrol. Só quero a morte de todos que um dia pensaram em nos desafiar! Roubamos suas terras e suas riquezas, saibam que virão com força total para nos matar.

— Perdão! Foi uma grande falha, mas prometo que trarei a cabeça de Aramil em um pote, senhor! — disse Balderk.

— Não quero apenas a cabeça desse tal Aramil, quero o corpo de todos! Empilharemos e faremos uma fogueira, alimentando o ar com o cheiro de suas almas queimadas!

Todos soltaram um grito de guerra. Isso fez Balderk sentir um certo alívio por Rurik não o chamar a atenção na frente de todos por conta de seu erro. Mas uma inquietação pairava na mente de Rurik:

— Com certeza estes piratas já estão sendo pagos por pequenas quantidades de pedra de ouro por Quarion... — disse o anão.

— Podemos aumentar a oferta! Caso não aceitem o acordo, devemos matar a todos, afinal, somos anões de Kroldenn e esta é a nossa retomada, a retomada dos anões! — gritou Balderk, atiçando a ira dos outros anões.

— Mas, senhor! Creio que não será tão fácil, pois o sangue pirata corre nas veias de cada um — Feiron afirmou. — Não estamos contra pequenos camponeses. Nossos novos inimigos são piratas!

Feiron conhecia a cultura pirata mais do que qualquer um ali presente. Um silêncio pairou sobre o ambiente.

— Ainda temos Heian e seus homens em Rarakina! Acha que será fácil como matar um goblin? — perguntou, num tom experiente, deixando Balderk irritado, pois a maioria de seus servos eram goblins. Balderk respirou forte, bastante insatisfeito.

— Não mencione meus goblins como se fossem pequenas criaturas, seu verme tolo! — Levantou-se da cadeira. Feiron fez o mesmo e olhou seriamente para Balderk.

— Parecem duas crianças brigando! Parem com essa besteira, Balderk! — gritou Rurik, olhando para o anão. — Você também, Feiron, pare com isso! Somos um grupo e não podemos entrar em conflito!

Balderk se sentou, olhando firme nos olhos de Feiron. O humano fez o mesmo e logo encheu sua jarra de vinho.

— Feiron, você mesmo disse que eles haviam fugido para a escondida Ilha Negra. Não mandou nenhum homem para o encontro deles?

— Mandei, senhor! Imediatamente! Mandei Arifel, minha filha, com alguns de meus homens! Mas... — parou e olhou para a mesa. — Não conseguiram deter os inimigos e Arifel foi salva por um deles... — Bebeu um gole de vinho. — Não entendi o que realmente aconteceu, mas foi isso que Avrenuun disse — continuou Feiron, aliviado de certa forma por Arifel estar viva.

— Conheço Arifel. É uma boa guerreira! Mas não conseguiu detê-los! — Os olhos de Rurik pareciam fumegar de raiva.

— E ainda foi salva por um deles! Isso é uma vergonha para nós! — disse Balderk. Todos que estavam na reunião cochicharam entre si.

— O mensageiro disse para onde estariam indo? — perguntou Rurik.

— Creio que estão indo para Rarakina! Avrenuus esteve na taverna de Ulfugar e conversou com alguns dos fugitivos. Estava passando por amigo e espião — respondeu Feiron, olhando para todos.

— Deve ser alguma estratégia de Quarion! Devemos acelerar nossa ida para Rarakina! Afinal, ainda temos de vencer Heian — disse Rurik, bebendo seu vinho vorazmente.

— E se Quarion não estiver envolvido com esse grupo rebelde? Quarion apenas passou por aquelas redondezas e deve estar em outro lugar, distante com seus dragões — Balderk logo se pronunciou enquanto Rurik terminava de engolir seu vinho.

— Balderk pode estar certo, senhor! — disse um dos anões, retomando os cochichos inquietos dos demais.

— Sim, esta é uma opção! — respondeu Feiron, parecendo duvidar.

—Talvez Quarion nem saiba da existência desses grupos inimigos! Mas com certeza sabe que estamos indo atrás dele! Iremos matá-lo onde quer que esteja e terminar de reconstruir Kroldenn! — Todos gritaram, batendo suas jarras de vinho contra as mesas.

— Deixaremos esse grupo de lado e vamos à procura de Quarion! Após sua morte, podemos nos vingar deles! — anunciou Rurik. — E matar todos os homens de Heian e os que cercam Rarakina nas montanhas, afinal, ainda sinto a flecha em meu peito.

— Senhor — chamou Balderk. —, creio que quando encontrarmos o elfo e travarmos uma batalha, nosso exército pode enfraquecer e poderemos ser poucos para os rebeldes, que devem aumentar em número! Vou com meus goblins para Rarakina e os repreenderei, assim como fiz na floresta.

Feiron sorriu discretamente, sem dizer uma palavra. Balderk não ligou para a ironia do humano e pediu permissão para Rurik.

— Sim, você está certo, Balderk! Vá com seus goblins para Rarakina. Não podemos ficar sem notícias. Avrenuus irá nos ajudar com as mensagens, bem como outros mensageiros por terra. Quando encontrarmos Quarion mandaremos um sinal para virem ao nosso encontro, pois, até lá, creio que você já terá matado um a um, até mesmo Aramil. — Essas palavras fizeram com que Balderk apertasse com força o cabo de seu machado. Pelo ódio que estava sentindo era capaz de cortar Aramil ao meio como se fosse um pequeno pássaro. Após a ordem de Rurik, aprontou-se para sua saída da mesa, acenando para alguns anões que o acompanhasse.

— Sim, senhor! — confirmou Balderk, levantando-se.

— Senhor Rurik! — gritou um anão dentre os outros.

— E os dragões de Quarion? Como os mataremos?

Finalmente, o velho Brumbar pronunciou-se dizendo com sua voz rouca e jogando seu capuz surrado marrom para traz:

— Isso não será problema! — olhou para Rurik. Brumbar estava satisfeito por seu trabalho de meses. Rurik confirmou com um aceno de cabeça. Um ar de mistério e curiosidade preencheu a mente de cada um na taverna. Balderk e Rurik eram os únicos que sabiam do que se tratava.

Após Balderk pedir licença na mesa, saiu da taverna para ir ao encontro de seus goblins. As criaturas não participavam de reuniões. Eram barulhentos e porcos. Enquanto isso ficavam afiando suas armas e produzindo novas escudos. Rurik continuou seu pronunciamento.

— Durante meses, Brumbar preparou um veneno para podermos matar os dragões adultos de Quarion. Um segredo apenas dos anões. Os dragões de Quarion serão mortos como pequenas aves! — Rurik levantou-se. Brumbar, sempre bastante sério e com um rosto fechado, finalmente pôde ser visto sorrindo de satisfação.

— Temos força para matar os dragões! Meu machado concluirá nossa vingança! Pegaremos de volta todo o nosso ouro e partiremos para a nova Kroldenn. — Todos gritaram novamente.

Um anão subiu em uma cadeira e disse em meio à algazarra:

— Iremos reconquistar nosso lar. Não vamos nos transformar em histórias de camponeses: anões, piratas loucos e sem conquistas! Vamos dominar fronteiras, palácios, raças! Não teremos piedade!

Rurik Loderr gostava de sentir a confiança brotando no peito de todos. Sua força parecia aumentar cada vez mais. Houve uma pausa para alimentação. Todos comeram algumas frutas, pães e bastante carne. Eram servidos por pequenos gnomos, funcionários da taverna. Kirol, agora bem mais velho, dedilhava as cordas de sua nova viola, tornando o ambiente animado para a ocasião. Copos de vinho se chocavam no ar, um brinde dos anões.

Brumbar não gostava de muita confusão ou movimentação. Logo seguiu em direção a seu local de trabalho. Retirou-se após falar algo próximo ao ouvido de Rurik. Enquanto os outros anões saboreavam o café da manhã ao som da viola de Kirol, que preenchia toda taverna, Rurik e Feiron foram em direção ao quarto do humano pirata para ver alguns mapas e conferir as reais distâncias que iriam percorrer nessa viagem, e tentar prever onde aproximadamente estaria Quarion, pois, até então, não tinham a menor ideia de onde seria esse lugar.

— Senhor, não tenho certeza de onde Quarion possa estar escondido — disse Feiron, sentando-se em uma poltrona confortável.

— Não estaria pelos arredores da Ilha dos Elfos, ao norte de Rarakina? — perguntou Rurik, gerando uma dúvida em Feiron.

— Creio que Quarion não arriscaria seu povo elfo, pois sabe que estamos atrás dele! Deve ter-se isolado em alguma ilha com seu exércitos e dragões — respondeu Feiron, bebendo o pouco de vinho que ainda restava em sua caneca.

— Feiron! — Rurik lembrou-se de algo repentinamente. — E Arifel?

— Em breve estará chegando, meu senhor. Talvez possa nos informar de alguma coisa. Não sei o que e como aconteceu para ser salva por um de nossos inimigos. Essa piedade é rara entre os piratas.

De repente, Feiron parou de falar, pois o som da viola de Kirol e o barulho na taverna cessou. Ele e Rurik perceberam que havia outras vozes na taverna. Olharam-se e imediatamente saíram da sala para voltar ao centro da taverna e saber ao certo quem eram os novos visitantes.

Dois homens acompanhados de Arifel entraram na taverna como uma flecha. Observaram ao redor à procura de Feiron ou Rurik. Arifel sentia falta de seu pai e ao mesmo tempo saudades de Thamior.

Os dois homens que a acompanhavam eram fugitivos e pertencentes ao grupo que estava sendo comandado na missão falha de Arifel. Conseguiram se esconder na floresta enquanto Thamior a salvava no conflito na Ilha Negra. Estavam sempre a vigiá-la com arcos e flechas nas mãos.

Qualquer atitude duvidosa de Thamior, uma flecha penetraria em sua cabeça. Arifel sabia que estava sendo vigiada desde o início com Thamior, por isso resolveu subir na árvore, para que os dois a deixassem em paz, mostrando que estava segura. Próximo ao amanhecer, Arifel despediu-se de seu salvador e desceu furtivamente da árvore. Encontrou com os dois e foram embora.

Ao mesmo tempo em que um dos anões movimentou-se para dar a notícia a Feiron, este aparecia de súbito na escadaria ao lado de Rurik. O pai de Arifel percebeu o olhar cansado da filha, que estava bastante suja, com manchas de sangue em sua bela vestimenta.

Feiron sentiu um forte alívio ao ver sua filha em pé, viva, e correu em direção a ela, abraçando-a com força para ter a certeza de que aquilo não era um sonho. Beijou seu rosto e finalmente perguntou:

— Você está bem, minha filha? — Passou a mão em seu leve e delicado rosto.

— Sim, pai. Estou bem, porém, um pouco cansada! — Fechou seus olhos para sentir o toque das mãos de seu pai. Também sentiu um forte alívio.

— Perdão! Não fui capaz de detê-los! Não conseguimos! Éramos poucos e eles tinham um vigor tamanho que nos surpreendeu, então…

Foi interrompida por Feiron:

— Não diga nada, Arifel! Não precisa pedir perdão a ninguém! Foi apenas um conflito de muitos que ainda virão! Você está ferida em alguma parte do corpo? — perguntou Feiron, olhando-a de cima abaixo.

— Não, já disse que estou bem! Preciso apenas me lavar e descansar um pouco!

— E os piratas de Cimbrol? Para onde eles vão? O que aconteceu na Ilha Negra? — perguntou Feiron, um pouco ofegante. — Eles estão unidos a Quarion?

— Pai... — Respirou fundo. — Podemos conversar quando estiver descansada? Darei... — Tossiu — todas as informações, mas, agora, diga-me apenas um local para limpar-me e um outro para dormir!

Os anões consideravam Arifel uma mulher muita bonita, mas nada tentariam, pois sabiam do ciúme de Feiron e de seu poder de matança. Após observar sua filha subindo as escadas com uma servente da taverna, Feiron virou-se aos homens que acompanhavam sua filha e perguntou:

— O que vocês sabem sobre Ilha Negra? — questionou, ansioso para uma resposta.

— Não temos boas notícias, senhor!

Isso foi o bastante para Feiron levá-los à sala de mapas onde estaria indo Rurik. Retornaram novamente a sala improvisada pelo rei e puderam conversar sobre todos os acontecimentos e futuros conflitos.

Kirol iniciou uma nova canção, tentando desviar a atenção para o ocorrido e despertar nos anões piratas o instinto guerreiro, prestes, talvez, a viver a maior batalha de todos os tempos.

Enquanto isso, Arifel sentiu-se triste por esconder Thamior de seu pai. Sabia que não podia revelar todos os detalhes de sua sobrevivência na Ilha Negra, mas resolveu pensar nisso depois. Sabia que os dois que a acompanharam falariam o ocorrido. Tomou um quente e agradável banho, com ervas medicinais bastante cheirosas. Um banho lento. Com seus olhos fechados lembrava-se dos momentos em que esteve com Thamior. De vez em quando liberava um sorriso. Estava realmente apaixonada. Sabia do perigo e da proibição de amar um humano que não era pirata e, além do mais, inimigo de seu pai e do rei dos anões. Não conseguia esquecer-se do momento em que trocou olhares e beijos com Thamior durante sua missão. Respirava aliviada por estar viva e saber que poderia ir atrás de seu amor.

Não sabia como iria realizar tal façanha, mas não podia se esquecer de que seu pai traria mais objetivos e planos de viagens para os próximos dias. Teria que descansar.

Após o banho, Arifel deitou-se numa cama macia com tecidos confortáveis para um dia de descanso. Sem demorar adormeceu tal qual uma rocha. Sonhou o esperado. Thamior e partes da Ilha Negra estavam em sua mente. Recentes pensamentos que permaneceram com a bela pirata por toda aquela manhã de descanso e que a acompanhariam por toda a vida.

Enquanto Arifel sonhava inocentemente com seu amor, Feiron decepcionava-se com as notícias que acabara de receber. Até mesmo Rurik ficou surpreendido com os últimos acontecimentos. Feiron descobriu o romance de sua filha com o jovem garoto rebelde. Ficou imóvel por alguns minutos. Bebeu mais vinho, pensou em algo para fazer, pois ainda não acreditava no que seus ouvidos captaram. Pensou em conversar com sua filha, mas resolveu deixar isso para outro dia. Decidiu esquecer o acontecimento por aquele momento e voltou ao que realmente interessava. O silêncio no interior da sala foi rompido quando um dos cansados homens continuou:

— Enquanto fugíamos disfarçados da Ilha Negra, com um barco de pescadores, conversei sobre os últimos acontecimentos e descobrimos que dois dragões foram vistos dias antes indo em direção às Ilhas Gêmeas.

Feiron olhou para Rurik com a certeza de que Quarion poderia estar lá.

— Rurik, temos que ir para as Ilhas Gêmeas! — Feiron saiu da sala de mapas, decepcionado.

— Feiron… — disse Rurik, antes de ser interrompido pelo gesto de mão estendida de Feiron. — Fim de conversa.

Os outros dois piratas, após uma curta conversa com Rurik, também se retiraram da sala de mapas à procura de algum aposento. Rurik não gostava da situação pela qual seu amigo estava passando, mas resolveu concentrar-se em seus mapas rumo ao novo destino. Sentou em sua confortável poltrona e avaliou a distância que iria percorrer com seus anões. Enquanto observava, mexia em sua barba, bem cortada e com grandes tranças.

— Iremos construir uma nova Kroldenn, meu pai! Eu prometo — disse Rurik, firmando seus olhos em seu machado.

Respirou fundo, levantou-se e saiu da sala. Retornou ao centro de refeição da taverna para comunicar a todos sobre os últimos acontecimentos. Achou melhor não pronunciar os detalhes sobre o que se passou com Arifel para poupar Feiron de maiores explicações aos demais companheiros do grupo. Ordenou a todos que se organizassem para partirem o mais rápido possível e seguiu para a casa de Brumbar.

Rurik Loderr e seus fiéis anões enfim conseguiram alguma informação do paradeiro de Quarion. Acreditava-se que poderia estar residindo em uma das Ilhas Gêmeas ao sul da Ilha do Curandeiro. Mas também existia o grupo rebelde contra as tropas de Rurik e Balderk, que estaria atrapalhando o desenvolver da vingança dos anões.

Depois de alguns minutos de caminhada após deixar a taverna, Balderk chegou ao acampamento de seus servos. Estavam ocupando um campo grande, aberto, com gramíneas e pedras acinzentadas alimentando o local. Havia muita sujeira e bagunça na tribo goblin, pois não se importavam nem um pouco com beleza ou limpeza.

Árvores médias podiam oferecer sombra em um dia de sol. Centenas de pequenas tendas preenchiam a visualização dos turistas. Focos de fumaça em todo canto devido às fogueiras poluiam aquela visão. Goblins eram bons guerreiros em batalhas, mas não se importavam nem um pouco com organização social.

À medida que Balderk aproximava-se, todos permaneciam de pé e em total silêncio, como forma de respeito a seu líder. Havia alguns escudos encostados nas tendas improvisadas por eles e várias espadas curtas presas ao suporte de armas. Tinham boas armaduras e talvez uma das melhores refeições que um grupo de goblins já comera em toda vida. Havia frutas, bebidas e carne à vontade, além de, ainda, algumas pedras de ouro envolvidas no acordo com Balderk. Entre as criaturas havia vários clãs. Devido a isso, algumas rivalidades ocorriam de vez em quando, causando discussões e tumultos. Quando isso acontecia, logo era resolvida com gritos e uso de força bruta de Balderk ou Rurik.

Com seus trapos velhos, goblins viviam em diversos locais do mundo, soltos como cachorros falantes. Entendiam a língua comum muito bem e podiam falar o dialeto dos humanos e anões, porém, com certa lentidão no raciocínio. Viviam na maior parte do tempo em cavernas, montanhas ou florestas. Os goblins de Balderk eram experientes e tinham como diferencial um cinto para acessórios com poções, adagas, cantis, ervas etc. Mesmo os mais jovens em idade tinham características de velhos: rosto marcado, enrugado e manchado pelo sol. Os pequenos humanoides eram rabugentos e insensíveis, mesmo com menos de um metro e quarenta de altura, poderiam enfrentar gigantes.

Para atrair esse grande grupo goblins, Balderk não precisou fazer muito esforço. Quando viajou com Feiron, certa vez desembarcaram em uma pequena ilha para a compra de mercadorias, bons vinhos, ervas de fumo e armamentos. Quando chegaram ao local, a cidade estava sendo saqueada pelos goblins, o que encantou Balderk, pois nunca havia visto um grupo tão grande atacando em conjunto.

Um dos líderes do grupo percebeu que Balderk e Feiron, recém-chegados à ilha, poderiam oferecer mais que belas armaduras em seu corpo ou navio, e então resolveram conversar com o anão. Nesta conversa, fizeram um acordo de parceria até a morte de Quarion. Os goblins, cansados de lutar, roubar e matar por pouca coisa, resolveram se aliar a Balderk em troca de alimento, armamentos, ouro e vinho. A partir de então, Balderk foi aos poucos mostrando seu poder e dominando por completo a mente das criaturas ambiciosas.

— Criaturas, vamos para Rarakina! Aprontem-se e partiremos o mais rápido possível. Arrumem os navios e deixem tudo pronto! Pretendo partir antes do pôr do sol! — gritou Balderk, observando seus servos no acampamento.

Após a notícia, os goblins gritavam, saltitavam de empolgação, pois acreditavam que nessa batalha poderiam honrar a morte de seus companheiros que morreram no último conflito. O sabor da morte inimiga fazia els salivarem. Sentiam que estavam próximos de receberem a liberdade.

Loppi, um dos goblins mais espertos e audazes, aproximou-se de Balderk com seus passos curtos e perguntou:

— Heian... Heian... Senhor! Enfrentar Heian novamente enfrentar! Todos vamos? Ou apenas dois clãs, como última vez? Balderk, senhor!

— Iremos todos, Loppi! Nossa batalha está próxima do fim! Desejo a cabeça de Aramil! Vá e ordene aos outros que levem todo tipo de arma de ataque! Quando estiver tudo pronto, toque a trombeta — ordenou Balderk.

— Prazer será! Senhor! — Loppi fez reverência a Balderk e se retirou. Com seu sotaque errôneo, gritava e batia na cabeça dos outros, dizendo o que deveriam fazer.

Naquele momento, cornetas de diferentes clãs puderam ser escutadas. Estavam se organizando. Balderk virou-se de costas e, com seus dois anões acompanhantes, conversou sobre como seria a vingança contra Heian e Aramil Galanodel. Seus pensamentos estavam repletos de estratégias contra os rebeldes.

A Ilha do Curandeiro transformou-se numa verdadeira correria. O transporte de grandes caixas para o porto, regadas de canções e marcha, quebravam o silêncio e a exuberância do canto dos pássaros. De um lado, anões guerreiros, de certa forma civilizados, e de outro, criaturas arruaceiras e deploráveis aprontando-se para mais aventuras. Os anões cantavam músicas de famosos bandoleiros. Orações e pronunciamentos de lendas percorriam cada canto da ilha. Os passos dos anões pareciam fazer a Terra tremer. Eram pesados e fortes com suas armaduras. Não sabiam se iriam estar vivos no dia seguinte, por isso, viviam aquele momento como se fosse único.

As horas passaram-se rapidamente. O clima permaneceu quente por todo o tempo e o pôr do sol logo apresentou sua magnífica cor avermelhada. Rurik estava na casa do velho Brumbar, conversando sobre os últimos detalhes do trabalho tão secreto do velho curandeiro: um veneno contra dragões.

Em um pequeno quarto repleto de vidrarias e poções, Brumbar explicava para Rurik o que e como deveria fazer para abater um dragão em pleno voo. Após explicar sobre todo o poder venenoso de sua criação, Brumbar advertiu:

— Tome cuidado, senhor Rurik! Esse veneno é muito poderoso, mataria um pobre anão ou humano com uma só gota! Os dragões de Quarion não terão salvação — pausou sua fala para acender o cachimbo. — Basta acertar a flecha no coração ou no olho da criatura e, dentro de alguns segundos, estará no chão! Encontre um excelente arqueiro, pois só tive tempo de produzir cinco! Ache um guerreiro que tenha olhos que sejam semelhantes aos de uma águia — concluiu.

— Isso não será problema! — Rurik pensou em alguns de seus guerreiros.

— Tenho certeza de que tudo dará certo! Obrigado mais uma vez, Brumbar. — Abraçou o Brumbar como se fosse um verdadeiro irmão.

— Não terei piedade dos dragões! Mas… — Rurik ergueu suas grossas sobrancelhas. — E se o veneno não fizer efeito?

— Apenas acerte os dragões, você verá o resultado! — Bateu duas vezes na ombreira do anão. Brumbar abriu um curto sorriso. — Agora vocês devem partir! Entregue as flechas para seu melhor arqueiro. Mesmo com arco curto, o alcance delas é maior! Ele não pode errar! — orientou.

— Agradeço mais uma vez pelo seu grande trabalho, meu velho amigo! Aqui está sua recompensa! — Rurik entregou a Brumbar duas sacolas de pedras de ouro, fazendo o velho abrir um grande sorriso.

— É um prazer servir ao maior anão de Kroldenn! Ainda mais pagando tão bem! — Agradeceu com dificuldade de erguer os pesados sacos. — Vá! Vingue seu pai, nosso rei! — Abraçou o anão.

— Cuide-se, velho! Voltarei o mais rápido possível — disse Rurik, fechando os olhos e respirando com força.

Após aquele momento de nobreza, os dois partiram rumo à porta da casa. Ao abri-la puderam observar todos os anões cercando a casa do velho.

Balderk apareceu na multidão com sua forte e bela armadura indo ao encontro de Rurik, já iniciando seu pronunciamento:

— Esta é a retomada dos anões! Voltaremos o mais rápido possível para reconstruir onde um dia se estabeleceu Kroldenn! — Um arrepio correu pelo corpo de todos ali presentes. — O império dos anões! — disse Balderk, fazendo todos gritarem. Até mesmo alguns goblins ergueram suas espadas curtas no ar.

Rurik orgulhava-se de seu povo, sentia firmeza e alegria em ver que todos tinham um mesmo ideal. Ainda sem ter qualquer ação para o início de qualquer assunto pertinente, a multidão abriu-se e o ferreiro da ilha aproximou-se com seus passos lentos. Ele tinha uma perna que fora lesionada em antigas guerras. Com um leve cântico saindo de sua boca ressecada pelo tempo, disse:

— Rurik Loderr, rei dos anões, seu escudo está pronto! Espero que seja de bom uso! — Apresentou o importante objeto com certa referência.

Tanto Rurik como todos que estavam ali presentes puderam notar que não era um escudo comum. Havia clavas saindo de sua base: mortal a qualquer ser. Clavas perfeitamente esculpidas e bastante afiadas. Eram feitas de ossos de grandes e poderosos animais. Ossos que jamais se quebrariam. Ninguém havia visto um escudo de guerra anão com tamanha produção. Ao mesmo tempo em que era perigoso e impiedoso, era belo e rígido. Todos estavam paralisados à espera de alguma fala. Foi então que Rurik olhou para todos, voltou seu olhar ao escudo e disse:

— Será de bom uso, ferreiro! — Então pegou o escudo e o levantou como se fosse uma leve adaga, surpreendo o ferreiro e os outros anões que consideravam o objeto bastante pesado. Recebeu seu machado e girou-o com habilidade na mão esquerda. — O que estamos esperando? Vamos para as Ilhas Gêmeas tomar de volta o que um dia foi de meu pai. O que um dia foi nosso! — Gritos ensurdecedores preencheram a Ilha do Curandeiro, o que fez alguns pássaros voarem para longe, assustados.

— Partiremos, anões de Kroldenn! E tenhamos fé! — Ergueu seu machado e escudo ao mesmo tempo, apresentando sua força esmagadora.

Todos estavam bem armados e protegidos, confiantes e esperançosos de que Quarion só poderia estar naquele local. O sangue de vingança corria na veia de cada um, principalmente na lâmina afiada dos grandes machados de guerra.

Após a fala dos anões e organização dos últimos detalhes, Feiron foi em direção à Arifel. Sua filha estava sentada na grande praça com belas e altas árvores. Estava com sua armadura acolchoada e embanhava suas duas espadas curtas, observando o movimento dos anões. Ainda sonolenta, prestava atenção naquele manto de vingança.

Com seu colete de anéis de metal e sua espada longa na bainha, Feiron perguntou à filha:

— Posso fazer-lhe companhia? — Sentou-se em um dos bancos.

— Claro, meu pai! Dormi por poucas horas. Anões barulhentos — respondeu Arifel. Um sorriso forçado estava sendo estampado em seu rosto.

Feiron foi direto ao assunto:

— Deve descansar, Arifel! Não se culpe pela derrota na Ilha Negra! Isso é normal para piratas iniciantes, o que importa é que você está viva! — Segurou em sua mão.

Arifel imediatamente lembrou-se de Thamior, e Feiron seguiu com o sermão.

— Mas existe uma coisa que me decepcionou muito! Um dos rebeldes a salvou e você ainda passou a noite com ele na floresta da ilha... — Fechou os olhos por repugno e ciúme. Soltou a mão de Arifel e aumentando o tom de voz, questionou: — O que a filha de Feiron estava fazendo com seu inimigo?

— Não fale dessa maneira, pai! Foi ele quem me salvou! Deve agradecê-lo por tudo que ocorreu e ainda poder conversar comigo agora! — Arifel também aumentou o tom de voz.

— Não fale alto com seu pai, Arifel! Não tem esse direito! — Os dois permaneceram sérios por um momento. Os olhos dela já estavam mergulhados em lágrimas.

— Você o beijou?

Arifel entendia a tristeza do pai, mas sentia raiva por seu pai não entender que Thamior, mesmo por não ser pirata ou do grupo de Rurik, era uma pessoa especial por ter a salvado.

— Não! Apenas esperamos o conflito acabar! — Essas palavras pareceram furar o coração de Feiron como uma flecha certeira. Mas era um rombo de alívio.

Feiron viveu desde sempre aos moldes piratas, sob suas tradições e festas. E de acordo com a origem pirata e suas escrituras distribuídas em diversas ilhas isoladas pelas águas do oceano, nenhum pirata poderia casar-se ou ter qualquer tipo de relação amorosa a não ser com outro pirata. Isso para não prejudicar a linhagem.

Os piratas deveriam ser ambiciosos por ouro e cada vez mais dominar mares e terras. *Ambição e poder aos piratas.* É o que diz uma das escrituras distribuídas pelo mundo, além de outras leis, tais como: *Vergonha a si mesmo, caso fuja ou engane as Escrituras Piratas; O coração pirata não pode ser enganado por paixões alheias.* E eram justamente essas leis que estavam corroendo a mente de Feiron.

— Arifel, não estudou todas as escrituras? Sabe que não pode decepcionar-me dessa maneira! — Ao escutar essas palavras, uma lágrima grossa desceu pelo rosto dela.

Arifel, não se contendo calada, continuou:

— Fui salva por uma pessoa comum, um guerreiro que estava sendo alvo de um ataque mandado por anões piratas que desejam apenas vingança e reconstrução da cidade deles! Se não fosse por Thamior, estaria sendo comida por vermes neste exato momento! — Doía no coração de Arifel não poder contar toda a verdade para seu pai, mas sabia que se fizesse isso poderia perturbar mais ainda os pensamentos de Feiron.

O humano não deu ouvidos à filha e disse:

— Você ficará na ilha! Ela está segura e temos bons curandeiros caso ocorra algo. Ficará até o término da vingança! — Levantando-se.

— Tenho que ir com você! Sou uma pirata, esqueceu? — Arifel também se levantou.

— Já não sei mais… — respondeu Feiron se retirando. Aquelas palavras dilaceraram o coração da jovem pirata.

— Sempre serei uma pirata! E não serão pergaminhos antigos que mudarão isso! — respondeu Arifel à altura, fazendo o pai virar-se de volta.

— Tenho que honrar o sangue pirata! Você me decepcionou! — gritou.

— Não vai encontrar Thamior e os outros! Não sabe onde eles estão! — Arifel tentava continuar para arrancar alguma informação de seu pai.

— Posso não saber… — blefou Feiron. — Mas Balderk e seus goblins sabem e destruirão a todos sem qualquer piedade! Até mesmo Thamior, que está contra Rurik Loderr e, agora, contra Feiron, o pirata. — O som da trombeta de partida pôde ser ouvida. Feiron fechou os olhos, respirou fundo e disse secamente: — Até mais!

Arifel não teve ação diante das palavras do pai. Imaginou a morte de Thamior por goblins de Balderk. Um frio lhe correu o estômago ao pensar na morte de sua grande paixão. Sentou-se novamente, abaixou a cabeça e caiu aos prantos.

— Não posso desobedecer à ordem de meu pai! Tenho de ter confiança no poder de luta de Thamior, mas os anões são impiedosos... — pensava a guerreira.

O coração de Arifel estava dividido. Ali pensava em toda sua criação sob os fundamentos piratas, lembrando-se de quando sua tia lia os pergaminhos toda noite enquanto ela era criança, o que a fazia dormir com um sorriso de paz em seu rosto. Sua cabeça estava confusa e atordoada. Perguntava-se: *E se os dois se encontrarem em duelo futuro?* Quanto mais pensava nisso mais lágrimas desciam pelo seu rosto. Sabia que naquele momento não podia fazer nada, isso a deixava desesperada.

Permanecendo ainda em seus pensamentos, disse em voz baixa:

— Sinto sua falta, Thamior! E sei que também sente a minha! Seja forte e poderemos ficar juntos! — Após essas palavras, Arifel escutou outro som de trombeta e resolveu retornar para a taverna.

Após mais alguns minutos, todos estavam em marcha rumo ao porto. Anões e humanos piratas, goblins com seus cães carniçais e até mesmo velhos curandeiros foram convocados à batalha. Sons de tambores e cânticos estavam sendo lançados ao ar. Gritos de guerra pareciam tremer a terra, que estava sendo pisoteada por fortes e resistentes botas de guerra. O pôr do sol passava rapidamente e logo após o embarque tochas foram acesas.

— Não morra! Toda vez que nos separamos acontece alguma coisa com você! — disse Balderk cumprimentando Rurik.

— Não morrerei! Kork não deixará. Sempre que estou com você nos metemos em confusão — respondeu Rurik, liberando uma risada.

— Em breve poderemos usufruir de nossa vitória e dormir em paz — falou Balderk com firmeza em sua voz. Como quem acaba de vencer uma batalha.

— Em breve estaremos juntos e construindo nosso novo império! — respondeu Rurik, também segurando nas ombreiras do anão. Os dois olharam-se e puderam relembrar de quando eram simples crianças. Aventuras atrás de aventuras. Rurik e Balderk, a dupla inseparável, estava mais uma vez se afastando momentaneamente para a busca de vitória. As barbas longas e os rostos calejados de marcas de expressão caracterizavam muito bem seus antigos pais. Ambos sacaram uma pequena corneta do cinto e tocaram a última trombeta, o último chamado de guerra. Após um forte abraço dos dois anões, partiram.

Ao todo eram cinco grandes navios piratas: dois ao comando de Balderk, que se despediu seguindo rumo contrário do resto dos navios sob o comando de Rurik. Navios belos, com altas velas e bastante resistentes cruzavam o mar noturno, calmo e majestoso. A lua estava alta e viva naquela noite.

Como em todos os navios piratas que rodavam o mundo, um grande número de escravos humanos e criaturas faziam a parte mais difícil, como o transporte de caixas pesadas e o trabalho com remos e velas. Remavam com toda força possível, pois as ordens eram que chegassem o mais rápido possível às Ilhas Gêmeas. Rurik sonhava com sua vingança há muito tempo e não via a hora de encontrar Quarion e seus dragões, recuperando, por fim, o colar de seu pai e destruindo Oakrust.

Arifel permaneceu em seu quarto na taverna de Kiralos. Havia uma grande janela por onde conseguia visualizar parte do céu. Ela sentia-se como a lua: sozinha. Estava silenciosa e repleta de segredos em seu coração. Lembrou-se de Thamior e de seu beijo tocando em seus lábios rosados. Deitada e pensativa, acabou adormecendo novamente. Sentia saudade de seu pai e ao mesmo tempo do embalo, do cheiro e do toque de seu guerreiro.

Solitário em sua sala de mapas, Balderk analisava algumas cartas geográficas e rotas de navegação. Não havia muita riqueza, nem pergaminhos bordados a ouro, porém, havia conquistas e uma infinidade de mapas antigos raríssimos e de grande importância. Respirava fundo à medida que pensava em Aramil e Mira juntos. Sentia um ciúme tão forte que lhe doía o peito. Misturada a essa dor estava a ansiedade de encontrar Quarion. A imagem de seu pai sendo queimado não saia de seus pensamentos por todos esses anos. O anão estava ofegante.

Um mundo antigo, repleto por conflitos: iniciados por comida, por grandes tesouros guardados, por enormes criaturas, por ciúme, conquistas, ou até mesmo por razões incompreensíveis. Anões corriam atrás da vingança pela morte de um grande líder; humanos piratas desejavam a vingança pela destruição de seus lares; enquanto outras raças e classes estavam espalhadas pelo mundo sonhando apenas com paz e fraternidade.

A diferença entre desejos e raças era grande naquele mundo. Não havia respeito para com as diferenças sociais ou raciais. Um mundo de certa forma belo, que estava sendo destruído por ações ambiciosas e ao mesmo tempo endeusado por grandes monges, independentemente da raça. Talvez uma loucura aos olhos dos diversos deuses, mas era assim que os dias se passavam.

Capítulo XV

Retorno a Rarakina

— Olhe, Thamior, é a floresta que cerca nossa cidade! — apontou Aramil, abraçando seu primo.

Aramil não percebeu, mas Thamior estava olhando sua terra natal já havia alguns minutos. Thamior sentiu um frio na barriga ao lembrar-se de tudo que havia ocorrido desde a última vez em que estava cercado pelos goblins de Balderk. Lembrou-se também de sua mãe e sua irmã. Sabia que não as encontraria, mas estava ansioso para encontrar Heian e alguns conhecidos.

Snike aproximou-se dos dois, que estavam olhando a terra que aproximava-se numa velocidade mediana, e iniciou uma conversa:

— Foi ali onde me chamou de verme pela primeira vez, Aramil! — Ergueu as sobrancelhas de forma desigual.

— E continuarei te chamando de verme se preciso for — brincou Aramil, relembrando os velhos tempos.

— Venham, temos algumas frutas e carne para saborear, bebidas também — disse Snike, segurando-os pelo braço.

Aramil sentia saudade de sua bebida favorita, de coloração azul, Luzeh, mas não recusava um bom vinho. Thamior não estava com apetite ou vontade de beber nada devido à tamanha ansiedade em rever sua casa, sua terra, mas resolveu acompanhá-los. Aos suspiros tirou os olhos de sua terra e permaneceu com seus amigos durante o resto do dia.

Passaram-se cinco dias desde a partida da Ilha Negra. O mar permaneceu calmo por todo esse período, nenhuma chuva caiu desde então. Velhas histórias foram recontadas e planos foram revistos no decorrer da viagem a Rarakina, e também muita concentração nos treinamentos com espada. Todos em alguma hora do dia pegavam nos remos, num esquema de revezamento, para que não houvesse nenhuma parada ou atraso no percurso. Até mesmo Thamior havia remado por algumas horas, enrijecendo seus músculos.

Ao amanhecer do sexto dia, Thamior levantou-se. Havia passado a noite em claro, pensativo. O amanhecer do sol ainda estava tímido quando o rapaz saiu de seu quarto improvisado no navio pirata, sem fazer qualquer ruído. Andou entre as enormes caixas de mantimentos até se aproximar de um velho bandoleiro, que afinava sua viola, assustando-o:

— Acordou tão cedo, senhor? — perguntou Thamior.

O velho homem protegeu-se com a viola, assustando o rapaz.

— Calma, senhor! Não há motivo para tanto — riu. — Qual seu nome? — perguntou, sentando-se numa pequena caixa de mantimentos.

— Sou Niulo, o bandoleiro! E você, quem é? — Com um rosto sério e de não muito agrado, respondeu o velho homem, logo voltando a trabalhar em sua viola.

— Thamior, filho de Theylor. O que faz acordado tão cedo? — perguntou, curioso.

— É a melhor hora para poder me lembrar de velhas canções — suspirou o bandoleiro. — E também uma ótima manhã para relembrar antigos amores.

Thamior ficou calado o observando. Quando enfim terminou a afinação, passou o dedo entre as cordas, demonstrando grande experiência e, então, tocou um som agradável aos ouvidos. Imediatamente, Thamior lembrou-se de Arifel.

— Tocaria uma bela canção para lembrar-me de minha amada, senhor Niulo?

Thamior aproximou-se com atenção à resposta. Niulo sorriu demonstrando saúde incomum para uma pessoa idosa, e então respondeu:

— Teria algumas pedras de ouro? — brincou o velho.

— Pedras de ouro são a última coisa com que me preocupo em tempos como esses, senhor Niulo! — respondeu Thamior, fazendo ambos rirem.

— Claro, jovem amante! Apenas escute e sinta. Deixe o som da canção entrar em seus ouvidos.

— Será um prazer escutá-lo! — Thamior estava ansioso.

Niulo começou a tocar e logo nos primeiros segundos de som, Thamior sentiu um enorme frio na barriga. A canção parecia entrar em choque com seus sentimentos mais profundos: saudade e paixão. Arifel e sua família vinham em sua mente como a única coisa existente no mundo, como a única coisa a fazer-lhe feliz naquela hora tão especial, de retorno a Rarakina. Niulo não parava de mexer seus dedos para lá e para cá, deixando Thamior admirado com tamanha habilidade.

Após alguns minutos, o rapaz resolveu fechar seus olhos e esquecer tudo ao seu redor. Niulo mudou o tom da viola imediatamente, parecendo adivinhar o que Thamior estava destinado a pensar. Pensava em sua amada como quem pensa em um bom local para descansar e viver livre de qualquer conflito ou guerra. Arifel era a fonte de força de Thamior. Uma força tão grande que ele não acreditava. Não sabia explicar. Sentia um amor tão real e intenso pela jovem pirata que uma lágrima de saudade desceu pelo seu rosto como uma pétala pesada que se solta de uma longa planta. Apenas uma lágrima: a lágrima do sentimento mais puro e honesto que um simples humano poderia sentir.

Uma curta e pequena canção conseguiu despertar sentimentos tão fortes que Sarah e Larah exibiam-se em sua mente como flores do campo. Uma saudade saborosa e triste ao mesmo tempo, fazendo com que Thamior chorasse cada vez mais, porém, um choro interno que exalava poucas lágrimas externas. O som ficara cada vez mais baixo e lento. Era o fim daquela melodia maravilhosa, elaborada por uma pessoa experiente. Thamior não percebeu, mas Niulo também estava com os olhos fechados durante toda sua canção.

— Uma bela canção, não é, rapaz? — Niulo colocou a viola em seu colo. — Lembrou-se de sua amada! Qual o nome dela? — perguntou, bastante curioso.

— Arifel! — respondeu Thamior sentindo o vento tocar em seu rosto.

— Um belo nome! Deve ser uma bela donzela! — Niulo colocou sua viola no chão, encostando-a em sua pequena poltrona.

— Sim, senhor! Bela como o sol que está nascendo! — Thamior suspirou olhando para o horizonte.

— Também tive uma donzela há alguns anos! Ela se foi como um vento fresco que segue pelo campo, tocando levemente a pequena vegetação. Ela me abandonou! — Olhou para Thamior com seus olhos fundos e magoados pelo tempo.

— Não imagina o porquê? — perguntou Thamior, curioso e ainda paralisado como uma rocha.

— Não apenas imagino como sei. Outro homem! Mais rico e muito poderoso — respondeu o bandoleiro, suspirando de forma a demonstrar uma profunda mágoa. — Foi atraída pelo dinheiro, levada pela ambição do poder! Sinto pena da pobre Belliza. — Niulo olhou para o horizonte.

— Talvez não mereça sua atenção ou canções, senhor! — Thamior argumentou friamente.

— Mas ainda a amo! Sinto o mesmo que você agora sente por sua amada, mesmo após sete anos. — Tocou o peito com a mão, cabisbaixo, sentindo a dor da perda.

Thamior se assustou ao perceber a dimensão do amor de Niulo pela tal Belliza.

— Não devemos recordar momentos tristes! Lembre-se apenas dos momentos bons que vocês tiveram, e, por falar nisso, como a conheceu?

— Concordo! — disse Niulo, admirado. — Mas essa é uma longa história…

Niulo então contou tudo a Thamior. Um assunto até mesmo gostoso de ser ouvido. Niulo e Thamior conversaram praticamente o dia inteiro. O bandoleiro era uma pessoa bastante experiente, dotado de conhecimentos que muitos jamais pensariam que um simples tocador de viola pudesse ter. Tudo isso fez Thamior lembrar-se também de Muratreff, o ancião de Rarakina.

Já no fim da tarde, após tantos assuntos, Thamior levantou-se de sua poltrona improvisada e iniciou o treinamento com Aramil. Ambos eram muito experientes no manuseio de espadas, destacavam-se ali entre outros humanos. O treino foi tão forte e pesado que, ao ir se deitar, Thamior sentiu seus músculos reclamarem do dia que teve. Enquanto isso, Aust e Snike estudavam alguns mapas e linguagens.

Thamior teve uma noite atormentada, com sonhos ruins, relacionados à sua família. Acordava suado a cada hora pelos movimentos bruscos de seu corpo. Sentou-se em sua cama, respirou fundo e resolveu levantar-se para dar uma volta no navio enquanto a madrugava chegava ao fim.

Passou-se mais um dia inteiro de viagem. Todos exerciam as mesmas funções, a mesma rotina. Os piratas nunca paravam de relembrar velhas histórias de saques, furtos e vingança por terras e mares. Esses assuntos não agradavam muito a Thamior, pois não confiava totalmente nos piratas, com exceção de seu tio. Perguntava-se como Aust ficou separado de Theylor por todos esses anos, mas resolveu não levar este questionamento ao tio. Até porque havia outras perguntas que deveriam ser explicadas naquele momento.

Depois de mais algumas horas, conversas e bebidas, Snike, de posse de sua luneta, gritou:

— Senhores, existem homens acampados na praia! Creio que seja para nos receber ao amanhecer! — Focalizou mais fielmente.

Todos que tinham uma luneta miraram na direção da praia. Thamior não tinha uma, mas sabia do que se tratava: era Heian e os guerreiros de Rarakina. Estava muito ansioso para obter mensagens de sua mãe ou de sua irmã. Saber, principalmente, se estavam bem.

— Heian e alguns homens nos aguardam, senhores! — gritou Aust.

Thamior não ficou observando por muito tempo, pois resolveu descansar. Pelo resto do dia, piratas se arrumavam para o desembarque. Eram os últimos detalhes daquela viagem. Não havia muita coisa, além de porcos temperados, vinhos e grandes caixas com equipamentos. Mesmo tendo um espírito completamente materialista, esses piratas tinham ideais diferentes. Talvez menos ambiciosos que o normal, pois muitos ali não viviam a maior parte de seu tempo no mar. Eram urbanos, viviam próximo ao porto de Cimbrol, ao sul de Rarakina, antes de serem dizimados por Rurik e seus anões.

Mira e Aramil conversavam em seus aposentos:

— Aramil, você foi a coisa mais importante que aconteceu em minha vida! Nesses últimos anos servi a Balderk como uma verdadeira escrava... — A bela mulher logo foi interrompida por Aramil.

— Não prenda seus pensamentos nisso, Mira... — disse, beijando-a. — Esqueça Balderk e o que fazia para ele! Está comigo agora e sempre estará! Ainda terei uma conversa com aquele anão e... — Aramil tocou em suas espadas.

— Não precisa disso, Aramil— a dama o interrompeu. — Não precisa ir ao encontro dele, ele já me perdeu! E não preciso que você prove nada para mim!

— Não vou ao encontro dele! Ele virá ao nosso e sentirá o gosto amargo de minhas lâminas! — Abraçou Mira, preocupado.

Mira o abraçou fechando os olhos como quem sente medo de perder o primeiro homem que está amando, pois sabia do poder de luta de Balderk Folker.

— Acalme-se, Mira! Nada de ruim irá acontecer conosco! Vou pegar alguma coisa para bebermos! — Aramil saiu, deixando Mira pensativa.

Thamior estava sentado em uma poltrona não tão confortável, com seus dois braços na mesinha do canto de seu aposento. Com seus velhos pergaminhos e uma pena escrevia uma mensagem para sua mãe. Acreditava ter algum mensageiro em sua cidade natal que pudesse ajudá-lo.

Mãe,

Sinto sua falta! Tenho medo de que algo tenha acontecido a você e a pequena Larah! Não tenho idéia de quanto tempo já estou fora de casa e também não sei se recebe meus recados. Estou em um navio pirata...

Neste momento Thamior parou de escrever, pois a expressão — navio pirata — poderia assustar sua mãe. Então continuou, omitindo essa informação:

Estou seguro com Aramil. Estamos bem e alimentados. Conheci muitos amigos desde a saída de casa e aconteceram muitas, muitas coisas nesses dias. Sei que será uma surpresa para você, mas encontrei meu tio, Aust Lianon. Como o encontrei é uma longa história que espero em breve contar a vocês! Estou com um grupo de guerreiros retornando para Rarakina. Iremos ao encontro de Heian para determos Rurik Loderr. Tornei-me um guerreiro, assim como meu pai... Quero muito abraçar vocês! Sinto que em breve nos veremos! Está tudo bem, mãe! Fique segura, atenta e siga a Philleiron. Diga à Larah que em breve receberá o presente que prometi a ela!

Amo vocês! E sei que Theylor está conosco!
Sempre seu,
Thamior Nailo

Thamior parou de escrever e chorou. A dor da saudade o perturbava. Thamior enrolou delicadamente o pergaminho, com carinho e reverência. Enquanto isso, a noite cobria completamente o mar ao redor de Rarakina. Observou a lua pela pequena janela. Lua cheia, alta, viva, e radiante. Colocou o pergaminho no canto da mesa e, após olhar a lua novamente, com outro pergaminho, seu coração se encheu de amor por Arifel, sua amada.

Olhou para o pergaminho, molhou a pena com um pouco da tinta e, colocando a ponta desta no pergaminho, ficou pensativo sobre o que iria escrever em seguida. Fechou os olhos e lembrou-se dos olhos de Arifel, mas não conseguiu escrever, apenas pensar nos gestos, voz e sorriso de sua linda mulher. Abaixou a cabeça na mesa, ainda com olhos fechados, e resolveu sonhar com aquele momento tão lindo que vivera há pouco. Adormeceu.

A noite passou lentamente. Estavam todos ansiosos pela chegada a Rarakina. Snike não dormira durante a noite. Pensava em seu povo e em como estariam após o ataque de Quarion há alguns meses. Sentia um forte ódio pelos elfos após o conflito que o fez fugir com seu forte cavalo, Urgihart. Ao longo de sua jornada, Urgihart não resistiu ao enorme cansaço e em uma tarde, deitou-se e faleceu como um nobre guerreiro, deixando Snike seguir sozinho sua jornada. Isso ele não falara a ninguém, mesmo com alguns homens insistindo devido à tamanha curiosidade. Após a morte do seu povo, Snike não confiava mais em praticamente ninguém. Seus novos amigos, Aramil e Thamior, eram exceções. Sempre com seus grossos livros, estudando assuntos jamais vistos ou explicados por grandes anciões, Snike tornou-se um monge inteligente e frio. Conhecia diversos tipos de magias e linguagens. Ao longo dos últimos meses aprendeu por completo a língua dos elfos, pois acreditava que um dia olharia nos olhos de Quarion e diria ao seu inimigo o que estava há muito preso em sua garganta. Thamior e o restante do grupo não podia imaginar que Snike tinha o mesmo objetivo que Rurik Loderr.

Os monges viviam espalhados por todo o mundo. A pequena vila dos monges, localizada a alguns quilômetros abaixo do porto de Cimbrol, no continente de Taraff, o mesmo continente onde estava situado Rarakina, abrigava muitos anciões, feiticeiros, magos, mas principalmente monges extremamente sábios.

Quarion, em sua estratégia de conquista, invadiu a vila dos monges com seu povo elfo, objetivando roubar as escrituras e poções jamais vistas por qualquer outro ser. O rei elfo era fascinado pelo poder da magia e resolveu, então, matar todos aqueles que o tentassem impedir. Os monges guerrearam muito para defender seus conhecimentos, porém, os elfos estavam em grande número e dizimaram quase que por completo os que residiam naquela cidade. Um dos únicos sobreviventes foi Snike Riller, que estava estudando o comportamento de algumas aves em uma pequena vegetação distante da vila. Ao retornar, Snike só encontrou fumaça e destruição. Ao ver seus grandes mestres mortos, seguiu imediatamente com seu cavalo para a floresta que cercava Rarakina. Acreditava que lá teria mais proteção naquele momento. Seus pais faleceram dois anos antes. Seu único irmão, Skulli Riller, estava no continente sombrio, em uma missão que nem mesmo Snike sabia qual.

Na floresta que cercava Rarakina havia ervas lendárias que apenas Snike e seu mestre conheciam. Ninguém sabia, mas Snike havia achado e coletado essas ervas antes do encontro com Thamior e Aramil.

Thamior acordou com o barulho das âncoras lançadas ao mar. Assustou-se e rapidamente se levantou, sentindo uma dor em seu pescoço pela má posição de seu descanso. Olhou da pequena janela de seu aposento e percebeu que os piratas estavam arrumando os barcos para irem em direção à praia. Rapidamente, percebeu todos com muita correria e agitação. Aramil passou próximo a Thamior com rolos de corda na mão, gritando:

— Apronte-se, Thamior! Ou quer ficar neste navio? — Jogou as cordas para os pequenos barcos já ao mar. Não tendo muito o que arrumar, pegou seus poucos equipamentos e foi à procura de Aust. Em questão de minutos todos puderam pisar em terra firme novamente.

Os homens que estavam na praia ajudaram no descarregamento de algumas mercadorias. Eram os guerreiros da cidade de Rarakina, comandados por Heian. Thamior e Aramil estavam contentes por estarem novamente próximo, à floresta de sua terra natal. Sentiram um alívio e uma emoção muito forte quando seus pés tocaram aquele solo. O coração deles encheu-se de esperança e, momentaneamente, de paz.

Após todos estarem na praia, com tudo pronto para a partida rumo à cidade, era a hora de ouvir seu verdadeiro líder:

— Homens do mar! Soube dos últimos acontecimentos há alguns meses e estamos prontos para enfrentar Rurik Loderr novamente! Seguiremos em marcha rápida para o centro de Rarakina — disse Heian, comandando o início real daquela batalha por vingança.

— Será um prazer lutar ao seu lado, senhor — disse Aust, em nome de todo seu grupo.

— O prazer será nosso! É um prazer conhecê-los a não ser por pergaminhos de mensageiros. E percebo que existem alguns homens de Rarakina com você! Mas não temos tempo para abraços e generosidades, infelizmente! Após tudo isso, comemoraremos com vinhos e carnes! — Heian levantou sua espada, olhando para os recém-chegados. — Não vamos parar para descansos longos, apenas para comer algo. Temos de ser rápidos, pois o tempo custa sobrevivência!

Todos ouviram com bastante atenção e logo estavam entrando na floresta para uma nova jornada. Thamior resolveu seguir caminho próximo ao rei, pelo orgulho e satisfação daquele homem defender seu povo e sua cidade. Sentia um frio na barriga quando observava a capa esverdeada que Heian utilizava em dias de batalha, fazendo Thamior se lembrar do dia em que perdera seu pai, mas isso não poderia abalá-lo, pois queria tornar-se um dos guardiões de Rarakina, e, para isso, deveria mostrar para o rei que era um excelente guerreiro.

À medida que seguiam pelo caminho, todos que estavam na floresta há alguns meses puderam se lembrar de algumas histórias, como o encontro com lobos, novas trilhas, ou frutas que só nasciam por lá. Todos estavam correndo em fila indiana pela trilha principal que a floresta os fornecia naturalmente. Seguiam animados e empolgados, sem pausas. A ansiedade corroía os pensamentos de todos, principalmente os de Thamior, curioso por saber como estaria sua casa e a taverna de Braukios. Lembrou-se de Arkion Plow, o pirata com quem conversou pela primeira vez e que esteve todo esse tempo responsável pela proteção de sua mãe e irmã.

Foi um belo e ensolarado dia, com cantos de pássaros e ruídos de criaturas. A floresta estava com um clima agradável e naquela noite Heian resolveu parar para montarem acampamento em um local um pouco fechado, portanto, mais seguro. Não havia muitos espaços entre as árvores, mas puderam montar algumas tendas e acender fogueiras. Não estavam preocupados com criaturas, pois eram muitos, e os homens de Heian também estavam bem equipados. Assaram alguns coelhos e beberam vinho e água. Comeram alguns pães e conversaram sobre algumas possíveis estratégias de Balderk e Rurik.

Heian estava conversando com Aust e com alguns homens sobre como estaria o centro de Rarakina e para onde haviam levado as mulheres e crianças. Thamior, que estava conversando com Aramil e Mira, foi até Heian e esperou que terminasse a conversa com Aust para então dizer-lhe:

— Senhor, é um prazer cumprimentá-lo! — Fez reverência.

— O prazer é meu, nobre guerreiro! — respondeu Heian, levantando-se — Como se chama? — O rei achou aquele rosto bastante familiar.

— Sou Thamior, filho de Theylor, de Rarakina — respondeu, com orgulho.

— Theylor! Conheci seu pai! Um ótimo guerreiro! Espero que seja como ele, jovem Thamior! — Bateu no ombro do rapaz de forma a encorajá-lo. — Sei também sobre sua mãe e irmã!

Thamior ficou extremamente feliz pelo total reconhecimento, e perguntou:

— Onde estão, senhor? Estão bem? Seguras? —De tamanha emoção, segurou o braço de Heian.

— Sim, estão na cidade de meu irmão, no continente de Nonius, distante de toda confusão — respondeu Heian, suspirando de saudade de seu povo. — Em Rarakina temos alguns mensageiros que irão ao encontro de meu povo. Caso tenha alguma mensagem, entregue-a a eles — disse Heian, apontando para alguns homens. — Não foi autorizado que ninguém mandasse mensagem pelos meus mensageiros a vocês, pois poderiam se perder no caminho com a morte de alguns deles e todos poderiam ser encontrados pelo inimigo. Saiba que elas estão sentindo muito a sua falta.

— Também sinto muito a falta delas, o senhor não imagina o quanto! Entregarei sim uma mensagem. Obrigado! — respondeu, aliviado, mas logo se lembrou de outro detalhe. — Senhor, quem venceu o torneio dos Pratos Saborosos?

Aramil, que estava por perto, aproximou-se de Heian.

— Que cabeça a minha! Esqueci de lhe dizer! Sarah foi uma das vencedoras! Ela ajudou muito o povo no preparo das refeições de viagem. — Thamior e Aramil sorriram, felizes. — Tenho de estudar alguns mapas, Thamior. Caso queira vir comigo estarei próximo à minha tenda, com Aust Lianon — disse o rei, se retirando.

Uma felicidade extrema percorreu a alma de Thamior, que não sabia se gritava ou corria entre a vegetação. Sua respiração aumentou rapidamente. Olhou para Aramil e o abraçou, dizendo:

— Ela conseguiu, meu primo! Eu sempre soube! — Gargalhou depois de incontáveis dias sem qualquer felicidade.

— Os deuses estão a favor de Sarah! Está tudo bem com elas, meu primo — respondeu Aramil. A felicidade de ambos parecia reluzir no ambiente. — Nós dois sabíamos que seria a vencedora! Agora, acompanhe Heian e Aust! — disse, saindo do abraço. — Ficarei conversando com Snike e Mira!

— Tudo bem! Estou indo — disse Thamior, ainda com o sorriso estampado em seu rosto suado.

Naquela noite nada podia deixar Thamior triste. Só pensava na vitória de sua mãe e nos mapas que Heian apresentava a ele. Nem mesmo a saudade de Arifel deixava-o triste. Sentia-se como um verdadeiro guerreiro, pois a confiança corria em seu sangue. Ganhava ali uma força especial para alcançar seus objetivos.

Após os estudos e estratégias apresentados a todos que estavam no acampamento, puderam dormir por algumas horas para só então seguirem viagem. Não pararam mais para descansar, pois, se assim fizesse, chegariam a Rarakina ao anoitecer.

Heian, Aust, Aramil e Thamior guiavam a grande frota. Snike, Mira e os outros permaneciam mais recuados. Thamior, ao longo de todos esses dias desde que saiu de casa, adquiriu uma resistência tremenda, duplicando sua massa muscular graças aos treinamentos com Aramil, Aust, bem como os trabalhos braçais no mar.

O dia foi bastante cansativo para todos eles. Estavam correndo contra o tempo. O suor era visível até mesmo na pele de Snike, que quase não transpirava. Ao chegarem a determinado ponto da floresta, cobertos pela luz da majestosa lua, puderam observar alguns pontos luminosos. Todos respiravam fundo, pois sabiam que estavam próximos do objetivo.

Ao longo de todo esse tempo distante, Thamior tinha a mesma sensação que teve em seu encontro com a floresta há alguns meses. A floresta apresentava árvores de copas altas e com vegetação esverdeada. A maior parte da vegetação era composta por folhas que lembram grandes e largas pontas de espadas. Seus troncos lembravam rochas marrons, rígidas como ossos de gigantes. As raízes medicinais expostas no solo fértil pareciam grandes dedos encravados na terra bem conservada.

Ao atravessarem alguns pontos de vegetação fechada, com afiados cortes de espadas e adagas, puderam finalmente chegar aos pés da esperada Rarakina. Heian logo pronunciou-se, ainda correndo:

— Senhores, vamos para a taverna! — Saltou uma grande raiz. — Lá haverá comida e aposento! — continuou, embainhando sua espada.

— Senhor — disse Thamior sem parar os passos. — Será que posso... — Logo foi interrompido por Heian.

— Sim, Thamior, pode ficar em sua casa com seus amigos! — respondeu, de fato adivinhou ao que Thamior queria. — Nos encontraremos no centro de Rarakina em uma hora! — gritou o rei.

— Agradeço, senhor! — respondeu Thamior, fazendo um gesto para que Aust, Aramil, Snike e Mira o seguissem.

Os outros guerreiros e piratas seguiram para a taverna. No momento em que todos saíam da densa mata, o vento de alívio e frescor interceptou-os como quem oferece as boas-vindas. A iluminada cidade estava à espera de todos. Silenciosa, já que as mulheres e crianças estavam fora da região. E havia pouquíssimos homens bêbados e fatigados pelas tavernas. O alívio de Thamior e Aramil não poderia ser descrito naquele momento. Sentiam-se vencedores.

Ao aproximar-se da porta de sua velha e bem cuidada casa, um vigia aproximou-se.

— Thamior? Filho de Theylor? — perguntou o homem, forçando os olhos de forma a identificar aquele corpo antes esguio.

— Sim, venho com a tropa de Heian — respondeu Thamior, reconhecendo o guarda.

— Sou Fhuer! Ajudei a levar o corpo de seu pai para sua casa, lembra? — Abriu a porta para Thamior.

Thamior pensou por alguns instantes, lembrando-se da cena, e logo respondeu:

— Claro, senhor! Lembro-me perfeitamente! E será um prazer estar com você em uma batalha! — Thamior tentava não se lembrar do corpo de seu pai estirado em sua sala há alguns meses.

— Será um prazer, jovem Thamior! Sinto que está se tornando um nobre guerreiro, como o seu pai! — Entregou-lhe a chave de sua casa e fez uma reverência.

— Agradeço mais uma vez! Theylor estará conosco, com certeza! — respondeu Thamior, aceitando a reverência. Abriu a porta. — Estes são meus companheiros: Aramil, Aust, irmão de Theylor; Snike e Mira!

— É um prazer ter vocês em Rarakina! — cumprimentou a todos.

— O prazer será nosso — respondeu Aust, depois do aceno dos outros.

Enquanto os companheiros de Thamior entravam em sua casa, ele retirou de sua vestimenta um pergaminho e perguntou a Fhuer, naquela noite esperançosa:

— Senhor, poderia pedir-lhe um favor antes de minha retirada? — Ergueu o pergaminho.

— Claro, jovem Thamior, farei o possível para ajudá-lo — disse, sorridente.

— Entregue esse pergaminho a algum mensageiro e diga-lhe para entregá-lo à Sarah, minha mãe, na cidade onde estão no continente de Nonius! — Olhou com firmeza nos olhos do velho conhecido.

— Sim, entregarei imediatamente! Creio que já estão de partida! — disse Fhuer, guardando o pergaminho em seu cinto de utilidades.

— Obrigado! Em breve nos veremos novamente! — disse Thamior.

Fhuer fez outra reverência a Thamior e foi em direção à taverna, onde estava o restante do grupo.

Thamior lembrou-se de Arkion Plow e perguntou a Fhuer, já com passadas largas:

— Senhor Fhuer, onde está Arkion Plow?

— Plow e outros guerreiros foram junto com o povo de Rarakina ao continente de Nonius. — O guarda parou. — Ele protegeu sua mãe e a pequena Larah por todo esse tempo!

— Obrigado, senhor!

Thamior respirou fundo, aliviado por ter conseguido retornar a Rarakina com seu primo e novos aliados, principalmente por ter conseguido entregar a mensagem à Sarah. Antes de entrar teve uma visão panorâmica de sua cidade, não mais como um garoto, mas como um homem, com grandes objetivos em mente. Estava se tornando um forte e verdadeiro guerreiro. Lembrou-se de alguns momentos de brincadeira com amigos, próximo à casa de Liana. Recordou-se de Theylor e de Sarah correndo atrás dele para oferecer um bom castigo por ter jogado tomates e batatas no ferreiro. Respirou fundo novamente e, fechando os olhos, disse, erguendo sua cabeça:

— Vingarei sua morte, pai!

— Vingaremos! — completou Aramil, aproximando-se de Thamior.

Thamior virou-se e cumprimentou seu primo com bastante orgulho, disse:

— Agradeço por estar comigo, meu primo! Agradeço com toda força que tenho em meu coração! — Os dois entraram para encontrarem os outros, que estavam descansando, deliciando-se com água, e Aust já com suas ervas.

Rarakina estava repleta de guerreiros que chegavam de toda parte. Todos que chegavam haviam sido avisados por mensageiros de Heian do grande duelo contra as criaturas de Balderk e Rurik Loderr. Em sua maioria, as raças eram compostas por humanos guerreiros, fieis à espada de Rarakina. As guerras brotavam de alianças que visavam troca de favores, mercadorias, ou movidas pelo puro espírito guerreiro.

A noite estava quente e abafada. A taverna de Braukios estava abarrotada de pessoas. Ferreiros pareciam grandes máquinas de produzir, afiavam e poliam adagas e arrumavam amarras de grandes armaduras. Tudo ao mesmo tempo em que limpavam o suor de seus rostos marcados pelo tempo. Sons de batidas de metais e brasas a moldá-los pintavam aquele cenário pré-guerra.

Thamior e seus companheiros, após o breve descanso na casa, tentavam adentrar a taverna. As bebidas quentes naquele momento eram por conta de Braukios. Ele sabia que com esse tipo de bebida os guerreiros tornavam-se destemidos e confiantes. Havia comida em excesso para todos ali presentes.

Um grupo de guerreiros, do lado esquerdo da taverna, chamou a atenção de Thamior. Era composto por quinze homens, grandes, com cerca de dois metros de altura. Estavam calmos e esperando ordens de

Heian. Aramil também percebeu aqueles homens. Os dois estavam admirados pelo vigor e destreza dos guerreiros, que, com certeza, vinham de terras muito distantes de Rarakina. Todos comiam e bebiam como se aquela fosse a última grande refeição.

A felicidade pairava no coração de todos naquele momento. Sabiam que talvez fossem as últimas mordidas em grossas colchas de javali ou o último gole de vinho descendo e rodeando seus corpos.

— Qualquer dia pode ser o último na vida de um guerreiro! — gritou alguém na taverna.

Grandes copos de bebida eram expostos ao ar para brindar e abrilhantar aquele momento. O fogo e o cheiro da madeira queimando na chaminé da taverna penetravam nos pulmões de cada um. A música não parava e tampouco as grandes jarras de bebidas. Era um típico e verdadeiro momento taverneiro. Com alegria e satisfação, Braukios gritou, embriagado:

— Jovem Thamior!

Thamior se assustou por tamanha apresentação, se é que aquilo podia ser considerado uma. O grande taverneiro fez os bandoleiros diminuírem o toque de seus dedos calejados em suas pequenas violas para atrair a atenção de todos para o jovem guerreiro.

— Senhor Braukios… — respondeu Thamior.

— É um prazer vê-lo! Vejo que está tornando-se um homem — disse o taverneiro, chegando perto de Thamior. — Pegue algumas jarras e sirva nossos guerreiros. — Apontou para a multidão.

Vários homens ergueram seus copos vazios. Thamior ficou admirado por Braukios lembrar-se dele somente como seu ajudante, que fora quando ainda era bem jovem, por algumas poucas moedas de cobre. Um filete de tristeza pairou sobre a mente do rapaz.

— Mas, senhor… — hesitou Thamior. — Estou em uma miss… — disse, sendo interrompido por Braukios, que gritou novamente.

— Estou brincando, rapaz! Agora você se tornou um guerreiro de Heian! Como foi Theylor Lianon, seu pai. — Abraçou Thamior, apresentando-o a todos da taverna. — Este é Thamior, filho de Theylor Lianon!

A música retornou de forma alegre e penetrante após Thamior acenar a todos com timidez. O garoto ficou bastante lisonjeado pela nova apresentação. Envergonhado, mas muito feliz pelo reconhecimento de seu pai.

— Obrigado senhor, eu… — tentou dizer, antes de ser interrompido por Braukios mais uma vez.

— Você está diferente, garoto! Está mais forte! — Braukios deu um gole em sua enorme jarra. — Está parecido com seu pai... Cabelos longos, pouca barba. — Deu outro gole. — A expressão de seu rosto não foge a de sua mãe... — E mais uma golada. — Todos de Rarakina estão bem, no continente de... — Braukios esqueceu o nome devido à bebedeira, fazendo Thamior rir.

— Eu sei, senhor! Todos estão bem! E estamos à vontade aqui na taverna — respondeu Thamior, tentando se livrar do mau hálito de Braukios.

— Ei... — soluçou o taverneiro. — Tenho algo para você! — Braukios ofereceu-lhe um copo com uma bebida escura. O cheiro era forte e penetrante. A bebida estava em sua mão esquerda, numa enorme jarra.

Thamior não era de beber, porém, para não fazer desfeita diante da recepção resolveu beber o presente do homem embriagado. Thamior sentiu o cheiro da bebida. Sentiu seu corpo esquentar. Olhou para Aramil, que também estava curioso para saber o que seria aquilo. O garoto não sabia, mas aquilo era a Bebida Negra do Oeste, rara nessas regiões. Sua produção era um segredo de poucos homens dali. Braukios havia recebido há alguns dias um barril com vinte litros como presente de um grande amigo. Thamior bebeu. Seu mundo começou a girar. Era algo tão forte que na primeira golada fez a temperatura corporal de Thamior subir quase que instantaneamente. Seus olhos se fecharam involuntariamente. Vários pensamentos bons corriam e dançavam em sua mente, como sua família, seus companheiros de batalha, Arifel e principalmente Theylor. Após notar esses segundos de instabilidade, Heian, acompanhado de Aust, disse:

— Vá com calma, Thamior! — Brindou seus copos. — Temos que estudar alguns pergaminhos. Cuidado com Braukios! — disse Heian, às gargalhadas.

Braukios retirou-se dando uma risada, piscando para Heian.

Thamior ficou surpreso com o poder daquela bebida de sabor não tão apreciável. Mas mesmo com o gosto amargo e ruim em sua boca, sentia-se forte e destemido. Seu coração parecia borbulhar no peito. Ainda estava em transe.

Snike Riller estava perambulando pela taverna à procura de um monge ou clérigo para um excelente diálogo e apresentação de seus estudos. O monge não gostava de multidões, muito menos de bêbados faladores. Era sempre atencioso a quaisquer ações que envolvessem raciocínio e novas formas de pensamento.

Aramil e Mira arrumaram duas enormes jarras de vinho e foram se deliciar com um grande peito de javali junto a outros guerreiros. Mira era admirada por onde passava. Seu vestido exibia suas pernas nuas enquanto andava, sendo irrecusável olhar também para seus lábios bem desenhados e pintados. A grande maioria não sabia que por detrás daquela beleza e vestimenta escondia-se uma guerreira habilidosa e uma grande quantidade de pequenos equipamentos cortantes.

Aquela noite era de festa, curta, mas uma festa na qual bandoleiros e dançarinas animavam a multidão com seus movimentos bem treinados. Enquanto os guerreiros bebiam e prestigiavam aquele que talvez fosse seu último momento juntos, naquele momento as águas turvas do mar misterioso se agitavam com os remos de escravos anões.

— Sinto meu sangue fervendo — disse Thamior, sorrindo, parecendo acordar de um sonho.

— É uma bebida bastante forte, jovem Thamior — disse Aust, com seu cachimbo. — Ela faz meus pensamentos retornarem por águas mansas e recordar meu antigo comércio no porto de Cimbrol... — continuou seu tio, espalhando a fumaça de sua erva queimada.

— Não deixe que pensamentos negativos assolem sua mente, meu tio! — aconselhou Thamior, lembrando-se do primeiro encontro dos dois há alguns meses. — Tudo ficará bem! — prosseguiu antes de ser interrompido por Heian:

— Aust, Thamior, não podemos nos embriagar! Temos que conversar. Vamos para o aposento de Braukios!

Para muitos dos presentes, que já estavam embriagados, essa fala não tinha tanto valor.

— Creio que é o único lugar vazio no qual podemos nos concentrar em nossos objetivos — completou o rei.

Sem hesitar, Thamior e seu tio concordaram com a cabeça e seguiram Heian até o aposento do taverneiro. À medida que andava, o grande rei de Rarakina acenava para um ou outro grupo de guerreiros. O aposento de Braukios não era o local mais apropriado para reuniões de batalha, porém, era um espaço reservado. Caso alguém entrasse sem a autorização do taverneiro, novas carnes iriam ser assadas nas chaminés de Rarakina.

O taverneiro tinha mais de cento e cinquenta quilos, portanto, precisava de um espaço grande para se esparramar após noites e noites de embriaguez. Não tinha mulher ou filhos. Muitos afirmavam que não haveria tamanho sentimento em seu coração engordurado, uma vez que um de seus maiores vícios era dormir com belas e bem vestidas ninfas. No local havia apenas uma cama enorme com trapos por cima, roupas sujas, manchadas de sangue, uma mesa redonda com dois bancos e um enorme baú. O cheiro de carne, bebiba e ervas era forte no aposento, repleto de histórias festivas que, se as quatro paredes ali pudessem falar, preencheriam bons pergaminhos.

— Desculpe pelos trapos e... — disse Heian, logo sendo interrompido por Aust.

— Não se preocupe com isso, senhor! Está ótimo o aposento... — Olhou ao redor. — Velhos comerciantes e guerreiros não precisam de muita mordomia, apenas da cabeça de alguns anões e goblins... — completou.

— É isso! Desejo a cabeça de Rurik Loderr mais do que tudo — disse Thamior.

— Todos nós, Thamior! — confirmou o rei.

— Meus aposentos estavam sendo reformados antes de todos os acontecimentos. Rochas e pedras atrapalharão nossos caminhos. Trouxe alguns mapas para analisarmos nossa rota. Sentem-se neste confortável banco — disse Heian, de forma irônica.

Aust estava se sentando quando Thamior o questionou:

— Como assim, rota? Rotas marítimas? — perguntou Thamior, não querendo invadir o mar novamente.

— Sim... — Heian abriu alguns pequenos mapas sobre a mesa. — Recebemos notícias, Thamior. Rurik Loderr não está seguindo em direção a Rarakina. Quem acha que nos surpreenderá é seu braço direito, Balderk Folker. — Olhou para os mapas.

Aquela notícia pareceu cortar o peito do guerreiro. Thamior teve a sensação de um banho gelado interceptando-o. O efeito da Bebida Negra do Oeste não estava mais em sua corrente sanguínea. Rapidamente se perguntou, com olhos em fúria:

— Como? Como ele não virá?

Ao observar os mapas, até mesmo Aust ficou confuso. Os dois achavam que Rurik, como vingança pelo incidente ocorrido em seu último ataque a Rarakina, viria com Balderk para também vingar-se do mercador Jamir, que o traíra há alguns dias na fuga com os demais escravos.

— Recebemos notícias de Runus, a águia mensageira de Quarion, há poucas horas. — Heian abriu outros mapas, bastante concentrado.

— Quarion, o elfo? — perguntaram Aust e Thamior ao mesmo tempo.

— Sim... — respondeu Heian.

— Senhor! Posso estar enganado, mas... — Thamior abaixou seu tom de voz. — Quarion e Rurik não são criaturas confiáveis — indignou-se.

— Acalmem-se, senhores! Deixem-me explicar a vocês qual será nossa estratégia.

Enquanto Heian virava os mapas para que todos pudessem visualizá-los, Thamior sentou-se novamente, chateado e ansioso para saber como poderia matar Rurik. Aust estava calado, pensando em como seria dali para frente. Apontando para o mapa e criando rotas, Heian iniciou sua explicação. Naquele momento, a música e a conversa dos guerreiros não estavam atrapalhando em nada. A concentração era total naquele aposento mal apresentado.

— Thamior, concordo com você quando diz que Quarion e Rurik parecem ser venenos de um mesmo frasco! Ambos foram corrompidos por ambições negativas: dinheiro e poder, porém, estive trocando pergaminhos com o elfo por todos esses meses... — Alguém bateu à porta. — Entre!

Uma linda e desejável ninfa entrou pela porta como um raio. Os corações de todos ali presentes bateram mais forte. O andar leve e solene da bela e jovem ninfa, com seu vestido azulado e exalando um odor penetrante, imobilizou os três guerreiros:

— O senhor Braukios enviou algumas jarras de vinho, por conta da taverna — disse, colocando a bandeja no canto da mesa, sem atrapalhar a visão de qualquer mapa. Deu um leve toque com seus finos e macios dedos no rosto de Thamior e saiu andando, exibindo sua beleza. Todos ficaram extasiados pela presença da ninfa. Seu odor parecia eliminar por completo o cheiro abafado e sujo do aposento.

— Agradecemos, jovem dama! — Aust quebrou aquele momento de admiração.

— Mande Braukios vir aqui mais tarde e... — Heian olhou para o vinho. — Obrigado pelo vinho.

— Servir é uma ordem, meu rei. — respondeu a ninfa, reverenciando-o.

A bela saiu pela porta olhando para Thamior. Ao fechá-la, de forma suave, Aust e Heian olharam admirados para Thamior:

— Ela gostou de você, guerreiro! — disse Heian enquanto dava tapinhas no rosto ainda dormente do jovem. Aust apenas sorria.

— Não, senhores! Elas apenas querem um bom saco de pedras de ouro... — Sentindo ainda o seu cheiro. — Meus pensamentos são fieis a uma outra bela donzela. — Seus ouvidos foram imediatamente tampados pela voz de Arifel chamando seu nome. Aust e Heian conversaram algo que os ouvidos de Thamior não conseguiram captar.

As ninfas eram dotadas de um feitiço especial oriundos de sua beleza nata. Seu cheiro, olhar e toque faziam qualquer homem de mente vazia gastar todas as suas economias com noites de satisfação e alegria, contudo, passageiras. Elas eram fortes e com alto poder de persuasão. A maioria das belas e jovens ninfas procurava por homens que nunca se deitaram com mulher, para degustarem ao máximo e realizarem suas maiores fantasias. A serva do taverneiro não sabia, mas o coração de Thamior estava preenchido por um amor.

Os pensamentos do garoto foram desviados quando Aust serviu-lhe vinho.

— Momentos de descontração fazem parte nessas horas — afirmou Heian.

— É, mas precisamos nos concentrar... — disse Aust.

— Sim, isso é muito importante! — concordou Thamior, bebendo vinho e olhando para cima.

— Como disse, Quarion e Rurik não são confiáveis, porém, Rurik está contra Quarion por todos esses anos — Heian retomou.

— Então Quarion é nosso aliado? — perguntou Thamior claramente confuso.

— Mas se Rurik não está indo em direção a Rarakina, para onde ele está indo? — perguntou Aust.

— Neste momento, Rurik, com três navios abarrotados de guerreiros, está indo para as Ilhas Gêmeas. — Heian descreveu a rota de Rurik com seus dedos correndo sobre um dos mapas. — Soube disso porque os dragões de Quarion são bons visualizadores e o elfo possui diversas águias mensageiras — completou o rei.

— Mas Heian... — interrompeu Thamior. — E se Quarion estiver mentindo? E se for alguma armadilha?

— O garoto está certo, senhor! Rurik e Quarion... Ambos invadiram cidades e reinos... Lembram-se da vila dos monges? — argumentou Aust.

Ao escutar as razões de seu tio, Thamior pensou em Snike Riller, o misterioso estudioso.

— Vocês não fogem da razão — respondeu Heian. — Entendo as posições de cada um dos dois, porém, Rurik está atrás de Quarion há um bom tempo. Rumores de que Quarion passou por Rarakina foi o que fez Rurik nos invadir... — Respirou fundo por lembrar-se de tantos homens mortos.

— E sobre a vila dos monges, Quarion tem a ambição do conhecimento da imortalidade. Mas ele seria imortal? — Heian passou a mão em sua cabeça.

A dúvida e silêncio pairaram no ar por alguns segundos, enquanto o rei abria alguns pergaminhos e anotações.

— Às vezes não sei se o que planejei está totalmente correto.

Thamior e Aust não podiam participar muito naquele momento, pois a dúvida também pairava sobre suas mentes. Heian olhou para os dois e disse:

— Para que tudo dê certo temos de nos separar. Assim, interceptaremos Balderk Folker e Rurik Loderr.

— Uma divisão tornará nosso exército fragilizado, não acha, senhor? — questionou Thamior, com certo receio, olhando para as anotações do rei. — Vejo que já possui uma divisão escrita. Alguns nomes... — Thamior tentava entender o que Hein escrevera.

— Sim! Caso a divisão seja mal feita, poderemos ir à perdição — concordou Aust, olhando junto com Thamior para as anotações.

— Pensei que você pudesse ir para as Ilhas Gêmeas com seus piratas e mercadores, além de Thamior e mais alguns homens. Assim, poderão ajudar Quarion... — disse Heian a Aust, observando que Thamior ficara confuso e receoso. — Ficarei aqui com os guerreiros das montanhas e com um grande grupo que veio do leste, que, além de armamentos, estão munidos de poções e ervas de curas — completou Heian.

— Temos homens o bastante para destruir os guerreiros de Rurik, mas será que terão o bastante para destruir Balderk Folker e seus goblins? Afinal, foi um deles que destruiu meu pai! — disse Thamior, sob a forte e dolorosa lembrança do machado encravado no peito de Theylor.

— Conseguiremos destruir os goblins de Balderk, esteja certo! Já tenho inclusive arqueiros posicionados na praia! Já os derrotamos uma vez, podemos derrotar novamente! Estamos preparados, Thamior! — respondeu Heian, bebendo outra golada de vinho.

— Disso não tenho dúvida! Meus homens ficarão felizes em saber que irão atrás de Rurik Loderr — Aust se pronunciou. — Thamior, levaremos Snike Riller! É bom ter alguém que conheça de magia.

— Creio que Aramil e Mira ficarão! Aramil não perderia o reencontro com Balderk — disse Thamior suspirando de preocupação.

— Bem, creio que formamos dois grandes grupos de batalha! Vamos anunciar o fato a todos e iniciar os preparativos para seguirem rapidamente para as Ilhas Gêmeas. Partirão amanhã!

Heian ergueu seu copo com pouco vinho para um brinde. Thamior e Aust, sem hesitar, levantaram ambos seus copos e brindaram com rei. Sabiam que dali para frente não se veriam com tamanha frequência.

— À vitória! — disse Thamior.

— À vitória! — responderam os outros dois companheiros.

Naquele instante, Braukios entrou no aposento.

— Mandou me chamar, senhor? — Braukios se aproximou, olhando diversos mapas sobre sua mesa, pensando que jamais aquele espaço fora utilizado para algo tão importante. Era apenas um suporte para bebidas e danças sensuais.

— Sim, Braukios. Reúna todos e diga para os bandoleiros cessarem as canções. Precisamos de atenção!

— Claro, senhor, imediatamente! — respondeu Braukios indo para a porta. Hesitou em seu andar e voltou questionando:

— O aposento está como planejou? Pergunto, pois fiz algumas arrumações.

— Está tudo excelente, Braukios, não se preocupe! — ironizou Heian. O taverneiro sorriu, não entendendo que seu aposento era um verdadeiro furdunço.

Braukios sentiu-se aliviado por agradar a todos e seguiu rapidamente pelas escadas fazendo barulho devido ao seu peso. Rapidamente, o barulho da taverna cessou e Heian resolveu descer com Thamior e Aust.

Capítulo XVI

Suor e lágrimas

Mais guerreiros ocuparam a cidade de Rarakina nas últimas horas. Praticamente não havia diferenças de classes ali. Eram todos guerreiros! Homens dispostos a se vingarem pela destruição de seus lares, pela dor da perda de familiares, tudo causado por criaturas vindas de outro extremo do mundo. Moviam-se pelo ódio que preenchia seus corações desde então, dispostos a destruir tudo que pertencesse a Rurik Loderr.

Heian explicou com detalhes cada parte de sua estratégia, apontando Thamior e Aust como os novos líderes ali. O jovem filho de Theylor sentia-se, enfim, um verdadeiro guerreiro, livre para poder vingar-se da morte de seu querido pai e poder rever sua família. Aramil observava Thamior durante toda fala de Heian, sentia orgulho de seu primo.

À medida que as dúvidas eram tiradas, o vinho era servido junto com o que ainda restava da carne de javali. Após Heian terminar seu pronunciamento e receber reverência de todos, os piratas de Aust, com suas vestes sujas e mal cheirosas, entoaram uma canção. Levantaram-se, ergueram suas canecas, e cantaram com o auxílio de alguns bandoleiros:

Irmãs Gêmeas, irmãs más,
Penetrantes como água fria.
Água fria que vem do mar
Áspero e árduo,
Misterioso e saudoso,
Maligno e mortal.
Irmãs Gêmeas, ilhas más,
Onde Rurik sentirá
As espadas dos verdadeiros,
Verdadeiros piratas do mar.

Thamior estava muito confiante nos piratas comandados pelo seu tio. Muitos ali não tinham objetivos futuros, aliás, nem presentes, afinal, não tinham uma família construída. Tudo que planejavam era imediato. Eram apenas necessidades urgentes. Sentiam-se sempre fortes e empolgados diante de qualquer batalha, melhor ainda se fosse em alto-mar.

O ambiente se calou por alguns instantes, sendo preenchido por fumaças liberadas dos cachimbos de cano longo.

— Um brinde a todos! — Braukios levantou sua enorme jarra, quebrando o silêncio.

— Seguiremos para o desconhecido! — completou Thamior. — Temos guerreiros fortes e hábeis, com sede de vingança! — prosseguiu aumentando o tom de voz. — Morte a Rurik Loderr! — bradou, fazendo com que todos gritassem, até mesmo os guerreiros que estavam do lado de fora da taverna.

— Balderk Folker sentirá o ódio de Rarakina! Sentirá nossas lâminas penetrando em seu pescoço! — disse Aramil, fazendo a taverna ser preenchida por um só grito e por dezenas de adagas sendo fincadas nas mesas de madeiras.

Descendo as escadas com Heian e Thamior, Aust ordenou, em um movimento de braço, que seus homens se organizassem rapidamente para o início da grande caçada. A taverna ficou mais agitada do que antes. Muitos saíam e carregavam alimentos e outros mantimentos. Começava outra etapa de organização.

Heian ordenou aos piratas e aos demais guerreiros que terminassem de pegar os últimos mantimentos. Planejaram sair ao amanhecer. Não iriam sair pelo cais que Thamior conhecia por outro ponto da cidade, o qual muitos desconheciam. Assim, não haveria perigo de serem atacados.

Uma parte do grupo comandado por Heian estava praticamente pronta para se hospedar na floresta de Rarakina à espera de Balderk. Muitos nunca haviam lutado em praias ou bem próximo ao mar, portanto, seria desvantagem para Rarakina surpreender Balderk Folker no seu desembarque. Preferiram surpreendê-lo na floresta, escondidos entre as árvores, munidos de suas flechas, reduzindo assim o número de criaturas que alcançaria a cidade. Iniciaram-se ali os preparativos para o conflito histórico entre goblins, humanos, elfos e anões.

Enquanto Thamior descia, Snike Riller aproximou-se.

— Thamior, será um prazer seguir com você para Ilhas Gêmeas! — cumprimentou-o, segurando seu braço.

— Sabia que iria conosco, Snike — disse Thamior, meio desconfiado.

Snike estaria contra Rurik ou contra Quarion, nosso novo aliado? Thamior perguntava-se em seus pensamentos.

Essa era a dúvida que corroía a mente de Thamior, mas resolveu não pensar mais nisso. Ficou feliz por Snike estar presente. Era um bom estrategista e repleto de enigmas e histórias.

— Vou pegar alguns de meus pergaminhos que deixei em sua casa, tenho permissão? — perguntou Snike.

— É claro, Snike. A casa é nossa! A porta sempre estará aberta para você! — Thamior sorriu.

Snike não sorria sempre, mas ali o fez, surpreendendo Thamior. Agradeceu e saiu da taverna com uma destreza surpreendente. Thamior sabia que a vingança do amigo não era contra Rurik Loderr, também sabia que sentia-se triste e sozinho sem seu povo.

Aramil e Mira aproximaram-se de Thamior.

— Parabéns, Thamior, pela confiança do grande Heian de Rarakina — disse Mira, com sua voz doce e suave.

— Sim, meu primo, você merece! Irá de encontro a Rurik Loderr! — disse Aramil, cumprimentando-o.

— Senhores, sei que ficarão com Heian. Não posso perder a oportunidade de encontrar com Balderk novamente, certo? — sorriu.

— Balderk sentirá o amargo gosto de minha ambidestria! — disse Aramil, sendo empurrado por Mira, que o corrigiu.

— Nossa ambidestria!

— Gostaria que lutássemos juntos novamente, mas Rarakina precisa de vocês! São bons guerreiros! — Thamior os acompanhava até a saída da taverna.

— Preciso que fure o coração de Rurik Loderr como uma flecha atravessa uma maçã! Pelo meu tio!

— Esforçarei-me para isso! — disse Thamior, colocando a mão sobre o ombro de Aramil.

— Vamos arrumar nossos equipamentos! Temos muitos a quem matar! — disse Mira, friamente.

— Será um prazer! — respondeu os dois simultaneamente.

A taverna de Braukios rapidamente foi-se esvaziando. O momento festivo chegara ao fim, portanto, a concentração era para a batalha que estava próxima. Estavam empolgados e ansiosos. A cidade estava abarrotada de guerreiros, caixas de mantimentos e armamentos, puxados por cavalos. Todas as charretes do mercado Hucrale estavam sendo usadas neste primeiro e importante momento. Todos os homens ajudavam-se naquela noite abafada. Mais tochas eram acessas e canções antigas eram entoadas pelos bandoleiros, que não sabiam fazer outra coisa a não ser atritar seus dedos contra as fantásticas e preciosas cordas de suas violas.

Thamior, Snike, Aust e os piratas estavam se aprontando em uma extremidade de cidade, bem próximo ao mercadinho Hucrale. Amarravam suas novas armaduras, embanhavam suas novas espadas e arrumavam seus cintos de utilidades. Thamior sentia falta da espada de seu pai, que, naquela altura, estaria com algum escravo de Balderk ou no fundo do mar.

Heian, Aramil, Mira e os principais guerreiros das montanhas conversavam e organizavam as zonas estratégicas próximas aos pés da floresta de Rarakina. Thamior de vez em quando olhava de relance para o local onde havia encontrado seu pai. Sentiu o momento da morte, mas a dor não o dominava porque sabia que estava defendendo sua família e chegando cada vez mais próximo da promessa que fez.

Já estava de madrugada e as horas foram passando rapidamente. Fogueiras pediam mais matéria-prima para se sustentarem. Já não havia óleo para alimentar as chamas das tochas. Deveria ser reservado para a próxima escuridão. Os músculos dos guerreiros menos experientes estavam doloridos pelo esforço. Piratas cantarolavam sem deixar escapar nenhuma canção. O sol estava se apresentando no horizonte quando Thamior, perto do novo cais, subiu no último grande caixote e pronunciou, antes de entrar no navio.

— Tudo pronto para nossa partida! — Ergueu a espada. — Vamos rumo ao desconhecido em busca da liberdade para nosso povo! — Girou sua espada, inspirando a todos.

— Que Philleiron os guie! — disse Heian.

— Em breve estaremos juntos, comemorando nossa vitória — disse Aramil, abraçando-o.

— Runus, a águia, interceptará vocês em um determinado ponto. — Heian apontava para a ave que estava na proa de uma das embarcações. Uma águia negra com a cabeça branca, bico avermelhado e olhos azulados. Em sua pata havia vários cordões para anexos de pergaminhos. Estava imponente e apresentava bastante saúde.

— Em breve estaremos juntos e com o povo de Rarakina — Thamior despediu-se dos dois.

— Cuide-se meu primo! Temos que abraçar Sarah e Larah dentro de alguns dias. Por favor, não invente desafios contra novos inimigos! Deixe isso para quando estiver do seu lado.

— Pode deixar, Thamior! Não me envolverei em novas encrencas. Já tenho uma grande, não é?

— Não tão grande para você! Fique bem! Sentirei sua falta! Proteja-se! — aconselhou Thamior.

— Vá! A viagem é longa! — disse Heian, batendo na armadura metálica de Thamior.

Thamior ordenara a seus piratas que saíssem. Aust já estava dentro do navio, tentando controlar os piratas mais farristas.

— Fiquem com Philleiron, todos vocês! — Thamior entrou no bote que o levaria até o grande navio. Enquanto o bote se distanciava, olhou para seu primo. Era a segunda vez que estariam se separando. Thamior suspirou, abaixou a cabeça e fez uma oração.

Todos que estavam observando acenaram um adeus. A esperança de ver aquele mesmo grupo novamente dominava os pensamentos de todos. Estavam animados, mas não se podia negar que havia certa ansiedade e receio. A visão dos navios se distanciando pelos cânticos se deu até o momento em que o sol cegou a todos que estavam no cais. Após perderem os navios de vista, retornaram à cidade.

— Thamior é um bom guerreiro! — afirmou Heian, andando a largas passadas ao lado de Aramil.

— Sim, senhor! É de família, está no sangue! — respondeu Aramil, demonstrando ironicamente que esta era também uma característica sua.

— Espero que aquele verme cuide dele — falou, referindo-se a Snike.

Havia menos homens em Rarakina agora, pois muitos já haviam partido para a floresta. Em sua grande maioria, arqueiros com suas aljavas abarrotadas de flechas. Muitos homens, chamados de olheiros, conheciam a floresta como a palma de suas mãos. Subiam em árvores bem localizadas e conheciam os melhores pontos para ataques. Montaram armadilhas com buracos e folhagens para capturar os pequenos goblins, foram orientados a não assarem nenhum alimento e nem ascenderem fogueiras. Não podiam chamar atenção. Heian acreditava que muitos goblins viriam com tochas iluminando a floresta.

Em cada canto da cidade havia grupos de guerreiros bem equipados e obedecendo às ordens do rei, assumindo seus postos. Mira estava ajudando a encher as centenas de cantis com água fresca e limpa da fonte da cidade, enquanto Aramil apresentava a Heian e outros guerreiros sua especialidade na cozinha: o Luzeh, sua bebida azulada.

Após algumas horas daquele dia, o tom azulado e saboroso chegou junto com o vento frio do início do anoitecer. As tochas estavam sendo acesas em Rarakina. Cada posto de observação abrigava olheiros equipados com arcos, flechas longas e espadas. Pelo portão principal da cidade não era observada qualquer movimentação de gente se aproximando. Heian estava certo: Balderk viria pela floresta.

Após dois dias de espera e boas doses de Luzeh, Rarakina estava silenciosa e fria. Estava de noite e as labaredas das tochas dançavam livres e espontaneamente pelo ambiente. Todos olhavam em direção à floresta esperando alguma novidade, algum movimento ou som diferente vindo das altas copas das árvores, que pareciam brigar em seu topo. Naquela noite fria, arrepios e suspiros eram as únicas expressões dos guerreiros. Aramil olhou para Heian e outros guerreiros.

Mira olhou para Aramil admirando-o, pois sabia que perdendo aquele homem, nunca teria o respeito e a dedicação de mais nenhum outro. Aramil olhou nos olhos de Mira, que estava um posto atrás do seu, fez um sinal de positivo com a cabeça e a fez ler em seus lábios que tudo ficaria bem.

Imediatamente após essa mensagem, Aramil foi desviado de sua concentração quando um dos guerreiros disse, ofegante:

— Viram pontos luminosos no interior da floresta, estão aumentando! Parecem fogueiras enormes!

— Goblins estão sendo queimados, senhor! Uma quantidade enorme deles. Posso sentir o cheiro da carne em brasa — disse Krihuf, um dos melhores arqueiros de Heian.

O rei apenas observava, sem pronunciar uma palavra sequer. Sabia do poder e das estratégias de Balderk, o que lhe trazia um mau pressentimento.

Duas horas mais tarde, o fogo parecia consumir galhos secos e velhos. Na cidade, os que ali permaneceram estavam curiosos e temerosos. Não sabiam o que estaria por vir de encontro a eles. Instantes mais tarde, puderam escutar os primeiros sons de batalha. Gritos de homens, grunhidos de criaturas, urros de assombro e dor que podiam ser percebidos a muitos metros do local. Todos aguardavam apenas o momento de lançar seus machados, adagas e flechas no ar. Os minutos foram se passando e a intensidade dos barulhos ia aumentando. O coração dos guerreiros batia forte, suor frio, respiração ansiosa e ofegante.

— Fiquem atentos a qualquer movimento, senhores! — gritou Heian.

— Senhor, alguém se aproxima! — um dos olheiros gritou, sacando seu arco. — Mas creio que seja um dos nossos!

Um jovem arqueiro saiu do emaranhado da floresta, gritando. Ele estava muito ferido. Heian aproximou-se do homem que, sucumbindo ao cansaço, caiu de joelhos próximo aos pés do rei.

— Onde estão os outros guerreiros? O que aconteceu lá dentro? — perguntou Heian, agachado, tentando ajudar seu guerreiro.

— Eles são muitos, senhor… — Tossiu sangue. — Possuem bestas…

— Cães carniçais! — gritou Heian para que os demais guerreiros ouvissem.

— Eles subiram nas árvores e nos atacaram, senhor! Também nos banharam com fogo! Não tivemos muito o que fazer! São muitos… — Tossiu novamente, à beira da morte.

Todos ficaram inseguros ao que estaria prestes a vir. Agora o medo dominava a mente dos humanos. O medo de nunca mais encontrarem seus amados familiares e de nunca mais apreciarem uma boa comida. Quebrando aquele silêncio mortal, Braukios gritou, animando a todos:

— Que venham bestas, goblins ou qualquer coisa! Sentirão o gosto da lâmina de meu machado! — Girou com habilidade sua arma.

Heian fechou os olhos, levantou-se e gritou:

— Venha, Balderk Folker, com suas criaturas dos cantos moribundos da Terra! Sentirão a ira dos humanos! — bradou, em posição de batalha.

Todos gritaram, gritos encorajados pelo ataque a Balderk. Quando o jovem olheiro estava a ponto de dizer algo mais ao rei, uma flecha deslizou sobre o ar perfurando seu pescoço. Caiu e morreu aos pés do seu líder. Após a primeira morte, o barulho cessou por alguns segundos, permitindo que as risadas das bestas no interior da floresta fossem claramente ouvidas. Os guerreiros de Rarakina ergueram seus escudos sob o som doloroso dos gritos de Heian, que sentia o ódio corroer suas veias enquanto posicionava leve e respeitosamente no chão o corpo de seu guerreiro derrotado.

— Apareça, Balderk Folderk, filho de Smouth Folker! — gritou Heian, olhando em todas as direções.

Não houve resposta, apenas ruídos e granidos das criaturas. Algumas árvores atrapalhavam a visão dos arqueiros e o fogo estava dominando boa parte da vegetação seca. Procuravam um alvo inimigo para não lançarem flechas às cegas, afinal, eram armas poderosas que não poderiam ser desperdiçadas.

De repente, como um raio, flechas saíram das folhagens e perfuraram outros olheiros das torres, que não tiveram um segundo sequer para reagirem. Foi quando uma voz áspera e grossa alcançou os ouvidos de todos.

— Heian... Heian...

Era Balderk Folker. Todos sentiram um arrepio na espinha. Com certeza isso foi uma boa investida dos goblins, pois os guerreiros que estavam no interior da floresta não foram páreo para deter as criaturas de Balderk. Após escutar a voz do anão, Aramil deu alguns passos para frente.

— Balderk Folker! Finalmente teve coragem de pisar em meu solo — disse Heian

— Achou que seus covardes iriam destruir meus goblins, assim, trepados em árvores? — Balderk provocava a todos e os risos dos goblins foram escutados.

Os cães carniçais latiam com fome de carne e sangue humano. Uma comida saborosa, pois estavam famintos após dias de viagem.

— E você acha que suas criaturas asquerosas conseguirão resistir às nossas lâminas? — questionou Heian, fazendo as criaturas se calarem.

— Ainda na solidão, Balderk Folker? — gritou Aramil, rindo ironicamente.

Um silêncio preencheu o ar por alguns instantes.

— Aramil Galanodel, finalmente nos encontramos! Mensageiros sempre corretos em divulgar onde o bando moribundos de rebeldes estaria. Matarei Mira na sua frente, pobre ninfa! — Os goblins começavam a bater com suas espadas curtas em seus escudos de madeira.

— Venha até mim, seu porco insolente! — gritou Aramil.

Ninguém em Rarakina via qualquer movimentação no interior da floresta. Alguns homens, furtivamente, mudavam de lugar procurando novos pontos estratégicos para a batalha.

— Heian, ofereço-lhe uma chance de entregar-se! Posso usar seus humanos para limparem meus navios, pois esses goblins fizeram algumas sujeiras no caminho! São imundos! — sugeriu Balderk, com tom irônico.

— Agradecemos o convite, pobre anão! Mas prefiro ter o sangue de todos vocês sujando o meu solo — respondeu Heian.

Mais uma vez o silêncio se estabeleceu e após alguns segundos de inquietação e espera de voz de um dos lados da batalha, goblins saíram da floresta saltitando e atacando, com grande destreza, os homens de Rarakina. Flechas atiradas cruzavam os céus acertando algumas das criaturas horrendas, porém, foi o ataque corpo a corpo que prevaleceu. Era o começo real da incrível e esperada batalha.

No centro de Rarakina prevalecia uma noite pouco iluminada. Mas na floresta, o fogo consumia rapidamente outra leva de galhos secos e o solo já começava a ser tingido de sangue. Além de flechas, machados e adagas, tochas também eram lançadas contra os inimigos. Os cães carniçais pulavam nos pescoços dos guerreiros de Heian como verdadeiros predadores. Os deuses pareciam apenas olhar tudo aquilo, sem interferências. Caos e sofrimento se instalavam a cada gota de sangue derramado.

— Destruímos vocês uma vez e vamos destruí-los novamente! — disse Heian, rodando sua espada à espera de outro goblin.

Não parava de sair criaturas da floresta, que se assemelhavam a um formigueiro. Saíam de todos os buracos, fazendo os guerreiros de Rarakina recuarem. As criaturas eram diferentes. Esses clãs eram mais fortes e bem treinados. Com suas vestes mal cheirosas e suas diversas adagas, os pequenos habitantes das terras sujas degolavam guerreiros com brilho no olhar. Os minutos passavam rapidamente, mas, como em qualquer outra batalha, pareciam horas. E o cheiro de sangue logo atraiu alguns animais e aves carniceiras.

Finalmente, Balderk Folker saiu da floresta, acompanhado por dois fortes goblins, talvez os maiores já encontrados. Um deles era Loppi. Aramil e Mira se distanciaram da batalha como estratégia natural de defesa. Heian exibia suas habilidades lado a lado com outros guerreiros. Era tanto sangue em sua espada longa que chegava a escorrer em seu punho. O sangue da vingança e da morte.

Balderk rodava seu machado de guerra anão que mais parecia um escudo de metal, pois nenhum homem conseguia atingi-lo. De vez em quando, o anão gritava o nome de Aramil ao vento, matando um guerreiro atrás do outro.

O conflito estava equilibrado. Corpos de goblins e humanos caiam ao chão. Alguns objetos e corpos eram lançados ao ar, quebrando algumas lamparinas e espalhando o óleo, aumentando as labaredas ao redor do duelo. O brilho do fogo fazia refletir os rostos suados e manchados dos guerreiros. Algumas construções de madeira da cidade eram incendiadas rapidamente naquele que já parecia ser um conflito sem fim. Os estalos das madeiras queimando e a queda das estruturas das casas e do comércio assustavam a todos.

Em poucos golpes, Heian percebeu que já havia perdido muitos homens. Um ar de preocupação rondava a cabeça de Aramil enquanto

Balderk estava esperançoso e confiante em sua vitória. Heian vacilou ao assustar-se com uma grande labareda e foi perfurado na perna direta por um goblin ao chão, já prestes a morrer. Instantaneamente, liberou um grito de dor, ajoelhou-se, mas isso não foi o bastante para deter o rei, que conseguiu cortar a criatura ao meio. Rapidamente, Aramil o ajudou.

— A cabeça de Balderk é minha! — disse, puxando Heian para um local mais seguro.

— Pode deixar — respondeu Heian, lançando uma pequena adaga em um goblin atrás de Aramil.

Balderk intimidava seus inimigos com gritos de ataque. O vento frio que vinha do sul não conseguia entrar naquele espetáculo de horror, onde centenas de corpos já eram vistos amontoados uns sobre os outros. Balderk já sentia o gosto da vitória, pois os homens de Heian estavam ofegantes, apenas tentando se proteger e atacando como dava. Um fio de desesperança começou a se formar.

— Montanheses! — gritou Heian, chamando a atenção de Balderk e dos goblins.

De algumas casas, os grandes guerreiros das montanhas saíam destruindo as portas e janelas aos gritos sincronizados de ataques, que assustaram e desestabilizaram os inimigos. Heian sabia que Balderk viria com todo seu exército de goblins e resolveu guardar sua principal arma para mais tarde. Os guerreiros das montanhas, conhecido como Montanheses, eram seres altos e dotados de músculos avantajados, pois a geografia de seu habitat os favorecia neste desenvolvimento. Tinham enormes e mortais clavas com espinhos e, além disso, suas técnicas eram rudimentares, o que, naquela altura, era algo inesperado, porém mortal. O fato de estarem lutando em um ambiente plano os colocava em vantagem em relação aos goblins. Não eram andarilhos, mas sim grandes residentes, acostumados ao frio e ao calor do terreno infértil e inóspito. Defendiam seu povo de todas as maneiras, com um espírito guerreiro que fazia todos pensarem que tinham poderes divinos. Os goblins se assustaram com o tamanho daqueles humanos, mas logo foram encorajados, ao escutarem Balderk gritar:

— Isso está ficando cada vez melhor! Vamos, criaturas, ataquem!

Os Montanheses, com suas clavas, faziam os corpos dos pequenos goblins saltarem pelo ar. Eram fortes e imponentes, mas não o bastante para intimidar todas aquelas criaturas destemidas, treinadas por anões guerreiros.

A chegada do grupo renovou as esperanças dos guerreiros de Rarakina. Heian ficara feliz com sua estratégia, porém, essa entrada triunfal acabou desconcentrando Mira, que se pôs de costas para o inimigo, preocupando seriamente Aramil. Um goblin percebeu essa falha e saltou para atacá-la, mas Aramil lançou uma de suas espadas ao ar acertando fatalmente a criatura. Mira olhou para trás e, assustada, sentiu-se aliviada pelo golpe de Aramil tê-la salvo. Numa troca de olhares em fração de segundos, Aramil percebeu Balderk se aproximando de Mira com seu grande machado. Sua expressão mudou de imediato.

— Mira, cuidado!

O alerta não impediu que Balderk atingisse o peito de Mira, lançando-a pelo ar a três metros de distância. A ninfa gritou, fazendo o corpo de Aramil estremecer.

— Não! — gritou o guerreiro, correndo em direção ao anão e pegando outra espada curta que estava fincada num goblin.

— Venha, Aramil Galanodel, seu verme! — Balderk correu na direção de seu rival.

Os goblins abriram o caminho para a passagem de seu mentor e, em segundos, um grande machado se chocou contra duas fortes espadas cruzadas. Os olhos de Aramil expressavam apenas uma coisa: ódio. Ambos guerreiros estavam frente a frente outra vez, agora no maior duelo de suas vidas. Só um sairia vencedor daquela batalha. Enquanto trocavam golpes e palavras, a luta entre os demais guerreiros era incessante. Mira estava no chão. Aramil não sabia se ela estava morta, mas tinha a convicção de que destruiria Balderk.

Os minutos se passavam e a noite avançava. Roedores e aves já se deliciavam de alguns corpos com sangue ainda quente. De vez em quando, Aramil se desconcentrava por ver o corpo de Mira ensanguentado estirado pelo chão. Conseguia sentir o poder do anão guerreiro, que configurava golpes fortes com muita habilidade. Ninguém ousava atrapalhar aquele momento, ainda mais porque Heian e os Montanheses estavam se sobressaindo aos seus inimigos.

Enquanto todos os humanos estavam mais esperançosos no combate, Heian percebia na floresta alguns olhos vermelhos observando aquele momento fúnebre. Eram lobos atrozes vindos de regiões próximas. Os lobos não tinham donos, a não ser quando fortemente enfeitiçados. Eram criaturas famintas que viviam em florestas densas, e faziam suas migrações invadindo centros de reinados e cidades ao anoitecer, à procura de alimento. O cheiro de morte atraiu seus instintos selvagens, isso preocupou o rei. Ao ouvirem um grande uivo, todos paralisaram seus ataques e olharam na direção da floresta negra de Rarakina. Os olhos vermelhos fitavam a todos. Guerreiros estavam sendo vigiados e ninguém podia imaginar quando, nem como seria o ataque daquelas criaturas. Quando outro uivo fora escutado, cerca de vinte lobos atrozes saíram da floresta ao encontro de seus jantares.

Tanto humanos como goblins recuaram diante do ataque dos lobos, famintos e desorientados. Os goblins ficaram em desvantagens, por serem menores e por não terem a maioria de seus cães carniçais ao lado para proteção.

— Adoro carne de lobo assada! — gritou Braukios, erguendo seu machado e indo de encontro aos lobos atrozes. Eram grandes, de quase dois metros de comprimento, excluindo a calda. Foi de um combate, onde o sangue dos guerreiros estaria frio, aquela criatura intimidaria somente com seu andar. Juntava-se aos corpos ensanguentados outro tipo de criatura, que não possuía aliados, apenas inimigos. Goblins e humanos defendiam-se e atacavam-se ao mesmo tempo. Um cenário de batalha completo, complexo e repleto de habilidades, fome e morte.

Um dos lobos pulou no peito de Aramil, derrubando-o, mas com uma rápida investida, o jovem levantou-se e travou um duelou com a enorme criatura, que uivava e mostrava seus dentes para assustá-lo. Aramil acabara se esquecendo de Balderk Folker por alguns instantes, porém, o anão seguia de olho no garoto, indo em sua direção para matá-lo com seu machado. Aramil cortava o lobo várias vezes, mas a criatura não desistia, atacando de volta com arranhadas profundas no pescoço do guerreiro, fazendo-o gritar de dor. Balderk se aproximava lentamente, deliciando-se ao ver seu inimigo sendo atacado.

— Não o coma, lobo! A carne dele é podre! — Balderk, rodando seu machado, dirigiu-se ao lobo como se este o entendesse.

Ao escutar a voz de Balderk, o lobo sentiu-se ameaçado pela presença do anão e se distraiu por um relance. Fora o bastante para Aramil encravar uma de suas espadas no pescoço da criatura, matando-a de imediato. E com tamanha velocidade, com o cabo de seu machado, Balderk acertou a cabeça de Aramil, fazendo-o ficar inconsciente por alguns segundos. O anão usou tanta força que caiu ajoelhado, próximo ao corpo do humano.

— Levante-se, Aramil! Quero que me veja matando você! — Balderk estava com um dos joelhos no chão, terminando de se reerguer.

Aramil recuperou sua consciência e, ainda deitado, empurrou o corpo de Balderk com suas pernas, fazendo-o se desequilibrar por completo. Aramil havia chutado o joelho que servia de apoio ao corpo do anão, acabou deslocando-o. Balderk gritou de dor. Com a ajuda de suas espadas, Aramil levantou-se e foi em direção ao corpo do anão.

— Quem diria, hum?! Balderk Folker caído no chão... — disse, cuspindo sangue no corpo do anão.

Balderk sorriu e antes que dissesse alguma coisa, Aramil lançou uma de suas espadas na outra perna do anão. Esse ferimento impossibilitou-o de se levantar. Alguns goblins ao redor se assustaram por ver Balderk no chão, rapidamente correram em direção a Aramil. Porém, foram interceptados pelos guerreiros de Rarakina. Sabiam que aquele encontro era pessoal e nada poderia atrapalhar Aramil.

— Esta foi pelo meu tio! — gritou Aramil, cambaleando em direção ao anão, cravando outra espada na outra perna de Balderk, que urrou de tanta dor enquanto se rastejava. — E essa é por Mira!

— Ela... — Balderk tentava se pronunciar. — Ela está morta, seu tolo... — Balderk tossia. Tirou seu elmo para respirar melhor.

Aramil olhou para o corpo de sua amada, na mesma posição, e desviou-o de volta ao anão, que ria.

— Por que está rindo? Está feliz que vai morrer? — Aramil sacou uma espada do chão.

— Rurik Loderr destruirá todos vocês... — disse, ainda às gargalhadas. — E saiba que nenhum homem me matará! — disse, sacando uma adaga de sua cintura e apontando-a para Aramil.

— Essa adaga não vai me ferir! — Aramil cuspiu outra quantia de sangue, sorrindo, mostrando seus dentes avermelhados. Aproximou-se do anão e preparou o seu último ataque.

— Rurik, por Kroldenn! — gritou Balderk, perfurando o próprio pescoço, dando adeus ao mundo material.

— Não! — gritou Aramil, segurando a mão do anão. — Desgraçado covarde! — Aramil perfurou ainda mais o corpo do inimigo, mas Balderk Folker, filho de Smouth Folker, morrera por suas próprias mãos.

A raiva de não ter matado Balderk com suas espadas fez com que Aramil arremessasse longe o corpo do anão para os lobos. Mas somente um ou outro ainda estava por ali. Muitos correram de volta para a floresta uivando de dor pelos ataques sofridos. O corpo morto de Balderk assustou até mesmo os guerreiros de Rarakina. O grito de Aramil fez com que todos o olhassem. Os goblins restantes olhavam intimidados para seus inimigos. Os ataques foram cessados, pois sabiam que não havia mais razão para lutarem. Seu mestre pagador acabara de morrer. As criaturas do anão de Kroldenn se renderam jogando suas espadas ao chão, ajoelhando-se e implorando por piedade.

Os poucos guerreiros que sobraram olharam para Heian à espera de alguma resposta. O rei suspirou fechando os olhos. Sua respiração estava mais ofegante do que nunca. Mesmo com o ferimento em sua perna, havia lutado. Estava sentindo dor e havia perdido muito sangue. Deixou o vento tocar em sua face e então disse:

— Desejam falar alguma coisa? Goblins malditos! — Empurrou com seu escudo uma das criaturas à sua frente.

— Iremos trabalhar para vocês! — disse Loppi, erguendo-se. Com assovios, ordenou a todos os outros que fizessem reverência.

— Trabalharão para os homens de Rarakina? — perguntou Heian.

— Sim! Sim! — respondeu Loppi com esperança.

Heian olhou seus homens. Todos estavam tentando recuperar o fôlego. Viu seus companheiros mortos ao chão. O silêncio e o som da tristeza mescladas com a solidão das famílias que perderam seus membros já poderiam ser sentido no coração dele. Suspirou. Segurou firme o cabo de sua espada e disse:

— Já temos homens suficientes! E os melhores! — Usou suas últimas forças para degolar Loppi. O sangue espirrou em seu rosto enquanto a cabeça colidiu com outros corpos. Após esse ataque, todos os goblins foram mortos.

O conflito acabara. Rarakina vencera mais uma batalha, porém, à custa de muitas vidas ceifadas. Restou apenas cerca de quarenta guerreiros. Heian puxou o ar com dificuldade e gritou:

— Vitória!

No momento em que seu corpo iria cair, foi segurado por alguns homens que estava próximo a ele. Em seguida, ajoelharam-se no chão, em forma de agradecimento a Philleiron.

Aramil, com dificuldade e bastante ferido, correu em direção à Mira. Rapidamente, outros guerreiros o acompanharam. Loi, um dos aprendizes de Muratreff, tocou no pescoço de Mira e percebeu que seu corpo ainda estava quente.

— Acho que ainda está viva! — disse, avivando o coração de Aramil. — Com a pancada deve ter desmaiado… — Observou o ferimento do peito de Mira.

— O que podemos fazer? — perguntou Aramil, desesperado.

— Temos que aguardar Muratreff retornar! — respondeu Loi. — Enquanto isso, dosamos algumas poções de cura para estancar os ferimentos!

— Vamos levá-la junto com os outros poucos que sobreviveram para a taverna de Braukios — disse Aramil.

Rapidamente, todos ajudavam os corpos que ainda respiravam. No momento em que eram carregados ou arrastados, gemidos de dor e alegria podiam ser ouvidos. Alguns guerreiros ainda terminavam de matar criaturas que se rastejavam. Rarakina estava vazia em comparação com horas antes. O sabor de vitória estava amargo por conta da mistura com o gosto do sofrimento.

O alívio reinava no coração de todos e a ansiedade em ver seus familiares crescia à medida que entendiam que Balderk Folker e suas criaturas haviam sido derrotados. Um ar de felicidade pela vitória e de tristeza por tantas perdas. Essa contradição tamanha fez os guerreiros orarem a Philleiron para guiar o espírito dos mortos e por seus parentes, para que ficassem bem.

O fogo ainda consumia boa parte da floresta de Rarakina, porém, estava diminuindo. Galhos e folhas verdes evitavam a dispersão do fogo, mas a fumaça perturbava os sobreviventes, que respiravam mal. Após horas do conflito, o cheiro dos corpos já era fortemente sentido. Todos preparavam o ritual de queimada dos mortos, carregando-os para o centro de Rarakina, espantando algumas aves carniceiras que já pairavam por ali. A oração de Mortáculus era ouvida a cada minuto. Um clima frio e assustador rondava a cidade. Parecia não haver vitória.

— Aramil, você lutou muito bem contra Balderk! — disse Heian com dificuldade.

— Pena que o covarde se matou! Disse que nenhum homem o mataria — respondeu Aramil, rangendo os dentes.

— Não podemos negar que era um anão guerreiro!

Ambos ficaram surpresos com a morte de Balderk. E após colocarem alguns corpos na pilha de mortos para a queima, Heian chamou Fhuer para se juntar a eles.

— Após a queimada, descansem. Perdemos nossos mensageiros no conflito, então, partiremos pela manhã para Nonius e retornaremos com o povo de Rarakina — ordenou Heian.

— Sim, senhor! Precisamos do calor de todos para a recuperação dos guerreiros e de Mira — disse Aramil, esperançoso.

— Todos irão se recuperar, jovem Aramil! Acalme seu coração! E o que faremos com o corpo de Balderk Folker? — questionou Fhuer.

— Tiraremos a armadura e todos seus equipamentos de guerra! Quero guardar, tenho uma ideia — disse Aramil.

— Está no seu direito, ajude-o Fhuer — ordenou Heian.

A preocupação pairou na mente de Aramil ao pensar na ira de Rurik Loderr ao saber da morte de Balderk, assim como o que aconteceria com Sarah e Larah caso perdessem Thamior.

Após algumas horas de arrumação, todos os corpos estavam empilhados e prontos para atingirem o mundo espiritual. O fogo foi aceso e o cheiro de carne queimada era apresentado ao ar denso e fúnebre de Rarakina. Os guerreiros que ficaram de pé naquela noite puderam sentir o calor e a luz do fogo a reluzir em suas armaduras. Aramil fechou os olhos e pensou em seu primo, do outro lado do continente. Lágrimas caíram pelos seus rostos.

Capítulo XVII

Terra desconhecida

Distante de Rarakina, grandes embarcações eram movidas por piratas anões, fortes como uma rocha. Estavam disciplinados a cumprirem seus objetivos e reconstruirem Kroldenn, a cidade perdida dos anões. Como qualquer outro tipo de embarcação pirata, não havia muita limpeza ou bondade naquele bárbaro ambiente. Anões de pele negra e as criaturas do pântano de Hobbes caracterizavam o grupo como forte e intimador. Utilizavam ossadas oriundas de antigos conflitos, como falanges ou pequenos dentes de gnomos ladrões, amarradas em suas enormes barbas. Como tradição dos anões, usavam o machado anão de guerra, mas também tinham machados duplos, afiados e poderosos.

— Remem! Remem! — gritava Rurik Loderr.

Já fazia seis dias que haviam saído da Ilha do Curandeiro. Seis incansáveis dias, com poucas horas de sono. Só não podia faltar carne e vinho para os guerreiros anões. Isso era indispensável.

Essa viagem fez Rurik lembrar-se de que quando criança, ao lado de Balderk, invadiu o navio onde estavam seus pais. Balderk ficara embriagado pela primeira vez. Rurik riu sozinho, o que fez Feiron perguntar:

— Está tudo bem, senhor Rurik? Percebo que está cochichando e rindo sozinho.

— Sim, Feiron, está... — respondeu Rurik olhando para ele. — Apenas lembranças de coisas que vivi com Balderk quando éramos crianças.

— Tenho memória de vocês! Não perdiam uma boa encrenca! Foi um tempo fascinante — continuou Feiron, olhando para as ilhas.

— Um bom tempo! Estou ansioso para todo esse conflito acabar e reconstruirmos Kroldenn... — O anão respirou fundo. — Obrigado por estar conosco, Feiron!

— É um prazer, grande rei! — respondeu Feiron, surpreendido com o agradecimento. Completou: — O sangue de Dragoun corre em suas veias, jovem guerreiro! E você também tem pedras de ouro!

Os dois riram olhando para as Ilhas Gêmeas, imaginando o que estaria aguardando por eles naquelas terras. Enquanto estavam chegando ao destino, uma sensação estranha habitou o coração de Rurik.

As horas se passaram e os navios cruzavam o mar rapidamente. Por terra, também havia centenas de anões de Rurik dizimando pequenos vilarejos, em sua maioria élficos, que viam pela frente. Era um caminho mais cansativo devido aos conflitos e por possuir rochas atrás de rochas. Um ferimento sério em um dos anões poderia atrapalhar todo o grupo, mas sabiam pegar atalhos dando a volta no continente, e que em marcha rápida chegariam em breve.

A cada vilarejo atacado os anões ficavam mais fortes e saudáveis, pois a comida élfica, além de saborosa, fornecia grande quantidade de energia. Paravam para descansar por poucas horas, logo corriam em direção ao Forte Sagrado, cidade em uma das Ilhas Gêmeas onde Quarion possivelmente estaria com seus majestosos e habilidosos elfos.

Mais um dia se passou para Rurik Loderr e seus guerreiros. Feiron ainda estava dormindo ao nascer dos primeiros raios do sol. O rei anão, próximo à proa do navio, gritou:

— Avrennus! — chamou e rapidamente o homem-ave saiu de seu aposento preparado para qualquer ordem do rei.

— Senhor! — Avrennus o reverenciou.

— Leve este pergaminho para Rarakina e aguarde a resposta de Balderk! Acredito que a esta hora, a vitória foi conquistada! — Rurik entregou o recado amarrado em uma fina corda.

— Seu desejo é uma ordem, meu rei!

Avrennus, sem hesitar, pulou do navio com o pergaminho na mão, assustando a todos que estavam ao redor de Rurik. Logo a ave estava no ar, voando majestosa ao encontro de Rarakina. Voava com suas asas de três metros de extensão de uma ponta a outra, de forma rápida e imponente. Em fração de segundos, a ave era apenas um pequeno ponto no céu que sumia no horizonte. Rurik desviou seu olhar para alguns servos que estavam limpando os cascos do navio e disse:

— Chegaremos ao entardecer à Ilha! Assim, poderão descansar. — caminhou em direção a seu aposento.

Os servos, na maioria das vezes moribundos das cidades e dos portos, sentiram-se aliviados, pois não paravam de trabalhar desde que entraram no navio. O mar estava calmo, sem rochas ou grandes obstáculos para as navegações. A água apresentava coloração esverdeada, o que deixava visíveis aos olhos experientes as grandes criaturas marinhas que saltavam e rodopiavam no ar. O mar esverdeado acompanhava o céu azulado, sem qualquer sinal de chuva. Uma simples, bela e saudável manhã, sem guerras ou machas de sangue.

O embalo do mar fazia Rurik, sozinho em seu aposento, lembrar-se de seu pai. Uma lembrança relativamente dolorosa quando referia-se ao ataque covarde e bárbaro contra os anões de Kroldenn pelos dragões. Sentou-se e observou alguns mapas, analisando em qual porto poderia encontrar recursos para a construção do novo reino dos anões.

Será que existem outros anões espalhados por essas terras? perguntou-se, passando as duas mãos sobre sua barba enquanto observava o mapa.

Feiron já acordara e estava andando pelo navio, analisando cordas e velas. Era rotineiro observar se estava tudo de acordo. Apertava alguns nós, afiava sua espada e olhava para o mar, saboreando aquele momento, aprofundando em sua mente lembranças de antigas navegações. Lembrou-se de quando Waiquer ainda era vivo. Pensou em Raifa e Arifel. Esperava com toda sua fé que as duas estivessem bem, longe daquilo tudo. Ficou pensativo por alguns minutos e imóvel como uma rocha, apenas olhando o horizonte. Seus pensamentos foram desviados quando um dos escravos apontou para o céu:

— Olhe, senhor!

O escravo apontou para algo vindo na direção da embarcação.

— O que é aquilo, Grifus? — gritou Feiron ao anão que estava no mastro, na função de olheiro.

— Creio que é Avrennus retornando, senhor. — respondeu Grifus.

Rurik escutou o diálogo e rapidamente saiu de seu aposento, resmungando para si.

— O que Avrennus esqueceu?

— Deve ter esquecido o caminho de Rarakina — ironizou Feiron.

Todos esperavam com dúvidas a chegada da ave. Avrennus nunca perdera o senso de direção, ainda mais com o tempo tão claro e límpido. Os poucos minutos foram se passando até que, com auxílio de uma luneta, Grifus gritou, tentando descer do mastro:

— Não é Avrennus, senhores! É um dragão.

— Dragão! — gritou Feiron. — Peguem seus arcos! — Correu em direção aos seus mantimentos. — O primeiro pedaço é meu! — Brincando com a situação.

Rurik ficou imóvel enquanto a grande maioria corria à procura de alguma arma de longo alcance. Estavam meio atrapalhados. Havia anos que não viam os dragões de Quarion. Rurik olhou calmamente para aquela criatura medonha e enorme se aproximando, e constatou que era um dos dragões vermelho adulto do elfo.

— Tragam meu arco e minha aljava! Essa criatura terá o que merece — ordenou Rurik. Em poucos segundos, um dos servos trouxe o equipamento solicitado.

— Ulgar Skuldarc! — gritou o anão.

Ulgar era o melhor anão arqueiro conhecido. Um dos únicos que gostava de usar arcos pequenos. Rurik ofereceu como recompensa um saco com cinquenta pedras de ouro para cada dragão morto pelo arqueiro. Ulgar possuía visão e precisão invejáveis aos olhos dos mortais, habilidades divinas, como dizia Balderk.

— Deixe comigo, senhor Rurik! Estou a seu comando! — respondeu Ulgar, recebendo o arco e as poucas flechas.

— Acalmem-se, anões! — gritou Rurik.

Feiron não gostava de arcos ou de qualquer armamento que ferisse a longas distâncias. Com sua espada, esperava um duelo corpo a corpo com o dragão.

A criatura estava próxima dos navios. Com seu enorme corpo, rondava as embarcações liberando uma cortina de fogo na água como forma de intimidação, além de um rugido ensurdecedor. Seus chifres e dentes afiados faziam correr um frio na espinha de todos.

Grifus ainda estava no alto do navio, preso. Atrapalhou-se devido ao susto e ficou enroscado em algumas cordas ao tentar descer. Estava desesperado por ver tudo de cabeça para baixo, principalmente o grande dragão vermelho. Muitos ali nunca tinham visto aquela criatura tão de perto. Era bela, majestosa, maligna e mortal. À medida que se aproximava, flechas comuns eram lançadas ao ar, batendo na pele grossa e densa do dragão. Eram armas ineficazes, pois aquele couro era mais forte que grandes escudos de metal.

— Senhor Rurik, as flechas são inúteis! — gritavam os anões.

— Se lançadas no lugar errado — respondeu Rurik calmamente.

Em voos rasantes, o dragão pegava alguns anões desatentos, lançava-os ao ar e os comia como se fossem pequenos coelhos. Gritos de dor e agonia predominavam, assim como a cor avermelhada do mar, manchado pelo sangue dos anões. A criatura voadora possuía incrível destreza e poder de intimidação. Era um bom dia de alimento para ela.

— Não desistam! Ataquem! — ordenava Feiron.

Flechas e mais flechas eram lançadas.

— Venha para minha lâmina, maldito! — gritou Feiron, levantando sua espada.

Grifus ainda estava desesperado, gritando por ajuda:

— Alguém me tire daqui! Alguém! — Balançando seu corpo tentando se soltar. Estava como um verme preso em um anzol.

Feiron rapidamente embainhou sua espada e subiu, segurando nas cordas, para tentar tirar Grifus de lá.

— Não, Feiron, não vá! — gritou Rurik, observando o movimento do dragão.

Rurik sabia que o corpo de Grifus poderia ser uma boa presa para a criatura e, portanto, uma armadilha. O ataque do dragão seria bem acima de suas cabeças, possibilitando a Ulgar acertar-lhe o peito.

— Mas senhor, ele será engolido vivo! — disse Feiron, desrespeitando o anão.

— Não vá, Feiron, isso é uma ordem!

Feiron o observou e sentiu a frieza do rei. Olhou mais uma vez para o corpo de Grifus e tirou a mão das grossas cordas em sinal de obediência. Tinha entendido a estratégia de Rurik e percebeu que era o melhor a se fazer.

— Por favor, Rurik, salve-me! — gritava Grifus, atraindo a atenção do dragão. Feiron observou aquela criatura com a boca ensanguentada.

— Quando ele pegar Grifus teremos uma única chance! Caso contrário, engolirá todos nós! — disse Rurik a Ulgar, que já estava com duas flechas preparadas no arco, prontas para serem lançadas.

O dragão sobrevoava tão próximo de todos que o vento empurrado por suas asas faziam a embarcação sacolejar perigosamente, atrapalhando inclusive a mira de Ulgar. A atenção do animal foi desviada para os movimentos desesperados de Grifus. Ao se aproximar do anão, este ficou paralisado de pavor. Rurik viu aí a grande chance de todos.

— Não me decepcione, Ulgar!

O arqueiro estava concentrado para o ataque. Todos ali sabiam que Grifus iria morrer, inclusive ele próprio. Um clima frio e sombrio pairava no coração de cada um, que apenas esperavam aquilo acontecer.

No momento em que o dragão sobrevoou novamente os navios, com seu voo rasante e suas enormes garras, segurou o corpo de Grifus e o levantou, mas sem conseguir livrá-lo de imediato das cordas que o prendiam. As costelas de Grifus foram trituradas pelas garras da fera, seu grito de dor e desespero cortou os ouvidos de quase todos.

Rurik só imaginava a morte da criatura voadora. O dragão tentou puxá-lo novamente, fazendo o navio balançar e atormentar o mar. Não queria largar sua presa. A grande maioria dos anões da embarcação não resistiu ao movimento e caiu ao piso do navio. O dragão tentava puxar sua alimentação presa pela corda. Liberou uma baforada de fogo no ar pela ira e, então, no instante em que abriu as asas para impulsionar-se mais forte no ar, Rurik gritou a Ulgar:

— Agora!

Sem hesitar, o anão arqueiro lançou as duas flechas, furando o peitoral do dragão em uma região descoberta da pele grossa que o revestia. O grito da criatura foi característico de que o ataque fora efetivo. Foram flechas certeiras. Mas a criatura ainda pôde arrancar Grifus das cordas e, com isso, destruiu a vela do navio, que caiu sobre o mar.

— Cuidado! — gritou Rurik, saltando para o lado.

Parte dos pedaços da vela que caiu sobre a embarcação ao lado destruiu alguns caixotes. No susto, todos perderam o dragão de vista e rapidamente levantaram-se para procurar, olhando para o céu, tampando o sol do rosto.

— Olhem! — Feiron apontou para uma direção e todos observavam o dragão se alimentando do corpo de Grifus, como vitória.

— Você atingiu o coração? — questionou Rurik, ameaçando Ulgar com socos.

— Não sei, senhor! Foi tudo muito rápido! Sei que o acertei — respondeu o anão, encolhendo-se pelo medo.

— O dragão não parece bem! — gritou um dos servos.

A criatura tentava sobrevoar o mar enquanto perdia suas energias e então começou a liberar rugidos de dor alimentados com fogo. Estava lutando contra o inevitável. O veneno da flecha já estava corroendo suas veias. Voou por mais alguns segundos e então caiu morto no mar, fazendo espirrar água para todos os lados.

— O velho Brumbar estava certo — cochichou Rurik.

— Pena que não podemos assá-lo! — gritou Feiron, levantando sua espada para o ar. Todos gritaram comemorando a vitória.

Rurik levantou seu grande machado, pediu silêncio e então comunicou:

— Devemos agradecer a Ulgar e a Grifus! — Todos saudaram.

— Grifus morreu por nós! — disse Feiron, aproximando de Rurik.

— Não hesite mais em me obedecer, Feiron! — respondeu o anão insatisfeito com Feiron.

— Perdoe-me senhor — respondeu Feiron curvando sua cabeça.

— Peço-lhe uma coisa... — disse Rurik de forma grosseira, numa voz áspera. — Vamos assar um grande javali e servir vinhos à vontade aos nossos guerreiros! Todos merecem! É uma grande vitória! Destruímos um dos dragões de Quarion e vamos derrubar um a um.

Kirol rapidamente pegou uma de suas violas e iniciou suas canções, fazendo com que todos dançassem e comemorassem aquele momento festivo, afinal, haviam abatido um dragão vermelho adulto, importante combatente de Quarion.

— Remem, remem! — gritou Rurik aos escravos. — Minha lâmina deseja o corpo de Quarion!

Enquanto Rurik falava, outros anões chicoteavam os escravos para que se esforçassem com maior vigor. Em troca de seus serviços, pela felicidade de Rurik, ganharam alguns pedaços de carne. Afinal, precisavam de muita energia.

Anões e, de certa forma os escravos, estavam dispostos e empolgados. Os guerreiros da antiga Kroldenn sentiam-se fortes e confiantes, cantarolavam ao vento suave que tocava suas faces. O odor de carne assada e o frescor da bebida mais apreciada renovavam as energias dos anões. Os destroços no navio em que Rurik estava, devido à recente batalha, não atrapalhavam o decorrer da viagem. Os escravos se livravam do peso dos destroços menores, lançando-os um a um ao mar.

— Kroldenn, Kroldenn! A herança está guardada! — gritava Rurik, levantando sua enorme jarra e olhando para as Ilhas Gêmeas. — Você tinha que ter visto isso, Balderk — cochichou.

O dia passou-se rapidamente, com diversas canções animadas e muito vinho. O dia permaneceu calmo, porém, ao cair do sol, o frio começava a tocar as almas dos anões. O sol havia se despedido há alguns minutos e o som da festa não pudera mais ser ouvido, pois estavam perto do local onde desceriam as âncoras. Estavam todos atentos a qualquer movimento. Rurik e Feiron, ambos com lunetas, observavam a praia onde desembarcariam. Aquele ponto do continente era inóspito e sem vida. A areia branca, virgem ao toque de anões, estava à espera deles.

— Não há ninguém — disse Feiron a todos.

— Lançar âncoras! — gritou Rurik.

— Irei na frente com os três botes — disse Feiron, ordenando a todos que preparassem as embarcações de apoio rapidamente.

— Ao receber seu sinal, iremos com o resto da tropa.

Os navios estavam dispostos lado a lado, assim, a voz de Rurik chegava a todos. Estavam ansiosos para conhecer Quarion e ver sua cabeça rolando pelo chão limpo e misterioso do Forte Sagrado: a cidade élfica.

Ao receberem o sinal de Feiron, todos seguiram para o desembarque. Estavam em uma região, até o presente momento, segura.

O desembarque demorou cerca de uma hora e meia. Na praia, os anões organizaram-se por equipes, estavam prontos para seguirem viagem. Após gritos de guerra e orações, começava a caminhada, sem dificuldade, afinal, o terreno das ilhas era plano, não oferecendo grandes obstáculos. Aquela terra era desconhecida para qualquer anão e nem todos os mapas eram bem desenhados, consequentemente, não tão confiáveis. O que os guiava era a intuição de cada guerreiro. E naquele início do luar, viram pontos luminosos ao horizonte da terra. Era o Forte Sagrado, a morada de Quarion.

Capítulo XVIII

Espadas, machados e sangue

– Sejam fortes! – gritava Quarion aos elfos.

Com seus uniformes e armaduras de batalha desenhadas à mão, seus belos ataques bem treinados, com leveza e destreza jamais vistas, duelavam com seus maiores rivais. Lutavam contra os anões de Kroldenn, por seus ideais, pelo seu povo, por suas vidas. Com os mesmos objetivos, anões guerreiros duelavam com seus machados possuídos pelo espírito de vingança, instigado pela ira de Rurik Loderr.

Os anões por terra haviam chegado ao entardecer daquele dia. Dias incansáveis de corrida e perseverança guiaram o coração dessas criaturas milenares. A estratégia de Rurik Loderr havia dado certo: os anões terrestres conseguiram chegar ao Forte Sagrado antes das embarcações. Estavam cansados e com muita sede, mas isso não era problema para os anões de Kroldenn, que atacavam sem piedade ou pausa. Atalhos por florestas os fizeram chegar mais rápido. Alguns morreram no caminho por ferimentos de conflitos nos vilarejos élficos, ou por obstáculos da floresta, como animais venenosos e plantas não comestíveis.

O duelo não parava. Era como uma grande e interminável tempestade. Um cenário de destruição e sangue estava transformando o Forte Sagrado. Ninguém passava despercebido pelo conflito, nem mesmo as flores mais belas e curandeiras, pisoteadas sem qualquer zelo ou amor. Machados de anões de guerra contra espadas élficas largas feitas pelos melhores ferreiros do mundo se atritavam de forma habilidosa e sanguinária. Os cabelos brancos e bem tratados de Quarion estavam manchados pelo sangue jorrado das gargantas de anões degolados.

Os minutos se passavam lentamente, tanto anões de Kroldenn como elfos sucumbiam, um a um. Mas a batalha épica nas terras de Quarion estava apenas começando. E o número de elfos ainda era bastante significativo.

— Rurik Loderr está vindo — disse o último anão, segundos antes de morrer.

Quarion e seus elfos haviam derrotado a tropa de guerreiros de Rurik e, agora, posicionavam-se à espera do líder dos anões.

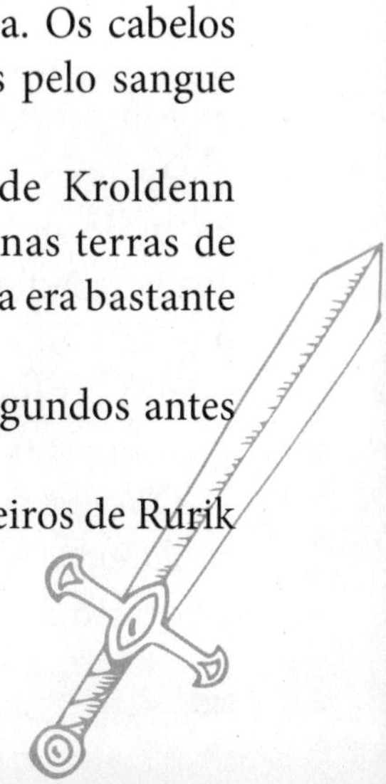

— Não teremos piedade de Rurik Loderr! — Gritos de guerra confirmaram a fala de Quarion.

Os elfos eram considerados o povo mais puro e organizado de todos os continentes conhecidos. Quarion, o elfo mago, sabia que havia perdido vários de seus guerreiros, sentia-se fragilizado, mas confiava em seus poderes mágicos, na habilidade de seus servos em batalhas corporais. Não estava esperando um ataque por terra primeiro. Foram surpreendidos.

Os anões escondiam-se dos mensageiros de Quarion, bem como de criaturas voadoras. A estratégia de Rurik deu certo. Em alguns minutos de silêncio, o canto dos pássaros no Forte Sagrado começou novamente. Seria um majestoso som, caso a guerra houvesse acabado e não houvesse uma quantidade grande de mortos ao chão, portanto, foram talvez os primeiros cantos da natureza menosprezados naquele momento. Entrando e saindo do ouvido de cada um, como se faz com palavras insignificantes.

No ataque contra a vila dos monges, Quarion perdeu muito mais que guerreiros elfos. Perdeu monges. Estes eram humanos sábios que, em ataques a distância, eram imbatíveis com suas bestas enfeitiçadas e arcos especiais repletos de magias que nem mesmo Quarion conhecia.

Os monges pereceram sem fornecer qualquer informação ou pergaminho que contivesse o segredo da imortalidade, tão desejado para o mago elfo. Quarion havia capturado Guiharf, o monge mais sábio da vila e o torturou com suas próprias mãos para obter dele a localização exata das ervas da imortalidade. O velho monge, que perdeu tanto sangue nas torturas, morreu honrando os segredos de seu povo. Quarion estava ficando velho, sem as ervas da imortalidade sucumbiria em alguns poucos anos. Estava preocupado com seu povo com a chegada de Rurik Loderr.

Após a morte de Dragoun, Quarion sabia que haveria vingança por parte do povo de Kroldenn. O colar de Oakrost, que simbolizava a antiga aliança entre Thokk e Grunnlada, estava pendurado no topo de um grande monumento, feito por grandes artistas do leste. O monumento representava Quarion sentado sob seu dragão, Vrunrarff, seu escudo protetor.

Durante todos esses anos, Quarion havia conquistado várias cidades e vilarejos. As duas Ilhas Gêmeas eram dele. O que Quarion não soube administrar foi tamanho poder. Perdeu vários guerreiros em batalhas mal planejadas e desestruturadas, porém, isso não impediu o Elfo de ser respeitado em boa parte dos continentes a seu alcance, bem como seus dragões de serem respeitados como criaturas lendárias e assassinas. Quarion não acreditava que durante esses anos os anões da antiga Kroldenn conseguissem realmente se reestruturar a ponto de enfrentá-lo de igual para igual. Estava ansioso pelo iminente combate. Queria ver a astúcia do filho de Dragoun Loderr, seu antigo amigo.

Quarion sabia que eles estavam chegando, pois, através de magias, conversava com suas aves mensageiras, que o informavam o caminho exato percorrido pelo anão. Quarion interceptaria Rurik próximo à praia, mas fora antes surpreendido pelo grupo que já vinha por terra. Pelo cansaço da batalha e o tempo gasto nela, o mago elfo achou mais prudente esperar por eles onde estava.

Os minutos foram se passando. Um dos elfos de Quarion retornou de seu posto afirmando que os inimigos já estavam ali.

— Preparem-se, elfos! A corja anã se aproxima! — gritou Quarion, conjurando uma de suas magias. Seus olhos ficaram totalmente brancos e uma aura azul encobria seu corpo. Os anões de Rurik Loderr corriam em direção ao exército do mago, fazendo o chão tremer pelas passadas furiosas que carregavam toneladas de ódio. Sons de gritos de guerra e zumbidos de machados podiam ser ouvidos claramente pelos elfos. Havia chegado a hora.

— Por Dragoun! — gritavam todos os anões e piratas. — Por Kroldenn! — completavam.

Os elfos enrijeciam seus corpos esperando pelo áspero momento, empunhando suas espadas já molhadas de suor e sangue.

Pronunciando palavras élficas, Quarion abriu seus olhos para ver os anões se aproximarem. De branco, os olhos passaram a um tom avermelhado. Com o movimento de seus braços, fez algo começar a brilhar no céu, como pequenos sóis vermelhos. No fim, eram cerca de vinte pontos luminosos, que em nada intimidavam os anões, que continuavam a correr rumo aos elfos. O brilho avermelhado do céu era uma chuva de meteoros. Seus danos seriam incalculáveis. Ajoelhando-se brutalmente, Quarion ordenou aos deuses que a chuva fosse lançada sobre os anões.

O clarão vermelho naquele ambiente era tão intenso que foi visto por todos. O som da chuva vindo, pesada e mortal, fez com que alguns anões se ajoelhassem e erguessem seus escudos para proteção. Desconheciam que para aquele ataque não havia proteção possível. Quando Rurik observou a chuva de meteoros acima de sua cabeça, seu corpo estremeceu e o frio em sua barriga o fez perder a respiração.

As bolas de fogo chocaram-se contra o solo, estremecendo-o contra os anões, faziam até mesmo alguns elfos perderem o equilíbrio e caírem. A poeira levantada pelo choque das grandes rochas fumegantes ficou suspensa no ar. Por alguns minutos, elfos apenas se olhavam à espera do comando de Quarion, que ainda estava de joelhos. Perdeu muita energia naquele ataque, mas conseguiu erguer seu corpo e ficar de pé outra vez.

— Fiquem atentos! — disse Quarion, com voz trêmula e rouca.

Com esta magia, Quarion conseguiu ferir e matar vários anões. Os meteoros de fogo ainda queimavam os corpos caídos e iluminavam aqueles que ainda estavam imóveis, ajoelhados, julgando-se protegidos. Rurik perdeu grandes guerreiros. Um deles foi Kirol, que estava à frente dele. Deu seu último suspiro olhando para seu rei. Com as pernas esmagadas pelas rochas, conseguiu levantar seu machado e fazer um gesto de positividade com a cabeça antes de sucumbir às forças de Quarion. O grande e gordo violeiro não alimentaria mais os anões com suas canções. Rurik olhou para os lados e viu Feiron levantando-se, batendo o pó em seu corpo. Cuspiu poeira e sacou sua espada.

Após a poeira baixar, propiciando a visão, Rurik pronunciou-se:

— Acha que conseguirá matar os anões de Kroldenn com suas magias?

Quarion, ainda se recuperando, respondeu:

— Não! Foram apenas as boas-vindas ao Forte Sagrado! Já que meus portões foram quebrados pelos seus mortos companheiros. — Ainda se recuperando, foi capaz de sorrir ironicamente, provocando a ira do rei dos anões.

— Agradecemos... — Rurik tossiu. — Ergam-se, anões — disse, girando seu machado no ar. — Não vejo apenas meus irmãos mortos ao chão, como também percebo esse bando de orelhas pontudas caído como mariposas.

— Vamos acabar logo com isso, piratas! — gritou Feiron, correndo em direção aos elfos que estavam em um campo aberto, no centro do Forte Sagrado, local próprio para grandes encontros.

Os anões corriam, fortes e intimidadores, rumo a Quarion. Seus escudos os protegiam, pois conheciam as habilidades dos elfos com os arcos.

— Arqueiros, ataquem! — ordenou Quarion.

Flechas foram lançadas contra os incansáveis anões, porém, ineficazes devido aos escudos bem posicionados. Elfos sacaram suas espadas longas de forma sincronizada e, sob o comando de Quarion, partiram para o encontro corporal com os anões.

O mago elfo distanciou-se dos ataques, ficando sob a proteção de dois guerreiros, o duelo finalmente continuava. Elfos e anões lutavam por vingança e proteção. O sangue guerreiro corria nas veias de ambas as raças. Era notável que os anões estavam destemidos, mesmo após o ataque de meteoros. Quarion havia perdido muitos guerreiros no ataque anterior, e os sobreviventes estavam exauridos.

Os ataques dos anões pareciam empurrar os elfos contra paredes invisíveis. Os belos e majestosos rostos estavam intimidados pela fúria anã. Gritos de dor e morte desenhavam aquele cenário de horror. Corpos caiam ao chão como folhas que caem de árvores no outono.

Ao redor daquele lugar que representava um cemitério ao ar livre, Aust e os guerreiros de Rarakina observavam o duelo. Como promessa, Quarion ordenou a Heian que em hipótese alguma entrasse no confronto enquanto estivesse vivo, pois aquele era um confronto entre eles, os elfos e os anões. Aust e os outros haviam chegado poucos minutos antes do ataque contra os anões vindo por terra. Quarion havia ordenado a Aust que ficassem preparados para enfrentar Rurik caso morresse, defendendo, assim, o Forte Sagrado e salvando parte do povo élfico. Aust e Thamior não concordaram, mas acataram as ordens do rei.

Thamior apenas observava tudo aquilo com ódio. Ao ver Rurik Loderr sua respiração se alterou. Estava ali o anão que desejou ver por todos esses meses. À sua frente, o poderoso anão que matara seu pai. Thamior ficou admirado com o espírito guerreiro forte e impetuoso que movia Rurik. Estava destinado a matar Quarion e recuperar o orgulho de Kroldenn.

Aust e Thamior não perceberam, mas Snike não estava entre eles. O monge estava do outro lado do grupo de Rarakina. De forma furtiva e inesperada, Snike sacou seu pequeno arco curto e posicionou-se de forma a visualizar seu alvo: Quarion, o elfo.

O tempo corria e os corpos caíam. O número de elfos já era bem menor que o inicial. Também havia perdas anãs, porém, não se comparavam ao número de elfos mortos. Rurik estava finalmente chegando perto de Quarion.

Quarion sabia que seus guerreiros não resistiriam ao ataque dos anões e estava a ponto de lançar sua maior arma. Um a um, os elfos foram sendo derrotados. Gemidos de dor eram calados por lâminas em golpes fatais. Golpes que estavam guardados por anos na mente de cada um que perdera tudo em Kroldenn. Os elfos estavam cansados e a fome e a sede dos anões pareciam não existir.

Mais alguns minutos se passaram e o momento final chegou. Quando Rurik aproximou-se do elfo, dois grandes guerreiros apareceram em sua frente, impedindo o contato com o velho mago.

— Saiam da minha frente — gritou Rurik, em posição de batalha.

Rurik esperou por alguns segundos e, impacientemente, atacou os dois guerreiros de Quarion. O anão atacava e se defendia sem qualquer ajuda. Os outros anões estavam desencravando algumas machadinhas do peito de alguns elfos, observando aquela cena com satisfação. Rurik sempre lutou muito bem, exibia sempre golpes inovadores. Todos sabiam que não era apenas seu corpo lutando contra dois elfos. Dragoun, de alguma forma, estava com ele.

Os dois elfos de Quarion eram habilidosos e rápidos. Treinados a vida toda pelo mago, os irmãos nunca perderam qualquer batalha. Suas habilidades eram diferenciadas. Era uma mistura de várias artes de batalha, com golpes apenas descritos em lendas nos pergaminhos empoeirados encontrados em grandes centros de estudo.

Não estava sendo um duelo fácil para o anão. Em uma mão segurava seu grande machado anão de guerra, na outra seu escudo com clavas. Os elfos tinham armas especiais, espadas que perfurariam o couro de um dragão, forjadas por ferreiros feiticeiros. A dança entre os três era bela de se ver. Habilidade contra habilidade, até que, por descuido de Rurik, seu escudo ficou totalmente exposto à espada de um dos guerreiros elfos e foi partido ao meio com o ataque forte e preciso. Rurik imediatamente se defendeu com seu machado, girando-o no ar, expulsando as duas espadas como se fossem pássaros frágeis. Enquanto o espetáculo acontecia, ainda havia elfos digladiando com outros anões. Aquele combate parecia interminável.

Quarion sorriu. Sabia que seus guerreiros não perderiam para Rurik. Alguns anões estavam apreensivos. O medo de ver o grande Rurik Loderr, filho de Dragoun Loderr, morrer na frente da batalha, a mais importante de sua história, seria algo indescritível.

Aconteceu o que todos temiam: um dos elfos teve a posição perfeita de degolar o anão. Rurik vacilou e o elfo o atacou na direção do pescoço. Mas, simultaneamente, uma espada curta correu pelo ar acertando mortalmente o pescoço do elfo. Wrurin, distraído pelo susto de ver o irmão morrer, terminou sendo atacado no peito por Rurik. Com o forte impacto, Wrurin caiu ao chão, estava morto. Sem hesitar, Rurik girou seu machado mais de uma vez e o posicionou sobre o pescoço de Quarion, dando um grito de satisfação que foi seguido por um grito coletivo dos anões, celebrando a vitória.

Quarion não conseguia ter concentração para conjurar magias. Ajoelhou-se pelo cansaço de suas pernas e iniciou seu diálogo com Rurik:

— Grande Rurik, filho de Dragoun! É um prazer conhecê-lo! — Quarion o reverenciou.

— O prazer é meu, elfo maldito — disse Rurik, apertando a lâmina de seu machado contra o pescoço do elfo, que já estava escorrendo sangue.

— Matar-me não vai trazer seu pai de volta! E muito menos reconstruirá Kroldenn! — disse Quarion, desafiando o anão.

— Não vai mesmo, eu sei! Mas vê-lo morrer pela minha lâmina alimentará memórias alegres em meus pensamentos! Não tenho tempo para conversas! — Forçou cada vez mais o machado contra o pescoço de Quarion, rindo de satisfação.

Ao olhar para trás, viu Feiron saqueando corpos.

— Feiron. Você é um verdadeiro pirata! Sujo e traiçoeiro. — Rurik riu novamente.

— Está no sangue, senhor! E acabe logo com isso! Quero deitar-me com minha mulher!

Com a fala de Feiron, Thamior observou com mais detalhes as feições do pirata e identificou nele as características de Arifel. Feiron era o pai dela. Lembrou-se do nome dele quando Arifel se apresentou.

— Será que ela estaria entre os anões? — Thamior perguntou-se a si mesmo. Furtivamente, começou a andar por trás das construções à procura de Arifel. Aust não entendeu o porquê de Thamior estar se movimentando e o reprovou.

— Thamior! Fique aqui! O que está fazendo? — Aust gritou baixo.

Thamior fez um gesto para seu tio ficar calmo, mas Aust permaneceu sem entender o que estava acontecendo. Ordenou que outros dois guerreiros seguissem o jovem.

— Agora, somos apenas você e eu! — Aumentando o tom de voz, Rurik resolveu jogar seu machado no chão. — Quero matar você com minhas próprias mãos! Levante-se! — Levantou o elfo pelo manto que envolvia seu pescoço.

— Não conseguirá fazer isso! — respondeu Quarion. — Lembro-me do seu pai... Dragoun Loderr... — Fechou seus olhos como se quisesse resgatar lembranças do passado.

— Não ouse falar novamente o nome de meu pai. — Rurik fechou seus punhos e os mirou na direção do rosto do elfo.

— Está vendo aquele colar, em cima de minha escultura? — Quarion apontou para o colar de Oakrost. — Por meio dele, junto com Thokk e Grunnlada, destruímos e saqueamos a rica e majestosa Kroldenn. Não deixamos ninguém vivo, a não ser vermes insolentes como vocês! — Quarion riu novamente, perturbando os outros anões que se lembraram daquela cena histórica.

— Meu pai foi enganado por vocês! Eu era garoto quando isso ocorreu. Meu pai sempre foi um bom rei para seu povo. Não podia ter ficado fora da aliança de vocês!

— Sim, Rurik, podia sim! Dragoun era egoísta e rico. E dividir os lucros em quatro não era vantajoso para o comércio dele. Com a riqueza de Kroldenn, conseguimos estabelecer nosso povo, pelo menos o povo élfico.

Ao ouvir essas palavras, Rurik cuspiu no chão de nojo. Mas Quarion nem se abalou e continuou:

— Achava mesmo que Dragoun iria nos destruir facilmente? — O elfo sorria maleficamente.

— Ele poderia destruir todos vocês! Cortar seus finos corpos como meu machado corta coelhos para o jantar. Ele poderia desfigurar o corpo de vocês. E até mesmo o corpo de seus dragões — respondeu Rurik.

— Sim, poderia, porém serviu de alimento para Vrunrarff, meu escudo protetor — respondeu Quarion, trazendo a Rurik a lembrança de seu pai sendo engolido pela criatura.

— Qual dragão? O que abatemos há pouco em alto-mar, como se fosse um passarinho indefeso? Todos os anões gritaram, enquanto Quarion sorria daquele momento.

— Fico admirado pela perdição de Quiraff, meu dragão mais novo! Confesso que já sinto falta dele, creio que Vrunrarff não gostou muito de saber que seu irmão morreu por você.

Quarion mostrou o colar de Dragoun em seu peito, fazendo todos os anões suspirarem e cochicharem.

— Persigo você por todos esses anos atrás do colar de meu pai! — O ódio saltava dos olhos de Rurik. Ficou trêmulo e se afastou do elfo por alguns centímetros. Suas pernas oscilaram.

— Pegue-o, Rurik! Seja tolo como seu pai!

Quarion tirou o colar de seu pescoço e o entregou ao anão. No momento em que Rurik ia pronunciar-se a respeito, Quarion conjurou uma magia com poucas palavras e a lançou sobre o colar, enfraquecendo-o até fazer-se pó nas mãos de Rurik.

— Não! — gritou Rurik.

Aquela cena cortou o coração do anão. O sentimento de ódio e a dor se misturavam em seu coração. Não conseguia respirar ou se mover. Mas com suas últimas gotas de energia pôde, enfim, se pronunciar, ainda que com dificuldade.

— Seu desgraçado! Por anos vim atrás desse colar... Por anos! — O corpo do anão estremecia. — Morra! — gritou Rurik, avançando contra o elfo.

Deferiu alguns socos no rosto de Quarion, que se defendia com seus braços na frente de seu corpo. Vrunrarff, com voo rasante, posicionou-se atrás de Rurik, fazendo com que o anão se assustasse e parasse seu ataque. Quarion estava tonto e inconsciente. O sangue derramando de seu rosto o deixava irreconhecível.

Vrunrarff apareceu de forma rápida, imperceptível a todos, rugindo e liberando fogo para cima. A enorme labareda iluminou todo o espetáculo de horror. O pouso do dragão estremeceu o chão. Ele era praticamente o dobro de Quiraff. Seus olhos amarelos e corpo avermelhado eram imponentes. Um dragão adulto bastante poderoso, reavivando em Rurik a memória de seu pai sendo devorado.

Rurik virou de costas para Quarion, pegou seu machado do chão e ficou estudando o que o dragão iria fazer. A criatura também, estava analisando a melhor posição de engolir o corpo do anão. Os outros anões e piratas ficaram surpreendidos com o tamanho da criatura, sutilmente sacaram seus machados e o posicionaram em forma de ataque. Rurik percebeu que não estava sozinho.

Rurik apertou o cabo de seu machado. Estava em frente da maior criatura da Terra. Foi apenas naquele momento que pôde entender o que seu pai havia feitos há anos. O sangue que estava em seu corpo era suficiente para lutar sozinho com a criatura. O sangue guerreiro o impulsionava a trabalhar algum golpe contra a criatura. Rurik não estava preocupado com a morte ou quem estava ao lado. Apenas queria saber a sensação de furar aquela criatura com suas próprias mãos.

— Vrunrarff! — falou Rurik. O dragão fez um gesto de dúvida. Ficou inquieto enquanto Rurik caminhava lentamente para sua frente.

— Você é grande! Estou admirado! Será um prazer sentir o gosto de sua morte e resgatar a alma de Dragoun! — gritou Rurik, levantando seu machado. — Por Dragoun! — Lançou o machado certeiramente nos olhos da criatura.

Naquele momento, dezenas de outros machados foram lançados no ar acertando diversas regiões do corpo da criatura, fazendo-a liberar rugidos e levantar seu peitoral. A criatura não esperava por aquele ataque. Vários machados não foram capazes de furar a pele da criatura, mas foram o bastante para tirar-lhe a atenção.

Depois do ataque, Rurik gritou:

— Ulgar, agora!

O anão arqueiro passou por entre os outros anões e, apoiando-se em alguns deles, lançou duas flechas no peito da criatura. As flechas envenenadas fizeram o dragão rugir novamente, mas aquele ataque não foi o bastante para parar a besta gigante. A atenção da criatura se desviou para o arqueiro. Ainda forte e imponente, o dragão se moveu em direção ao arqueiro, fazendo com que os outros anões se afastassem desesperadamente. Até mesmo Feiron saltou para o lado e rolou pelo chão. O sangue espirrava de seu peito e o fogo estava prestes a sair de sua boca e narinas.

Ulgar tinha apenas uma única flecha. Teria de ser mortal. Sem desespero, o anão alisou a outra flecha e a preparou em seu arco. Mirou nos olhos da criatura que se aproximava, pisoteando os corpos espalhados pelo chão. No mesmo instante em que o fogo saía de suas narinas, o ataque de Ulgar fora certeiro. A flecha cortou o fogo e atingiu certeiramente o olho esquerdo. Mesmo assim, Vrunrarff abocanhou o arqueiro e levantou voo, provocando uma ventania violenta, fazendo com que todos cobrissem seus rostos e se agarrassem em alguma coisa fixa para não serem arremessados longe.

Rurik esqueceu por alguns segundos de Quarion. Todos estavam olhando para cima, como quem esperava algo espetacular acontecer. Após alguns segundos, Feiron gritou:

— Ele está voltando, protejam-se!

Vrunrarff não estava voltando para o duelo contra Rurik. Estava caindo do céu. Morto. Com seu peso, um grande tremor aconteceu na hora de sua queda, no centro de onde tudo estava acontecendo. Ulgar ainda estava vivo, porém, preso nos dentes de Vrunrarff. Ele ainda conseguiu dizer:

— Por Kroldenn! — Deixando cair seu arco ao chão.

Vrunrarff e Ulgar estavam mortos.

Os anões gritavam e comemoravam aquele momento. Aquela cena foi revigorante. Sentiram-se fortes e saudáveis. O dragão que engolira o corpo de Dragoun Loderr estava morto, foi liquidado pelos anões de Kroldenn, liderados por seu filho.

— Vitória! — gritou Feiron.

— Por Kroldenn — gritavam outros anões.

Rurik finalmente voltou seus olhos a Quarion. O elfo estava de joelhos, desolado, ainda recuperando-se das pancadas em seu rosto e sentindo a dor em seu peito pela morte de sua maior criação.

— Agora não terá como se salvar!

Rurik segurou e ergueu o corpo do elfo novamente. Quarion sabia que não tinha mais forças para conjurar magias, muito menos atacar Rurik. Estava apenas esperando a morte, lenta e dolorosa.

— Sentirá o gosto frio da lâmina de todos os anões de Kroldenn!

— Aos elfos, guerreiros de Rarakina! — gritou o mago elfo, fechando os olhos.

No exato momento em que Quarion se pronunciou, uma pequena adaga correu pelo ar num zumbido espetacular e acertou seu pescoço. Por reflexo, Quarion segurou o cabo da adaga presa em seu pescoço, cuspindo sangue, sorriu, pronunciando suas últimas palavras.

— Você não me matou, Rurik!

Rurik o soltou olhando para os lados, revoltado, querendo saber quem fizera aquilo. Independentemente de quem fosse, morreria.

— Esperei por esse momento a minha vida inteira! — Arremessou o corpo do elfo próximo ao de seu dragão, sacou seu machado e foi para o centro. — Quem foi o verme tolo que fez isso? — Rurik mudou sua feição tamanha revolta que sentia.

Eis que das sobras, próximo a Feiron e outros anões, saiu um corpo magro, com uma capa marrom surrada, que lentamente se pronunciou:

— Fui eu, Snike Riller! Vim aqui para matar Quarion, o elfo.

Thamior escutou aquilo como um choque em seus ouvidos. Não imaginaria que Snike faria aquilo na frente de Rurik, nem que tivesse um espírito vingativo dominando seu coração.

— Meu povo monge poderá dormir em paz agora — disse, guardando outra adaga em seu cinto.

Os anões próximos a Snike seguraram seus machados demonstrando o mesmo ódio de Rurik.

— Thamior! — gritou Snike.

Feiron rapidamente lembrou-se daquele nome. Era o guerreiro mencionado por sua filha, Arifel.

— Essa guerra é sua! Mate Rurik Loderr e vingue seu pai! — Cobriu sua cabeça com capuz marrom e ergueu sua adaga em posição de defesa, pois estava praticamente ao lado de Feiron.

— Ninguém matará Rurik Loderr — disse Rurik, levantando seu machado para cima, ordenou:

— Mate-o, Feiron!

Feiron orientou-se rapidamente em direção ao corpo do audacioso monge, que ficara imóvel de cabeça erguida. O pirata moveu-se rapidamente para atacá-lo pelas costas. Snike não teria defesa, mas Thamior pulou empurrando o corpo de seu amigo. Naquele momento, Aust gritou:

— Morte aos anões!

Todos ficaram sem entender quem estava os atacando dessa vez. Os ditos rebeldes saíram das casas abandonadas e de diversos outros cantos, atacando de surpresa Rurik e seus anões. Feiron, após o ataque no vento, desequilibrou-se e de joelhos olhava para todos os lados tentando entender o que estava acontecendo.

Snike então sumiu nas sobras da noite.

— Isso está ficando cada vez melhor! — gritou Rurik Loderr.

— Ao rei! — gritou Aust, ordenando o ataque contra os anões guerreiros.

De todos os pontos escuros do Forte Sagrado saíam piratas e guerreiros de Rarakina. Havia muitos anões dispostos a matar qualquer ser pela frente. O corpo do dragão, ao centro do círculo mortal, não era obstáculo para os ataques. A batalha entre piratas e anões se iniciara.

Feiron e Thamior levantaram-se no mesmo momento, erguendo suas espadas. Estavam se olhando.

— Você, por acaso, é Thamior da Ilha Negra? — Cuspiu no chão e girou sua espada com vigor.

— Não! Sou Thamior, de Rarakina! — Correu em direção a Feiron, que estava com um sorriso malicioso em seu rosto.

Os dois trocavam golpes de espadas com habilidade. Os movimentos de Feiron faziam Thamior se lembrar dos movimentos de Arifel. Feiron estava gostando do combate, pois sentia que o jovem guerreiro de Rarakina não estava preparado para feri-lo. O pirata tinha mais habilidade e experiência, mas Thamior estava lutando determinado, fazendo com que, em alguns momentos, assustasse Feiron e o obrigasse a utilizar seus reflexos rapidamente, pois, caso contrário, poderia sofrer um sério ataque.

Rurik feria mortalmente os piratas menos experientes de Aust. O mal parecia tocar em seu coração a cada golpe. O rei anão estava possuído por uma força jamais vista por qualquer ser mortal. Rurik Loderr havia se tornado mais forte e habilidoso que seu pai. Mas Aust também era muito habilidoso em combates. Saltitava em seus golpes, liberando gritos de guerra e sua força de vingança.

O frio da região, onde estava localizado o Forte Sagrado, trouxe gotas de chuva em seus movimentos naturais. Era quase imperceptível aos guerreiros, mas o bastante para transformar aquele clima já doloroso em algo ainda mais gélido.

Semelhante ao conflito de Rarakina, o duelo estava equilibrado. Os minutos foram se passando e a chuva ficando mais grossa. Feiron defendia-se dos ataques do jovem guerreiro, sempre direcionados a seu rosto. Para cada golpe, havia um diálogo:

— Arifel! O que te traz esse nome?

— Arifel será minha esposa!

— Nunca terá Arifel! — Riu da cara do jovem guerreiro.

— Ela é uma pirata! E você apenas um humano comum de uma cidade destruída! — Partiu em direção a Thamior.

— Ela irá ficar comigo e Rarakina será nosso aposento! — Thamior continuou respondendo aos golpes, defendendo-se com maestria.

— Isso é impossível! — Feiron parou seu ataque mais uma vez. — Porque ela está morta — gritou Feiron, num blefe cruel.

Aquela notícia cortou o coração de Thamior em infinitos pedaços. Ele perdeu suas forças e seus reflexos foram alterados.

— Fomos atacados por criaturas marinhas... — continuou Feiron, numa estratégia suja que estava dando certo. Thamior ficou paralisado. — Não conseguimos ajudá-la, acabou morrendo no ataque. — Feiron apontou sua espada próxima ao corpo de Thamior. — Nem em sua morte poderá ficar com ela! Morra! — gritou, atacando Thamior.

O jovem defendeu-se com sua espada, caindo ao chão. A espada de Thamior estava impedindo que a espada de Feiron cortasse seu pescoço.

Ambos estavam se olhando profundamente. Feiron fazia muita força contra Thamior, que estava recuperando seu vigor, assustando e preocupando o pirata.

— Se ela morreu assim… A culpa foi sua! Verme insolente! — Empurrou o ataque de Feiron, fazendo-o recuar. — A culpa foi sua! — gritou, partindo para o ataque novamente, com suas forças renovadas. Sentia ódio de Feiron por este não ter salvo sua amada.

— Agora está ficando melhor — disse Feiron, defendendo-se.

O duelo entre os guerreiros parecia interminável. Relâmpagos e trovões entraram no conflito. Luz forte e barulhos ensurdecedores invadiram o cenário de batalha. A cada ataque de Thamior, lembranças de Arifel e de Rarakina dominavam sua mente. Mas eram aparições efêmeras, que saíam de sua cabeça tão logo surgiam, como se sua amada desaparecesse junto com Aramil, Sarah e Larah. Thamior não conseguia raciocinar mais, apenas atacava Feiron com velocidade e ignorância. Desejava sua morte mais que tudo naquele momento. Esqueceu-se por alguns instantes, de Rurik Loderr.

A água da chuva refrescava por segundos os corpos cansados e suados de um conflito que não cessava. Os guerreiros trocaram golpes por cerca de duas incansáveis e decisivas horas. Os corpos no chão atrapalhavam movimentos e estratégias de luta. O cheiro forte da morte, misturado com metais e sangue já podia ser sentido.

O conflito continuava, enquanto crianças e mulheres escutavam gritos mortais logo acima de suas cabeças. O Forte Sagrado tinha vários locais secretos, fortalezas subterrâneas equipadas com mantimentos e armamentos. Caso houvesse intrusos, as mulheres élficas, bem treinadas, poderiam defender o forte. Com lamparinas acessas, elfas conversavam:

— Nossos guerreiros não sucumbirão, tudo ficará bem — disse Kiah, uma das guardiãs do forte.

— Sinto algo ruim no coração! Sinto uma dor muito forte… — respondeu Lirithuf, outra elfa guardiã do forte, tocando em seu peito.

Crianças choravam, perturbando ainda mais a mente de suas mães. O medo corroia a alma das belas damas.

— Não chore, meu filho… — Diversas mães falavam baixo aos ouvidos de seus pequenos.

Havia várias lendas sobre o povo élfico. Uma delas era sobre a fonte da beleza. Diziam alguns pergaminhos que há muito tempo o rei élfico, Tharivol de Waifarral, do antigo Forte Sagrado, seguiu sozinho para o grande vulcão no centro das Ilhas do Fogo, conhecido como Demônio do Fogo. Velhos anciões afirmavam que nas bordas do vulcão havia raízes de beleza, as mais raras e belas de todo o mundo.

Tharivol, em uma missão desesperada, escalou o vulcão, pois não se sentia bem com sua beleza, tinha vergonha de suas cicatrizes de anos e anos de batalha. Ao chegar próximo à borda, Tharivol avistara a raiz, mas no momento em que arrancara de seu ambiente natural, o vulcão iniciou seu processo de erupção. O rei elfo ingeriu rapidamente a raiz enquanto a lava quente o perseguia. Depois de grandes explosões, diz a lenda que Tharivol foi engolido pelo demônio do fogo e nunca mais foi visto. Todos os elfos que nasceram após essa empreitada herdaram a beleza pelo sacrifício do antigo rei, fornecida pelos deuses em resposta à sua coragem.

As mulheres élficas, portanto, eram tremendamente belas, o que fazia algumas raças pensarem que eram criaturas divinas, ordenadas por seus deuses para pregarem e espalharem a beleza e a vaidade em cada reino. Viviam para servir a seus maridos e cuidar de seus filhos, porém, diferenciando-se de outras raças, as elfas sabiam lutar muito bem e se defender, tinham conhecimentos sobre venenos e ervas medicinais.

Kiah, ao perceber que as crianças estavam chorando por saudade de seus pais, começou a cantar antigas e bem-humoradas canções, esquecendo-se, mesmo que por algum momento, daquele momento conflituoso. A voz suave da elfa acalmava a todos.

Na superfície acima daquele momento calmo, porém ansioso, um cenário de horror assolava a região. Corpos e mais corpos caídos ao chão, pedaços de membros e uma infinita quantidade de armamentos completavam a imagem fúnebre. A chuva estava mais leve e o frio mais acentuado. Os músculos dos guerreiros estavam doloridos, pedindo por descanso.

Thamior ainda lutava contra Feiron. Pequenos cortes podiam ser notados nos corpos dos dois. O guerreiro de Rarakina despejava todo seu ódio no pai de seu único amor. Por instantes de puro reflexo pensava em Theylor e em como ele atacaria. A lembrança dos ensinamentos e dos conselhos de seu tio fazia Thamior sentir-se forte e saudável. Com ação rápida e inesperada, com auxílio de uma charrete quebrada, o garoto impulsionou seu corpo atacando com força o pirata. Uma pancada tão forte que fez Feiron cair ao chão, desarmado. Rapidamente, Thamior ajoelhou-se e sentando nas pernas de Feiron, pousou sua espada no pescoço do mesmo.

— Não há escapatória! — Furou levemente sua pele.

— Você é bom garoto, mas incapaz de me matar — disse Feiron com dificuldade e liberando um sorriso de canto de boca.

Thamior estava disposto a matá-lo, porém, algo o estava impedindo: o pensamento em Arifel. Simplesmente por ser pai dela não sabia o que fazer. As expressões de Feiron o fazia lembrar das expressões de Arifel. Sua respiração estava ofegante. Feiron continuava rindo enquanto Thamior hesitava em matá-lo. De repente o pirata puxou uma adaga de sua cintura, num movimento imperceptível para Thamior. No chão, desferiu seu último ataque tentando perfurar o coração de Thamior. A adaga na mão do pirata não teve força suficiente para perfurar a armadura do guerreiro. Pelo reflexo e susto, o jovem empurrou sua espada contra o pescoço de Feiron.

— Arif… — Feiron tentou pronunciar o nome de sua filha, mas a morte o chamou primeiro.

Thamior caiu ao lado do corpo do pirata. O cansaço e a visão dos olhos chorosos de Arifel perturbaram sua mente. Havia poucos anões para a quantidade de piratas de Rarakina. O império anão estava caindo, mas Rurik Loderr ainda estava de pé, lutando contra Aust Lianon.

Enquanto Thamior estava caído, tentando se recuperar do acontecido, a voz de Snike Riller percorreu o ar.

— Snike? — perguntou Thamior, levantando-se vagarosamente.

— Thamior, estou longe daí!

— O que você disse? Você está longe? — Olhando para os lados, já de pé.

— Muratreff! — soou a voz de Snike pela última vez.

— Snike? Snike? — gritou, tentando encontrá-lo.

De pé, colocou a mão em suas vestes e do pequeno bolso interno retirou a raiz vermelha que Muratreff o dera de alimento há muito tempo, no início de sua jornada na floresta de Rarakina. Sem hesitar, Thamior a consumiu. Esteve com ele por todo esse tempo, escondida. Um gosto forte e amargo, ficou com vontade de vomitar, mas confiava no ancião. Fechou os olhos tentando engolir aquela raiz horrível ao paladar. No instante em que conseguiu, seus olhos arderam, fazendo-o urrar de dor, colocando a mão em seu rosto pela forte dor em seus olhos. Ao abrir seus olhos, percebeu que sua visão estava se modificando. Estava conseguindo enxergar no escuro e sentia-se mais energizado.

— Muratreff, o que você me deu? — Thamior se perguntava passando a mão em seus olhos, tentando entender aquilo.

Andando cambaleando, procurou Aust, mas via poucos guerreiros de Rarakina, menos ainda anões. Ao pisotear alguns corpos, viu Aust caído, sendo atacado por Rurik.

— Rurik Loderr, filho de Dragoun Loderr — gritou Thamior, parando o ataque do anão. — É a mim que você deve matar! — Levantou a espada, desafiando-o.

— Seu pai era louco e insolente! Doente, assim como você! — provocando Rurik.

O rei de Kroldenn olhou para Aust, desmaiado, e pensou nas palavras ditas pelo jovem humano, o que o fez mudar a direção de seu ataque. Suspirou de ódio e questionou:

— E quem é você, pobre humano? — perguntou Rurik, já levantando seu machado.

— Sou Thamior Nailo, filho de Theylor, um grande guerreiro de Rarakina. — Thamior se posicionou para o ataque.

— Thamior... Esse nome não me é estranho! — Rurik arrumou seu elmo com o cabo de seu machado. — Sim, Arifel... Aquela traidora que dormiu com o inimigo! — insultou Thamior com suas palavras. — Já se resolveu com Feiron? Ele está atrás de você — ironizou.

— Ele está morto, assim como você muito em breve estará — disse, chamando Rurik para o duelo.

— Rarakina neste momento deve estar em chamas! — Rurik cuspiu uma boa quantidade de sangue e sorriu.

— Nunca! Balderk Folker é quem já está sendo comido por vermes — revidou.

— Percebo que conhece muita coisa, mas ainda não sabe que ninguém destruirá Rurik Loderr, o anão de Kroldenn.

— Theylor e eu seremos os primeiros e os últimos!

— Nunca!

Os dois correram um em direção ao outro, olhando nos olhos. Nada os poderia deter. Parecia que aquele momento estava mesmo escrito no destino. Rurik e Thamior finalmente se encontraram. E quando se chocaram, Rurik fez o corpo de Thamior ser jogado longe. Era mais forte que o jovem de Rarakina. Os outros guerreiros, que ainda duelavam, pararam seus ataques para apreciar aquele momento decisivo. Thamior havia caído em cima de algumas caixas.

Rurik quebrou as lamparinas e derrubou tochas ainda acessas ao redor de seu conflito com Thamior. O ambiente estava escuro para a visão humana, mas para os anões, que viveram por anos nas montanhas, ganharam como presente da evolução uma supercapacidade visual. A escuridão não era problema para eles. Enxergavam clara e nitidamente até vinte metros adiante.

— Levante!

Rurik segurou Thamior, que estava tonto, pelo pescoço e o arremessou novamente contra a porta de uma casa.

— Nunca pensei que fosse tão fácil destruir os guerreiros de Rarakina! O tal Theylor deve ter morrido fácil assim, — Cuspiu outra amostra de sangue.

Rurik caminhava ao encontro de Thamior cantando antigas canções de Kroldenn, sentia seu coração vitorioso. Já Thamior, caído com os olhos abertos, via o teto da casa enquanto se recuperava das violentas pancadas, até sua visão ser bloqueada pelo rosto de Rurik.

— Escuro, não é, Thamior? — Rurik ergueu seu machado para atacar o jovem guerreiro. — Achou que poderia sair de Rarakina e me destruir? Achou que mataria o grande anão de Kroldenn? — perguntou, erguendo seu machado e vendo Thamior sorrir. — Está rindo de que, tolo?

— Tenho pena de você! Ficou louco!

Naquele instante, Thamior puxou a adaga de sua bota e furou o ombro esquerdo de Rurik, local onde havia uma pequena abertura da armadura, fazendo-o largar seu machado no chão e gritar de dor. Thamior empurrou o corpo de Rurik e se levantou. Rapidamente afastou o machado de Rurik com os pés.

— Vamos resolver isso de outra maneira.

Enquanto Rurik arrancava a adaga de seu ombro, Thamior o atacou. Tirou o elmo do anão com uma série de socos. Rurik tentou revidar, porém, Thamior gozava de maior destreza que o anão, que cambaleava à medida que levava mais socos de Thamior. Estava indo para trás como se estivesse bêbado. Thamior o empurrou em direção à porta destruída da casa, saindo daquele ambiente.

— Você sentirá a mesma dor que meu pai sentiu! — gritou.

Os ferimentos no rosto de anão, devido aos socos, fazia-o cuspir sangue, deixando-o tonto e com dificuldade para andar.

— Venha — o anão falava com dificuldade enquanto cambaleava para trás. Sua armadura estava defeituosa, pois uma de suas amarras havia sido destruída pelos ataques.

Thamior pensou em toda a história do anão e em toda a própria história. O conflito contra Quarion, a vingança e a busca pelo artefato de Dragoun. Thamior lembrou-se do machado encravado no peito de seu pai e do pai de Arifel, morto, como sua amada.

— A Theylor! — gritou Thamior.

O jovem correu em direção ao anão, que ainda estava cambaleando para trás. Saltou, projetando-se para frente, liberando toda sua força em um soco, alimentado com o grito de dor e ódio. Deu uma forte pancada na cabeça do anão, que o deixou inconsciente, e o arremessou longe. Rurik Loderr havia sido derrubado e estava inconsciente na frente de todos. A chuva estava mais branda, porém, não cessara. Trovões e relâmpagos davam o tom daquela noite.

Thamior voltou à casa para buscar o machado do anão. Com dificuldade, girou-o no ar. O zumbido da lâmina ensurdecia o ambiente. Sem hesitar e acompanhado de um grito de ódio, Thamior retornou ao corpo de Rurik e afundou a lâmina do machado ao lado da cabeça do anão, enfiando-o no chão molhado. Rurik mexia lentamente seu corpo tentando se recuperar da pancada. Lágrimas desceram do rosto de Thamior. Os anões piratas olhavam aquela cena inacreditável. Não saberiam o que fazer sem Rurik Loderr.

— Rendam-se, anões — gritou Thamior, colocando um de seus pés sobre o peito de Rurik.

Rendição não era natural dos anões, não era isso que buscavam ali. Ao verem o corpo de Rurik estirado no chão e perceberem o cansaço que consumia seus corpos, ergueram seus machados famintos de sangue e continuaram o ataque. Como um último suspiro. Sabiam que estavam em desvantagem, mas jamais iriam se render. Aqueles destemidos anões lutavam por seu rei e por Kroldenn. O instinto de guerreiro os guiava. Sabiam que morreriam, mas não morreriam em vão.

Assim foi a morte dos anões da antiga Kroldenn. Nunca se renderam aos pés de qualquer inimigo, muito menos saíram do rumo de seus objetivos. As lendas seriam alimentadas com essa raça tão destemida. Piratas anões que desbravaram o mar por anos e anos, agora, caídos no solo de um terreno alimentado por dimensões élficas. Assim era a guerra, assim era a derrota.

Um vento de frescor corria na face dos humanos sobreviventes. Thamior caiu de joelhos, gritando vitória, erguendo seus braços, sentindo as gotas de chuva.

— Vitória, meu sobrinho! — disse Aust com dificuldade, recuperando-se da tontura.

— Ao rei! — responderam os outros guerreiros.

Os homens de Rarakina haviam vencido o grande rei de Kroldenn. Gritos de vitória se espalhavam pelo ar. A madrugada se foi e os primeiros raios de sol davam bom-dia àquele momento especial. A vitória de Thamior, a vitória de Rarakina.

Ao escutarem os gritos de vitória, as mulheres e crianças saíram dos fortes secretos e correram rumo ao cenário de horror. Mães tampavam o rosto de seus filhos. Gritos de desespero e tristeza dominaram momentaneamente aqueles corações, molhando seus rostos de lágrimas. Aquela cena fez Thamior se lembrar do cenário de Rarakina, da morte de seu pai e a dor de sua mãe e irmã.

Os guerreiros de Rarakina, com dores em seus músculos, ajudavam a separar os corpos de humanos, de elfos e anões. Aves carniceiras já pousavam no corpo do grande dragão, garantindo uma farta refeição. Aust estava arrumando suas vestimentas e mancando de uma perna. Foi bastante ferido na luta contra o anão.

— Homens de Rarakina! — gritou Aust. — Apresento-lhes as elfas do Forte Sagrado.

Elas olharam para os guerreiros e os reverenciaram pela vitória, mas a dor e sofrimento pela perda de seus maridos era mais forte que tudo ali. Kiah caminhou até Aust para ajudá-lo e agradecer pelo combate. Naquele momento, Rurik acordou e procurou por seu machado tateando o chão. Kiah gritou assustada por ainda ver um anão de Kroldenn vivo. Rapidamente, Thamior aproximou-se do anão.

— Escuro? — perguntou Thamior tirando o peso do corpo do anão.

Rurik se pôs de pé e percebeu que não havia sobreviventes entre seu povo. Não houve como não se desesperar.

— Eles devem saber que matei Quarion! — disse, atraindo a atenção de todos.

— Não foi você quem o matou, mas sim Snike Riller, o monge — respondeu Thamior, trazendo à tona uma lembrança odiosa para Rurik. — E ainda não terminei com você!

Rurik olhou novamente para o lado à procura de algum anão guerreiro. Estava sozinho. Mesmo assim, sorriu e provocou Thamior.

— Vai me matar, filho de Theylor?

Thamior socou seu rosto com força , fazendo-o sangrar e ser arremessado para trás.

— Esse foi pelo meu pai! — Aproximou-se do anão, que estava tonto, mas ainda de pé. Segurou seu pescoço, socou seu rosto novamente e também suas costelas. Rurik sentia mais forte o gosto de sangue em sua boca, alguns dentes haviam se quebrado. Thamior seguiu com o ataque.

— Você achou que poderia vir aqui e matar todo mundo? — questionou Thamior e empurrando.

Rurik não respondeu, apenas pensava em todos seus planos, estratégias e objetivos. Sentia seu coração vitorioso devido à morte de Quarion e seus dragões. Estava cambaleando indo para trás. Quando Thamior se aproximou, sem defesa, o anão o socou, fazendo o humano recuar.

— Vejo que ainda tem força, anão de Kroldenn!

Thamior passou a mão em seu rosto, com o supercílio ferido. Rurik estava tonto e cambaleando para frente, mas ainda assim, sem qualquer chance, ia para cima do inimigo. Thamior gritou de ódio e de prazer ao socar o rosto do anão novamente com toda sua força. Rurik caiu de joelhos ao chão. Já sem paciência, Thamior sacou uma adaga que estava caída no chão e ficou frente a frente com Rurik Loderr.

— Isso! Tire minha vida! Não tenho mais nada a perder — disse Rurik, fechando os olhos.

Thamior estava disposto a sentir o sangue de Rurik em suas mãos. Colocou a adaga no pescoço do anão, o contato com a lâmina fez o sangue deslizar. Thamior estava muito nervoso. Olhou para os lados, viu todos observarem aquela cena, até mesmo crianças pequenas. Sem hesitar, Thamior girou a adaga e cortou a grande barba de Rurik Loderr.

A maior tradição dos anões eram suas enormes barbas, repletas de adornos e histórias antigas. Os anões já nasciam com a marca da futura barba. Era divino e especial. Thamior foi piedoso, não matou Rurik Loderr, porém, deixou a vergonha assolá-lo.

— Suma daqui!

Thamior levantou-se, jogando a adaga longe. O anão não sabia o que fazer. Era vergonhoso ficar sem sua barba, que agora estava nas mãos de

Thamior. Olhou para todos com seu olhar cheio de lágrimas e dor. Não tinha direção. Não sabia o que fazer.

— Você tem uma boa alma, jovem Thamior!

Esse foi o último pronunciamento do anão, que seguiu por uma das trilhas encontradas à sua frente, sem sequer imaginar onde daria. Todos viram Rurik Loderr, filho de Dragoun Loderr, sair dali carregando sua derrota e sua vergonha. Seu andar parecia com o de um moribundo. Thamior caíra de joelhos. Tudo aquilo chegara ao fim.

O guerreiro de Rarakina não tinha qualquer palavra naquele momento, apenas observava Rurik Loderr indo embora.

— Iremos preparar alimentos para vocês — disse Kiah.

A grande luta contra os anões de Kroldenn deixou muitos mortos, cujos corpos foram queimados junto com suas armas de guerra. Canções élficas levavam os espíritos aos locais mais misteriosos e secretos dos confins da terra. O dia passou lento e dolorosamente.

Dois dias depois do ocorrido, toda a cidade parecia estar quase em ordem novamente. Os guerreiros de Rarakina deveriam voltar. Aust e Thamior estavam preocupados, pois não tinham qualquer notícia do conflito em sua cidade natal. A cidade de Forte Sagrado estava enfeitada naquela manhã de sol. Era um momento festivo, com músicas, comidas e vários tipos de dança. Pessoas de cidades próximas faziam encher a cidade dos elfos. Estavam felizes, dispostos a se reerguerem, mas o sentimento de saudade e dor ainda estava estampado em alguns rostos.

No centro do evento estavam Thamior, Aust e outros guerreiros sobreviventes do conflito, sendo homenageados.

— Em nome do povo élfico do Forte Sagrado, agradecemos por tudo! — disse Kiah, entregando a Thamior um belo colar. Thamior o recebeu com cuidado, olhou para todos os seus guerreiros e gritou:

— Heian! Ao rei — bradou, fazendo os olhos de Aust brilharem de orgulho de seu sobrinho.

O colar era repleto de diamantes e pepitas de ouro. Havia um poder simbólico exorbitante naquela joia rara. A sensação de alívio e satisfação percorria a alma de Thamior e dos piratas. A vitória e a alegria preenchiam qualquer ferida, cicatrizando-a por completo.

Cânticos e danças élficos davam adeus aos nobres guerreiros do outro extremo do mundo, de uma pequena cidade, chamada Rarakina.

— Seu pai sente muito orgulho de você — disse Aust, abraçando seu sobrinho.

— De todos nós...

Thamior ergueu sua nova espada, élfica, larga e brilhante, arrancando gritos de satisfação e orgulho de todos ali presentes.

A milhas de distância, Rurik Loderr, em uma cabana abandonada próximo ao pântano de Hobbes, conversava com o vento:

— Voltarei para pegar o colar de Oakrost... — Mas rapidamente veio-lhe uma inquietação: — E o terceiro dragão? — Abriu um sorriso enquanto rabiscava alguns pergaminhos sujos e cortados.

Capítulo XIX

Mistérios além mar

Como o grupo de Aust estava reduzido a menos da metade e o vento não os ajudou no trajeto de volta, demoraram vários dias para chegarem a Rarakina. Como Heian havia ordenado, voltaram pelo mesmo cais por onde saíram. Os piratas não souberam de qualquer notícia de Rarakina. Estavam imaginando o pior.

— Guerreiros! — gritou Thamior a todos. — Não tenham medo da morte! Vamos ao encontro de Balderk Folker se preciso for! — Erguendo a espada, prosseguiu. — Independente do que acontecer, morreremos juntos e com honra!

Gritos de guerra comandavam aquela viagem. Os corações de todos estavam pesados e apreensivos. Sabiam que se os goblins de Balderk estivessem vivos não teriam chance com menos de cinquenta homens, mesmo que bem equipados e bem alimentados. Cautelosamente, após o desembarque, foram aproximando-se da cidade com suas espadas erguidas e olhares concentrados. Devido ao medo e à ansiedade, Thamior nem se lembrava mais de qualquer traço de tranquilidade em seu coração. Estava frio e sem esperança naquele momento. Nada de muito diferente dos outros guerreiros.

O cais não era longe dos portões do outro extremo da cidade. Logo estavam aos seus pés. Os portões estavam fechados e sem qualquer guarda a vista. Aust e Thamior se olharam com dúvida, até que foram interceptados por vozes que saiam da torre de observação:

— Quem são vocês?

Olharam-se apreensivos e responderam:

— Somos guerreiros de Rarakina! E estamos aqui para anunciar a morte de Rurik Loderr e para matar Balderk Folker — gritou Aust.

— Creio que vocês chegaram tarde demais — respondeu a voz, sem deixar qualquer chance de resposta, continuou perguntando. — E quem é esse humano feio à frente de todos? — E a voz foi reconhecida, então. Era Aramil Galanodel.

— E de quem é essa voz? Parece de um pequeno e sujo goblin — respondeu Thamior.

Um alívio para todos. Estavam salvos e de a volta Rarakina. Aramil apareceu na torre de observação assoprando uma corneta, autorizando a abertura dos portões.

Enquanto os portões estavam sendo abertos, a atenção de todos os habitantes de Rarakina estava voltada para o que veriam do outro lado. Heian, que conversava com alguns guardas, observou aquela cena, enchendo seu coração de alegria.

— Eles voltaram! — gritou o rei a todos.

Do outro lado do portão, Aust e Thamior se olhavam felizes e admirados. Quando o portão estava totalmente aberto, Thamior sacou o machado de Rurik Loderr de suas costas e o arremessou no interior de Rarakina. Todos pararam e observaram o grande e pesado machado rodar pelo ar e cair no chão, próximo aos pés de Heian.

— É o machado de Rurik Loderr! — gritou Heian, levantando-o para que todos o vissem.

Gritos de alegria alimentaram a festa que já estava se formando. Aramil aproximou-se de Thamior e disse:

— Você continua feio! — Abraçando-o fortemente.

— E você continua cheirando mal — brincou Thamior.

Os guerreiros recém-chegados foram recebidos com alegria, satisfação e honras especiais.

— Não conseguimos manter contato com as Ilhas Gêmeas — disse Heian.

— Após a morte de Quarion, mensageiros desapareceram — respondeu Thamior.

— Contem-me tudo! — Heian estava ansioso, eufórico para saber de todos os acontecimentos.

— É uma longa história, senhor. Podemos contar tudo após ver as mulheres de minha vida? — Thamior só pensava em Sarah e Larah.

— É claro que sim! — respondeu Heian, cumprimentando os outros guerreiros.

— Snike, está com algum livro novo? — perguntou Aramil, movimentando sua cabeça à procura do amigo. Um frio correu em sua barriga.

— Ele está bem! — respondeu Thamior.

— Mas por que se esconde então? — Aramil continuou a procurá-lo na multidão.

— Aramil, ele vingou seu povo e está bem agora, em algum lugar do mundo! — Thamior respondeu, olhando nos olhos de seu primo.

— Entendo! Snike e seus segredos...

Aramil sorriu e apontou na direção de Sarah e Larah.

— Deve estar procurando por aquelas moças, não?

A família de Thamior estava completa. Sarah e Larah estavam bem vestidas, lindas, de pé, perto da fonte da cidade. Thamior desejou ver aquela cena desde o primeiro dia em que estava longe de suas mulheres. Suas pernas enfraqueceram e ele caiu de joelhos. Larah veio correndo até seu irmão. O abraço dos dois fez com que a multidão parasse só para olhar aquele momento belo e majestoso. A garotinha estava muito feliz de rever seu irmão e o sentimento de Thamior não podia ser descrito em nenhum pergaminho.

— La... — Thamior tentou falar, mas como não conseguia, sua irmã tomou à frente.

— Tha, que saudade! — Abraçando-o fortemente.

Sarah se aproximou dos dois, cruzou seu braços e esperou seu filho se levantar. Os olhos dela estavam repletos de lágrimas. No momento em que Thamior levantou-se, Sarah o abraçou forte e deu um leve tapa no rosto de seu guerreiro.

— Thamior Nailo, teimoso como seu pai!

— Mãe... — Lágrimas desciam de seu rosto.

— Você disse que estaria em casa dentro de alguns dias! — Sarah não continha a emoção.

— Demorou mais do que isso? — brincou Thamior.

Os três abraçaram-se enquanto todos aplaudiam.

— Você está diferente, meu filho. Mais forte e com vários machucados! — disse Sarah, beijando-lhe o rosto e percebendo a agonia do filho com o ardor dos ferimentos.

— Cuidaremos de você! — disse Aramil, aproximando-se dos três.

— Tha, trouxe meu presente? — perguntou Larah.

— É, você prometeu, Thamior! — indagou Sarah.

Thamior tirou de um de seus bolsos a pena branca que Arifel deixara em seu bolso na Ilha Negra. Abaixou na altura de sua irmã e disse:

— Esta é a pena da maior e mais bela ave existente em todo mundo! — ofereceu à Larah.

— Uau! — Larah se encantou com seu presente.

— A ave é tão grande que pode carregar um humano por léguas! Cuide muito bem dela, Larah! Talvez nunca mais veremos algo assim...

— Thamior lembrava-se de Arifel e pensava em sua morte. Sarah apoiou seus braços em Aramil e se emocionou com a cena.

— Obrigado, Tha! Sabia que não se esqueceria do meu presente!

Larah girava a pena no ar, apresentando-a para seus colegas, dizendo as mesmas palavras de Thamior. Correu para brincar com seus amigos.

— E para você, minha mãe, essa joia rara! — E colocou no pescoço de sua mãe o colar que recebera das elfas do Forte Sagrado.

Sarah ficou imóvel admirando a beleza daquela joia. Não sabia o que falar a seu filho.

— Foi feito por elfos! É o seu presente, mãe! — Thamior a abraçou.

— Meu maior presente são vocês! — Sarah abraçou os dois.

— Não existe mulher mais bela que você! — Aramil ajudou Sarah a arrumar o colar.

— O que acham de comer carnes com ovos de Uykis? — propôs Sarah, enxugando suas lágrimas.

— Não disse, mamãe, que Thamior também traria um presente para você? — Larah se aproximou feliz lembrando de sua fala a sua mãe.

Os quatro riram felizes e aliviados. A família estava unida novamente.

— Espere! — hesitou Thamior. — Está faltando alguém…

Aust estava conversando com alguns guerreiros sobre o ocorrido quando ouviu Thamior chamá-lo. Resolveu continuar aquela conversa depois e seguiu em direção à sua família. Ao se aproximar, Sarah repetiu o que fez com Thamior, bateu de leve no rosto de Aust, que, sem entender, perguntou:

— Thamior, me chamou aqui para apanhar de sua mãe?

O irmão de Theylor estava feliz por finalmente conhecer Sarah depois de longos anos.

— Aust Lianon! Já sei de sua reputação, talvez seja um pirata diferente. Temos muito o que conversar! E apanhou porque o senhor e Theylor foram os responsáveis por deixar meu filho tantos dias fora! Agora vamos para casa, comer um bom alimento! — ordenou.

— E eu ficaria calado se fosse você! — sugeriu Aramil, quando percebeu que Aust tentava falar alguma coisa.

Os cinco riram e seguiram o caminho para casa, no dia mais alegre e festivo de Rarakina, a cidade que havia, enfim, se vingado do impiedoso Rurik Loderr. Cantigas e danças concretizavam a maior festa que a cidade já tivera ao longo dos anos.

Três meses haviam se passado após a chegada dos guerreiros e já era hora de Heian anunciar a todos os habitantes que logo seria realizado o vigésimo segundo torneio dos Pratos Saborosos. Aramil viajou com Mira, já recuperada, para a cidade de Aeremos, onde estaria seu pai. Estava ansioso para apresentar Mira a seus parentes mais próximos.

Aust e os guerreiros piratas se restabeleceram e reconstruíram seus mercados no novo porto de Cimbrol. A recompensa oferecida por Heian os ajudou a se reerguerem. Larah estava estudando com outros garotos junto a Muratreff, e Sarah estava trabalhando na cozinha de Heian. Era a melhor cozinheira do grande rei. A cidade estava como antigamente: forte e saudosa para com os visitantes. Thamior estava uniformizado e equipado, pois tinha se tornado um dos guardiões de Rarakina. Heian o nomeou comandante da guarda desde sua volta à cidade. De vez em quando, em suas horas vagas, passava no estábulo de Rarakina para matar a saudade de seu antigo trabalho, também dava alguns ensinamentos aos novatos, os mesmos que seu pai lhe ensinará.

De folga, arrumando alguns caixotes nos fundos de sua casa, Thamior foi atraído por um barulho na floresta, um som que o fez lembrar do passado. Ele sabia que se tratava apenas de animais brincando ou em busca de comida. Mas de repente o barulho mudou. Thamior identificou que eram pegadas. Virou-se para a floresta para desvendar aquela movimentação. Ao longe, Thamior vira um vestido entre as árvores. Seu coração bateu mais forte, pois aquela vestimenta o fazia lembrar de Arifel, quando a viu na taverna da Ilha Negra. Deixou as caixas no chão e foi caminhando para a floresta. O vestido branco com detalhes verdes continuava a bailar por entre as árvores.

— Arifel? — perguntou ao vento.

Desarmado e com a roupa do corpo, Thamior entrou na floresta atrás daquela pessoa. Sentia a presença de sua amada por ali. Sem hesitar, seguia atravessando folhagem e gravetos. Thamior nem imaginava, mas um grande feiticeiro estaria rondando a floresta há alguns dias com suas vestes brancas e o velho curandeiro Brumbar estava por trás disso...

Aqui termina a primeira parte da história de Thamior Nailo.

Ensino Médio, 2004 — Representação do escudo de Rurik Loderr.
Desenho produzido por Israel Rodrigues, um grande amigo…

Livro II

Thamior Nailo e o segredo de Brumbar

Capítulo I

Lendas e mistérios

Depois de várias horas desacordado, Thamior despertou sobre uma cama simples com tecidos confortáveis. Abriu seus olhos e percebeu que estava em uma casa isolada no interior da floresta. Havia várias janelas naquele aposento. Conseguiu visualizar árvores e escutar cantos de pássaros. Seu corpo estava dolorido, sentia-se tonto, além de uma forte dor de cabeça o incomodar. Não sabia onde estava. Tentou erguer seu tronco, mas não tinha forças. Virando seu pescoço, observou um ancião em pé olhando para ele. Era Brumbar, o curandeiro de Rurik Loderr.

— Quem é você? — Thamior perguntou com dificuldade.

Brumbar retirou-se e chamou alguém, falando em outra língua. Thamior não conseguiu entender. Uma jovem mulher apareceu na porta do aposento de Thamior. Tinha o corpo magro, branco e suas vestes amareladas estavam sendo empurradas pelo vento que entrava pela janela. A jovem se aproximou de Thamior com seu andar calmo e leve. Seu cheiro entrou pelas narinas do guerreiro como se fosse magia, levando-o em sonho para um campo repleto de flores. Com o toque leve de suas mãos, empurrou a cabeça de Thamior contra o travesseiro e disse:

— Descanse, guerreiro! — Passou a mão em seu rosto.

Thamior só conseguiu pensar em uma pessoa naquele momento.

— Arifel? — perguntou, com seus olhos fechados.

— Não... me chame apenas de... — a jovem dama olhou para Brumbar, que apareceu na porta novamente — donzela!

Thamior dormiu novamente e sonhou com aquela donzela de olhos castanhos. Sonhos estranhos que não deixavam respostas, confundiam os pensamentos do guerreiro de Rarakina, deixando-o, mais uma vez, fora de rumo.

Continua...